Edgar Wallace

Der Frosch mit der Maske

„Eine berüchtigte Bande hält die Hauptstadt des britischen Empire in Atem: Ihr Erkennungszeichen ist ein auf das linke Handgelenk tätowierter Frosch. Das mag süß klingen, doch die Mafia-Organisation hat auch keine Hemmungen, Polizisten zu töten. Als der erfahrene und hochintelligente Sergeant Elk den Fall übernimmt, ist er überrascht, wie weitverzweigt die Gruppe arbeitet..." *Redaktion Gröls-Verlag* (Edition I Werke der Weltliteratur)

Redaktionelle Hinweise und Impressum

Das vorliegende Werk wurde zugunsten der Authentizität sehr zurückhaltend bearbeitet. So wurden etwa ursprüngliche Rechtschreibfehler regelmäßig *nicht* behoben, denn kleine Unvollkommenheiten machen das Buch – wie im Übrigen den Menschen – erst authentisch. Mitunter wurden jedoch zum Beispiel Absätze behutsam neu getrennt, um den Lesefluss zu erleichtern.

Wir sind bemüht, ein ansprechendes Produkt zu gestalten, welches angemessenen Ansprüchen an das Preis/Leistungsverhältnis und vernünftigen Qualitätserwartungen gerecht wird. Um die Texte zu rekonstruieren, werden antiquarische Bücher von leistungsfähigen Lesegeräten gescannt und dann durch eine Software lesbar gemacht. Der so entstandene Text wird von Menschen gegen eine Aufwandsentschädigung gegengelesen und korrigiert – Hierbei können gelegentlich Fehler auftreten. Wenn Sie ebenfalls antiquarische Texte einreichen möchten, wenden Sie sich für weitere Informationen gerne an

www.groels.de

Informieren Sie sich dort auch gerne über die anderen Werke aus unserer

Edition | Bedeutende Werke der Weltliteratur

Sie werden es mit 98,073 %iger Wahrscheinlichkeit nicht bereuen.

Die Deutsche Nationalbibliothek verzeichnet dieses Werk in der Deutschen Nationalbibliografie.

Verleger: Marcel Hermann-Josef Gröls, Poelchaukamp 20, 22301 Hamburg.
Externer Dienstleister für Distribution und Herstellung: BoD, In de Tarpen 42, 22848 Norderstedt

1

Das Heißwerden des Kühlers traf mit dem Platzen eines Autoreifens zusammen. Und das nächste Zusammentreffen war, daß dies alles in der Nachbarschaft des Maytree-Hauses auf der Landstraße nach Horsham geschah. Das Landhaus war größer als die meisten dieser Art. Es hatte eine holzverzierte Fassade und ein Strohdach. Richard Gordon stand vor der Gartentür still, um es zu bewundern. Das Haus stammte noch aus der Elisabethanischen Epoche. Aber sein Interesse und seine Bewunderung waren nicht nur die eines Altertumsliebhabers.

Nein – obgleich er Blumen als ein richtiger Blumenfreund liebte und dieser weite Garten wie ein Teppich dalag, war es doch nicht der Duft der Provencerosen, der ihn gefangennahm. Es war auch nicht das Gefühl von Gemütlichkeit und Sauberkeit, das dieser Ort ausströmte, nicht dieser gescheuerte, mit roten Ziegeln bepflasterte Weg, der zum Haus führte, nicht die schneeweißen Vorhänge hinter den bleigefaßten Fensterscheiben. Es war das Mädchen im rotbezogenen Korbsessel, das seinen Blick fesselte. Sie saß inmitten einer kleinen Rasenfläche, im Schatten eines Maulbeerbaumes, die wohlgeformten jungen Glieder ausgestreckt, ein Buch in der Hand, eine große Schachtel Bonbons zur Seite. Ihr Haar hatte die Farbe alten Goldes, aber eines Goldes, das Leben und Glanz bewahrt hat. Sie zog die Beine hastig an und erhob sich.

„Es tut mir leid, Sie zu stören", entschuldigte sich Dick, den Hut in der Hand. „Aber ich brauche Wasser für meinen armen Wagen."

„Wenn Sie mit mir hinter das Haus kommen wollen, werde ich Ihnen den Brunnen zeigen", antwortete sie. Die Schönheit ihrer Stimme kam ihm sogleich zum Bewußtsein. Es war ein Alt, auf den alle Adjektive angewendet werden konnten, die die Wärme, Weichheit, Klangfülle und Süßigkeit einer Stimme zu kennzeichnen vermögen. Er folgte und hätte gerne gewußt, wer sie war. Sie hatte eine kleine patronisierende Färbung in der Stimme, die er wohl verstand. Es war der Ton eines erwachsenen Mädchens einem Jüngling ihres Alters gegenüber. Dick, der dreißig Jahre alt war und mit seinem glatten Knabengesicht wie achtzehn aussah, hatte diesen „Kleinen-Jungen-Ton" schon früher gehört und war immer durch ihn belustigt worden.

„Hier sind die Eimer, und da ist der Brunnen", sagte sie. „Ich würde Ihnen ein Mädchen zur Hilfe schicken, aber wir haben keins, haben nie eins gehabt und werden wohl nie eins bekommen."

„Da ist aber ein armes Mädchen um einen besonders guten Posten gekommen", sagte Dick, „denn ich finde es hier entzückend."

Sie schwieg, und während sie ihm beim Füllen der Eimer zusah, hatte er den Eindruck der verschlossenen Gleichgültigkeit von ihrer Seite. Aber als er die Eimer zum Auto auf der Landstraße trug, folgte sie ihm nach. Sie ging um den großen gelben Rolls Royce herum und prüfte ihn mit Neugier.

„Fürchten Sie sich nicht, einen so schweren Wagen allein zu fahren?“ fragte sie. „Ich würde mich zu Tode fürchten. Er ist so gewaltig und so schwer zu handhaben.“

Dick richtete sich auf. „Angst?“ rühmte er sich lachend. „Das ist ein Wort, das ich aus dem Lexikon meiner Jugend gestrichen habe.“

Eine Sekunde lang war sie verwirrt, dann lachte sie wie er.

„Sind Sie über Welford gekommen?“ fragte sie. Er nickte. „Dann haben Sie vielleicht meinen Vater auf der Straße getroffen?“

„Ich bin nur einem trüb dreinschauenden Herrn mittleren Alters begegnet, der einen großen braunen Kasten schleppte.“

„Wo sind Sie ihm begegnet?“ fragte sie mit Interesse.

„Es war zwei Meilen von hier, vielleicht noch näher.“ Und dann, als ihn Zweifel überkam, fügte er hinzu: „Ich hoffe, daß ich nicht Ihren Herrn Vater beschrieben habe?“

„Ich glaube schon, daß er es gewesen ist“, sagte sie ohne Verstimmung. „Papa ist ein Naturforscherfotograf. Er nimmt Filme von Vögeln und anderes auf, natürlich als Amateur.“

Dick trug die Eimer nach dem Ort zurück, an dem er sie gefunden hatte, und verweilte noch zögernd. Er suchte nach einer Entschuldigung für sein Bleiben und glaubte, sie in dem Garten zu finden. Wie weit er jedoch dieses Gesprächsthema hätte ausschöpfen mögen, muß bloße Vermutung bleiben, denn eine Unterbrechung des Gespräches trat in Gestalt eines jungen Mannes aus dem Haustor. Er war groß, hübsch, athletisch gebaut. Dick schätzte ihn auf zwanzig Jahre.

„Hallo, Ella, ist Vater zurück?“ fragte er.

„Mein Bruder“, stellte das Mädchen vor, und Dick Gordon war sich dessen bewußt, daß er die freie und leichte Art des Bekanntwerdens seinem jugendlichen Aussehen verdankte. Als unbedeutender Junge behandelt zu werden, hatte, wie es schien, seine Vorteile. „Ich habe ihm gesagt, daß man es jungen Burschen nicht erlauben sollte, so große Wagen zu lenken“, sagte Ella. „Erinnern Sie sich noch an den gräßlichen Zusammenstoß bei der Norham-Kreuzung?“

Ray Bennett kicherte. „Das gehört alles mit zu eurer Verschwörung. Nur damit ich kein Motorrad bekomme! Vater glaubt nämlich, daß ich damit jemanden zu Tode fahren würde, und Ella denkt, ich würde selbst dabei verunglücken."

In diesem Augenblick sah Dick den Mann, dem er auf der Landstraße begegnet war, hereinkommen. Groß, mit lockeren Gliedern, grau und hager, blickte er ihm mißtrauisch entgegen.

„Guten Tag", stieß er kurz hervor. „Panne gehabt?"

„Nein. Ich hatte nur kein Wasser, und Fräulein –"

„Bennett", sagte der Mann. „Sie hat Ihnen Wasser gegeben? Nun also, guten Morgen." Er trat beiseite, um Gordon an sich vorüber zu lassen, aber Dick öffnete von innen her das Tor und ließ den Besitzer von Maytree-Haus hereinkommen.

„Mein Name ist Gordon", sagte er. „Ich danke Ihnen noch sehr für Ihre Gastfreundschaft."

Mit einem Nicken ging der alte Mann, seine schwere Last tragend, ins Haus. Und Dick wendete sich, fast verzweifelt darüber, nun gehen zu sollen, an das junge Mädchen:

„Sie irren, wenn Sie das Steuern des Wagens für so schwierig halten, wollen Sie es versuchen? Oder vielleicht Ihr Bruder?" Das Mädchen zögerte. Aber der junge Bennett sagte eifrig:

„Ich würde es sehr gerne versuchen, ich habe noch nie einen starken Wagen gefahren!"

Daß er ihn zu fahren vermochte, wenn die Gelegenheit sich bot, zeigte er nun. Sie sahen zu, wie der Wagen um die Ecke glitt, das Mädchen mit einer kleinen Falte zwischen den Brauen, Dick alles außer dem einen vergessend, daß er noch einige Minuten in ihrer Nähe zu bleiben vermochte.

„Hätten Sie ihn doch nur nicht fahren lassen", sagte das Mädchen. „Es nützt einem Jungen, der sich immer nach etwas Besserem sehnt, nichts, wenn man ihn solch ein schönes Auto steuern läßt. – Vielleicht verstehen Sie mich nicht? Ray ist sehr ehrgeizig und träumt von Millionen. So etwas bringt ihn immer ganz außer sich."

Ihr Vater kam in dem Augenblick aus dem Haus, und sein Gesicht verfinsterte sich, als er die beiden am Tor stehen sah. „Sie haben ihn den Wagen fahren lassen?" sagte er grimmig. „Es wäre mir lieber gewesen, wenn's nicht geschehen wäre."

„Es tut mir leid", sagte Dick ruhig. „Da kommt er!" Der große Wagen kam auf sie zu und hielt vor dem Tor.

„Er ist wundervoll!“ Ray Bennett sprang heraus und überflog den Rolls mit einem Blick, in dem Bedauern und Bewunderung sich mengten. „Mein Gott! Wenn der mir gehörte!“

„Er gehört dir aber nicht“, fiel ihm der Alte ins Wort. Doch dann, als würde er seine Heftigkeit bereuen: „Vielleicht wird dir eines Tages ein ganzer Wagenpark gehören, Ray!“ Dick trat vor, um sich zu empfehlen. Da fragte der alte Bennett zu Dicks freudiger Überraschung: „Wollen Sie vielleicht bleiben und eine einfache Mahlzeit mit uns teilen? Dann werden Sie meinem unklugen Herrn Sohn auch erzählen können, daß ein großes Auto zu besitzen nicht immer die reinste der Freuden ist.“ Dicks erster Eindruck war des Mädchens Erstaunen. Anscheinend wurde er ungewöhnlich geehrt, was ihm, nachdem John Bennett gegangen war, bestätigt wurde.

„Sie sind der erste Mensch, den Vater je zum Essen eingeladen hat, nicht wahr, Ray?“ sagte das Mädchen.

Ray lächelte. „Vater hält nicht viel von Geselligkeit, das stimmt“, sagte er. „Ich bat ihn neulich, Philo Johnson zum Weekend einzuladen, aber er verwarf diese Idee, noch ehe sie geboren war. Dabei ist der alte Philosoph ein guter Kerl und der Privatsekretär des Chefs. – Sie haben doch von den ›Vereinigten Maitlands‹ gehört?“

Dick nickte. Der Marmorpalast auf dem Strand-Embankment, in dem der märchenhaft reiche Herr Maitland seine Büros aufgeschlagen hatte, war eines der Prunkgebäude Londons.

„Ich bin Börsenbeamter in seinem Büro“, sagte der junge Mann. „Und Philo könnte sehr viel für mich tun, wenn mein Vater mit seiner Einladung herausrücken wollte. So aber bin ich wohl verdammt, mein ganzes Leben lang ein kleiner Angestellter zu bleiben.“

Die Hand des Mädchens legte sich auf seine Lippen. „Es ist töricht, Papa zu tadeln. Und du wirst sicherlich eines schönen Tages sehr, sehr reich werden.“

Der junge Mann brummte unter ihrer Hand und sagte ein wenig bitter: „Papa hat ohnehin schon jedes ›Wie–werde–ich– reich‹–System erprobt, das Menschenverstand und Geist nur –“

„Nun? Und?“ Die Stimme klang rauh und bebte vor Zorn. Niemand hatte John Bennetts Wiederkommen bemerkt. „Du leistest jede Arbeit mit Unwillen, aber ich – ich versuche seit zwanzig Jahren mich emporzuarbeiten. Es ist wahr, ich habe jeden dummen Plan erprobt – aber es ist um euretwillen geschehen…“ Er stockte plötzlich, als er Gordons Verlegenheit bemerkte. „Ich habe Sie eingeladen, und nun wasche ich die schmutzige Wäsche des Hauses vor Ihnen“, sagte er mit reuigem Humor. Er nahm Dicks Arm und führte ihn den Gartenweg zwischen den üppig wuchernden Buschrosen hindurch. „Ich weiß nicht, warum ich Sie zum Bleiben eingeladen habe, junger Mann", sagte er. „Vielleicht ein Impuls, vielleicht auch mein schlechtes Gewissen. Ich verschaffe den jungen Leuten zu Hause nicht all die Geselligkeit, die sie genießen sollten, und ich selbst bin kein besonders guter Gesellschafter für sie. Aber es ist doch zu töricht, daß Sie Zeuge des ersten Familienzankes sein mußten, den wir seit Jahren hatten." Seine Stimme und seine Manieren waren die des gebildeten Mannes. Dick hätte von Herzen gern gewußt, welchen Beruf er hatte.

Während der Mahlzeit saß Ella Bennett Dick zur Linken. Sie sprach wenig, und wenn er sie verstohlen ansah, so hoffte er heimlich, es wäre um seinetwillen, daß sie so verwirrt und innerlich beschäftigt schien. Sie bediente selbst bei Tisch und hatte eben das Obst aufgetragen, als der Alte fragte: „Ich kann Sie doch nicht für so jung halten, wie Sie aussehen, Herr Gordon. Wie alt sind Sie wohl?"

„Ich bin schon furchtbar alt", sagte Dick. „Einunddreißig."

„Einunddreißig?" rief Ella erglühend, „und ich sprach mit Ihnen, als wären Sie ein Kind!"

„Denken Sie, ich sei im Grunde ein Kind", sagte er ernst. „Obwohl ich ein Verfolger von Dieben und Mördern und schlechten Charakteren im allgemeinen bin. Ich bin Hilfsdirektor der Staatsanwaltschaft."

Das Messer fiel klappernd aus Bennetts Hand, und sein Gesicht wurde weiß.

„Gordon! Richard Gordon", sagte er hohl. Eine Sekunde lang trafen sich die Augen der beiden Männer.

„Ja, so heiß' ich", sagte Gordon beherrscht, „und ich bin der Meinung, daß Sie und ich schon irgendeinmal zusammengetroffen sind!"

Die blassen Augen blinkten nicht. John Bennetts Gesicht war kalt wie eine Maske. „Nicht beruflich, hoffentlich", sagte er, und es klang wie eine Herausforderung. Auf dem ganzen Rückweg nach London strengte Dick vergeblich sein Gedächtnis an, aber er konnte John Bennett von Horsham mit keinem Geschehnis in Zusammenhang bringen.

2

Die Vereinigten Maitlands waren aus einem kleinen Büro in verhältnismäßig kurzer Zeit zu ihren jetzigen palastähnlichen Proportionen herangewachsen. Maitland war ein Mann in vorgerückten Jahren, patriarchalisch im Aussehen und knapp in seiner Rede. Er war ohne jede Protektion nach London gekommen und war groß geworden, bevor London seiner Existenz noch gewahr wurde.

Dick Gordon sah den Spekulanten zum ersten Male, als er in dem marmorprunkenden Vestibül wartete. Ein Mann von mittlerer Größe, kräftig gebaut, mit einem Bart, der bis zur Brust reichte, und Augen, die fast unter den dichten weißen Brauen verborgen lagen. Mit schwerem Gang kam er langsam aus dem äußeren Büro, wo etwa zwanzig Beamte unter ihren grünen Lampenschirmen arbeiteten. Er sah weder nach rechts noch nach links, stieg in den Lift und verschwand.

„Das ist der Alte, haben Sie ihn schon jemals früher gesehen?“ fragte Ray Bennett, der vor einem Augenblick herausgekommen war, um den Besucher zu begrüßen. „Er ist ein verehrungswürdiger alter Bursche, aber so dicht wie eine schallsichere Tür. Sie können aus ihm kein Geld herausziehen, und wenn Sie Dynamit verwendeten. Philo zahlt er ein Gehalt, das man einem durchschnittlichen Sekretär nicht einmal anzubieten wagen würde, aber Philo ist eine viel zu gutmütige Seele.“

Dick Gordon fühlte sich recht unbehaglich. Seine Gegenwart in Maitlands Haus war verwunderlich, seine Entschuldigung für diesen Besuch so schwach wie nur irgend möglich. Hätte er dem geschmeichelten jungen Mann, den er in den Geschäftsstunden aufstörte, die Wahrheit offenbart, so würde sie gelautet haben: „Ich habe mich närrisch in Ihre Schwester verliebt. Ich bin an Ihnen selbst nicht besonders interessiert, aber ich betrachte Sie als Bindeglied, das mir zu einer neuerlichen Begegnung verhelfen kann. Deshalb benütze ich meine Anwesenheit in der Nachbarschaft als Ausrede für diesen Besuch, und ich bin sogar bereit, Ihren Philo kennenzulernen, der mich sicher von Herzen langweilen wird!“

Statt all dem aber sagte er nur: „Warum nennen Sie ihn so?“

„Weil er ein alter Philosoph ist. Sein richtiger Name ist Philipp. Jeder Mann ist Philos Freund. Er gehört zu der Art von Menschen, mit denen man leicht gut Freund wird.“

Die Tür des Aufzuges öffnete sich in diesem Moment, und Dick Gordon wußte intuitiv, daß der kahlköpfige, in mittleren Jahren stehende Mann mit dem gutmütigen Gesicht, der nun heraustrat, soeben Gegenstand ihrer Diskussion gewesen war. Sein rundes fettes Antlitz wurde von einem gutmütigen Lächeln überstrahlt, als er Ray erkannte, und nachdem er ein Bündel von Dokumenten einem der Angestellten übergeben hatte, kam er zu ihnen herüber. „Das ist Gordon“, stellte Ray vor, „und das ist mein Freund Johnson.“

Philo ergriff warm die ausgestreckte Hand. Warm war ein Wort, das wie kein anderes Herrn Johnsons Wesen kennzeichnete. Sogar Dick Gordon, der nicht allzu schnell bereit war, sich fremden Einflüssen hinzugeben, unterlag dem unmittelbaren Eindruck seiner Freundlichkeit.

„Sie sind Herr Gordon von der Staatsanwaltschaft, Ray hat es mir erzählt", sagte er. „Ich würde mich freuen, wenn Sie eines Tages herkämen, um den alten Maitland einzustecken. Er ist von allen Männern, denen ich je begegnet bin, sicherlich derjenige, den Sie am ehesten verfolgen sollten. – Ich muß jetzt gehen, er ist heute morgen in einer schrecklichen Laune. Man könnte glauben, die Frösche hüpften hinter ihm her."

Mit fröhlichem Nicken eilte er in den Lift zurück. „Jetzt muß ich aber auch wieder hineingehen", sagte Ray, und ein fast ängstlicher Blick aus seinen Augen traf Gordon. „Ich danke Ihnen, daß Sie Ihr Versprechen wahrgemacht und mich besucht haben. Ja – ich möchte gern einmal mit Ihnen zum Lunch gehen. Meine Schwester wird sicherlieh ebensogern mit dabeisein. Sie ist oft in der Stadt."

Sein Abschied war hastig und ein wenig zerstreut, und Dick trat mit einem Gefühl der Beschämung auf die Straße.

Als er in sein Amt zurückkehrte, fand er einen verstört aussehenden Polizeichef vor, der auf ihn wartete und bei dessen Anblick Dick blinzelnd die Augen zusammenkniff. „Nun?" fragte er. „Was ist mit diesem Genter?"

Der Polizeichef machte eine Grimasse wie ein Kranker, der eine unangenehme Arznei herunterschlucken muß. „Sie sind mir entwischt", sagte er. „Der Frosch kam im Auto an, und weg waren sie, bevor ich mir überhaupt klar wurde, was geschehen war. Ich bin nicht besorgt um ihn, denn Genter hat einen Revolver, und er ist ein zäher Bursche in schweren Unternehmungen, aber ..."

Gordon blickte nach dem Mann und durch ihn hindurch. „Ich glaube, Sie hätten auf das Auto vorbereitet sein müssen", sagte er. „Wenn Sie Genters Botschaft für wohlbegründet hielten und er den Fröschen auf der Spur war, wie Sie sagten, so hätten Sie das Auto erwarten müssen. Nehmen Sie Platz, Wellingdale."

Der grauhaarige Mann gehorchte. „Ich versuche nicht, mich zu entschuldigen", sagte er. „Die Frösche haben mich überrumpelt. Früher habe ich sie als einen Spaß betrachtet."

„Es mag sein, daß wir klüger wären, wenn wir sie auch jetzt noch als einen Spaß betrachteten", meinte Dick und, biß das Ende seiner Zigarre ab. „Sie mögen nichts sein als ein verrückter geheimer Verein. Schließlich dürfen sogar Stromer ihre Vereinslokale haben, ihre Losungsworte, Griffe und Zeichen."

Wellingdale schüttelte den Kopf. „Sie kommen über das Fazit der letzten sieben Jahre nicht hinweg", sagte er. „Es ist nicht nur die Tatsache, daß jeder zweite Straßenräuber, den wir einfingen, den Frosch auf das Handgelenk tätowiert hatte, das mag bloße Nachahmung sein, und auf jeden Fall haben alle Gauner von niedriger Mentalität Tätowierungszeichen. Aber in diesen sieben Jahren hatten wir eine

Serie der unangenehmsten Verbrechen. Zuerst den Angriff auf den Chargé d'affaires von der Gesandtschaft der Vereinigten Staaten, den sie im Hyde-Park niederschlugen. Dann den Fall des Präsidenten der Northern Trading Co., der mit einer Keule getötet wurde, als er aus seinem Auto in Park-Lane ausstieg. Dann das große Feuer, das Rohgummi im Werte von vier Millionen Pfund in Rauch aufgehen ließ. Es war sicherlich das Werk von etwa einem Dutzend Bomben, denn die Lagerhäuser bestanden aus sechs großen Wagenschuppen, und jeder einzelne wurde gleichzeitig an beiden Enden angezündet. Wir fingen zwei Leute aus der Gummiaffäre.

Beide waren Frösche, beide trugen das Totem ihres Stammes. Sie waren Ex-Sträflinge, und einer von ihnen gab zu, daß er Instruktionen gehabt hätte, um diese Arbeit auszuführen, aber er nahm seine Worte am nächsten Tag sogleich wieder zurück. Ich habe nie einen geängstigteren Mann gesehen als ihn. Ich könnte Ihnen noch Dutzende von Fällen anführen. Sie wissen, daß Genter jetzt seit zwei Jahren auf ihrer Spur ist. Aber was er in diesen zwei Jahren hat erdulden müssen, das wissen auch Sie nicht. Er hat im Lande herumvagabundiert, hat hinter Hekken geschlafen, hat sich mit jeder Art von Landstreichern befreundet und hat mit ihnen gestohlen und geraubt. Als er mir schrieb, daß er mit der Organisation in Verbindung getreten sei und eingeweiht zu werden hoffe, dachte ich, er wäre jetzt nahe daran, sie zu haben. Aber der heutige Morgen hat mich ganz krank gemacht."

Dick Gordon öffnete eine Schublade seines Pultes, entnahm ihr eine Ledermappe und wendete die Blätter um, die sie enthielt. Er studierte sie sorgfältig, als sähe er sie zum ersten Male. In Wahrheit hatte er diese Gefangenenprotokolle durch Jahre hindurch fast Tag um Tag geprüft. Es waren Handgelenksfotografien vieler Männer. Er schloß nachdenklich die Ledermappe und legte sie in die Schublade zurück. Ein paar Minuten lang saß er still und trommelte mit den Fingern auf den Rand seines Schreibtisches. Ein Schatten zog über seine Stirn. „Der Frosch ist immer auf das linke Handgelenk tätowiert, immer ein wenig schief, und immer ist ein kleiner Punkt darunter gesetzt", sagte er. „Scheint Ihnen das irgendwie bemerkenswert?" Aber der Polizeichef fand keineswegs etwas Merkwürdiges daran.

3

Es dunkelte bereits, als zwei Landstreicher, die das Dorf Morby umgangen hatten, wieder auf die Poststraße kamen. Die Umgehung des Ortes war für sie ein mühevolles und anstrengendes Unternehmen gewesen, denn der Regen, der den ganzen Tag hindurch gefallen war, hatte die gepflügten Felder in zähe braune

Moorstrecken verwandelt, wodurch die Fußwanderung zu einer Geduldsprobe wurde.

Der eine der Landstreicher war groß, unrasiert, schäbig. Er trug den verschossenen braunen Rock bis zum Kinn zugeknöpft, den niederhängenden, eingedrückten Hut auf den Hinterkopf zurückgeschoben. Mit ihm verglichen, schien sein Gefährte nur von kleinem Wuchs, obgleich er übermittelgroß und ein wohlgewachsener breitschultriger Mann war. Während sie so auf der lehmigen Landstraße dahinstapften, sprachen sie kein Wort. Der kleinere Mann blieb zweimal stehen und sah in der zunehmenden Dunkelheit umher, als ob er nach einem Verfolger ausspähe. Und einmal ergriff er des großen Mannes Arm und zog ihn hinter die Büsche, die die Landstraße begrenzten. Dies geschah, als unter Getöse und Aufspritzen des nassen Schlammes ein Auto an ihnen vorbeiraste. Nach einer Weile bogen sie von der Straße ab, überquerten ein Feld und kamen an den Rand eines unbebauten Landstrichs, über den eine alte Wagenspur hinführte.

„Jetzt sind wir gleich da“, brummte der kleinere Mann, und der andere grunzte seine Zustimmung. Trotz all seiner anscheinenden Gleichgültigkeit nahmen seine Augen jede Einzelheit der Szenerie auf: Ein einsames Gebäude am Horizont, das wie eine Scheune aussah ... Grafschaft Essex ... wie er nach der Nummerbezeichnung des Autos vermuten mußte, die er vermerkt hatte, als der Wagen an ihm vorbeisauste. Unbebautes Land ... wahrscheinlich zu einer nicht mehr in Betrieb stehenden Lehmgrube führend ...oder war es ein Steinbruch? Nahe dem Tor, durch das die Wagenspur lief, war an einem wackligen Pfosten ein altes Ankündigungsbrett befestigt. Es war zu finster, um die verwischte Inschrift zu lesen, aber er erkannte das Wort: „Kalk“. „Kalkstein?“ Es würde ein leichtes sein, dies später zu ergründen. Die einzige Gefahr für ihn bestand nur in der möglichen Überzahl der Frösche. Unter dem Schutz seines Überrockes fühlte er nach dem Browning und ließ ihn in seine äußere Tasche gleiten. Hilfe gab es nicht, und er erwartete sie auch nicht. Carlo hatte ihn im Weichbild der City in sein elendes Auto aufgenommen und hatte ihn kreuz und quer durch den Regen gefahren, indem er Nebenstraßen folgte und Städte und Dörfer vermied, so daß Genter, wäre sein Platz auch an der Seite des Fahrers gewesen, sich nicht hätte zurechtfinden können. Aber er war in die Finsternis des kleinen Wagens gesetzt worden und hatte nichts gesehen. Wellingdale und dessen Beobachter, die ihn bewacht hatten, waren auf das Auto nicht vorbereitet gewesen. Ein Vagabund mit einem Auto war eine Ungeheuerlichkeit. Er selbst, Genter, war zurückgezuckt, als der Wagen beim Gehsteig anhielt, wo er wartend gestanden hatte, und Carlos Stimme zischelte: „Steig ein!“ Unter sich sah Genter verrostete Eisenkarren, durcheinandergeworfene Eisenbahnschienen, dazwischen tiefe, regengefüllte Sprenglöcher.

Jenseits, auf der scharfen Linie des Steinbruchrandes, stand eine winzige Holzhütte. Und zu dieser lenkte Carlo seine Schritte.

„Nervös, was?“ fragte er, und es klang wie Spott in seiner Stimme.

„Nicht sehr“, sagte der andere kühl. „Vermutlich sind die Frösche in der Bude da drunten?“ Carlo lachte leise.

„Es sind keine da“, sagte er. „Nur der Frosch allein. Er kommt vom Steinbruch herauf. Es ist da eine Treppe unter der Hütte. Guter Einfall, was? Die Hütte hängt gerade über dem Abgrund, und die Stufen kann man nicht einmal sehen, wenn man sich auf dem Bauch vorschiebt und über den Rand hinunterschaut. Ich habe es einmal versucht. Die werden ihn nie fangen, nicht, wenn sie Millionen von Spitzeln schicken!“

„Nun, und wenn sie den Steinbruch umstellen würden?“

„Du glaubst doch nicht, daß er es nicht weiß, wenn er gefangen werden soll? Er weiß alles, der Frosch.“ Er sah auf des anderen Mannes Hand herab. „Weh wird's nicht sehr tun“, sagte er. „Und es lohnt sich. Du wirst nie mehr ohne Kollegen sein, Harry. Wenn du in eine Patsche kommst, zieht dich der beste Advokat 'raus. Wir suchen solche Burschen wie du einer bist, es gibt so massenhaft kleine Halunken, die wegen so ganz kleiner Sachen sich schon einbilden, daß sie zu uns gehören. Aber du wirst große Arbeit machen, und wenn du für ihn etwas Besonderes zu tun hast, setzt er Hunderte und Hunderte von Pfunden für dich. Wenn du krank wirst, oder du bist hungrig oder so, so werden die Frösche zu dir kommen und dir helfen.“

Genter schwieg. Sie waren jetzt etwa zwölf Schritte von der Hütte entfernt, einem starken Gebäude, aus kräftigem Bauholz gezimmert, mit einer Tür und einem geschlossenen Fensterladen. Der Mann, der sich Carlo nannte, machte Genter ein Zeichen, zu verweilen. Er selber ging vorwärts und klopfte an die Tür. Genter sah, wie der Mann zum Fenster trat und dessen Laden um eines Zolles Breite sich öffnete. Es schien ein Gespräch im Flüsterton zu folgen, dann kam Carlo zurück.

„Er hat gesagt, daß er Arbeit für dich hat, die dir Tausende einbringen kann. Du hast wirklich Glück! Kennst du Roche-More?“

Genter nickte. Er kannte diese Vorstadt der Aristokraten.

„Es wohnt ein Mann dort, der um die Ecke gebracht werden soll. Er kommt jede Nacht mit dem 11.50-Zug aus seinem Klub und geht zu Fuß nach Hause. Es steigt eine dunkle Straße an, und mit einem Knüttel kann man ihn ganz ohne Mühe erwischen. Bloß ein Schlag, und es ist aus mit ihm. Das heißt noch nicht töten, verstehst du?“

„Warum will er, daß ich das tu'?“

„Alle Neuen müssen etwas tun, um ihren Mut zu beweisen. Also, was meinst du dazu?“

Genter hatte nicht gezögert. „Wird besorgt!“ sagte er.

Carlo kehrte zum Fenster zurück und hieß seinen Gefährten folgen.

„Bleib hier stehen und streck den linken Arm durchs Fenster!“

Genter streifte die Manschetten eines durchnäßten Ärmels zurück und streckte seinen nackten Arm durch die Spalte. Seine Hand wurde mit festem Griff erfaßt, und sogleich fühlte er, wie etwas Weiches und Nasses sich gegen sein Handgelenk preßte. – Ein Gummistempel, dachte er und wappnete sich gegen den Schmerz, der nun folgen mußte. Er kam wie das schnelle prickelnde Stechen von tausend Nadeln. Dann ließ der Griff nach, Genter riß seine Hand zurück und starrte verwundert auf die verwischte Zeichnung von Tinte und Blut, die der Tätowierende auf seiner Hand zurückgelassen hatte.

„Wisch es nicht ab!“ sagte eine erstickte Stimme aus der Finsternis der Hütte her. „Und jetzt kannst du hereinkommen.“

Der Fensterladen schloß sich und wurde von innen verriegelt, dann kam das Knarren eines Schlüssels, der sich im Schloß drehte, und die Tür öffnete sich. Genter trat in die pechschwarze Finsternis ein und vernahm, daß die Tür der Hütte von dem unsichtbaren Insassen verriegelt wurde.

„Deine Nummer ist K 971“, sagte die hohle Stimme, „und wenn du sie in den Personalnachrichten der Times siehst, so berichtest du hierher, wo immer du auch bist. Nimm das...“

Genter streckte seine Hand aus, und ein Briefumschlag wurde in sie gelegt. Es war, als ob der geheimnisvolle Frosch selbst in dieser Finsternis zu sehen vermöchte.

„Das ist dein Reisegeld und eine Landkarte der Gegend. Wenn du das Geld für dich verbrauchst oder nicht dorthin kommst, wo man deiner bedarf, wird man dich töten. Hast du mich verstanden?“

„Jawohl.“

„Du wirst weiteres Geld erhalten, das du für deine Ausgaben verwenden kannst. Hör mich jetzt an. In Roche-More, Nr. 7, Park Avenue, wohnt Hallwell Jones, der Bankier –“ Er mochte gefühlt haben, daß der Neuling überrascht zusammenfuhr. „Du kennst ihn?“

„Ja, ich habe vor Jahren für ihn gearbeitet“, sagte Genter. Er zog seinen Browning hervor und entsicherte ihn mit dem Daumen.

„Zwischen heute und Freitag muß er niedergeschlagen werden. Du brauchst ihn aber nicht zu töten. Wenn es geschieht, so macht es nichts aus. Aber ich vermute, daß sein Schädel zu hart sein ..."

Genter hatte nun festgestellt, wo der Mann stand, da seine Augen sich an das Dunkel zu gewöhnen begannen. Seine Hand griff plötzlich zu und erfaßte den Arm des Frosches.

„Ich habe eine Pistole", sagte er zwischen den Zähnen. „Ich bin Inspektor Genter von der Polizeidirektion, und wenn du dich zur Wehr setzt, so töte ich dich."

Eine Sekunde lang herrschte Totenstille. Dann fühlte Genter, wie die Hand, die die Pistole hielt, mit schraubengleichem Griff umfaßt wurde. Er schlug mit der anderen Faust zu, aber der Mann bückte sich, und der Schlag fuhr in die Luft. Dann wurde die Pistole mit unerträglicher Drehung aus Genters Hand gewunden, und er kam mit seinem Gefangenen in ein Handgemenge. Dabei berührte sein Gesicht das des Frosches. War es eine Maske, die jener trug? Er spürte die kalten Glimmerbrillengläser auf seiner Wange. Dies erklärte die erstickte Stimme. So kräftig Genter auch war, er konnte sich aus den ihn umklammernden Armen doch nicht befreien, und sie schwankten in der furchtbaren Finsternis hin und her. Plötzlich hob der Frosch den Fuß, und um dem vorausgesehenen Stoß zu entgehen, machte Genter eine heftige Wendung. Das Splittern von gebrochenem Glas ward hörbar und ein scharfer, kalter, durchdringender Geruch drang auf den Detektiv ein. Er versuchte tief zu atmen, aber er meinte zu ersticken, und seine Arme fielen schlaff und machtlos herab.

Der Frosch hielt die gebeugte Gestalt eine Minute lang, dann ließ er sie zu Boden fallen.

Am Morgen fand die Londoner Polizeipatrouille Inspektor Genter im Garten eines leeren Hauses liegend und rief die Rettungsgesellschaft an.

Aber ein Mann, der mit konzentrierten Blausäuredämpfen vergiftet worden ist, stirbt schnell. Zehn Minuten, nachdem der Frosch den Glaszylinder, den er für ähnliche Notfälle in der Hütte vorbereitet hielt, zerbrochen hatte, war Genter eine Leiche.

4

Auf der ganzen Welt gab es keinen Detektiv, der weniger nach einem Polizeioffizier, und einem recht klugen Polizeioffizier, aussah, als Elk. Er war groß und hager, und seine etwas krumme Haltung verstärkte noch den Eindruck seiner Kümmerlichkeit. Seine Kleider schienen schlecht zu passen und hingen mehr an ihm herunter, als daß sie ihn kleideten. Winters und sommers trug er einen schmutzigen, rehfarbenen Überzieher, der stets und ständig zugeknöpft blieb, und den gleichen gelbbraunen Anzug trug er seit jedermanns Gedenken. Wenn Regen fiel, dann glänzte sein schwarzer steifer Hut vor Nässe, aber Elk spannte den Regenschirm nicht auf, der schlecht gewickelt und plump an seinem Arm hing. Niemals hatte jemand diesen Gebrauchsgegenstand geöffnet gesehen. Elks leichenblasses Gesicht trug unentwegt den Ausdruck tiefster Düsterheit, und seine Vorgesetzten fanden seinen Einfluß deprimierend, denn seine Zukunftsaussichten wurden durch sein Mißgeschick bei der Beförderung beeinträchtigt. Zehnmal hatte er sich zur Prüfung gemeldet und zehnmal hatte er unweigerlich bei demselben Gegenstand: Geschichte, versagt. Dick Gordon, der Elk besser als dessen unmittelbare Vorgesetzte kannte, vermutete, daß dieses Mißgeschick ihn gar nicht so sehr bekümmerte, wie man annahm.

„Die armen Sünder haben auf Erden keine Ruhe", seufzte Elk und nahm auf dem angebotenen Sessel Platz. „Ich dachte, Herr Gordon, ich würde wenigstens nach meiner Reise nach den USA Ferien von Ihnen bekommen."

„Lieber Elk, ich möchte womöglich alles über Lola Bassano erfahren", sagte Dick. „Wer ihre Freunde sind, warum sie sich so plötzlich an Ray Bennett angeschlossen hat, der ein kleiner Beamter bei den Vereinigten Maitlands ist. Besonders aber, warum sie ihn gestern nacht an der Ecke von St. James Square abgeholt und nach Horsham gefahren hat. Ich sah sie durch Zufall, als ich aus meinem Klub kam, und folgte ihnen. Sie saßen fast zwei Stunden in ihrem Wagen ungefähr hundert Meter von Bennetts Haus entfernt und sprachen miteinander. Ich stand im Regen hinter dem Wagen und lauschte. Wenn er ihr den Hof gemacht hätte, so hätte ich es verstanden. Aber sie redeten und redeten nur von Geld. Und dabei hat der junge Bennett keinen Pfennig in der Tasche."

Elk rauchte gedankenvoll. „Bennet hat eine Schwester", sagte er plötzlich zu Dicks Erstaunen. „Sie ist sehr hübsch, aber der alte Bennett ist bestimmt irgendeine Art von Gauner. Er leistet keine regelmäßige Arbeit, sondern bleibt manchmal tagelang fort und sieht merkwürdig schlecht aus, wenn er zurückkommt."

„Sie kennen die Familie?"

Elk nickte. „Der alte Bennett interessiert mich. Irgend jemand hat über seinen Lebenswandel schon als verdächtig berichtet. Die Lokalpolizei hat ja nichts zu tun, als Lämmchen zu hüten und sieht natürlich jeden, der kein Lämmchen ist, als verdächtigen Charakter an. Ich habe den alten Bennett beobachtet, bin aber seinen Handlungen nie auf den Grund gekommen. Er hat eine Menge der sonderbarsten Berufe gehabt. Jetzt hat er sich auf Bildaufnahmen geworfen. Ich würde wirklich etwas dafür geben, zu erfahren, was sein wirklicher Beruf ist. Regelmäßig einmal im Monat, manchmal zweimal, manchmal noch öfter, verschwindet er, und man kann ihn nicht auffinden. Ich habe jeden Stromer in London nach ihm gefragt, aber sie sind alle genauso ratlos und verblüfft darüber wie ich. Lew Brady hat sich auch für ihn interessiert. Er haßt Bennett. Vor Jahren machte er sich an den alten Mann heran und versuchte aus ihm herauszubringen, was für ein Spiel er treibt. Aber Bennett hat es ihm heimgezahlt."

„Der alte Mann?" fragte Dick ungläubig und sah ihn an.

„Jawohl! Er ist stark wie ein Stier ... Also, ich werde Lola besuchen. Sie ist kein schlechtes Mädel, aber mir persönlich sagen Vampire nicht zu. Also, Genter ist tot? Halten Sie den Frosch auch dabei für beteiligt?"

„Ohne Zweifel", sagte Dick aufstehend. „Und hier, Elk, ist einer der Leute, die ihn umbrachten."

Er ging ans Fenster und beugte sich hinaus. Der Mann, den er minutenlang beobachtet hatte, war plötzlich verschwunden.

„Wo?" fragte Elk hinter ihm.

„Er ist jetzt eben fort. Ich ..." Im gleichen Moment zerbrach das innere Fenster, und die Glassplitter verletzten sein Gesicht. In der nächsten Sekunde riß ihn Elk heftig zurück.

„Vom Dach der Onslow-Gärten", sagte Dick ruhig.

„Der Schütze hat ein Dutzend Wege, um zu entwischen, die Feuerleiter nicht ausgenommen. Es geschieht zum zweiten Male, daß sie heute bei hellem Tageslicht hinter mir her sind. Als ich nach Hause zurückkehrte, war es das erste Mal. Ein geradezu genialer Versuch, mich mit einem leichten Auto zu überfahren. Das verdammte Ding erkletterte sogar das Trottoir."

„Haben Sie sich die Nummer gemerkt?"

„10 L. 19741. – Es gibt keine solche Nummer im Register, und der Fahrer war fort, bevor ich irgend etwas unternehmen konnte, um ihn aufzuhalten."

Elk kratzte sich am Kinn und betrachtete den jugendlichen Staatsanwalt mit zweifelndem Blick. „Das klingt ja sehr interessant. Ich habe bisher viel zuwenig auf die Frösche geachtet. Heutzutage sind geheime Gesellschaften so üblich, daß jedesmal, wenn mir ein Herr die Hand schüttelt, er mich enttäuscht ansieht, wenn ich nicht mein Ohr zupfe oder mit dem Fuß aufstampfe.

Eine Räuberbande von großem Format habe ich immer als etwas angesehen, wovon man nur in Romanen liest."

Elk nahm Abschied und ging auf dem größtmöglichen Umweg nach Scotland Yard zurück, anscheinend ein arbeitsloser kleiner Angestellter mit schlechtgerolltem Regenschirm und verbogener Stahlbrille. Er schlenderte nach Trafalgar Square, stand gedankenvoll still und kehrte wieder um. Dem Büro des Staatsanwaltes gegenüber hatte ein langer Straßenverkäufer mit einem kleinen Tragbrett voller Zündhölzchen, Schlüsselringen, Bleistiften und den tausenderlei Kleinigkeiten, die solche Leute verkaufen, Posten gefaßt. Seine Waren waren im Augenblick mit einem regennassen Wachstuch bedeckt.

Elk hatte ihn früher nie bemerkt und wunderte sich, warum der Mann einen so ungünstigen Standpunkt gewählt hatte, denn das Ende der Onslow-Gärten, der windigste Punkt in Whitehall, ist auch an schönen Tagen nicht der Ort, an dem der eilige Fußgänger sich aufhalten würde, um einen Gegenstand zu erstehen. Der Händler trug einen schäbigen Regenmantel, der bis zu den Stiefelabsätzen reichte. Sein weicher Filzhut war tief in die Stirn gezogen, aber Elk sah das Gesicht, das an einen Raubvogel gemahnte, und blieb stehen.

„Guter Verdienst?"

„Ne-in."

Elk war sofort gefesselt. Dieser Mann war Amerikaner und wollte seine Aussprache verstellen, um als Cockney zu gelten.

„Sie sind Amerikaner, aus welchem Staat?"

„Georgia", war die Antwort, und diesmal machte der Hausierer keinen Versuch mehr, seine Sprache zu verstellen.

Elk streckte die Hand aus. „Zeigen Sie mal Ihre Lizenz!"

Ohne Zögern wies der Mann den geschriebenen Polizeierlaubnisschein vor, der ihn zum Straßenverkäufer ermächtigte. Er lautete auf den Namen „Joshua Broad" und war in Ordnung.

„Sie sind nicht aus Georgia –", sagte Elk, „aber das macht nichts. Sie sind aus Hampshire oder Massachusetts."

„Connecticut, um ganz genau zu sein", sagte der andere kühl. „Aber ich habe in Georgia gewohnt. Brauchen Sie keinen Schlüsselring?" In seinen Augen zeigte sich ein belustigtes Zwinkern.

„Nein, ich habe nie einen Schlüssel besessen, habe nie etwas Einschließenswertes gehabt", sagte Elk und befingerte die Sachen auf dem Brett. „Das ist aber kein guter Platz hier."

„Nein", sagte der Hausierer, „viel zu nahe bei Scotland Yard, Herr Elk."

„Woher kennen Sie mich?"

„Das tun doch die meisten! Nicht?“ fragte der Mann unschuldig.

Elk musterte den Hausierer von den Sohlen seiner starken Schuhe bis zu dem durchweichten Hut und ging mit einem Nicken weiter. Der Händler sah dem Detektiv nach, bis dieser außer Sicht war, dann befestigte er das Wachstuch wieder über seinem Tragbrett, schnallte es fest zu und ging in der Richtung, die Elk eingeschlagen hatte, weiter.

Als Ray Bennett aus Maitlands Haus trat, um zum Mittagessen zu gehen, sah er einen schäbigen und schwermütig aussehenden Mann an der Ecke des Gehsteiges stehen, der ihm aber nur einen flüchtig schweifenden Blick schenkte. Er kannte Elk nicht und ihm fiel auch nicht auf, daß er von jenem in das kleine Wirtshaus verfolgt wurde, wo Philo Johnson und er ihr bescheidenes Essen einzunehmen pflegten. Der Beobachter würde Ray sicherlich sonst unter keinen Umständen entgangen sein, aber in seiner heutigen Gemütsverfassung hatte er keinen anderen Gedanken als den an sich selbst und an das beleidigende Gehaben des alten, rübezahlbärtigen Maitland.

„Dieser alte Teufel ...!“ sagte er, als er neben Johnson einherging. „Einen zehnprozentigen Gehaltsabzug zu machen und damit gerade bei mir anzufangen! Und die Morgenzeitungen schreiben heute, daß er für das ›Nord-Spital‹ fünftausend Pfund gespendet hat.“

„Er ist ein wohltätiger Bursche, aber was den Abzug anbetrifft, so wollte er Sie einfach loswerden“, sagte Johnson fröhlich. „Was nützt das Schelten? Der Handel liegt darnieder, und die Börse ist toter als Ptolemäus. Der Alte wollte Sie abbauen. Er meinte, Sie wären irgendwie überflüssig. Aber wenn Sie doch darüber die idealere Seite des Lebens nicht vergessen wollten, Ray?“

„Idealere Seite!“ schnaubte der junge Mann, und sein Gesicht wurde rot wie Mohn. „Ich habe das Gehalt eines kleinen Jungen, und ich brauche entsetzlich viel Geld, Philo.“

„Wenn ich so denken würde wie Sie, so müßte ich verrückt werden, oder zumindest ein großer Verbrecher. Ich verdiene kaum fünfzig Prozent mehr als Sie, und doch vertraut mir der alte Herr Hunderttausende an. Die Kunst, glücklich zu sein“, sagte er, „besteht darin, keine Bedürfnisse zu haben. Dann erhält man immer mehr, als man nötig hat... Wie geht es Ihrer Schwester?“

„Danke gut“, sagte Ray gleichgültig. „Ella hat dieselbe Veranlagung wie Sie. Es ist leicht, die Sorgen anderer Leute als Philosoph zu betrachten ... Wer ist denn dieser merkwürdige Mensch?“ fügte er hinzu, als ein Mann an dem Tisch, der dem ihrigen gegenüberlag, Platz nahm. Philo, der ein wenig kurzsichtig war, setzte sein Glas auf.

„Das ist Elk, einer von Scotland Yard", sagte er und lachte dem Neuankömmling zu. Ein Wiedererkennen, das zu Rays Ärger und Unbehagen den kümmerlichen Mann an ihren Tisch heranbrachte.

„Mein Freund, Herr Bennett ... Inspektor Elk."

„Sergeant", verbesserte Elk fest. „Das Schicksal war in Angelegenheiten der Beförderung immer grausam gegen mich. Warum ein Mann die Diebe leichter erwischen soll, wenn er weiß, wann Washington geboren wurde oder wann Napoleon Bonaparte gestorben ist, habe ich nie begriffen ... Essen Sie jeden Tag hier, Herr Bennett?"

Ray nickte.

„Ich glaube, Ihren Herrn Vater zu kennen – John Bennett."

Ray stand in Verzweiflung auf, entschuldigte sich mit Zeitmangel ließ die beiden allein.

„Ein hübscher Junge", nickte Elk und sah Ray Bennett lange nach.

5

Elk begleitete Johnson in sein Büro zurück, und als sie sich dem Bankpalast der Vereinigten Maitlands näherten, brach Herr Johnson mitten in der interessanten Darlegung seiner Philosophie ab und beschleunigte den Schritt. Elk sah auf dem Gehsteig vor ihnen Ray Bennett und neben ihm die schmale Gestalt eines Mädchens. Sie wendete den beiden Männern den Rücken zu, aber Elk erriet sogleich, daß es Ella Bennett war. Er hatte sie zweimal vorher gesehen und besaß ein wunderbares Gedächtnis für Rückenlinien. Als Johnson auf sie zustrebte, grüßte Ella ihn mit einem freundlichen Nicken.

„Das ist ein unerwartetes Vergnügen, Fräulein Bennett." Johnsons gemütliches Gesicht erglühte rosig, und Elk stellte fest, daß sein Handschlag noch wärmer und herzlicher war als sonst.

„Ich wollte heute gar nicht in die Stadt kommen, aber Vater ist wieder auf einem seiner Ausflüge fort", sagte sie. „Und ganz komisch – wenn ich nicht genau wüßte, daß sein Zug schon vor zwei Stunden abgefahren ist, so würde ich schwören, ihn soeben auf einem Autobus gesehen zu haben."

„Mein Freund, Herr Elk", stellte Johnson ein wenig ungeschickt vor.

„Es freut mich, Sie kennenzulernen, Fräulein Bennett", sagte Elk.

Ray verabschiedete sich, und Ella sprach zu ihrem Bruder noch ein leises Wort. Elk sah, wie der Junge die Stirn runzelte.

„Nein, nein, ich werde nicht mehr so spät kommen“, sagte er so laut, daß der Detektiv es hörte. Er zog den Hut und war schon im Tor verschwunden. Ella sah ihm mit einem kleinen schmerzlichen Mundzucken nach, dann nahm sie sich zusammen, reichte Johnson die Hand, grüßte Elk mit einem leisen Neigen ihres Hauptes und ging.

„Haben Sie Fräulein Bennett schon gekannt?“

„Oberflächlich“, antwortete Elk mürrisch. „Oberflächlich kenne ich fast jeden. Gute und schlechte Leute. Je besser sie sind, desto weniger kenne ich sie. Auf Wiedersehen!“

Als Johnson die Treppe zu Maitlands Haus hinaufstieg, schlenderte Elk ziellos fort. Er überquerte die Straße und blieb stehen, um sich eine Zigarette anzuzünden. Es war vier Uhr, und ein Taxi hielt vor der Tür der Vereinigten Maitlands und wartete. Elk sah wenige Minuten später den alten Maitland herauskommen, hastig, weder rechts noch links blickend. Elk betrachtete ihn mit mehr als dem gewöhnlichen Interesse. Er kannte den Finanzier vom Sehen her und hatte zwei oder drei Besuche im Büro gemacht, die mit ein paar kleinen, von Aufwartefrauen begangenen Diebstählen in Verbindung standen. So war er auch mit Philo Johnson bekannt geworden, denn der alte Mann hatte die Unterredung seinem Angestellten überlassen. Elk schätzte Maitland auf fast siebzig Jahre, und zum ersten Male überkam ihn die Neugier, wo er wohnen mochte. Es kam ihm als eine merkwürdige Tatsache zum Bewußtsein, daß er nicht das geringste über den Finanzier wußte und daß Maitland die einzige der Stadtgrößen war, über die die Zeitungen nichts schrieben.

Als das Auto davonfuhr, konnte Elk dem Anreiz nicht widerstehen und winkte einen zweiten Wagen heran.

„Verfolgen Sie das Auto!“ sagte er. Und der Fahrer nickte ohne Frage, denn es gab keinen Chauffeur in den Straßen von London, der den melancholischen Polizeimann nicht gekannt hätte. Der erste Wagen fuhr schnell in der Richtung nach London-Nord und hielt bei einem belebten Straßenknotenpunkt in Finsbury-Park. Maitland stieg aus und eilte um die Ecke, eine belebtere Straße entlang, und Elk folgte ihm auf den Fersen. Der Alte ging eine kleine Strecke, dann stieg er in einen Straßenbahnwagen. Elk sprang hinter ihm auf, als der Wagen sich eben in Bewegung setzte. Der Alte fand einen Platz, zog eine verknüllte Zeitung aus der Tasche und begann zu lesen. In Tottenham stieg Herr Maitland aus.

Er bog in ein Seitengäßchen, überquerte die Straße, kam in eine engere und noch armseligere Gasse und dann – zu Elks namenlosem Erstaunen – schloß er die eiserne Tür eines dunkeln und schmutzigen Hauses auf, trat ein und warf sie hinter sich zu.

Der Detektiv blickte die Straße hinauf und hinunter. Sie war von armen Kindern bevölkert. Elk betrachtete wieder das Haus.

Die Fenster waren schmutzig, die Vorhänge hingen in Fetzen, der winzige Vorhof war vernachlässigt. Und dies war das Haus Ezra Maitlands, des Mannes, der Millionen besaß.

Elk faßte einen Entschluß und klopfte an die Tür. Lange kam keine Antwort, dann war das Schlürfen von Füßen, die in Pantoffeln steckten, hörbar, und eine alte Frau mit krankhaft gelbem Gesicht öffnete die Tür.

„Verzeihen Sie", sagte Elk; „Ich glaube, der Herr, der gerade hereingegangen ist, hat dies hier fallen gelassen." Er zog ein Taschentuch hervor, und sie starrte es einen Augenblick lang an. Dann streckte sie wortlos die Hand aus, zog es ihm weg und schlug ihm die Tür vor der Nase zu.

Das war das letzte meiner guten Taschentücher, dachte Elk bitter. Er hatte einen Blick in das Innere des Hauses geworfen. Ein trüb aussehender Gang, mit einem Streifen verblichenen Teppichs belegt, war zu sehen gewesen. Er entschloß sich, fortzugehen und Erkundigungen einzuziehen.

„Maitland oder Mainland, das weiß ich nicht genau", sagte ein Kaufmann, der an der Ecke sein Geschäft hatte. „Der alte Herr geht jeden Tag um neun Uhr fort und kommt immer um dieselbe Stunde wie heute zurück. Ich kann nicht sagen, wer er ist. Aber das eine weiß ich: essen tun sie nicht viel. Er kauft alle seine Waren bei mir, und das alles, wovon die beiden Leute einen Tag lang leben, könnte ein gesundes Kind bei einer einzigen Mahlzeit verzehren."

Elk kehrte niedergeschlagen nach dem Westen der Stadt zurück. Er beschloß, sich mit der Angelegenheit weiter zu befassen.

Doch schien es ihm für den Moment angebrachter, alle seine Kräfte auf diese interessante junge Dame, Fräulein Lola Bassano, zu konzentrieren. In einer jener modernen Straßen, die von Cavendish Square auslaufen, gibt es eine Reihe Appartements, die nur von reichen Mietern bewohnt werden. Die Miete ist auch für jenes exklusive Viertel ganz besonders hoch bemessen, und Elk, den man nicht leicht zu überraschen vermochte, war ein wenig aus dem Gleichgewicht gebracht, als er sah, daß Lola Bassano in diesem luxuriösen Gebäude eine Flucht von Zimmern innehatte.

Der Liftboy, dem Elk mit reichlicher Berechtigung ein wenig verdächtig vorkam, berichtete ihm, daß Fräulein Bassano im dritten Stock wohne.

„Wie lange wohnt sie hier?" fragte Elk.

„Das geht Sie nichts an", antwortete der Liftboy, „dort ist der Eingang für Lieferanten."

Beim Anblick von Elks Dienstmarke wurde er jedoch sofort höflicher und mitteilsamer.

„Sie wohnt seit zwei Monaten hier", sagte er. „Und um Ihnen die Wahrheit zu sagen, es hat mich oft gewundert, daß sie die Wohnung im Caverley-Haus bekommen hat. Wie ich gehört habe, hat sie einmal einen Spielklub in der Germynstraße gehabt. Sie sind doch nicht gekommen, um sie zu verhaften?" fragte er ängstlich. „Das wäre ein schönes Renommee für Caverley -Haus."

„Ich mache nur einen freundschaftlichen Besuch", sagte Elk. Der Liftboy trat aus dem Aufzug und wies nach einer der beiden glatten Mahagonitüren, die auf den Flur mündeten.

„Die andere Wohnung gehört einem amerikanischen Millionär."

Elk war im Begriff zu antworten, als der Liftboy zur Tür ging und auf eines der polierten Paneele deutete. „Das ist doch sonderbar –", sagte er. „Da, schauen Sie einmal her."

Elk trat neben ihn, und mit einem Blick erfaßte und verstand er. Auf der Mahagonitafel war ein kleiner weißer Frosch sichtbar, ein genaues Stempelbild desjenigen, den er heute morgen auf Dick Gordons Fotografien gesehen hatte.

Ein Frosch, kauernd und ein wenig schief. Er rührte mit spitzem Finger daran. Die Farbe war noch naß und blieb haften.

Plötzlich öffnete sich die Tür, und ein Mann mittleren Alters erschien in ihrem Rahmen. Mit dem langläufigen Revolver in der Hand zielte er auf das Herz des Detektivs.

„Halten Sie die Hände hoch!" befahl er scharf.

Dann stockte er und starrte dem Detektiv ins Gesicht. Elk erwiderte sprachlos den Blick, denn der elegante Herr, der vor ihm stand, war der Hausierer, den er in Whitehall gesprochen hatte. Der Amerikaner gewann als erster die Selbstbeherrschung zurück, und Elk sah von neuem das Aufblitzen innerer Belustigung in seinen Augen. Er trat zurück und öffnete die Tür ganz. „Kommen Sie herein, Herr Elk", sagte er und nickte dem verblüfften Liftboy zu. „Schon gut, Worth, ich habe mir einen kleinen Scherz mit Herrn Elk erlaubt."

Er schloß die Tür und ließ den Detektiv in seinen Salon eintreten. Elk beschloß, den Frosch an der Tür zum Gegenstand einer späteren Diskussion zu machen.

„Wir sind ganz allein, Herr Elk, und Sie brauchen nicht leise zu sprechen. Darf ich Ihnen eine Zigarre anbieten?" Elk streckte mechanisch die Hand aus und wählte eine blonde Havanna.

„Wenn ich mich nicht sehr irre, so haben wir uns schon heute morgen gesehen“, sagte er.

„Sie täuschen sich nicht“, unterbrach ihn der andere kühl. „Wir haben uns in Whitehall getroffen, und ich habe mit Schlüsselringen hausiert. Mein Name ist Joshua Broad. Sie können mir also nicht vorwerfen, daß ich unter falschem Namen gehandelt habe.“

Der Detektiv zündete die Zigarre an, bevor er sprach.

„Diese Wohnung scheint sehr kostspielig zu sein“, sagte er langsam. „Und ich verstehe es, daß Sie versuchen, etwas zu verdienen. Aber es dünkt mich, daß das Hausieren mit Schlüsselringen einem Geschäftsmann nur recht armselige Verdienstmöglichkeiten bieten kann.“

Joshua Broad nickte.

„Es macht mir aber Spaß, Herr Elk. Ich bin eine Art von Kriminalpsychologe.“ Er zündete seinerseits eine Zigarre an und machte es sich in einem tiefen, kattunüberzogenen Armsessel bequem, die gekreuzten Beine von sich streckend, ein Bild der Zufriedenheit.

„Als Amerikaner habe ich Interesse an sozialen Problemen, und ich habe immer gefunden, daß der einzige Weg, um die Armen irgendeines Landes zu verstehen, der ist, unter ihnen zu leben.“

Elk setzte seine Brille fester auf die Nase, und seine Blicke streiften Herrn Broads Tasche, in die der Revolver zurückgekehrt war. „Wir leben in einem ziemlich freien Lande“, sagte er.

„Und jedermann kann hier mit Schlüsselringen hausieren, sogar wenn er im Nebenberuf Mitglied des Oberhauses wäre. Aber etwas ist hier doch verboten, Herr Broad, und das ist, ehrbaren Polizeileuten Revolver auf die Brust zu setzen!“

Broad kicherte. „Ich bedauere, ich war ein wenig zu heftig“, sagte er. „Aber ich habe in Wahrheit mehr als eine Stunde auf jemanden gewartet, der zu mir kommen sollte. Und als ich Ihre Schritte hörte ...“ Er zuckte die Achseln. „... ich bin darüber so zerknirscht, wie Sie es nur verlangen können.“

Elks Blicke ließen nicht von ihm ab. „Ich möchte Ihnen nicht lästig werden, wenn ich Sie frage, ob Sie einen Freund erwartet haben? Ich möchte gar zu gerne den Namen des Gastes wissen.“

„Das möchte ich auch“, sagte der andere. „Und noch eine ganze Menge von Leuten mit mir.“ Er sah Elk gedankenvoll an. „Ich habe einen Mann erwartet, der jeden Grund hat, sich sehr vor mir zu fürchten. Er heißt –, nun das tut nichts zur Sache. Ich habe ihn nur einmal im Leben getroffen und sah damals sein Gesicht nicht.“

„Aber Sie sind aneinandergeraten?“ fragte Elk.

„Keineswegs, ich benahm mich sehr gutmütig gegen ihn. Ich war nicht länger als fünf Minuten mit ihm in einem verfinsterten Raum allein, der nur von einer Laterne, die auf dem Tisch stand, erhellt wurde. Und ich glaube, daß dies alles ist, was ich Ihnen darüber erzählen kann, Herr Inspektor.“

„Sergeant!“ murrte Elk. „Es ist doch merkwürdig, wie viele Leute meinen, daß ich Inspektor wäre.“

Eine recht unbehagliche Pause entstand. Und dann fragte Elk und wies mit dem Kopf nach dem Gang: „Verkehren Sie mit Ihren Nachbarn?“

„Mit der Bassano und ihrem Freund? Nein! Sind Sie ihretwegen da?“ Elk schüttelte den Kopf.

„Ich wollte nur einen freundschaftlichen Besuch machen“, sagte er. „Ich bin gerade aus Ihrem Land gekommen, Herr Broad. Es ist ein schönes Land, aber es gibt dort zu große Entfernungen für mich.“ Er studierte noch eine ganze Weile das Teppichmuster, dann sagte er: „Ich hätte Ihren Freund von Herzen gerne kennengelernt. Ist er vielleicht auch Amerikaner?“

Broad schüttelte den Kopf. Als er Elk hinausbegleitete, sprachen sie beide kein Wort, und es schien fast, als ob Elk ohne guten Tag zu sagen gehen wollte, denn er schritt geistesabwesend weiter. Aber er drehte sich doch in der Tür um und lächelte trüb.

„Ich würde mich freuen, Sie wiederzusehen, Herr Broad“, sagte er. „Vielleicht treffen wir uns wieder in Whitehall?“

Seine Blicke hafteten an dem grotesken weißen Frosch an der Tür. Broad wischte mit dem Finger über das Zeichen.

„Der Abdruck ist noch ganz frisch“, sagte er. „Haben Sie sich schon Ihre Meinung darüber gebildet, Herr Elk?“

Elk prüfte die Matte vor der Tür. Ein kleiner weißer Fleck war auf ihr sichtbar, zu dem er sich hinabbückte. „Vollkommen frisch. Es muß gerade, bevor ich hierhergekommen bin, geschehen sein.“

Und hiermit schien sein Interesse an dem Frosch erschöpft.

„Ich werde jetzt hinübergehen. Guten Tag“, sagte er.

Lola Bassano saß wartend in ihrem schönen Salon. In einem tiefen Sessel kindhaft eingeschmiegt, viele weiche und farbige Kissen im Rücken, saß sie mit untergeschlagenen Beinen da, eine Zigarette zwischen den Lippen.

Von Zeit zu Zeit wendete sie den Kopf nach dem Mann, der, die Hände in den Hosentaschen, am Fenster stand und auf die Straße hinaussah. Er war groß, schwer gebaut, klobig und unvornehm. Alle Hilfe, die die Perfektion seines Schneiders und Kammerdieners ihm hatten angedeihen lassen, genügte nicht, um, seinen Ursprung zu verwischen. Er blieb ein recht fett gewordener Boxer. Vor einiger Zeit – vor noch ganz kurzer Zeit – war Lew Brady Schwergewichtsmeister von Europa gewesen, ein schrecklicher Kämpfer, mit gerade jenem Tropfen farbigen Blutes in den Adern, der den Unterschied zwischen Größe und Mittelmäßigkeit im Ring auszumachen pflegt. Ein stärkerer Mann hatte seine Schwäche aufgedeckt, und der Ruhm Lew Bradys welkte mit bemerkenswerter Schnelle dahin. Er hatte einen einzigen Vorteil vor seinen Gefährten, und dieser rettete ihn vor völliger Vergessenheit. Ein Philanthrop hatte ihn einst als Kind in der Gosse gefunden und ihm eine Erziehung angedeihen lassen. Er hatte eine gute Schule besucht und war mit Männern, die ein gutes Englisch sprachen, befreundet. Die Vorteile, die er dieser Freundschaft verdankte, waren nicht verlorengegangen, und seine Sprache war von so merkwürdiger Kultur, daß Leute, die den brutalen Mann zum ersten Male sprechen hörten, mit dem hellsten Erstaunen lauschten.

„Um wieviel Uhr erwartest du deinen Pagen?“ fragte er.

Lola zuckte die Schultern. „Ich weiß nicht, wann er kommt.“

Der Mann wendete sich vom Fenster ab und begann langsam im Zimmer auf und nieder zu schreiten. „Ich verstehe nicht, warum sich der Frosch für ihn interessiert“, murrte er. „Lola, ich bin dieses alten Herrn Frosches entschieden überdrüssig.“

Lola lächelte und sah ihn mit halbgeschlossenen Augen an. „Vielleicht bist du nur der Tatsache überdrüssig, daß du Geld bekommst und nichts dafür zu tun hast“, sagte sie. „Mich selbst wird solch ein Überdruß niemals anwandeln. Und sei sicher, daß der Frosch nicht nach dem jungen Bennett fragen würde, wenn er dessen nicht wert wäre.“ Brady zog seine Uhr heraus und blickte auf das juwelengeschmückte Zifferblatt. „Fünf Uhr. Vermutlich weiß der Junge nicht, daß du mit mir verheiratet bist.“

„Du bist ein Narr!“ sagte Lola, sich träge dehnend. „Sollte ich mich dessen auch noch rühmen?“

Lew Brady ging von neuem hin und her, hin und her. Ein schwaches Glockenzeichen wurde hörbar, und er sah Lola an. Sie nickte, erhob sich, schüttelte die Kissen auf und nahm von neuem ihre frühere Stellung ein.

„Mach auf!“ sagte sie, und der Mann ging gehorsam. Dann kam Ray Bennett herein; er nahm Lolas Hand und küßte sie.

„Ich komme spät. Der alte Johnson hat mich zurückgehalten, nachdem die anderen schon lange gegangen waren. Oh, ist das aber ein schöner Raum! Ich hatte keine Ahnung, daß du in so großem Stile lebst.“

„Kennst du Lew Brady?“

Ray nickte lächelnd. Er sah wie die verkörperte Glückseligkeit aus, und die Gegenwart Bradys hinderte ihn wenig. Er wußte längst, daß Lola mit Brady in irgendeiner Geschäftsverbindung stand.

„Also, sprechen wir jetzt von deinem wundervollen Plan!“

sagte er, als er auf ein Zeichen von Lola sich neben sie gesetzt hatte. „Weiß Brady davon?“

„Es ist Lews Idee“, sagte sie leichthin. „Er späht ja immer nach guten Gelegenheiten aus, allerdings nicht für sich selber, sondern für andere.“

„Ja, das ist eine meiner Schwächen“, sagte Lew bescheiden.

„Ich weiß ja nicht, ob Sie mit meinen Plänen einverstanden sein werden. Ich würde die Sache selbst übernehmen, aber ich habe leider im Augenblick zuviel zu tun. Hat Lola Ihnen alles darüber gesagt?“

Ray nickte. „Ich kann es kaum glauben“, sagte er. „Ich habe immer gemeint, daß so etwas nur in Zeitschriften steht. Lola hat mir von einem Geheimagenten erzählt, den die japanische Regierung in London einsetzen möchte. – Jemanden, den sie desavouieren könnte, wenn es notwendig wäre. Aber worin bestünde denn eigentlich meine Arbeit?“

„Das weiß ich nicht“, sagte Lew kopfschüttelnd. „Soweit ich informiert bin, haben Sie nichts zu tun, als zu atmen. Vielleicht werden sie Sie brauchen, um Dinge in Erfahrung zu bringen, die in der politischen Welt vor sich gehen. Das, was mir, wie ich ehrlich gestehe, daran nicht gefällt, ist, daß Sie ein Doppelleben führen müssen. Niemand darf erfahren, daß Sie bei Maitland angestellt sind. Sie legen sich einen beliebigen Namen bei und treffen Ihre häuslichen Arrangements so gut Sie es vermögen.“

„Das wird nicht schwer halten“, unterbrach ihn Ray. „Vater meinte ohnedies, ich müßte ein Zimmer in der Stadt nehmen. Er findet die tägliche Reise von und nach Horsham zu kostspielig. Das habe ich Samstag mit ihm ausgemacht. Zum Wochenende werde ich immer nach Hause fahren; aber was habe ich zu tun und wem muß ich berichten?“

Lola stand auf und kam langsam auf ihn zu. „Armer Junge“, spottete sie mit ihrem leisen Lachen, „die Aussicht, eine schöne Wohnung zu haben und mich jeden Tag zu sehen, macht ihm solche Sorgen!“

6

Die Eldorstraße in Tottenham ist einer der tausend grauen und häßlichen Verkehrswege, die die inneren Vororte Londons durchziehen.

Um neun Uhr abends ging Elk im strömenden Regen durch die Eldorstraße, die verödet lag. Die meisten Fronten waren nicht erhellt, denn das Leben der Eldorstraße spielt sich zu dieser Zeit in den auf der Hinterseite der Häuser liegenden Küchen ab. Aber aus den Fenstern des Hauses Nr.193 fiel ein Lichtschein.

Am Morgen jenes Tages hatten die Zeitungen eine Mitteilung über die neue Spekulation der Vereinigten Maitlands gebracht, über ein Geschäft, dessen Gewinn weit mehr als eine Million Pfund betragen hatte. Und das Haupt des Konzerns lebte in solch einem Schmutzwinkel! Während Elk vor dem Haus stand, verlöschte plötzlich das Licht, und er hörte den sich nähernden Schall von Tritten drinnen im Hausflur. Er hatte eben noch Zeit, die Dunkelheit der gegenüberliegenden Straßenseite zu gewinnen, als die Tür sich öffnete und zwei Personen heraustraten. Es waren Maitland und die alte Frau, die Elk schon gesehen hatte. Sie trug eine Tasche aus Netzwerk in der Hand, und anscheinend gingen sie aus, um einzukaufen. Es war Samstagabend, und die Hauptstraße, die Elk eben passiert hatte, war noch von den Einkäufern belebt, die erst spät die Läden von Tottenham zu besuchen pflegten, um die Nahrungsmittel vor Geschäftsschluß zu billigeren Preisen zu erstehen. Elk wartete, bis das Paar verschwunden war, ging dann bis zum entgegengesetzten Ende der Straße hinab und wendete sich nach links. Er folgte einer mit Plakaten bedeckten Mauer, bis er einen engen Gang erreichte. Es war ein Weg, der zwischen den teergestrichenen Holzzäunen der Gärten hinlief, ein finsteres, unbeleuchtetes Gäßchen, kaum zwei Meter breit. Er zählte die Gartentore zur Linken mit Hilfe seiner Taschenlampe. Nach einer Weile blieb er stehen und drückte die Klinke des letzten Tores nieder. Die Tür war versperrt, aber nicht verriegelt. Elk grunzte befriedigt und zog aus seiner Tasche ein ledernes Säckchen, dem er einen kleinen hölzernen Handgriff entnahm, in den er einen Stahlhaken einsetzte, den er sorgfältig aus einem Dutzend anderer ausgewählt hatte. Erst nach vielen Versuchen drehte sich das Schloß, und er stieß die Tür leise auf. Die Hinterfront des Hauses lag im Dunkeln, und der Hof war merkwürdigerweise ganz frei von all den Hindernissen, die Elk erwartet hatte. Er überquerte ihn rasch und ging zur Tür, die ins Haus führte. Zu seiner Überraschung war sie nicht verschlossen. Er befand sich in einem kleinen Abstellraum, dann ging er durch eine Tür in einen kahlen Flur und kam in das Zimmer, in dem er das Licht gesehen hatte.

Es war ärmlich und schäbig möbliert. Der Lehnstuhl neben dem Kamin hatte gebrochene Federn, in der einen Ecke stand ein unordentlich gemachtes Bett und in der Mitte des Zimmers ein Tisch, den ein fleckiges Tuch bedeckte. Darauf lagen einige Bücher und ein paar Blätter Papier, die mit ungeschickter Kinderschrift bedeckt waren.

Elk las neugierig: „Der Mann hat einen Hund. – Der Mann ruft den Hund, und der Hund bellt den Mann an." Es gab noch mehr Blätter dieser Art. Die Bücher waren Fibeln der ersten Klasse. Elk sah umher und gewahrte ein billiges Grammophon und auf der Kredenz ein halbes Dutzend zerkratzter und beschädigter Platten. Er drehte das Gas auf und zündete es an, nachdem er den Riegel vorgeschoben hatte, um sich gegen Überraschungen zu sichern. Die vom helleren Licht beschienene Armseligkeit des Zimmers erschütterte ihn. Der Teppich war abgetreten und voller Löcher. Es gab kein Möbelstück, das nicht Schäden aufgewiesen hätte. Auf der Kredenz stand die Rechenmaschine eines Kindes, ein mit Drähten bespannter Rahmen, auf dem Perlen aufgereiht waren und woran man die Kleinen zählen lehrt. Ein Papier auf dem Kaminsims erweckte seine Aufmerksamkeit. Es war eine Kopie des Millionenkontraktes, den Maitland heute morgen unterschrieben hatte. Seine klare Unterschrift mit dem charakteristischen Schnörkel stand darunter. Elk legte das Papier zurück und begann die Wohnung zu durchsuchen. In einem Geschirrschrank neben dem Kamin fand er eine Geldbüchse, in der Münzen klapperten. Etwa hundert Briefe lagen dabei, an Ezra Maitland, 193, Eldorstraße, Tottenham, adressiert. Es waren entweder Schreiben von Geschäftsleuten, oder politische Broschüren, mit denen die Kandidaten ihre Wähler überfluteten. Sie waren alle ungeöffnet. Sonst gab es nichts Interessantes im Zimmer. Es war sicher, daß der alte Mann hier schlief, aber wo war das Kind? Elk drehte das Licht ab und ging die Treppe hinauf. Die Tür war versperrt, und hier waren seine Instrumente ohne Nutzen, denn es war ein Patentschloß und erst kürzlich angebracht. Vielleicht ist das Kind hier, dachte er. Ein zweites Zimmer, offensichtlich das der alten Frau, war ebenso ärmlich möbliert wie das Wohnzimmer unten. Elk trat auf den Treppenabsatz hinaus, und just als er die erste Stufe hinabstieg, hörte er einen scharfen Ton. Er horchte, aber alles blieb still.

Elk war ein Mann von guter Beobachtung, und er war ganz sicher, daß das Tor offengestanden hatte, als er das Haus betreten hatte. Jetzt war es von innen verriegelt, und der Schlüssel steckte im Schloß. War es das Kind, das, durch seine Anwesenheit erschreckt, das Tor versperrt hatte? Elk war klug genug, seine Forschungen nicht allzu weit auszudehnen. Er ging, so leise er es vermochte, den Gartenweg entlang auf die Straße hinaus. Hier wartete er, indem er einen Posten einnahm, der es ihm ermöglichte, die ganze Länge der Eldorstraße und den kleinen Weg, der sich an der Mauer öffnete, zu überschauen. Bald darauf sah er die

Maitlands zurückkehren. Der alte Mann trug das Einkaufsnetz, das jetzt angefüllt war. Elk sah das Grün eines Kohlkopfes, als sie unter der Laterne vorbeigingen. Er beobachtete sie, bis sie in der Finsternis verschwanden, und hörte das Geräusch der sich schließenden Haustür. Fünf Minuten später kam eine dunkle Gestalt den Weg hinter den Häusern hervor. Elk beeilte sich, den Mann zu verfolgen. Er tauchte in ein Labyrinth kleiner Gassen unter, der Detektiv ihm immer auf den Fersen. Er ging schnell, aber nicht zu schnell für Elk, der ein ausgezeichneter Fußgänger war. Der Fremde bog in die Hauptstraße ein; Elk hielt sich ein Dutzend Schritte hinter ihm. Aber er konnte sein Gesicht nicht eher sehen, als bis der Verfolgte die Tür eines wartenden Autos aufmachte und hineinsprang.

Es war Joshua Broad, der Mann, der Schlüsselringe in Whitehall feilhielt, in der teuersten Wohnung wohnte und Zeit fand, sich für Ezra Maitland auf das nachdrücklichste zu interessieren.

„Kommen Sie nur herein, Elk, es regnet zu stark", sagte er, und Elk stieg in den Wagen. Das Auto setzte sich in Bewegung, und der Amerikaner wendete ihm sein Raubvogelgesicht zu.

„Sagen Sie, Elk, haben Sie das Kind gesehen?"

Elk schüttelte den Kopf. „Nein", sagte er.

„So, ich habe es gesehen", sagte Broad.

„Wo war sie denn versteckt?"

„Es ist ein Er", antwortete Broad ruhig. „Und ich hoffe, daß Sie mir die Beantwortung dieser Frage erlassen werden. Ich bin schon eine Stunde lang im Haus gewesen, bevor Sie ankamen. Sie haben mir Angst gemacht. Ich hörte Sie kommen und dachte, es wäre St.Nikolaus mit dem Bart. Nebenbei bemerkt, hatte ich das Tor offengelassen. Also mein Lieber, was denken Sie darüber?"

„Über Herrn Maitland?"

„Exzentrisch, hm? Wenn Sie erst wüßten, wie exzentrisch!"

Als der Wagen von dem Caverley-Haus hielt, fuhr Elk aus seinem langen Sinnen auf. „Was sind Sie, Herr Broad?"

„Dreimal dürfen Sie raten!" Der andere lachte fröhlich, als sie aus dem Wagen stiegen.

„Geheimagent", meinte Elk prompt.

„Falsch! Ich bin Privatdetektiv, und mein Steckenpferd ist das Studium der Verbrecherkategorien. Wollen Sie heraufkommen und ein Glas Bier trinken?"

Elk nahm die Einladung an.

Broad wollte den Schlüssel in das Schloß seiner Wohnungstür stecken, als Elk plötzlich die Hand auf dessen Arm legte.

„Öffnen Sie die Tür nicht!“ sagte er flüsternd. Broad sah ihn überrascht an. Alle Muskeln im Gesicht des Detektivs waren gespannt.

„Warum nicht?“

„Es ist nur ein Gefühl. Ich bin Schotte von Geburt, und wir haben ein Wort ›fey‹, das Übernatürliches bedeutet.“

„Sind Sie abergläubisch? Oder spaßen Sie?“ fragte Broad.

„Es ist etwas hinter dieser Tür, ich könnte einen Eid darauf leisten.“ Elk nahm den Schlüssel aus Broads Hand, stieß ihn ins Schloß und öffnete. Dann riß er mit raschem Stoß die Tür auf, indem er Broad zur Seite in den Schutz der Wand drängte. Eine Sekunde lang geschah nichts. Aber dann sprang Elk zur Treppe.

„Laufen Sie, laufen Sie!“ rief er. Der Amerikaner sah die erste Wolke grünlich-gelben Dunstes aus der offenen Tür quellen und folgte. Der Portier schloß eben seine Kammer für die Nacht, als Elk, ohne Hut und atemlos, ihn zur Seite drängte.

„Können Sie in die Wohnungen telefonieren?“ fragte er. „Gut! Rufen Sie sofort unterhalb des dritten Stockes an und sagen Sie den Mietern, daß auf keinen Fall die Türen geöffnet werden dürfen. Sagen Sie, daß alle Ritzen mit Papier verschlossen, die Briefkästen verstopft und die Fenster aufgemacht werden müssen. Das Haus ist mit giftigen Gasen angefüllt. Fragen Sie mich nicht, tun Sie, was ich Ihnen sage!“

Er selbst telefonierte der Feuerwehr, und wenige Sekunden später erklang draußen das Gebimmel von Glocken, und Männer in Gasmasken stampften die Treppe hinauf. Glücklicherweise hatten alle Mieter außer Broad und seiner Nachbarin für das Wochenende die Stadt verlassen.

„Und Fräulein Bassano kommt immer erst in früher Morgenstunde zurück“, sagte der Portier.

Die Nacht verging, bevor das Gebäude mit Hilfe von Hochdruckluftpumpen und chemischen Beschleunigungsmitteln gelüftet worden war. Broad hatte keinerlei Schaden erlitten als den, daß sein Silber schwarz verfärbt und jede Fensterscheibe, jeder Spiegel in seiner Wohnung mit einer gelblichen Ablagerung bedeckt war. Trotz der weit offenen Fenster durchzog ein muffiger Geruch die Räume, aber der Morgenwind kam, um die letzten Spuren des Überfalls fortzuwehen. Die beiden Männer begannen gemeinsam die Zimmer zu durchsuchen, um zu entdecken, wo das Gas eingeströmt war.

„Durch den offenen Kamin“, sagte Elk.

Eine Untersuchung des Daches bestätigte, daß seine Theorie richtig gewesen war. Sie fanden zehn große leere Gaszylinder und ein langes Seil, an dem ein Weidenkörbchen befestigt war.

„Der Verbrecher hat sich ins Haus geschlichen, während der Portier beim Aufzug beschäftigt war. Jemand auf der Straße hat die Zylinder in dem Körbchen befestigt, und der Mann hat vom Dach aus eines nach dem andern hinaufgezogen. Sie müssen vorher eine ziemlich sorgfältige Umschau gehalten haben, sonst hätten sie nicht gewußt, welcher Kamin in Ihr Zimmer führt."

Die beiden kehrten in die Wohnung zurück.

„Glücklicherweise hat mein Diener Ferien", sagte Broad, „sonst wäre er jetzt schon im Himmel."

„Hoffentlich!" antwortete Elk fromm. Die Sonne stieg gerade über die Dächer, als er schließlich fortging. Er hörte den Klang lärmender Stimmen, noch ehe er das Vestibül erreicht hatte. Ein großes Auto hielt vor dem Eingang, und am Steuer saß Ray Bennett im Frack. Den Platz neben ihm hatte Lew Brady eingenommen, und auf dem Gehsteig stand Lola in einem strahlenden Abendmantel. Ray Bennett hatte getrunken und war der völligen Berauschtheit nahe. „Ach, das ist ja Elk, der Elch der Elche! Mein Kompliment, alleredelster Diebsfänger. Lola, hier siehst du Elk von Elchsburg, den wahrhaften Sherlock, den Bluthund des Gesetzes..."

„Halt's Maul!" zischte Lew in sein Ohr. Aber Ray war in zu gehobener Stimmung, um so leicht zur Ruhe gebracht werden zu können.

„Wo ist dein unschätzbarer Gordon? Sag, Elk! Achte auf Gordon – achte um meinetwillen auf den armen, lieben Gordon! Meine Schwester mag ihn sehr gerne, den Gordon!"

„Das ist ein schöner Wagen, Herr Bennett", sagte Elk und betrachtete nachdenklich das Auto. „Ein Geschenk von Ihrem Vater?"

Die Erwähnung von seines Vaters Namen schien den jungen Mann wesentlich zu ernüchtern. „Nein", schnitt er ab. „Er gehört einem Freund. – Gute Nacht, Lola!" Er ließ den Wagen an.

„Auf Wiedersehen! Auf Wiedersehen!"

Der Wagen sprang an und raste dahin. Elk sah ihm nach, bis er aus seinem Gesichtskreis verschwand.

„Ich fürchte, er ist in Gefahr, sich seinen Schädel am Mond zu zerschellen. – Gut, daß Sie nicht früher kamen."

„Wieso?"

„Es ist ein Gasüberfall im Caverley-Haus verübt worden“, erklärte er. „Sie werden es vermutlich riechen, wenn Sie die Treppen hinaufgehen.“

„Giftgas?“ fragte sie.

Elk nickte.

„Aber wer hat es hierhergebracht?“ Elk sah sie mit einem verwunderten Blick an.

„Wenn ich das wüßte, würde ich dann hier stehen und mit Ihnen darüber sprechen? – Hören Sie, Lola, was treibt dieser junge Bennett?“

„Er hat gerade jetzt einen Haufen Geld verdient, und ich vermute schon, daß er es ein wenig zu toll treibt.“

„Wenn ich viel Geld erworben hätte und damit etwas beginnen wollte, hätte ich mir einen besseren Maître de plaisir gewußt, als einen Lumpen von Preisboxer.“

Über Lolas schönes Gesicht flutete eine zornige Welle, und der Blick, mit dem sie ihn maß, barg nicht minder tödliches Gift als die Gase, gegen die er eine lange Nacht gekämpft hatte.

„Ich glaube, ich werde Nachforschungen im Zentralbüro über seinen weiblichen Bekanntenkreis anstellen müssen“, fuhr Elk erbarmungslos fort. „Ich verstehe ja, aus welchen Gründen Sie das Spiel spielen, natürlicherweise, weil das Geld Sie lockt. Was ich aber gerne erfahren würde, ist, woher das Geld stammt!“

„Das wird nicht das einzige bleiben, was Sie gerne erfahren möchten“, zischte Lola und eilte ins Haus. Elk stand, wo sie ihn verlassen hatte, still. Sein Gesicht war melancholisch und ohne Ausdruck. Wohl fünf Minuten lang verharrte er so, dann ging er langsam in der Richtung seines bescheidenen Junggesellenheimes davon. Er wohnte oberhalb eines geschlossenen Zigarrenladens allein in dem Haus. Als er die Gray-Inn-Straße überquerte, blickte er rein zufällig zu den Fenstern seines Zimmers auf und bemerkte, daß sie überraschenderweise alle geschlossen waren. Aber er stellte noch eine andere erstaunliche Tatsache fest. Jede Glasscheibe war von einer gelb opalisierenden Substanz getrübt. Elk sah die stille Straße hinauf und hinunter. In der Nähe hatte man an der Straßenausbesserung gearbeitet. Der Nachtwächter schlummerte vor seinem Feuer und hörte weder Elks Annäherung, noch nahm er sein ungewöhnliches Vorhaben wahr. Der Detektiv suchte aus einem Steinhaufen drei abgeschliffene Kieselsteine heraus und ging mit diesen wieder zu seinem Haus zurück. Mitten auf der Straße stehend, warf er Stein um Stein und traf. Glas klirrte, und die Fenster zerbrachen. Er wartete und sah gelbe Wolken giftigen Dampfes durch die zersplitternden Scheiben strömen.

„Das fängt nachgerade an, monoton zu werden“, sagte Elk und ging zur nächsten Feueralarmstelle.

7

Es hatte den Anschein, als akzeptiere John Bennett seines Sohnes neues Leben als eine bei einem jungen Mann sehr natürliche Notwendigkeit. Innerlich aber war er unruhig und beängstigt. Ray war sein einziger Sohn, er war der Stolz seines Lebens, obgleich er ihm dies nie gezeigt hatte. Keiner kannte die Gefahren, die einem jungen Menschen in der Großstadt drohen, besser als John Bennett, und keiner kannte Ray so gut wie er. Ella schwieg ihrem Vater gegenüber, aber sie erriet seine innere Unruhe und faßte den Entschluß, etwas zu unternehmen. Am vorhergegangenen Sonntag noch hatte Ray sich über den neuerlichen Gehaltsabzug beklagt. Er war verzweifelt gewesen und hatte wild davon gesprochen, seine Stellung hinzuwerfen und einen neuen Beruf zu suchen. Diese Möglichkeit erfüllte Ella mit Unruhe. Die Familie Bennett lebte kärglich von einem recht beschränkten Einkommen. Das Haus war Bennetts Besitz und die Kosten des Lebensunterhaltes lächerlich gering. Eine Frau aus dem Dorf kam jeden Morgen, die schwere Arbeit zu leisten und einmal in der Woche bei der Wäsche zu helfen. Das war der einzige Luxus, den ihres Vaters mageres Einkommen gestattete. Eines Morgens, als Johnson das marmorne Vestibül von Maitlands Haus durchschritt, sah er eine zarte Gestalt durch die Drehtür kommen und begann fast zu laufen, um sie einzuholen.

„Mein liebes Fräulein Bennett, was für eine wunderschöne Überraschung! Ray ist nicht da, aber vielleicht warten Sie ein bißchen."

„Ich bin recht froh, daß er nicht hier ist", sagte sie sichtlich erleichtert. „Ich möchte mit Herrn Maitland sprechen. Können Sie das möglich machen?"

Das strahlende Gesicht des Philosophen bewölkte sich.

„Das wird sehr schwer halten", sagte er. „Der Herr empfängt nie jemanden. Nicht einmal die Finanzgrößen der City. Er haßt Frauen und Fremde, und obgleich ich doch schon lange mit ihm arbeite, bin ich nicht einmal sicher, ob er sich an mich gewöhnt hat. Worum handelt es sich denn?"

Ella zögerte. „Um Rays Gehalt", und dann, als er den Kopf schüttelte, fuhr sie drängend fort: „Es ist so wichtig, Herr Johnson. Ray hat einen so anspruchsvollen Geschmack, und wenn man sein Gehalt noch kürzt, so heißt das – ach, Sie kennen doch Ray genau!"

Er nickte. „Ich weiß wirklich nicht, ob ich da etwas tun kann", sagte er zweifelnd. „Ich will jedenfalls hinaufgehen und Herrn Maitland fragen. Aber ich könnte wetten, daß er Sie nicht empfangen wird."

Aber als Herr Johnson zurückkam, sah sie ihn schon von weitem lächeln.

„Kommen Sie nur rasch, bevor er sich's überlegt hat", sagte er und führte sie zum Lift. „Sie müssen allein die Konversation führen, Fräulein Bennett! Er ist exzentrisch und so hart wie Feuerstein."

Er führte sie in einen kleinen, bequem möblierten Salon und wies auf einen Schreibtisch, der mit Papieren bedeckt war.

„Das ist mein Zimmer", erklärte er. Eine Rosenholztür führte zu Herrn Maitlands Büro. Johnson klopfte leise an, und mit schneller pochendem Herzen trat Ella dem seltsamen Mann gegenüber.

Der Raum war groß, und der Luxus der Ausstattung verschlug ihr den Atem. Hinter seinem breiten Schreibtisch saß der große Maitland kerzengerade aufrecht und betrachtete sie unter seinen buschigen Augenbrauen. Er sah wie ein Patriarch und doch zugleich abschreckend aus. Und es war etwas Grobes und Gemeines an ihm, das sie verletzte. Es lag nicht in der Nachlässigkeit seines Anzuges oder der Zahl seiner Jahre. Das Alter pflegt sonst Verfeinerung zu bringen. Dieser alte Mann jedoch war nur ganz gemein geworden. Sein forschender Blick ermangelte der Sicherheit, die sie erwartet hatte. Es schien beinahe, als fühle er sich unbehaglich.

„Dieses ist Fräulein Bennett. Sie erinnern sich, daß Bennett unser Börsenbeamter ist. Fräulein Bennett bittet darum, daß Sie Ihren Entschluß über die Gehaltskürzung noch einmal prüfen mögen."

„Wir sind nicht sehr wohlhabend", sagte Ella leise, „und dieser Abzug macht für uns sehr viel aus ..."

Herr Maitland schüttelte ungeduldig das kahle Haupt. „Das ist mir ganz egal, ob es Sie gutgeht oder nicht gutgeht! Wenn ich Gehaltsabzüge mach, dann mach ich sie. Verstanden?"

Sie starrte ihn entgeistert an. Seine Stimme war rauh und gemein. Sprache und Ton entstammten der Gosse.

„Wenn er nich mag, so kann er gehn, wohin er will. Und wenn Sie das nich recht is" – er heftete seine trüben Augen auf den unruhig aussehenden Johnson –, „dann könn Sie auch gehn, wohin Sie wolln. Es gibt massenhaft so Lausbuben, die ich kriegn kann. Brauch sie mir nur von der Straße raufzuholen. Millionen davon. Punktum!"

Johnson ging auf den Fußspitzen hinaus und schloß die Tür hinter dem Mädchen, das ihm gefolgt war.

„Aber das ist ja ein Scheusal!" brachte sie hervor. „Wie können Sie es nur mit ihm aushalten?"

Der dicke Mann lächelte gelassen. „Er hat recht. Bei eineinhalb Millionen Arbeitslosen auf den Straßen kann er sich seine Leute aussuchen."

„Ich hatte keine Ahnung", sagte sie, und legte impulsiv ihre Hand auf seinen Arm, „daß er so arg ist! Das tut mir leid um Ihretwillen! Er ist ja entsetzlich!"

„Er ist Selfmademan, aber er ist eigentlich nicht bösartig. Wenn ich nur begreifen könnte, warum er Sie empfangen hat?"

„Empfängt er denn sonst niemanden?"

Er schüttelte den Kopf. „Nicht, wenn es nicht absolut notwendig ist. Und das ereignet sich vielleicht zweimal im Jahr. Ich glaube kaum, daß er überhaupt je mit einem Menschen im ganzen Haus gesprochen hat. Nicht einmal mit den Direktoren."

Johnson führte Ella in das Hauptbüro hinunter. Ray war noch nicht gekommen.

„Die Wahrheit ist", gestand Johnson, als sie ihn mit Fragen bedrängte, „daß Ray heute überhaupt noch nicht im Büro war. Er ließ sagen, daß er sich nicht sehr wohl fühlt, und ich habe es so eingerichtet, daß er heute als frei gilt."

„Er ist doch nicht krank?" fragte sie beunruhigt.

„Nein, ich habe ihn telefonisch gesprochen. Er hat ein Telefon in seiner neuen Wohnung."

„Ich dachte, es wäre nur ein einfaches Zimmer?" sagte Ella entsetzt. Die gute Hausfrau in ihr empörte sich. „Eine ganze Wohnung? Wo denn?"

„In Knightsbridge", antwortete Johnson ruhig. „Ja, es klingt teuer, aber ich glaube, daß er sie billig bekommen hat. Ein Mann, der ins Ausland ging, hat sie ihm für einen Pappenstiel untervermietet. – Darf ich offen sein, Fräulein Bennett?"

„Ist es Rays wegen, so bitte ich darum", antwortete sie hastig.

„Ray beunruhigt mich in letzter Zeit", sagte Johnson. „Natürlich möchte ich alles, was ich kann, für ihn tun, denn ich habe ihn sehr gern. Jetzt ist es meine einzige Sorge, seine ziemlich häufige Abwesenheit vom Büro zu verschleiern. Sie brauchen ihm das nicht wiederzusagen. Aber es ist eine ziemliche Mühe, denn der alte Herr hat einen unerhörten Instinkt dafür, wenn Angestellte sich vom Dienst drücken. Ray lebt viel großzügiger, als er es sich eigentlich leisten kann. Und ich habe ihn so gekleidet gesehen, als wollte er mit den elegantesten Leuten der Stadt in Konkurrenz treten."

Die unbestimmte. Unruhe in Ellas Seele wuchs zur Panik an.

„Es ist doch – nicht etwa im Büro – etwas Unrechtes vorgefallen?" fragte sie ängstlich.

„Nein, ich nahm mir die Freiheit, seine Bücher durchzusehen. Sie stimmen. Sein Kassenbuch ist bis auf einen Penny in Ordnung. Mit roher Offenheit gesagt: er stiehlt nicht. – Zum mindesten nicht bei uns. Aber noch ein anderes Detail. Er nennt sich Raymond Laster in Knightsbridge. Ich habe das durch Zufall herausgefunden und habe ihn gefragt, warum er einen andern Namen angenommen hat. Seine Erklärung war ziemlich glaubhaft. Er wollte nicht, daß Ihr Vater hören sollte, daß er auf so großem Fuß lebt. Er hat eine ziemlich einträgliche Nebenbeschäftigung. Aber er will nicht sagen, welcher Art sie ist."

Ella war froh, als Johnson sie verließ. Froh, einen stillen Platz inmitten weiter Parkflächen zu erreichen. Sie mußte nachdenken und sich über ihre künftige Handlungsweise klarwerden. Ray war nicht so geartet, daß er sich von ihr oder von Johnson mit drakonischer Strenge würde behandeln lassen. Auch der Vater durfte nichts erfahren. Sie mußte sich an Ray wenden. Vielleicht entsprach es der Wahrheit, daß er eine einträgliche Nebenbeschäftigung hatte. Eine Menge junger Leute benützten ihre freie Zeit auf solche Weise. Aber Ray war kein Arbeiter.

Sie setzte sich auf einen Parkstuhl und war so sehr in ihr Sinnen vertieft, daß sie es nicht gewahrte, als jemand vor ihr stehenblieb.

„Das ist ja wunderbar!" sagte eine lachende Stimme, und sie sah in Dick Gordons hübsche blaue Augen auf. Er setzte sich auf den Stuhl neben dem ihren. „Und jetzt werden Sie mir hitte sagen, in was für Schwierigkeiten Sie geraten sind?"

„Warum meinen Sie, daß ich in Schwierigkeiten geraten bin?"

„Sie machen ein so trauriges Gesicht", lächelte er. „Vergeben Sie diesen Aufzug. Ich habe einen offiziellen Besuch bei der Gesandtschaft der Vereinigten Staaten abstatten müssen."

Jetzt erst bemerkte sie, daß er den offiziellen Anzug des Beamten trug, Gehrock, Zylinder und die vorschriftsmäßige Krawatte. Sie fand, daß er sehr gut darin aussah.

„Ich glaube beinahe, daß Ihr Bruder Ihnen Sorgen macht? Ich habe ihn vor wenigen Minuten gesehen. Hier ist er wieder!"

Sie folgte erstaunt seinem Blick und fuhr von ihrem Stuhl auf.

Auf dem mit Lohe bestreuten Reitweg, der mit der Parkstraße parallel lief, kamen ein Herr und eine Dame zu Pferd heran. Der Herr war Ray. Er war sehr elegant gekleidet, und von den Spitzen seiner glänzenden Reitstiefel bis zu seinem grauen, steifen Hut entstammte alles den teuersten Quellen. Das Mädchen neben ihm war jung, schön, zierlich. Die Reiter passierten, ohne daß Ray der interessierten Zuschauer gewahr wurde, und Ella, die vor Staunen erstarrte, vernahm den hellen Klang seines Lachens.

„Ich begreife nicht ... Kennen Sie die Dame, Herr Gordon?"

„Dem Namen nach wohl", sagte Dick trocken. „Sie heißt Lola Bassano."

„Ist sie eine Dame?"

Dicks Augen zwinkerten. „Elk verneint es, aber Elk hat übernommene Vorurteile. Sie besitzt Reichtum, Erziehung und Wissen. Ob diese drei Trümpfe genügen, um eine Lady zu machen, weiß ich nicht."

Ella saß mit wirbelnden Sinnen still.

„Ich glaube, Sie brauchen Hilfe für Ihren Bruder?" sagte Dick. „Nicht wahr, er macht Ihnen Angst?"

Sie nickte. „Es ist auch mir ein Rätsel. Ich kenne alle Details über ihn, sein Gehalt und seine merkwürdige Maskerade unter einem andern Namen. Das alles würde mir keine Sorgen machen, denn junge Leute haben diese Art von Geheimnissen gern. Nur sind sie unglücklicherweise teure Geheimnisse. Und ich mochte wissen, wie er es sich leisten kann, seine neugewonnene Stellung aufrechtzuerhalten."

Dick erwähnte eine Summe, die bewirkte, daß Ella mit staunend geöffneten Lippen reglos sitzen blieb. „Ja, das kostet es", sagte Dick. „Elk, der eine Leidenschaft für genaue Einzelheiten hat und der auf den Penny weiß, was zum Beispiel dieser Reitanzug kostet, hat mir diese Angaben geliefert."

Sie unterbrach ihn mit einer so verzweifelten Geste, daß er sich brutal vorkam. „Was kann ich tun? Was kann ich tun?" fragte sie. „Jeder will mir helfen. Sie, Herr Johnson, und ich glaube auch Herr Elk. Aber es ist unmöglich. Es mag Ihnen vielleicht komisch vorkommen, daß ich in solche Aufregung über Rays dumme Streiche gerate, aber es bedeutet für Vater und mich ja so viel." Als habe sie seine Gedanken erraten, fragte sie plötzlich: „Ist sie eine liebe Person, das Fräulein Bassano? Ich meine, ist sie jemand, mit dem Ray bekannt sein darf?"

„Sie ist sehr reizvoll", antwortete Dick nach einer Pause.

Sie bemerkte sein Ausweichen und führte das Gespräch nicht weiter. Sie kam auf ihre Unterredung mit Ezra Maitland zu sprechen, und er hörte ihren Bericht an, ohne Überraschung zu äußern.

„Er ist ein ungeschliffener Diamant", sagte er. „Elk weiß etwas über ihn, aber er will es mir nicht verraten. Elk liebt es, seine Vorgesetzten zu mystifizieren, er tut es beinahe noch lieber, als einen Verbrecher zu entdecken."

„Warum trägt Maitland Handschuhe im Büro?" fragte Ella.

„Handschuhe? Das habe ich nie gewußt“, sagte er überrascht.

„Als er die Hand hob, um seinen Bart zurückzustreichen, habe ich es gesehen. Und ich habe auch gesehen, daß er auf dem linken Handgelenk eine Tätowierung trägt. Sie kam gerade noch unter dem Rand des Handschuhs hervor. Und es war unverkennbar der Kopf eines Frosches.“

„Sind Sie sicher, sich das nicht nur eingebildet zu haben, Fräulein Bennett?“ fragte Dick. „Ich fürchte, der Frosch macht uns nervös.“

„Aber ich stand nur wenige Schritte von ihm entfernt“, beharrte sie.

„Haben Sie mit Johnson darüber gesprochen?“

Sie schüttelte den Kopf.

„Aber ich erinnere mich jetzt, daß auch Ray gesagt hat, Herr Maitland trage Sommer und Winter Handschuhe.“

Dick war wie vor den Kopf geschlagen. Es war doch unwahrscheinlich, daß dieser Mann, das Haupt einer großen Finanzgruppe, mit einer Bande von Landstreichern im Bunde sein sollte. „Wann kommt Ihr Bruder nach Horsham?“ fragte er ablenkend.

„Am Sonntag“, sagte das Mädchen. „Er hat Vater versprochen, mit uns zu essen.“

„Vielleicht wäre es dann möglich, mich als vierten zu laden?“

„Sie werden der fünfte sein“, lächelte sie. „Herr Johnson kommt auch. Der arme Johnson fürchtet sich vor Vater. Ich glaube, die Angst ist gegenseitig. In dieser Beziehung ähnelt Vater Herrn Maitland, auch er mag Fremde nicht leiden. Aber auf alle Fälle lade ich Sie ein.“

Des Abends kam Elk, als Dick gerade im Begriff war, sich fürs Theater umzukleiden. Dick erzählte ihm von Ellas Verdacht. Zu seiner Überraschung nahm Elk die aufregende Theorie recht kühl auf.

„Es wäre möglich“, sagte er, „aber es ist auch möglich, daß es gar kein Frosch ist. Der alte Maitland war in seiner Jugend Matrose, wenigstens sagt das die einzige Biographie von ihm, die existiert. Vor zwölf Jahren erschien eine halbe Spalte über ihn, als er Lord Maisters Bauplatz auf dem Embankment kaufte und sein Büro zu vergrößern begann.“

In dieser Woche war Dicks Aufmerksamkeit durch einen ungewöhnlichen Vorfall von den Fröschen abgelenkt worden. Am Dienstag hatte der Sekretär des Auswärtigen Amtes nach ihm geschickt, und er war zu seiner Überraschung von dem höchsten Herrn des Departement persönlich empfangen worden.

„Hauptmann Gordon“, sagte der Minister, „ich erwarte aus Frankreich die Kopie des Handelsvertrages, der zwischen uns, der französischen und der italienischen

Regierung geschlossen werden soll. Es ist sehr wichtig, daß dieses Dokument wohl bewacht wird, weil, wie ich Ihnen im Vertrauen sagen kann, es von einer Revision der Tarifaufstellung handelt. Es ist von höchster Wichtigkeit, daß der Bote des Königs, der den Vertrag überbringt, auf das peinlichste bewacht wird, und ich wünsche, den gewöhnlichen Polizeidienst zu ergänzen, indem ich Sie ihm nach Dover entgegenschicke. Es ist ein bißchen außerhalb Ihrer Pflichten gelegen, aber Ihr Nachrichtendienst während des Krieges mag mir zur Entschuldigung dienen, wenn ich diese Verantwortung auf Ihre Schultern lege. Drei Mitglieder der französischen und der englischen Geheimpolizei werden ihn nach Dover begleiten, während Sie und Ihre Leute den Wachdienst übernehmen werden. Und Sie werden persönlich zugegen sein, bis das Dokument in meinem eigenen Safe deponiert wird."

Wie so viele wichtige Aufgaben, erwies sich auch diese als absolut uninteressant. Der Bote wurde auf dem Kai von Dover abgeholt, in ein Pullmankupee geleitet, das für ihn reserviert worden war, und zwei Leute von Scotland Yard patrouillierten auf dem Lauf gang.

Beim Victoriabahnhof empfing ein von einem Polizeichauffeur gesteuertes und von Bewaffneten begleitetes Auto Dick und den Boten und fuhr sie nach Calden Garten. Der Sekretär des Auswärtigen Amtes prüfte sorgfältig die Siegel und legte das Kuvert dann in Gegenwart Dicks und des Detektivinspektors, der die Eskorte befehligt hatte, in den Safe. Der Auswärtige Minister sagte, nachdem alle Besucher außer Dick ihn verlassen hatten, mit einem feinen Lächeln: „Ich glaube kaum, daß unsere lieben Freunde, die Frösche, daran besonderes Interesse nehmen. Und doch waren sie die Veranlassung zu meinen außerordentlichen Vorsichtsmaßregeln. – Es ist wohl noch keine weitere Spur von Genters Mördern gefunden worden?"

„Keine, Exzellenz, soweit mir bekannt ist. Einheimische Verbrechen gehören eigentlich nicht in mein Ressort, und es kommt kein Vergehen irgendwelcher Art vor den Staatsanwalt, ehe der Fall gegen einen der Angeklagten nicht fertig vorgelegt werden kann."

„Das bedaure ich", sagte Lord Farmley. „Mir wäre es lieber, wenn die Froschangelegenheit nicht gänzlich in den Händen von Scotland Yard bliebe. Sie bedeutet eine solche Gefährdung der öffentlichen Sicherheit, daß ich es angebracht fände, wenn eine eigene Abteilung die Nachforschungen führen würde. Mir schwebt bereits ein solcher Plan vor."

Dick hätte gern gesagt, daß ihn diese Kontrolle außerordentlich verlocke, aber er hielt noch an sich.

Seine Lordschaft strich bedächtig über seine Stirn. „Ich werde mit dem Premierminister sprechen", sagte er, „und Sie für diese Stelle vorschlagen."

Zeitig am nächsten Morgen wurde Dick Gordon nach Downingstreet vorgeladen, und es wurde ihm mitgeteilt, daß ein spezielles Ressort geschaffen worden sei, das sich ausschließlich mit jener Gefährdung der Öffentlichkeit beschäftigen sollte.

„Sie haben Carte blanche, Hauptmann Gordon. Man mag mich tadeln, weil ich Ihnen diese Stellung gegeben habe, aber ich bin ganz sicher, den richtigen Mann gefunden zu haben", sagte der Ministerpräsident. „Sie können jeden Offizier von Scotland Yard wählen, den Sie zu verwenden wünschen."

„Ich werde Sergeant Elk nehmen", sagte Dick sofort, aber der Ministerpräsident sah ihn mit zweifelnden Blicken an.

„Das ist gerade kein hoher Rang", wandte er ein.

„Er ist ein Mann mit dreißig Dienstjahren. Lassen Sie ihn mir, Exzellenz, und geben Sie ihm den Rang eines Inspektors."

Der Ministerpräsident lächelte. „Wie Sie wünschen."

Und als Sergeant Elk am gleichen Nachmittag die Beförderungsliste durchsah, begrüßte ihn sein neuer Titel.

8

War es nicht Torheit, von dem kommenden Sonntag zu träumen, von dieser Stimme, von diesem Mädchengesicht?

Dick hatte Schönere schon bewundert, Stolzere, oder solche, aus denen eine launisch fesselnde Seele sprach. Aber was ihn bewegte, wenn die Erinnerung diese zarten Züge widerspiegelte, war anderes, war mehr. Noch nie hatte er einen Sonntag so ungeduldig herbeigesehnt. Als er mit einem Lächeln der Erwartung das Tor des Gartenzaunes öffnete, sah er die rundliche Gestalt des philosophischen Johnson in einem Gartenstuhl ausgestreckt. Der Sekretär erhob sich, um ihm mit einem Ausdruck unendlichen Wohlwollens die Hand zu reichen.

„Ray sagte mir, daß Sie kommen würden, Hauptmann Gordon. Er ist mit Fräulein Bennett im Obstgarten, und wie ich aus einem gelegentlichen Blick entnehmen konnte, bekommt er gerade eine Gardinenpredigt."

„Geht er nicht mehr ins Büro?" fragte Dick.

„Ich fürchte, es ist für immer aus." Johnsons Gesicht wurde traurig. „Ich selbst mußte es ihm sagen. Der Alte hatte es herausgefunden, daß er weggeblieben war, und durch irgendein höchst listiges und unterirdisches Nachrichtensystem hat er erfahren, daß Ray ein unsolides Leben führt. Er ließ einen Buchsachverständigen kommen, um die Bücher nachzusehen, aber die waren, Gott sei Dank, alle in bester Ordnung. Ich bin selber beinahe hinausgeflogen."

„Wissen Sie vielleicht, wo Maitland wohnt?" fragte Dick langsam, „und in welcher Umgebung? Besitzt er ein Haus in der Stadt?"

Johnson lächelte. „Ja gewiß", sagte er sarkastisch. „Erst vor einem Jahr habe ich entdeckt, wo es liegt, und bis jetzt habe ich es noch keiner Seele gesagt. Der alte Maitland wohnt in einer Gegend, die beinahe ein Elendsquartier zu nennen ist. Er wohnt schlecht, ganz so ärmlich wie ein Arbeitsloser. Und dabei besitzt er Millionen. Er lebt mit seiner Schwester. Sie besorgt den Haushalt und hat wohl nicht viel Arbeit damit. Nie habe ich gesehen, daß Maitland auch nur einen Penny für sich ausgab. Er trägt den gleichen Anzug seit dem Tag, an dem ich zu ihm kam. Zu Mittag nimmt er ein Glas Milch und eine Zwei-Pence-Semmel zu sich und versucht manchmal, mich dahin zu bringen, sie für ihn zu bezahlen."

„Sagen Sie mir, Herr Johnson, warum der Alte Handschuhe im Büro trägt?"

Johnson schüttelte den Kopf. „Das weiß ich nicht. Früher dachte ich, daß es nur geschieht, um die Narbe auf seinem Handrücken zu verdecken, aber er ist nicht der Mann, der deswegen Handschuhe tragen würde. Seine Arme sind bis zur Schulter hinauf mit Kronen und Ankern und Delphinen tätowiert."

„Vielleicht auch mit Fröschen?" fragte Dick.

„Nein, einen Frosch habe ich noch nie an ihm gesehen. Ein Bündel von Schlangen ist auf sein Handgelenk tätowiert, das habe ich gesehen. Mein Gott, Maitland wird doch nicht etwa ein Frosch sein?"

„Das möchte ich selber nur zu gerne wissen", meinte Dick.

„Ich würde ihn für gemein genug halten, um sogar ein Frosch oder etwas Ähnliches zu sein", sagte Johnson.

In diesem Augenblick kamen Ray und seine Schwester heran. Ray sah düster drein, und der Anblick Gordons schien ihn nicht heiterer zu stimmen. Ellas Wangen waren gerötet, und sie war sehr erregt.

„Hallo, Gordon", begann Ray ohne Einleitung. „Sie sind es wohl gewesen, der meiner Schwester Geschichten über mich zugetragen hat. Und Sie haben Elk beauftragt, mich auszuspionieren. Ich weiß es, denn ich habe Elk gerade dabei getroffen, wie er ..."

„Ray, du darfst nicht so zu Hauptmann Gordon sprechen", unterbrach ihn seine Schwester. „Er hat nie etwas Nachteiliges über dich erzählt. Was ich weiß, habe ich mit eigenen Augen gesehen. Und dann scheinst du zu vergessen, daß Herr Gordon Papas Gast ist."

„Jedermann macht solches Aufsehen meinetwegen“, brummte Ray. „Sogar der alte Johnson.“ Er schlug dem Philosophen auf die Schulter.

„Man hat wohl seine Sorgen mit Ihnen, mein Junge“, sagte Philo.

Die Situation entspannte sich erst, als John Bannett mit der Kamera auf dem Rücken den roten Gartenweg heraufkam.

„Ach, Herr Johnson, ich muß mich vielmals bei Ihnen entschuldigen, weil ich den Tag Ihres Besuches bei uns so oft verschieben mußte. Aber ich freue mich unendlich, Sie hier zu sehen. Wie ist man bei Ihnen im Büro mit Ray zufrieden?“

Johnson warf einen hilflosen und ausdrucksvollen Blick auf Gordon. „Oh, so ziemlich, Herr Bennett“, stotterte er.

Ein Gefühl des Unbehagens überkam Dick, als er begriff, daß Herr Bennett nichts von dem neuen Beruf seines Sohnes erfahren durfte. Auch Johnson schien diese Tatsache mit Mißvergnügen zu erfüllen, und nach dem in etwas gedrückter Stimmung verbrachten Mittagessen, als die beiden im Garten allein waren, schüttete der ehrenwerte Mann Dick sein Herz aus. „Ich schäme mich, weil ich den alten Bennett betrüge. Ray hätte es ihm sagen müssen.“

Dick vermochte ihm nur beizupflichten. Des jungen Mannes zornige Selbstsicherheit irritierte ihn, und es war niederdrückend für ihn, dieser plötzlichen und unverhüllten Feindschaft, die Ellas Bruder ihm entgegenbrachte, zu begegnen.

Er entdeckte, was viele verliebte junge Männer entdecken müssen, daß die Gloriole ihrer Liebsten nicht auch Verwandte und Freunde mit gleichem Lichte bestrahlt. Und er entdeckte auch, daß der rundliche Herr Johnson genau wie er selbst von ganzem Herzen in das Mädchen verliebt war. In ihrer Gegenwart war Johnson nervös und zerstreut. Er schien unglücklich, wenn sie fortging und noch viel unglücklicher, als Dick später ihren Arm nahm und sie in den Rosengarten führte, der hinter dem Haus lag.

„Ich weiß nicht, was dieser Mensch hier zu suchen hat“, sagte Ray wild, als die beiden verschwunden waren. „Er gehört nicht zu unserer Klasse, und er haßt mich.“

„Ich kann mir nicht denken, daß er Sie haßt, Ray“, sagte Johnson und erwachte aus seinem unglücklichen Brüten. „Er ist doch ein liebenswürdiger Mensch.“

„Unsinn!“ sagte der andere verächtlich. „Er ist ein Snob. Er ist vor allem ein Polizeimann, und ich hasse diese Spitzel. Sie können mir glauben, daß er sich hoch erhaben über das dünkt. Aber ich bin ebensoviel wie er, und ich wette, daß ich viel mehr Geld verdiene als er.“

„Geld ist nicht alles“, sagte Johnson mürrisch. „Mit welcher Arbeit sind Sie denn jetzt eigentlich beschäftigt, Ray?“

„Das kann ich Ihnen nicht sagen", antwortete Ray geheimnisvoll. „Ich konnte es auch Ella nicht sagen, obgleich sie stundenlange Verhöre mit mir angestellt hat. Es gibt eben Geheimnisse, über die man als Geschäftsmann nicht sprechen kann."

Herr Johnson schwieg. Er dachte an Ella.

In der Abgeschlossenheit des Rosengartens erzählte Ella Gordon von ihren Befürchtungen.

„Ich fühle, daß Vater alles erraten hat. Er war fast die ganze letzte Nacht aus. Ich blieb wach, bis er zurückkam, und er war entsetzlich blaß. Er hat mir erzählt, daß er die ganze Zeit umhergewandert ist, und nach dem Schmutz auf seinen Stiefeln zu schließen, muß es wohl wahr sein."

„Wenn ich auch nur wenig über Herrn Bennett weiß", sagte Dick, „so glaube ich doch nicht, daß er der Mann ist, der schweigend dulden würde, wo es sich um Ihren Bruder handelt. Ich könnte mir eher einen höchst unliebsamen Auftritt vorstellen. – Warum ist Ihr Bruder so unfreundlich gegen mich?"

Sie schüttelte den Kopf. „Ich weiß nicht. Ray ist plötzlich ganz verändert. Das neue Leben richtet ihn zugrunde. Warum hat er denn nur einen falschen Namen angenommen, wenn wenn er einem ehrlichen Beruf nachgeht?"

Sie hatte aufgehört, ihn mit „Herr Gordon" anzusprechen. Der Kompromiß, ihn nicht bei seinem Namen zu nennen, machte Dick jubeln, denn er erkannte wohl, daß es ein Kompromiß war. Der Tag war warm und der Himmel wolkenlos. Ella servierte den Tee auf dem Rasenplatz, und sie fand in Johnson und Dick zwei eifrige Helfer. Die Haltung des Jungen blieb weiter feindlich, und nach ein paar flüchtigen Versuchen, ihn umzustimmen, gab es Dick auf. Auch die Gegenwart des Vaters, der den Nachmittag hindurch der Gesellschaft ferngeblieben war, brachte nun keine Wendung zum Bessern.

„Das Schlimmste an dem Beruf eines Staatsanwaltes ist wohl", warf er in die mühsame Unterhaltung bei Tisch ein, „daß er diesen Beruf nie abzustreifen vermag. Vermutlich vermerken auch Sie die belanglosesten Gespräche für später in Ihrem Gedächtnis."

Dick legte gemächlich ein dünnes Butterbrot zusammen, bevor er antwortete.

„Ich habe sicherlich ein gutes Gedächtnis. Es hilft mir auch, mich in schwierigen und unangenehmen Situationen ruhig zu verhalten."

Plötzlich wendet Ray sich um. „Seht nur", rief er triumphierend, „dort steht das Oberhaupt seiner Spione. Sein getreuer Elk." Dick war verblüfft. Er hatte Elk auf einer neuen Froschspur verlassen, der jener nach dem Norden zu folgen im Begriffe war. Und nun stand Elk hier, die Hände um die Stäbe des Gartentores gelegt, das Kinn auf die Brust gesenkt und blickte über seine Augengläser hinweg traurig nach der Gruppe.

„Darf ich hereinkommen, Herr Bennett?“ fragte er. Bennett nickte.

„Ich bin ganz zufällig hier in die Nähe gekommen, und es fiel mir ein, Sie zu besuchen. Guten Abend.“

„Gib Sergeant Elk deinen Stuhl“, sagte John Bennett mürrisch zu Ray.

„Inspektor!“ verbesserte der Detektiv. „Es ist merkwürdig, wie viele Leute sich einbilden, daß ich Sergeant bin. Nein, danke, ich möchte lieber stehenbleiben.“

„Ihre Beförderung hat wohl eine ganze Menge von Gaunern in Angst versetzt, Elk?“ spottete Ray.

„Ach ja, besonders die Amateure“, sagte Elk. „Sonst“, gestand er bescheiden, „hat die Neuigkeit keinerlei Sensation hervorgerufen, denn London ist gerade jetzt so voll wie noch nie von Geschichtenerzählern, die Millionen unter die Armen ausstreuen wollen, wenn man ihnen nur zuerst hundert Pfund leihen wollte, um ihnen sein Vertrauen zu beweisen. Es gibt auch viele lumpige Preisboxer, die von Erpressungen und Räubereien leben, und fast ebenso viele schöne junge Damen gibt es, die Spielsalons und Tanzlokale leiten.“

Rays Gesicht wurde tiefrot, und wenn Blicke töten könnten, so würden Inspektor Elks Freunde an diesem Abend wohl nur mehr im Flüsterton von ihm gesprochen haben. Aber Elk wendete seine Aufmerksamkeit nun Dick zu.

„Herr Hauptmann, ich hätte gern gewußt, ob ich nächste Woche einen Tag freibekommen könnte? Ich habe eine kleine Familienunannehmlichkeit.“

Dick, der nicht gewußt hatte, daß sein Freund überhaupt eine Familie hatte, war überrascht. „Das tut mir leid“, sagte er.

Elk seufzte. „Ja, es ist etwas sehr Schweres für mich“, sagte er. „Ich möchte es Ihnen gerne erzählen. Wollen Sie uns für einen Augenblick entschuldigen, Fräulein Bennett?“

Dick erhob sich und folgte dem Detektiv an das Tor. Und dann sagte Elk hastig und leise: „Um ein Uhr morgens ist in Lord Farmleys Haus eingebrochen worden, und die Frösche sind mit der Kopie des Vertrages auf und davon gegangen.“

Ella beobachtete verstohlen Dicks Gesicht, aber es hatte nicht den Anschein, als habe Elks Geheimnis irgendwelchen Eindruck auf ihn gemacht. Er kam langsam zum Tisch zurück.

„Ich fürchte, ich werde nun gehen müssen“, sagte er. „Elks Angelegenheiten erfordern meine Anwesenheit in der Stadt.“

Ihn traf ein Blick des Bedauerns aus Ellas Augen, der ihn für den Verlust vieler Stunden entschädigte. Sie beschleunigten Abschied und Abfahrt. Im Auto begann Elk zu erzählen.

„Lord Farmley hat das Wochenende in seinem Stadthaus verbracht. Er hat an zwei neuen Klauseln gearbeitet, die auf die privaten Vorstellungen des amerikanischen Gesandten hin eingeschaltet worden waren. Dieser hatte, wie gewöhnlich, eine beobachtende Haltung eingenommen, und es war ihm, gleichfalls wie gewöhnlich, gelungen, sich die für sein Land wünschenswerte Verbesserung einer Klausel zu sichern, die von Schiffstransporten handelte. Lord Farmley hatte das Dokument in den Safe gelegt, der ein ›Cham‹-Fabrikat der letzten Erfindung und in die Wand seines Arbeitszimmers eingebaut ist. Er hat die Stahltüren zweimal versperrt, die Alarmanlage eingeschaltet und ist dann zu Bett gegangen. Erst nach dem Mittagessen hatte er wieder Gelegenheit gehabt, den Safe zu öffnen. Allem Anschein nach waren dessen Türen nicht berührt worden. Der Minister steckte, als er nach dem Essen wieder an dem Vertrag arbeiten wollte, den Schlüssel ins Schloß und entdeckte, während er ihn umdrehte, daß die Schlüsselbärte keinen Widerstand fanden. Er berührte den Handgriff, und dieser ließ sich leicht herausziehen. Der Safe war offen, und der Vertrag fehlte."

„Wie sind sie in das Haus gekommen?"

„Durch das Speisekammerfenster. Die Speisekammern der Haushofmeister sind gerade von einem Einbrecherarchitekten erfunden worden", meinte Elk. „Es war eine saubere Arbeit. Die feinste, die ich seit zwanzig Jahren gesehen habe, und nur zwei Männer auf der ganzen Welt gibt es, die dergleichen machen können. Keine Fingerabdrücke, keine in den Safe gesprengten häßlichen Löcher, alles nett und wunderbar schön gemacht."

„Ich hoffe, daß Lord Farmley ebensoviel Befriedigung über diese Handfertigkeit empfunden hat wie Sie", antwortete Dick grimmig. Und Elk schnupfte. „Er war nicht zum Lachen aufgelegt", sagte er. „Wenigstens nicht, als ich wegging."

Seine Lordschaft war auch um nichts heiterer, als Elk zurückkehrte.

„Das ist doch schrecklich, schrecklich, Gordon! Wir halten heute abend eine Kabinettssitzung über den Fall ab. Der Ministerpräsident ist nur deshalb in die Stadt zurückgekommen. Es bedeutet ja den politischen Ruin für mich."

„Glauben Sie, daß die Frösche dafür verantwortlich gemacht werden können?" fragte Dick.

Lord Farmleys Antwort bestand darin, daß er die Tür des Safes öffnete. Auf der Innenwand war ein weißer Abdruck zu sehen, genau der gleiche Abdruck, den Elk am Türpaneel von Herrn Broads Wohnung gefunden hatte. Es war für einen

Nicht-Experten fast unmöglich, zu entdecken, wie der Safe geöffnet worden war. Elk erklärte die Arbeit. Sie hatten zuerst den Handgriff herausgenommen und waren so imstande gewesen, das Schloß durch einen wirksamen Sprengstoff zu zerstören, den niemand im ganzen Haus gehört hatte.

„Sie haben einen Schalldämpfer benutzt", meinte Elk. „Ich sage Ihnen, nur zwei Männer auf der Welt können das gemacht haben."

„Und wer sind die?"

„Der junge Harry Lyme ist der eine. Er ist seit Jahren tot. Und Saul Morris ist der andere. Und Saul ist auch tot."

„Da aber die Arbeit offensichtlich nicht von zwei Toten herstammt, so wäre es doch wohl ratsam, an einen Dritten zu denken", sagte Seine Lordschaft rnit verzeihlicher Erregung. Elk schüttelte langsam den Kopf.

„Es muß wohl ein Dritter sein und der Klügste der ganzen Bande", ließ er seine Gedanken laut werden. „Ich kenne die ganze Kompanie. Wal Cormon, Georg, die Ratte, Billy Harp, Ike Velleco, Pheeny Moore, und ich möchte einen Eid leisten, daß es keiner von ihnen war. Das ist Meisterarbeit, Exzellenz. Die Arbeit eines großen Künstlers, wie wir ihr heutzutage nur selten begegnen."

Lord Farmley, der so geduldig wie möglich dieser Rhapsodie zugehört hatte, schritt aus dem Arbeitszimmer und ließ die beiden Männer allein.

„Herr Hauptmann", sagte Elk, als er die Tür hinter dem Lord geschlossen hatte, „wissen Sie vielleicht, wo der alte Bennett in der letzten Nacht war?" Elks Ton war leicht, aber Dick fühlte die Bedeutung der Frage, die dahinter lag, und im Augenblick wußte er, daß Ella ihm viel teurer geworden war, als er je geahnt hatte.

„Er war fast die ganze Nacht hindurch auswärts", antwortete er. „Fräulein Bennett sagte mir, daß er am Freitag wegging. Und er ist heute morgen bei Tagesgrauen wieder zurückgekehrt. Warum fragen Sie danach?" Dick räusperte sich erwartungsvoll. Elk entnahm seiner Tasche ein Papier, entfaltete es langsam und setzte seine Brille auf. „Ich habe von einem meiner Leute Notizen über Bennetts Abwesenheit von seinem Haus machen lassen", sagte er. „Es war ein leichtes, denn die Frau, die jeden Morgen hingeht, um im Haushalt zu helfen, hat ein ausgezeichnetes Gedächtnis. Er ist im vergangenen Jähr fünfzehnmal ausgeblieben, und jedesmal, sooft er fortblieb, ist irgendwo ein ganz großer Einbruch verübt worden."

Dick atmete tief. „Und was ist Ihre Meinung darüber?" fragte er.

„Ich meine", sagte Elk entschieden, „daß, wenn Bennett für sein Wegbleiben am Samstagabend keine Erklärung findet, ich ihn verhaften lassen werde. Ich habe weder Saul Morris noch den jungen Harry Lyme kennengelernt, sie lebten, bevor ich große Arbeiten zugewiesen bekam. Aber wenn nicht alles trügt, so ist Saul Morris nicht so tot, wie er es von Rechts wegen sein sollte. Ich fahre jetzt zurück, um Bruder Bennett zu besuchen, und vielleicht werden wir ein bißchen Auferstehung spielen."

9

John Bennett arbeitete frühmorgens in seinem Garten, als Elk erschien und sofort auf den wichtigsten Punkt zu sprechen kam. „In der Wohnung Lord Farmleys ist zwischen Samstag nacht und Sonntag morgen ein Einbruch verübt worden, dem Anschein nach zwischen zwölf und drei Uhr. Der Safe war aufgesprengt und ein wichtiges Dokument gestohlen. Ich frage Sie, ob Sie Ihr Ausbleiben von Samstag auf Sonntag rechtfertigen können?"

Bennett sah dem Detektiv gerade in die Augen. „Ich kam aus der Stadt. Um zwei Uhr sprach ich mit einem Polizisten in Dorking. Um Mitternacht war ich in Kingsbridge, wo ich wieder mit einem Polizisten sprach. Der Mann in Dorking ist Amateurfotograf wie ich selbst."

Elk überlegte. „Mein Auto ist hier, möchten Sie vielleicht mit mir kommen und mit den beiden sprechen?" schlug er vor. Und zu seiner Überraschung war Bennett sofort damit einverstanden. In Dorking entdeckten sie ihren Mann. Er wollte gerade aus dem Dienst gehen.

„Ja freilich, Herr Inspektor, ich erinnere mich genau, mit Herrn Bennett gesprochen zu haben. Wir haben über Tierfotos diskutiert."

„Wissen Sie genau, um welche Zeit es war?"

„Absolut genau! Um zwei Uhr visitiert mich der Patrouillensergeant, und er kam gerade herauf, als wir miteinander plauderten."

Der Patrouillensergeant, den Elk aus dem Morgenschlaf weckte, bestätigte die Aussage. Das Resultat der Nachforschung in Kingsbridge war das gleiche. Elk ließ das Auto nach Horsham zurückfahren.

„Ich entschuldige mich nicht bei Ihnen, Herr Bennett", sagte er. „Sie kennen meine Arbeit genug, um meine Stellung zu würdigen."

„Ich beklage mich nicht", sagte Bennett mürrisch. „Pflicht ist Pflicht. Aber ich habe doch das Recht zu erfahren, warum Sie von allen Menschen in der Welt gerade mich verdächtigen?" Elk brachte das Auto zum Halten.

„Gehen wir auf der Straße weiter", sagte er. „Ich kann so besser reden."

Sie stiegen aus und gingen eine Weile, ohne zu sprechen.

„Bennett, Sie stehen aus zwei Gründen unter Verdacht. Sie sind ein geheimnisvoller Mann, denn niemand weiß, womit Sie Ihren Lebensunterhalt verdienen. Sie haben kein eigenes Einkommen. Sie haben keine Beschäftigung, und in ungleichen Zwischenräumen verschwinden Sie vom Hause, und niemand weiß, wohin Sie gehen. Wären Sie ein jüngerer Mann, so würde ich Sie verdächtigen, daß Sie ein Doppelleben im gewöhnlichen Sinn führen. Aber Sie sind nicht von dieser Art. Das ist der verdächtige Umstand Nummer eins. Nummer zwei ist folgendes: Sooft Sie verschwinden, geschieht irgendwo ein großer Einbruch, und ich bin der Meinung, daß es Froscheinbrüche sind. Ich will Ihnen meine Theorie klarlegen. Die Frösche sind doch gewöhnlich letzte Klasse. Es ist nicht genug Hirn in der ganzen Bande, um eine mittelgroße Nuß auszufüllen. Aber ich garantiere Ihnen, höher oben sitzen die Gescheiten. Dazu gehören aber nicht die regulären Kerle, die von Verbrechen leben. Solche Jungen haben keine Zeit für so etwas. Sie machen den Plan und führen ihn aus, oder sie werden erwischt. Wenn sie eine Beute machen, so teilen sie sie. Und sitzen dann in Cafes mit Mädels herum, bis alles zerronnen ist und sie wieder von neuem anfangen müssen. Aber die Frösche unterhalten sicher gern ein paar gute Leute, die außerhalb der Organisation stehen und Extradienste leisten."

„Und Sie meinen, ich wäre einer von diesen guten Leuten?"

„Genau das habe ich gemeint. Der Einbruch im Haus des Lord Farmley ist von einem Experten ausgeführt worden. – Es sieht ganz nach Saul Morris aus."

Elks scharfe Augen durchforschten Bennetts Gesicht, aber kein Zucken verriet dessen Gedanken.

„Ich erinnere mich an Saul Morris", sagte Bennett langsam. „Ich habe ihn nie gesehen, aber von ihm gehört. Sah er mir ähnlich?"

Elk schürzte die Lippen, und sein Kinn sank auf die Brust herab. „Wenn Sie überhaupt etwas über Saul Morris wissen", sagte er langsam, „so wissen Sie auch, daß er niemals der Polizei in die Hände geraten ist, daß ihn niemals jemand gesehen hat, außer seiner eigenen Bande, und ihn also niemand je wiedererkennen kann."

Es herrschte ein langes Schweigen. Auf ihrem Weg zum Auto sprach Bennett wieder.

„Ich trage Ihnen nichts nach, meine Handlungsweise ist verdächtig. Aber ich habe guten Grund dafür. Was die Einbrüche betrifft, so weiß ich nichts darüber. Das würde ich zwar auf jeden Fall sagen, ob ich es nun wüßte oder nicht. Ich bitte Sie nur, meiner Tochter nichts von dieser Angelegenheit zu sagen."

Ella stand an der Gartentür, als das Auto herankam, und bei Elks Anblick schwand das Lächeln von ihrem Gesicht. Elk fühlte instinktiv, daß der Gedanke an ihren Bruder und die Schwierigkeiten, in die jener geraten sein mochte, den Grund ihrer Befürchtungen bildeten.

„Herr Elk ist herübergekommen, um ein paar Fragen wegen des Überfalls auf Herrn Gordon zu stellen", sagte ihr Vater kurz. Elk dachte, daß er ein schlechter Lügner sei.

Sowie sie allein waren, fragte Ella ihn: „Ist etwas nicht in Ordnung, Herr Elk?"

„Nicht im geringsten, Fräulein. Ich bin nur hierhergekommen, um mein Gedächtnis aufzufrischen. Ist Ihr Bruder wieder in der Stadt?"

„Er ist gestern abend zurückgefahren", sagte sie und fügte fast trotzig hinzu: „Er ist jetzt wirklich in einer sehr guten Stellung."

„Das habe ich schon mehrfach gehört", sagte Elk. „Ich hoffe nur, daß er nicht in demselben Geschäft arbeitet wie die andern, die mit ihm sind; Aber Sie können ganz ruhig sein, ich lasse ihn nicht aus den Augen, Fräulein Bennett", sagte er.

Am Abend gestand der Detektiv Dick in höchster Niedergeschlagenheit seinen Irrtum. „Ich weiß nicht, wieso ich auf Bennett verfiel", sagte er. „Mir scheint, meine Jugendeseleien beginnen wieder. Ich sehe, daß die Abendzeitungen den Diebstahl schon gebracht haben."

„Aber sie wissen nicht, was gestohlen wurde", sagte Dick. „Das muß geheimgehalten werden."

Sie befanden sich im inneren Büro, das Dick nur zeitweilig benützte. In seinem nebenanliegenden Arbeitsraum waren zwei Tischler beschäftigt. Sie erneuerten die Wandtäfelung, die bei dem Attentat auf Dick von der durchs Fenster eindringenden Kugel beschädigt worden war. Es war symptomatisch für die Wirkung, die die Frösche auf die Polizeidirektion ausübten, daß beide Männer mechanisch nach einer Tätowierung auf dem linken Arm der Arbeiter ausgespäht hatten. Der Anblick des beschädigten Paneels brachte Elks Gedanken auf einen Vorfall, der ihn schon lange beschäftigte. Trotz der steten Beobachtung, unter der der Landstreicher Carlo gestanden hatte, und trotz aller angewandten Vorsichtsmaßregeln war er verschwunden, und den gemeinsamen Anstrengungen der Polizeidirektion und der Landpolizei war es nicht gelungen, seine Identität festzustellen. Das war Gordons wunder Punkt, wie Elk mit Recht äußerte. Denn Carlo schien die berühmte Nummer Sieben zu sein, nach dem Frosch selbst der wichtigste Mann der Organisation.

„Es nützt nicht viel, wenn wir einen anderen Mann hinausschicken, um Genters Rolle weiterzuspielen. Das System funktioniert nicht zweimal. Ob wohl Lola etwas darüber wüßte?"

„Ich glaube nicht, daß die Frösche einer Frau trauen", sagte Dick.

Sie verbrachten den Rest des Tages mit fruchtlosen Untersuchungen. In sein Zimmer in der Polizeidirektion zurückgekehrt, saß Elk lange reglos und zusammengekauert in einem Sessel, die Hände in den Hosentaschen vergraben, geistesabwesend auf seinen Schreibblock starrend. Dann rief er seinen Assistenten Balder herein.

„Gehen Sie zum statistischen Büro und bringen Sie mir alles über jeden Safeeinbrecher, der im Land bekannt ist. Sie brauchen sich nicht um die französischen oder deutschen zu kümmern, aber es gibt ein oder zwei Schweden, die höchst geschickt mit der Lampe umgehen können. Und dann sind natürlich noch die Amerikaner da."

Nach einer langen Pause kam Balder mit einem beträchtlichen Stoß von Papieren, Fotografien und Fingerabdrücken wieder.

„Sie können gehen, Balder. Der Mann, der den Nachtdienst hat, kann das wieder zurücktragen."

Elk machte es sich bei seiner angenehmen Nachtlektüre gemütlich. Er hatte fast den ganzen Stoß durchgeprüft, als er auf das Bild eines jungen Mannes mit herabfallendem Schnurrbart und lockigem Haar stieß. Es war eine jener scharfen Aufnahmen, wie sie die unromantischen Pölizeibeamten aufnehmen, und zeigte jegliche Unebenheit der Haut. Unter der Fotografie war der Name sorgfältig gedruckt: „Henry John Lyme R. V."

„R. V." war der Gefängniskodex. Jedes Jahr von 1894 bis 1919 war mit einem Großbuchstaben des Alphabets bezeichnet. Dann kamen die Kleinbuchstaben. Das große R bedeutete, daß Henry John Lyme im Jahre 1911 zu Zuchthaus verurteilt worden war, das V, daß er eine weitere Zeit im Jahre 1915 im Gefängnis verbracht hatte. Elk las den schrecklichen und kurzen Bericht.

Im Jahre 1893 in Guernsey geboren, war der Mann sechsmal verurteilt worden, bevor er noch sein zwanzigstes Jahr vollendet hatte. Die geringeren Haftjahre werden nicht mit Buchstaben im Kodex bezeichnet. In dem Raum am Fuß des Abschnittes, wo besondere Einzelheiten des Verbrechers angemerkt werden, standen die Worte: „Gefährlich, führt Schießwaffen mit sich." In einer anderen Schrift und mit roter Tinte, mit der man gewöhnlich die Karriere eines Verbrechers abschließt, stand darunter: „Zur See gestorben, Channel Queen, 1. Februar 1918." Elk erinnerte sich an den Schiffbruch des Guernsey-Postpaketbootes auf den Black Rocks. Er wendete die Seite um, um Genaueres über die Verbrechen des Toten zu lesen und die Erklärungen derjenigen, die zeitweilig in amtlichem Verkehr mit ihm standen. In diesen Abschnitten war die wahre Biographie zu lesen. „Arbeitet allein", war die eine Anmerkung. Und dann: „Ist nie mit Frauen gesehen worden." Eine dritte Anmerkung war schwer zu entziffern, aber als Elk die schlechte Schrift gemeistert hatte, erhob er sich in seiner Aufregung halb vom Sessel: „Zu den körperlichen Kennzeichen im allgemeinen hinzuzufügen: D. C. P. 14 Frosch tätowiert linkes Gelenk, neu I. I. M."

Das Datum, an dem dies geschrieben war, war das der letzten Haft des Verbrechers. Elk drehte das Gedruckte D. C. P. 14 um und fand, daß es ein Formular war, betitelt: „Beschreibung des Häftlings." Die Zahl war die Klassifikation. Von tätowierten Fröschen war nichts erwähnt. Der Schreiber war nachlässig gewesen. Wort für Wort las er die Beschreibung.

„Harry John Lyme, a. Jung Harry, a. Thomas Martin, a. Boy Piece, a. Boy Harry. (Es standen da fünf Zeilen solcher „Alias".) Einbrecher, gefährlich, trägt Schußwaffen, Höhe fünf Fuß, sechs Zoll, Brustumfang 38. Teint frisch. Augen grau. Zähne gut. Mund regelmäßig. Grübchen im Kinn. Nase gerade. Haare braun, wellig, sehr lang. Gesicht rund. Schnurrbart herabfallend, trägt Koteletten. Hände und Füße normal, am linken Fuß das erste Glied der kleinen Zehe infolge eines Unfalls amputiert, königliches Gefängnis Portland. Spricht gut, schöne Handschrift, keinerlei Steckenpferd. Raucht Zigaretten, gibt sich für einen öffentlichen Beamten aus. Steuereinnehmer, Sanitätsinspektor, Gasmann oder Installateur. Sprich fließend Französisch und Italienisch. Trinkt nie, spielt Karten, ist aber kein Spieler. Lieblingsverstecke Rom oder Mailand. Keine Verurteilungen außer Landes. Keine Verwandten. Ausgezeichneter Organisator. Unmittelbar nach einem Verbrechen suche man ihn in einem guten Hotel in Mittelengland oder auf dem Weg nach Hüll zu holländischen oder skandinavischen Schiffen. Man weiß, daß er Guernsey besucht hat. . ."

Hierauf folgten nur noch die genauen Maße und körperlichen Merkmale, denn es war in den Tagen, bevor das Fingerabdrucksystem eingeführt worden war. Des Frosches auf dem linken Handgelenk ward keinerlei Erwähnung mehr getan. Elk tauchte die Feder ein und fügte die fehlenden Daten hinzu. Dann schrieb er: „Dieser Mann mag noch am Leben sein", und unterzeichnete dies mit seinen Initialen.

10

Als Elk dies gerade schrieb, surrte das Telefon. Er beendete jedoch ruhig seine Eintragung und löschte sie ab, bevor er den Hörer aufnahm.

„Hauptmann Gordon wünscht, Sie möchten das erste Taxi nehmen, das Sie finden und zu ihm kommen! Die Angelegenheit ist äußerst dringend. Ich spreche von Harley Terrace“, sagte die Stimme.

„Es ist gut“, antwortete Elk, nahm Hut und Schirm und ging in den dunklen Hof hinaus. Es gab zwei Ausgänge in Scotland Yard. Der eine führte nach Whitehall und war sicherlich der bessere Weg für ihn, denn in Whitehall stehen Wagen an Wagen. Der andere Ausgang geht nach dem Themse-Embankment, auf eine Durchgangsstraße, und ist der weitaus längere Weg, auf dem er zur vorgerückten Nachtstunde nur wenige Autos zu finden erwarten konnte. Aber Elk war so ganz von seinen Gedanken erfüllt, daß er auf dem Embankment war, bevor er gewahr wurde, welchen Weg er genommen hatte. Er wendete sich gegen das Parlament in der Bridgestraße, fand einen alten Wagen und gab die Adresse an. Der Chaffeur war bejahrt und vermutlich ein wenig angeheitert, denn anstatt vor Nummer 273 stehenzubleiben, überfuhr er die Nummer um etwa ein Dutzend Häuser und hielt erst nach furchtbaren Drohungen seines Fahrgastes an.

„Was ist denn mit dir los, Vater Noah? Das ist ja nicht der Berg Ararat?“ schalt Elk auf ihn ein. „Du bist ja besoffen, du armer Fisch.“

„Ich wollte, ich wär's“, murmelte der Chauffeur und streckte die Hand hin, um sein Fahrgeld zu empfangen. Elk hätte sicherlich den Fall des breiteren diskutiert, wäre Gordons Aufforderung nicht allzu dringlich gewesen. Er wartete, bis der Chauffeur seine vielen Überröcke aufgeknöpft hatte, um ihm auf die große Geldnote herauszugeben, und blickte indessen gewohnheitsmäßig die Straße entlang. Ein Auto, dessen vordere Lampen so weit als möglich abgeblendet waren, stand vor Dick Gordons Haus. Das wäre nun nicht allzu merkwürdig gewesen. Die zwei Männer, die auf dem Gehsteig warteten, waren es jedoch um so mehr. Sie standen mit dem Rücken gegen das Gitter gelehnt, je einer zu jeder Seite des Tores. Elk trat einen Schritt zurück und faßte den gegenüberliegenden Gehsteig ins Auge. Auch dort standen zwei Männer, die der Nummer 273 gegenüber müßig warteten. Elks eigenes Taxi war vor dem Haus eines Arztes stehengeblieben, und der Detektiv nahm sich nicht lange Zeit, seinen Entschluß zu fassen.

„Warten Sie, bis ich wiederkomme!“

Glücklicherweise war der Arzt zu Hause, und Elk gab sich ihm zu erkennen. In wenigen Sekunden war er mit der Polizeistation Mary Lane verbunden.

„Hier spricht Elk, Zentralamt“, sagt er rasch und gab seine Codenummer an. „Senden Sie jeden Mann, den Sie zur Verfügung haben, nördlich und südlich von Harley Terrace Nummer 273 aus. Lassen Sie alle Wagen in dem Moment, in dem Sie mein Signal - zwei lange und zwei kurze Lichtzeichen - bekommen, stoppen. In welcher Zeit können Ihre Leute hier sein?“

„In fünf Minuten, Herr Elk. Die Nachtablösung zieht gerade auf, und ich habe ein paar Lastautos hier. Die Fahrer sind soeben wegen Trunkenheit arretiert worden."

Elk legte den Hörer auf und ging in die Halle zurück.

„Es ist doch nichts geschehen?" fragte der aufgeregte Doktor.

Elk nahm die Pistole aus dem Futteral und lud sie durch.

„Ich hoffe doch", sagte Elk. „Denn wenn ich die Abteilung nur herauskommandiert habe, weil ein paar unschuldige Lümmel am Gitter von Harley Terrace lehnen, so können sich die größten Unannehmlichkeiten für mich ergeben."

Er wartete fünf Minuten, öffnete das Tor und trat hinaus. Die Männer standen noch immer dort. Im gleichen Augenblick ratterten zwei riesige Lastautos von beiden Seiten in die Straße herein und blieben ihrer ganzen Breitseite nach in der Mitte stehen, Elks Taschenlampe spielte nach links und nach rechts, und er sprang vor. Nun sah er, daß sein Verdacht gerechtfertigt gewesen war. Die Männer vom gegenüberliegenden Gehsteig kamen über die Straße gelaufen und sprangen auf das Trittbrett des Autos mit den abgeblendeten Lichtern, das sich sofort in Bewegung setzte. Gleichzeitig waren auch die Männer, die den Eingang von Nr. 273 bewacht hatten, in ihren Wagen gesprungen. Aber die Flüchtlinge kamen zu spät. Der Wagen wendete, um dem blockierenden Lastauto zu entgehen, gerade als dieses rückwärts fuhr. Es gab einen Krach, ein Klirren von brechendem Glas, und noch ehe Elk herankam, waren die fünf Insassen des Wagens schon in den Händen der uniformierten Polizei, die die Straße hinaufstürmten. Die Gefangenen nahmen ihre Arretierung ohne Widerstand hin. Einem, dem Chauffeur, der unauffällig seinen Revolver fortzuwerfen suchte, wurden Handschellen angelegt. Auf der Polizeistation besah sich Elk seine Gefangenen des näheren. Vier waren schöne Exemplare der Gattung Landstreicher und recht unbeholfen in ihren neuen, fertiggekauften Anzügen. Der fünfte, der einen russischen Namen angab, war ein kleiner Mann mit scharfen Augen.

„Zeigt eure Arme her!" kommandierte Elk.

„Machen Sie sich keine Mühe, Elk", sagte der kleine Chauffeur, der sichtlich der Anführer war. „Wir Jungens sind alle gute Frösche."

„Gute Frösche gibt es nicht. Es gibt nur schlechte Frösche, noch schlechtere Frösche und den schlechtesten Frosch. Führen Sie die Leute in ihre Zellen, Sergeant, und halten Sie sie getrennt. Den Litnow nehme ich mit in die Direktion."

Der Chauffeur sah unruhig von Elk auf den Stationssergeanten. „Was soll das Ganze?" fragte er. „Sie dürfen den dritten Grad in England nicht anwenden."

„Das Gesetz ist jüngst geändert worden“, sagte Elk und ließ die Handschellen auf des Mannes Gelenken nochmals einschnappen. Der kleine Russe sprach in der Polizeidirektion den ganzen nächsten Tag mit sich selber, und als er in Elks Büro geführt wurde, war er bereit, seine Aussage zu machen.

Elk kehrte nach Harley Terrace zurück und erzählte Dick seine Geschichte.

„Ich hätte mir nicht träumen lassen, daß es ein Komplott war, ehe ich nicht die Burschen entdeckt hatte, die auf mich warteten“, sagte Elk. „Natürlich haben Sie nicht telefoniert. Und die Frösche haben mich angeführt. Es war ein feines Stück Arbeit und ihrer ganz würdig. Sie vermuteten, daß ich die Polizeidirektion beim Whitehall-Ausgang verlassen würde und ließen ein Auto dort auf mich warten, aber für den Fall, daß man mich auf diesem Weg verfehlte, beauftragten sie eine illustre kleine Gesellschaft, mich in Harley Terrace zu empfangen.“

„Wer war es, der ihnen den Befehl erteilt hat?“

Elk zuckte die Achseln. „Ein Herr Niemand! Litnow bekam seinen Brief durch die Post. Er gab ihm das Rendezvous an und war mit ›7‹ unterzeichnet, und das war alles. Er sagt aus, er hätte nie einen Frosch gesehen, seit er eingeweiht worden ist. Wo er den Eid geleistet hat, weiß er nicht. Das Auto gehört den Fröschen, und er bekommt so und soviel in der Woche, um es in Ordnung zu halten. Für gewöhnlich wird er im Herons-Klub verwendet, wo er ein Lastauto fährt. Er sagt mir, daß noch zwanzig andere solcher Wagen in London versteckt sind, die in den verschiedenen Garagen stehen, jeder mit seinem eigenen Chauffeur, der einmal in der Woche hinkommt, um es zu reinigen.“

„Herons-Klub, das ist das Tanzlokal, an dem Lola und Lew Brady beteiligt sind“, sagte Dick gedankenvoll.

Elk dachte nach. „Das ist mir noch gar nicht eingefallen. Freilich muß das noch nicht bedeuten, daß die Direktion vom Herons-Klub irgend etwas über Litnows Abendbeschäftigung wissen muß. Ich werde mir das Lokal ansehen.“

Die Mühe wurde ihm erspart, denn als er am nächsten Morgen in sein Büro kam, fand er einen Herrn vor, der ihn zu sprechen wünschte.

„Mein Name ist Hagn. Ich bin Direktor des Herons-Klubs“, stellte er sich vor. „Wie ich höre, ist einer meiner Leute in Schwierigkeiten geraten.“

Hagn war ein großer, hübscher Schwede und sprach ohne die Spur eines fremden Akzents.

„Wieso haben Sie das erfahren, Herr Hagn?“ fragte Elk, der Verdacht schöpfte. „Der Mann ist seit gestern abend hinter Schloß und Riegel und hatte mit niemandem Verbindung.“

Hagn lächelte. „Man kann doch wohl nicht jemand arretieren und ihn in Gewahrsam bringen, ohne daß die Welt hiervon erfährt“, sagte er. „Einer meiner Kellner sah, wie Litnow mit Handschellen nach Mary Lane gebracht wurde, und da sich Litnow heute morgen nicht zur Arbeit gemeldet hat, konnte man nur den einen Schluß ziehen. Was hat er angestellt, Herr Inspektor?“

„Ich kann Ihnen leider keine Auskunft über die Sache geben.“

„Kann ich ihn sprechen?“

„Auch das nicht“, sagte Elk. „Er hat aber gut geschlafen und schickt allen seinen lieben Freunden viele Grüße.“

Herr Hagn schien sehr beunruhigt. „Wäre es vielleicht möglich, herauszubekommen, wo er den Kohlenkellerschlüssel hingelegt hat?“ drang er weiter. „Das ist nämlich sehr wichtig für mich, denn der Mann hat ihn für.gewöhnlich in Verwahrung.“ Der Detektiv zögerte.

„Ich kann ihn danach fragen“, sagte er. Er ließ Hagn unter den beobachtenden Augen eines Schreibers zurück und überquerte den Hof, wo die Zellen lagen. Litnow erhob sich von seiner Pritsche, als die Zellentür geöffnet wurde.

„Ein Freund von Ihnen hat mich besucht“, sagte Elk. „Er möchte wissen,, wo Sie den Schlüssel des Kohlenkellers hingegeben haben?“

Nur ein leises, verständnisvolles Aufblitzen kam in die Augen des kleinen Mannes, aber es entging Elk nicht.

„Sagen Sie ihm, daß ich glaube, ihn bei dem Mann in Wandsworth gelassen zu haben“, sagte er.

„Mhm!“ sagte Elk und ging zu dem wartenden Hagn zurück. „Er sagte, er hätte ihn auf der Petonville-Straße gelassen“, sagte Elk, nicht ganz der Wahrheit entsprechend. Aber Herr Hagn verabschiedete sich höchst befriedigt.

Elk ging zu den Zellen zurück und rief den Gefängniswärter. „Hat Sie dieser Mann gefragt, wohin er von hier aus gebracht ¦wird?“

„Ja, Herr Inspektor“, sagte der Beamte. „Ich habe ihm gesagt, daß er nach Wandsworth kommt. Wir sagen gewöhnlich den Gefangenen, wohin sie kommen, damit sie ihre Verwandten benachrichtigen können.“

Elk war von Triumph geschwellt. Eine Telefonanfrage nach Mary Lane, wo der Rest der Bande gefangengehalten wurde, brachte die merkwürdige Information zutage, daß eine Frau, vermutlich die Frau eines dieser Leute, heute nach dem fehlenden Schlüssel vom Kohlenkeller gefragt hatte. Der Bescheid sei gewesen, daß ihn der Mann in Brixton besitze.

„Die Männer müssen nach dem Wormwood-Scrubbs-Gefängnis gebracht werden, und es ist nicht erlaubt, ihnen mitzuteilen, wohin sie gehen", befahl Elk.

Am gleichen Nachmittag fuhr ein Gefangenenwagen von Cannon Row nach Whitehall. Unterwegs stieß ein Lastwagen mit ihm zusammen, zertrümmerte die eine Seite und riß ein Rad ab. Sofort kamen überall Leute von merkwürdigstem Aussehen herbei.

Die Tür wurde aufgedrückt und der Gefängniswärter herausgeholt.

Bevor ihm aber ein Haar gekrümmt werden konnte, entströmten dem Wagen zwanzig Polizisten, und aus den Seitengassen kam ungefähr ebensoviel berittene Polizei mit Knüppeln in den Händen. Der Kampf währte weniger als drei Minuten. Einige der wild aussehenden Individuen konnten entwischen, aber die Mehrzahl marschierte zu zwei und zwei gefesselt und ziemlich niedergedrückt zwischen ihrer Eskorte ab. Dick Gordon, der stolz auf seine Organisation war, beobachtete die Schlacht vom Dach eines mit Polizisten vollgestopften Omnibusses aus, der den Gefängniswagen flankiert hatte. Er kam zu Elk, nachdem der Rummel vorüber war.

„Haben Sie jemand Wichtigen arretiert?" fragte er.

„Es ist zu früh, das beurteilen zu können. Sie schauen mir alle zusammen nur nach gewöhnlichen Kaulquappen aus. Litnow ist vermutlich schon in Wandsworth. Ich schickte ihn in einem geschlossenen Polizeiauto fort, lange bevor dieser Wagen abfuhr."

In Scotland Yard angekommen, ließ er die Frösche in Doppelreihen aufmarschieren. Man prüfte einen nach dem anderen, und bei jedem kam die Tätowierung auf dem Handgelenk zum Vorschein.

„Einer der Leute möchte mit Ihnen sprechen, Herr Inspektor", meldete ein Polizist. Elk tauschte einen Blick mit seinem Chef aus.

„Sprechen Sie mit ihm", sagte Dick. „Wir können leider auf keine Information verzichten."

Der Polizist führte den Frosch vor. Ein großer Mann mit einem Bart, der eine Woche alt war, ärmlich gekleidet und rußig. Sein zerbeulter Hut war tief in die Augen gezogen, und aus den Ärmeln seiner Jacke, die einem kleineren Mann gehört haben mochte, sah man seine mächtigen Fäuste hervorkommen.

„Nun, Frosch", sagte Elk, ihn fixierend, „was hast du zu quaken?"

„Quaken ist hübsch", sagte der Mann, und beim Ton der Stimme fuhr Elk auf. „Herr Inspektor, Sie glauben doch nicht, daß Ihr alter Polizeiwagen jemals Wandsworth erreichen wird?"

„Wer sind Sie?“ fragte Elk und starrte ihn an.

„Die Leute wollen den Litnow zurück, sie wollen ihn um die Ecke bringen“, sagte der Frosch. „Und wenn dieser arme Narr glaubt, daß der alte Frosch einzig aus brüderlicher Liebe sich dieser großen Mühe unterzieht, so hat er sich noch nie im Leben so sehr geirrt.“

„Broad!“

Der Amerikaner befeuchtete seinen Finger und wischte das Froschzeichen vom Handgelenk. „Ich werde es Ihnen später erklären, Herr Elk, aber nehmen Sie jetzt den guten Rat eines Freundes an und rufen Sie Wandsworth an.“

Elks Telefon läutete wütend, als er sein Büro erreichte. Die Wandsworth-Station rief ihn an.

„Ihr Polizeiauto ist auf der Gemeindewiese aufgehalten worden, zwei Ihrer Leute wurden verwundet, der Gefangene wurde erschossen“, lautete der Bericht.

11

Dick Gordon und sein Assistent erreichten Wandsworth zehn Minuten, nachdem ihnen die Neuigkeit zugekommen war, und fanden das Wrack eines Polizeiautos von einer großen Menschenmenge umgeben, die von Polizei in Schach gehalten wurde. Litnows Leichnam war nach dem Gefangenenhaus überführt worden, wohin man auch einen seiner Angreifer gebracht hatte, einen Mann, der von einer Abteilung von Gefängniswärtern festgenommen worden war, als sie gerade von ihrer Mittagspause zurückkehrte. Eine kurze Untersuchung des Toten sagte Dick nicht mehr, als er ohnehin wußte. Das Herz war durchschossen, und der Tod mußte sofort eingetreten sein.

Der neue Gefangene, der gebracht wurde, war ein Mann von ungefähr dreißig Jahren und gebildeter als der Durchschnitt der Frösche. Es wurden keine Waffen bei ihm gefunden, und er beteuerte, an dem Komplott in keiner Weise beteiligt gewesen zu sein. Er behauptete, er sei ein arbeitsloser Beamter, der gerade über die Wiese schlenderte, als das Scharmützel begann. Er sei unschuldig arretiert worden, während er den Mörder verfolgte.

„Frosch, du bist ein toter Mann!“ sagte Elk mit seiner tiefsten Grabesstimme und sah ihn über den Stahlrand seiner Brille hinweg an. „Wo hast du gewohnt, als du noch am Leben warst?“ Der Gefangene gestand, daß er im Norden Londons zu Hause sei. „Nord-Londoner kommen nicht nach Wandsworth, um auf der Gemeindewiese spazierenzugehen“, sagte Elk. Er hatte eine kurze Unterredung mit dem Obergefangenenaufseher und führte den Arrestanten in den Hofraum hinunter.

Elk blickte um sich. Der Hof war ein kleines, steingepflastertes Viereck, von hohen verblaßten Mauern umgeben. In einer Ecke stand ein kleiner Schuppen mit grauen Schiebetüren.

„Komm hier herein!" sagte Elk. Er nahm den Schlüssel, den der Oberaufseher ihm gegeben hatte, schloß die Türen auf und schob sie auseinander. Man sah in ein reines kahles Gelaß mit weißgestrichenen Wänden. Quer über die Decke liefen zwei starke Balken, und zwischen denselben drei stählerne Stangen hin. Der Gefangene runzelte die Stirn, als Elk zu einem langen Stahlhebel trat.

„Gib acht, Frosch!" sagte er und zog an dem Hebel. Die Mitte des Bodens öffnete sich mit einem Krach, und man sah in eine tiefe, mit Ziegeln ausgelegte Grube hinab.

„Sieh dir die Falltür an. Siehst du das T, das mit Kreide gezeichnet ist? Dort muß der Mann seine Füße hinstellen, wenn der Henker ihm die Beine zusammenbindet. Das Seil hängt von dem Balken dort herunter."

Des Mannes Gesicht wurde fahl, und er schreckte zurück. „Sie können mich nicht hängen", keuchte er. „Ich habe nichts getan!"

„Sie haben einen Menschen getötet", sagte Elk, trat hinaus und versperrte die Tür hinter ihnen. „Sie sind der einzige, den wir gefangen haben, und Sie werden für die übrige Bande büßen müssen."

Der Gefangene hob seine zitternde Hand zu den Lippen. „Ich werde Ihnen alles sagen, was ich weiß", sagte er heiser.

Eine Stunde später fuhr Dick mit beträchtlichen Informationen bereichert in die Polizeidirektion zurück. Seine erste Tat war, nach Joshua Broad zu schicken, und der Vagabund kam fröhlich und zum Reden aufgelegt herauf.

„Nun, Herr Broad, lassen Sie uns Ihre Geschichte hören", sagte Dick und hieß den andern Platz nehmen.

„Viel ist ja nicht zu vermelden", meinte Broad. „Seit einer Woche bin ich mit den Fröschen näher bekannt. Ich hielt es für höchst unwahrscheinlich, daß sie sich untereinander nicht kennen sollen und blieb gleich an dem ersten hängen, den ich fand. Ich traf ihn in einem Logierhaus in Deptford. Ich hörte heute, daß ein höchst eiliger Aufruf für ein großes Unternehmen ergangen sei, und schloß mich an. Auf dem Weg nach Scotland Yard hat man mir erzählt, daß eine Gruppe beordert worden sei, Litnow, der nach Wandsworth fuhr, abzupassen."

„Haben Sie einen von den Großen gesehen?" Broad schüttelte den Kopf.

„Sie haben alle gleich ausgesehen. Aber es waren unzweifelhaft zwei oder drei von den Hauptanführern mit im Dienst. Ich habe nie daran geglaubt, daß man Litnow retten würde. Die Frösche wußten, daß er alles gestanden hatte, und er mußte büßen. Das heißt – sie haben ihn ja wohl umgebracht?"

„Ja", nickte Dick. „Aber sagen Sie mir – warum nehmen Sie selber solch ein Interesse an den Fröschen?"

„Bloß aus reiner Abenteuerlust", antwortete Broad. „Ich bin ein reicher Mann, habe nichts zu tun und interessiere mich unendlich für Kriminalfälle. Vor ein paar Jahren hörte ich zum ersten Male von den Fröschen, sie reizten meine Phantasie, und damals nahm ich mir vor, ihnen auf die Spur zu kommen."

„Ich möchte nur noch wissen, wieso es geschah, daß Sie ein reicher Mann wurden?" fragte Dick. „Im vorletzten Kriegsjahr sind Sie mit einem Viehtransport nach England gekommen und hatten ungefähr zwanzig Dollar in der Tasche. Sie selbst haben es Elk erzählt, daß Sie auf diese Weise ankamen, und haben damit die Wahrheit gesprochen. Ich interessiere mich fast ebenso für Sie, wie Sie sich für die Frösche interessieren. Und ich habe einige Erkundigungen eingezogen. Sie kamen 1917 nach England und verließen Ihr Schiff. Im Mai 1917 verhandelten Sie wegen des Kaufes einer alten baufälligen Bude in' der Nähe von Hampshire. Dort wohnten Sie, indem Sie die elende Hütte zusammenflickten, und lebten, soviel ich erforschen konnte, von den paar Dollars, die Sie mitgebracht hatten. Plötzlich waren Sie verschwunden und sind erst in Paris am Weihnachtsabend desselben Jahres wieder aufgetaucht.

Sie waren es anscheinend, der eine Familie gerettet hat, die anläßlich eines Luftangriffes in ihrem Haus verschüttet wurde, und Ihr Name wurde von der Polizei notiert, damit Ihnen eine Belohnung ausgezahlt werden konnte. Der französische Polizeibericht besagt, daß Sie ziemlich ärmlich gekleidet waren. Man hielt Sie für einen Deserteur der amerikanischen Armee. Aber im Februar wohnten Sie in Monte Carlo, eine Menge Geld in der Tasche und mit exquisiter Garderobe wohl versorgt."

Joshua Broad blieb während dieses Vortrages unbeweglich. Nur der Schein eines Lächelns zeigte sich in seinen unrasierten Mundwinkeln.

„Aber, Herr Hauptmann, in Monte Carlo muß man Geld besitzen!"

„Wenn man es hingebracht hat", sagte Dick und fuhr fort: „Ich meine ja nicht, daß Sie das Geld anders als ehrlich erworben hätten. Ich stelle bloß fest, daß Ihr persönlicher Aufstieg von Armut zum Reichtum, gelinde gesagt, sehr merkwürdig war."

„Das war er auch", pflichtete der Amerikaner bei. „Und dem Anschein nach ist meine Veränderung vom Reichtum zur Armut ebenso plötzlich wie merkwürdig."

„Sie meinen, daß, wenn es für Sie möglich ist, sich jetzt zu maskieren, es auch damals für Sie möglich war und Sie im Jahre 1917, obgleich anscheinend mittellos, ebensowohl ein reicher Mann gewesen sein können?"

„Das stimmt", sagte Joshua Broad.

„Ich würde vorziehen, daß Sie das respektablere Selbst blieben. Ich liebe es nicht, einem Amerikaner sagen zu müssen, daß ich ihn des Landes verweise, denn das klingt, als ob es eine Strafe wäre, in die Vereinigten Staaten zurückzukehren."

Joshua Broad erhob sich. „Das, Herr Hauptmann Gordon, ist ein Wink mit einem zu dicken Zaunpfahl und eine zu liebenswürdige Drohung. Von nun an wird Joshua Broad wieder ein ehrbares Mitglied der Gesellschaft werden. Das einzige, worum ich Sie bitte, ist, daß Sie die Polizei nicht anweisen, meine Erlaubnisscheine zurückzuziehen."

„Erlaubnisscheine?" fragte Dick.

„Ja, ich führe zwei Revolver mit mir, und die Zeit ist nahe, wo auch diese beiden nicht genügen werden", sagte Joshua Broad.

12

Es fand ein Konzert in Queens Hall statt, und die Verlockung, den großen Violinspieler zu hören, war so stark, daß selbst in diesen Sommertagen der riesige Zuschauerraum überfüllt war.

Es fiel Dick Gordon mitten in seiner dringenden Abendarbeit ein, daß auch er längst eine Karte bestellt hatte. Er fühlte sich übermüdet, von den rätselhaften Ereignissen genarrt und fast hoffnungslos, sie zu lösen. Ein Brief von Lord Farmley, der heute angekommen war, forderte schleunige Anstalten, um den verlorenen Handelsvertrag wiederzuerlangen. Es war ein Brief, wie ihn ein schwer überarbeiteter Mann schreiben mochte, ohne sich darüber Rechenschaft abzulegen, daß er damit seine eigene Panik auf den Empfänger übertrug, den er doch keinesfalls zu überstürzten Maßnahmen verleiten durfte. Dick entschloß sich, alle Sorgen zur Seite zu werfen und das Konzert zu besuchen.

Er rief seine Garage an, ließ aber statt seines eigenen einen geschlossenen Mietwagen vorfahren und war nach zehn Minuten einer von den zweitausend Bezauberten, die dem Spiel des Meisters lauschten. In der Pause schlenderte er ins Foyer, und die erste Person, die er traf, war ein Zentralpolizeibeamter, der seinen Blick vermied. Ein zweiter Geheimdetektiv stand auf der Treppe, die zur Bar führte. Ein dritter rauchte seine Zigarette auf den Stufen vor der Halle. Das Glockenzeichen ertönte, und Dick wollte eben die halbgerauchte Zigarette fortwerfen, als eine prachtvolle Limousine vorfuhr und ein diskret livrierter Lakai absprang, um die Tür zu öffnen. Ein einzelner Herr stieg aus, und Dick erkannte ihn sogleich. Es war Ezra Maitland.

„Heiliger Moses!" murmelte jemand hinter ihm, und als Dick den Kopf wendete, sah er Elk in dem einzigen alten Frack, den dieser je im Leben besessen hatte, hinter sich stehen. Sie waren beide von fassungslosem Erstaunen gelähmt. Denn nicht nur, daß Herr Maitland gleich einem regierenden Monarchen vorfuhr, mit silbernen Beschlägen, mit lackiertem Kupee und livrierter Dienerschaft, der alte Mann trug auch einen vorbildlichen Frack, gebaut nach den Gesetzen der allerletzten Mode. Sein Bart war um ein paar Zoll gekürzt, und über seine fleckenlose weiße Weste spannte sich eine schwere goldene Kette. Im Revers seines Abendmantels steckte eine Kamelie, und es war der glänzendste aller Zylinder der Welt, den er trug, der eleganteste Stock aus Ebenholz und Elfenbein, auf den er sich beim Gehen stützte.

Die Vision des Glanzes zog an ihnen vorbei durch die Halle.

„Er ist verrückt geworden!" flüsterte Elk hohl. Von seinem Platz aus konnte Dick den Millionär beobachten. Er saß während des zweiten Teiles des Programms mit geschlossenen Augen da. Nach jedem Stück applaudierte er mit seinen riesigen, weißbehandschuhten Händen. Dick war dessen sicher, daß er schlief und erst das Klatschen ihn erweckte. Einmal entdeckte er, wie der alte Mann ein Gähnen unterdrückte. Es war im zweiten Satz von Elgars Violinkonzert, das durch seine wundervolle Wiedergabe alle Zuhörer im Bann hielt.

„Das ist der reiche Maitland!" hörte Dick einen Herrn sagen.

„Er hat jetzt das Haus des Prinzen von Caux in Berkeley Square gekauft."

Elk kam mit noch andern Neuigkeiten zurück.

„Was halten Sie vom Musikverständnis des alten Maitland, Hauptmann Gordon? Nun, er hat im voraus Plätze für jedes große Konzert der nächsten Saison bestellt. Sein Sekretär kam heute nachmittag mit diesem Auftrag her. Der war auch nicht wenig verdutzt darüber, und er sollte einen Tisch für heute abend im Herons-Klub bestellen."

Elks Gesicht war während seines ganzen Berichtes todernst geblieben. Er winkte einen seiner Begleiter heran.

„Wie viele Leute brauchen Sie, um den Herons-Klub zu besetzen?“

„Sechs“, war die prompte Antwort. „Zehn, um ihn auszuheben und zwanzig, wenn es schlimm zugeht.“

„Nehmen Sie dreißig“, sagte Elk.

Der Klub sah von außen völlig unscheinbar aus, aber befand man sich einmal hinter seinen geschlossenen Türen und zugezogenen Vorhängen, so vergaß man das ärmliche und düstere Aussehen. Ein luxuriöser Gang, mit dicken Teppichen bedeckt und mild erleuchtet, führte nach dem Tanzsaal und Restaurant. Dick wartete auf die Ankunft des Direktors und bewunderte, in der Tür stehend, den Reichtum des Saales. Die Tische standen in einem länglichen Viereck auf dem polierten Parkett, von einer Galerie kamen die Klänge eines Negerorchesters, und innerhalb des ausgesparten Raumes tanzte ein Dutzend Paare und bewegte sich nach dem schnellen, aufpeitschenden Rhythmus der Stakkatomelodie.

„Vergoldetes Laster!“ brummte Elk verächtlich. „Ich möchte wissen, was man hier die Frechheit hat für ein Essen zu verlangen. Da ist ja unser Methusalem.“

Methusalem saß am besten Tisch des Saales. Sein kahler Schädel leuchtete im Licht des Kristallüsters, und in seinem Schatten verschmolz sein Patriarchenbart mit der schneeigen Hemdbrust, so daß Dick ihn einen Moment lang nicht erkannte. Vor ihm stand ein großes, mit Bier gefülltes Glas.

„Er trinkt! Er ist immerhin menschlich“, sagt Elk.

Hagn kam heran, freundlich lächelnd, in dem Bestreben, ihnen gefällig zu sein. „Das ist ein unerwartetes Vergnügen, Herr Hauptmann“, sagte er. „Sie wünschen, daß ich Sie hereinlasse? Aber, meine Herren, das ist doch gar nicht nötig. Jeder Polizeioffizier von Rang ist Ehrenmitglied meines Klubs.“

Er ging geschäftig voran, führte sie zwischen den Tischen durch und fand eine leere Loge. Es gab Zecher, deren Mienen sich bei der Ankunft der neuen Gäste umwölkten. Einer zumindest stahl sich hinaus und ward nicht wieder gesehen.

„Wir haben heute abend sehr feine Gäste“, sagte Hagn und rieb sich die Hände. „Hier ist Lord und Lady Belfin, dieser Herr mit dem Bart ist der reiche Maitland, und sein Sekretär ist ebenfalls hier.“

„Johnson?“ fragte Dick überrascht. „Wo sitzt er?“

Da bemerkte er auch schon den rundlichen Philosophen. Er saß in einer entfernten Ecke und sah in seinem altmodischen Frack entsetzlich ungeschickt und unglücklich aus. Wie er so auf der Kante seines Sessels saß, machte er ein feierliches und erschrockenes Gesicht und hielt die Hände auf dem Tisch gefaltet.

„Gehen Sie hinüber und holen Sie ihn her", flüsterte Dick Elk zu. Elk marschierte durch das Wirbeln der Tänzerpaare und erreichte Herrn Johnson, der ihn erlöst ansah und ihm so kräftig die Hand schüttelte, als hätte Elk ihn von einer verlassenen Insel errettet.

„Es war lieb von Ihnen, mich herüberzuholen", sagte Johnson, als er Dick begrüßte. „Ich fühle mich hier so gar nicht am Platze. Es ist mein erster und mein letzter Besuch." Und er blickte nach einer kleinen Gesellschaft in der gegenüberliegenden Loge. Gordon war ihrer schon beim Eintritt gewahr geworden. Da waren Ray, in seiner üppigsten Laune, Lola Bassano, herrlich und exzentrisch gekleidet, und der massive Expreisboxer Lew Brady. Johnson wies mit den Blicken nach dem alten Maitland.

„Ist das nicht ein Wunder?" fragte er mit Flüsterstimme. „In einem einzigen Tag hat er seine Lebensweise geändert. Kauft ein Haus in Berkeley Square, beruft eine Armee von Schneidern, schickt mich aus, um Theaterplätze zu bestellen, kauft Juwelen! Ich verstehe nicht", gestand er kopfschüttelnd. „Besonders, weil er im Büro ganz unverändert ist. Dort ist er noch immer derselbe alte Geizhals. Er wollte, daß ich auch seine Privatunternehmungen führen sollte, aber ich schlug es aus. Was mich ängstigt, ist nur, daß er mich auch an die Luft setzen kann, wenn ich nicht einwillige. Er ist in dieser Woche recht unverdaulich gewesen. – Ob Ray ihn wohl gesehen hat?"

Ray hatte seinen früheren Chef noch nicht bemerkt. Er war zu sehr von der Freude erfüllt, in solch eleganter Umgebung mit Lola zusammenzusein, um ein Interesse an irgend etwas außer sich selbst und dem unmittelbaren Objekt seiner Zärtlichkeit zu nehmen.

„Du machst dich lächerlich, Ray, halb Scotland Yard ist hier und beobachtet dich", warnte Lola.

Er blickte um sich und schien zum ersten Male zu bemerken, daß sie nicht allein waren. Ihm gegenüber saß Dick, der ihn ernsthaft betrachtete, und dieser Anblick und das Bewußtsein des Beobachtetwerdens machten ihn irrsinnig vor Zorn.

Er sprang auf, lief über das Parkett hin, stieß mit den tanzenden Paaren zusammen und stolperte mehrmals, bis er vor Dick stand.

„Suchen Sie mich?" fragte er laut. „Brauchen Sie mich vielleicht?"

Dick schüttelte den Kopf.

„Sie verfluchter Polizeispitzel, hetzen Sie Ihre Bluthunde auf mich?" tobte der Jüngling blaß vor Wut. „Johnson, was machen denn Sie bei der Bande? Sind Sie vielleicht auch Polizeispion geworden?"

„Aber lieber Ray", murmelte Johnson.

„Lieber Ray!" spottete der andere. „Sie sind ja eifersüchtig, Sie armer Hund! Eifersüchtig, weil ich aus den Klauen Ihres Blutsaugers entkommen bin! Aber Sie . . .!" Er fuchtelte mit geballter Faust vor Dicks Gesicht umher. „Sie werden mich in Ruhe lassen, Sie! Suchen Sie sich eine andere Beschäftigung, als meiner Schwester Geschichten über mich zu erzählen!"

„Ich glaube, Sie sollten lieber zu Ihren Freunden zurückkehren", sagte Dick, „oder besser noch, Sie gehen nach Hause."

All dies hatte sich während einer Tanzpause abgespielt, jetzt fiel das Orchester von neuem ein. Aber die Anteilnahme des überfüllten Klubsaales verringerte sich keineswegs, obwohl Rays hohe Stimme die Trommeln nicht zu übertönen vermochte.

Dick war dessen sicher, daß der Direktor oder einer der Diener des Klubs sogleich intervenieren würde. Der Oberkellner kam auch sofort herbei, um Ray zurückzudrängen. An allen Tischen war man aufgestanden und sah mit langgestreckten Hälsen nach dem zornigen jungen Mann, der sich wütend gegen die beschwichtigenden Kellner wehrte.

So sah niemand den Fremden, der eine ganze Weile die Vorgänge beobachtet hatte, bevor er, die Zuschauer beiseite schiebend, in die Mitte des Saales kam. Der grauhaarige Mann stach in seinem abgetragenen Tweedanzug auffallend von der elegant gekleideten Menge ab. Er stand, die Hände auf dem Rücken, mit leichenblassem, ernstem Gesicht da und betrachtete Ray, der im Augenblick fast nüchtern wurde, als er seinen Vater erkannte.

„Ich muß dich sprechen, Ray", sagte John Bennett einfach. Sie standen allein inmitten eines großen Zuschauerkreises, der vor ihnen zurückgewichen war. Die Musik wurde abgebrochen, als habe der Dirigent ein Zeichen empfangen.

„Komm mit mir nach Horsham, Junge."

„Ich geh' nicht!" sagte Ray störrisch.

„Gehen Sie mit Ihrem Vater, Ray." Johnson legte die Hand eine Sekunde lang auf des jungen Mannes Schulter. Ray schüttelte ihn ab.

„Ich bleibe hier!" sagte er, und seine Stimme klang laut und trotzig. „Du hast kein Recht, hierherzukommen, Vater, und mich lächerlich zu machen." Er blitzte seinen Vater zornig an. „Du hast mich in all diesen Jahren niedergehalten und mir das Geld verweigert, um das ich dich bat. Und jetzt erlaubst du dir, darüber entsetzt zu sein, daß ich mich in einem anständigen Klub befinde und anständig gekleidet bin. Mit mir ist alles in Ordnung. Kannst du das auch von dir sagen? Und selbst wenn nicht alles bei mir in Ordnung wäre, könntest du mich dann tadeln?“

„Komm fort von hier.“ John Bennetts Stimme klang heiser.

„Ich bleibe!“ sagte Ray heftig. „Und.in Zukunft wirst du mich in Frieden lassen. Der Bruch hat einmal kommen müssen, und es ist gut, daß er gekommen ist.“

Vater und Sohn standen einander gegenüber, und in John Bennetts müden Augen lag ein Blick grenzenloser Trauer.

„Komm mit mir“, sagte er bittend.

Da sah Ray Lolas Gesicht, sah das unterdrückte Lächeln um ihre Lippen, und seine verletzte Eitelkeit machte ihn rasend. Mit einem Wutschrei brach er los. Der Schlag, der den alten Bennett traf, ließ ihn wanken, aber er fiel nicht. Er sah seinen Sohn lange an, dann senkte er den Kopf und ließ sich wortlos von Dick hinwegführen.

Ray Bennett stand vor Schrecken gelähmt da, sprachlos.

Die Musik begann schmetternd, dudelnd, quietschend von neuem, und Lew Brady holte Ray an den Tisch zurück, wo er reglos, den Kopf in die Hand gestützt und vor sich hinstarrend, sitzen blieb.

Lola bestellte Champagner.

13

Während der ganzen Szene hatte Ezra Maitland vollkommen ruhig dagesessen, und es hatte den Anschein, als bringe er den Geschehnissen nicht das geringste Interesse entgegen, ja, als kämen sie seinem zerstreuten Geist gar nicht zum Bewußtsein. Endlich stand der alte Mann schwerfällig auf und verließ den Saal.

„Jetzt geht er und hat nicht einmal bezahlt“, flüsterte Elk.

Trotz dieses Versäumnisses begleitete der Oberkellner den bejahrten Millionär zur Tür. Überrock, Zylinder und Stock wurden ihm gebracht, und er war den Blicken entschwunden, bevor die sich verbeugenden Diener sich wieder aufgerichtet hatten. Es schien, als hätte das Publikum nach der viel diskutierten Störung seine gute Laune wiedergewonnen. Es wurde allgemein getanzt, und die Heiterkeit erstieg ihren Höhepunkt. Dick sah auf die Uhr und gab Elk ein unmerkliches Zeichen. Sie erhoben sich und schlenderten ohne Hast zur Tür. Ein Kellner kam ihnen eilends nach. „Die Herren wünschen zu zahlen?"

„Später, in drei Minuten", sagte Dick.

In dem Moment zeigten die Zeiger der Uhr auf eins. Genau drei Minuten später war der Klub in den Händen der Polizei. Um ein Uhr fünfzehn war er bis auf die diensthabenden Detektive und das Personal geleert.

„Wo ist Hagn?" verhörte Dick den Oberkellner.

„Er ist nach Hause gegangen", sagte der Mann mürrisch. „Er geht immer zeitig nach Hause."

„Das ist eine Erfindung, mein Sohn", sagte Elk. „Führen Sie mich in sein Zimmer."

Sie kamen in ein großes, fensterloses, gemütlich eingerichtetes Gemach, das im Erdgeschoß lag, in einem Teil der alten Missionshalle, den man unberührt gelassen hatte. Während die Unterbeamten die Bücher Blatt für Blatt untersuchten, durchforschte Elk das Zimmer. In einer Ecke stand ein kleiner Safe, auf den er das Polizeisiegel klebte. Auf einem Sofa lag in ziemlicher Unordnung ein Anzug, der anscheinend in aller Eile abgestreift worden war. Elk trug ihn unter das Lampenlicht und betrachtete ihn genau. Es war der Frack, den Hagn getragen hatte, als er sie zu ihren Plätzen geleitete.

„Führen Sie den Oberkellner her."

Der Oberkellner Wollte oder konnte keine Auskunft geben.

„Herr Hagn wechselt immer die Kleider, bevor er nach Hause geht", sagte er.

„Warum ist er fortgegangen, bevor der Klub geschlossen wurde?"

Der Mann zuckte die Achseln. „Ich kenne seine Privatangelegenheiten nicht", sagte er, und Elk entließ ihn.

An der Wand standen ein Toilettentisch und ein Spiegel. Zu beiden Seiten des Spiegels waren kleine Lampen angebracht, die keinen Lampenschirm hatten. Elk drehte auf, und in dem grellen Licht prüfte er den Tisch. Sofort fand er zwei Haarbüschel und hielt sie an den Ärmel seines schwarzen Rockes. In der Schublade fand er eine kleine Flasche mit flüssigem Gummi und prüfte dann die Bürste sorgfältig.

Endlich hob er den Papierkorb auf und schüttete, dessen Inhalt auf den Tisch. Er fand ein paar zerrissene Rechnungen, Geschäftsbriefe, die Ankündigung eines Geschäftmannes, drei zerbröselte Zigarettenstummel und verschiedene Papierschnitzel. Einer davon war mit Gummi bedeckt und klebte zusammen.

„Ich möchte wetten, daß er damit seine Bürste abgewischt hat“, sagte Elk.

Mit einiger Schwierigkeit zog er den Zettel auseinander. Er war mit der Maschine geschrieben und bestand aus drei Zeilen:

„Dringend. Besucht Sieben in E. S. 2.

Kein Überfall. Versichert euch M.s Aussage.

Dringend! F. 1.“

Dick nahm das Papier aus Elks Hand und las es.

„Darin, daß es keinen Überfall geben wird, irrt er sich“, sagte er. „E. S. bedeutet Eldorstraße. Und 2 ist entweder die Nummer zwei oder zwei Uhr.“

„Aber wer ist M.?“ fragte Elk stirnrunzelnd.

„Anscheinend Mills, der Mann, den wir in Wandsworth gefangen haben. Er hat seine Aussage schriftlich niedergelegt, nicht?“

„Er hat sie zumindest unterzeichnet“, sagte Elk nachdenklich.

Er wendete die Papiere um, und nach einer Weile fand er, wonach er gesucht hatte. Einen kleinen Briefumschlag, der in Maschinenschrift an „G. V. Hagn“ adressiert war und auf der Rückseite den Stempel des Bezirks-Botendienstes trug.

Elk schickte nach dem Portier. „Um welche Zeit wurde dies hier abgegeben?“ fragte er.

Der Mann war ein ausgedienter Soldat, der einzige der Verhafteten, der seine Lage zu empfinden schien.

„Der Brief kam ungefähr gegen neun Uhr, Herr Inspektor“, sagte er bereitwillig und brachte zur Bestätigung sein Postbuch. „Er wurde von einem Botenjungen gebracht.“

„Bekommt Herr Hagn viele solche Nachrichten?“

„Sehr wenige, Herr Inspektor“, sagte der Portier und fügte eine ängstliche Frage bei, was man mit ihm vorhabe.

„Sie können nach Hause gehen, aber unter Bewachung. Sie dürfen hier mit niemandem sprechen und niemandem sagen, daß ich mich nach diesem Brief erkundigt habe. Haben Sie verstanden?“

„Jawohl, Herr Inspektor.“

Elk rief die Telefonzentrale an und ließ für eine Stunde alle telefonischen Verbindungen unterbrechen. Es war jetzt drei Viertel zwei Uhr.

Er hieß achtzehn Detektive zurückbleiben, um den Klub zu beaufsichtigen und fuhr, von Dick und der übrigen Polizeimannschaft begleitet, mit der größtmöglichen Geschwindigkeit nach Tottenham. Etwa hundert Meter, ehe sie die Eldorstraße erreichten, hielt das Auto an und alle stiegen aus. Dick ließ seine Leute die Nebenstraßen nehmen und ging allein mit Elk weiter. An der Ecke der Eldorstraße sah Elk, daß die Vorsicht seines Chefs wohlbegründet gewesen war. Ein Mann lehnte an einem Laternenpfahl, und Elk verwickelte Dick sofort in ein lebhaftes Gespräch über einen harmlosen Gegenstand.

Der Mann unter dem Kandelaber zögerte einen kleinen Augenblick zu lange. Als sie neben ihm waren, wendete sich Elk an ihn.

„Haben Sie vielleicht Feuer?“ fragte er.

„Nein“, brummte der andere.

Im nächsten Augenblick lag er auf dem Boden. Elk kniete auf seiner Brust und hielt mit seinen langen, knochigen Fingern seine Kehle umklammert.

„Wenn du schreist, Frosch, erdroßle ich dich“, zischte der Detektiv. Der Mann war in den Händen der herbeieilenden Detektive, er war geknebelt, gefesselt und auf dem Weg zum Polizeiauto, ehe er begriff, was für ein Tornado ihn niedergeworfen hatte. „Alles hängt jetzt davon ab, ob derjenige Gentleman, der in der Passage zwischen den Gärten patrouillieren dürfte, diese unziemliche Balgerei mit angesehen hat“, sagte Elk und staubte sich ab. „Hat er es gesehen, dann werden sich nette Dinge ereignen.“ Aber anscheinend war die Wache in dem kleinen Gang selbst gewesen. Elk stand am Eingang still, lauschte und hörte sogleich gedämpfte Schritte. Er schlüpfte in den Gang und trat selbst nicht allzu leise auf.

„Wer ist da?“ fragte der Wächter.

„Ich!“ flüsterte Elk. „Mach nicht soviel Lärm.“

„Was hast du hier zu suchen?“ fragte der andere in gebieterischem Ton. „Ich habe dir gesagt, daß du bei der Laterne stehenbleiben sollst.“

Elks Augen hatten sich bereits an das Dunkel gewöhnt, und er schätzte die Distanz ab.

„Es kommen zwei komische Leute die Straße herauf. Ich wollte nur, daß du sie siehst“, flüsterte er.

In seiner Jugend hatte Elk Fußball gespielt, und nun stieß er zu. Der Mann stürzte mit einem Anprall zu Boden, daß es ihm den Atem verschlug und er nur das unwillkürliche Keuchen ausstieß, das einem Knockout folgt. Der Niedergeschlagene war unfähig zu schreien und noch immer atemlos, als ihn schon bereitwillige Hände in den Patrouillenwagen warfen.

„Wir müssen durch die Hintertür, Jungens", sagte Elk.

Diesmal stand das Gartentor offen. Elk zog seine Stiefel aus, und in Strümpfen schlüpfte er den finsteren Gang entlang und klinkte leise die Tür zu Maitlands Zimmer auf. Es war dunkel und leer. Elk kam in den Abstellraum zurück.

„Zu ebener Erde ist nichts", sagte er. „Wir müssen oben nachschauen."

Er hatte fast die Treppe erstiegen, als er Licht durch den Türspalt jenes Raumes schimmern sah, den Maitlands Wirtschafterin bewohnt hatte. Er nahm die Stufen in drei Sprüngen, flog den Treppenabsatz entlang und warf sich gegen die Tür. Sie brach erst beim dritten Anprall ein. Das Zimmer lag völlig finster.

„Hände hoch, jeder Mann!" schrie er ins plötzliche Dunkel.

Vollkommene Stille herrschte. Er duckte sich und ließ den Schimmer seiner elektrischen Lampe in dem Raum spielen. Er war leer. Seine Beamten kamen nachgestürmt, die Lampe auf dem Tisch wurde angezündet, der Glaszylinder war noch heiß. Das Zimmer wurde durchsucht, es war aber zu klein, als daß es hätte viele Menschen verbergen können. Ein Blick aus dem Fenster zeigte Elk, daß es für die Insassen unmöglich gewesen wäre, auf diese Weise zu entkommen.

Am anderen Ende des Zimmers stand ein Garderobenschrank, mit vielen alten Kleidungsstücken angefüllt, die an Haken hingen.

„Werfen Sie die Sachen hinaus!" befahl Elk. „Es muß da eine Tür ins nächste Haus führen."

Die Kleider wurden auf den Boden gehäuft, und die Polizeimannschaft hieb die hölzerne Rückenwand des Schrankes ein. Dick durchsuchte hastig die Papiere, die den Tisch bedeckten.

„Mills' Geständnis", sagte er höchst erstaunt. „Und es sind doch nur zwei Abschriften gemacht worden, von denen ich eine habe und die andere in Ihrem Büro liegt, Elk."

In diesem Augenblick wurde die Rückenwand des Kleiderschrankes eingeschlagen, und die Detektive strömten durch sie hindurch in das nächste Haus.

Es ergab sich die höchst interessante Tatsache, daß ein Verbindungsgang durch einen Block von etwa zehn Häusern lief, und es wurde bald klar, daß in allen Häusern bis zum Ende der Straße Frösche wohnten. Da jeder von ihnen Nr. 7 sein konnte, wurden sie insgesamt arretiert. Außer jener Tür in Maitlands Haus war bei keiner der Versuch gemacht worden, die Verbindungstür zu maskieren. In den anderen Häusern gab es bloß rohe, in die Ziegelwände hineingebrochene Öffnungen.

„Ich zweifle daran, daß wir ihn haben“, sagte Elk, der atemlos zu Dick zurückkehrte. „Ich habe keinen einzigen gesehen, der nach ein bißchen Hirn ausschauen würde.“

„Ist niemand aus dem Häuserblock entkommen?“

Elk schüttelte den Kopf. „Meine Leute sind in der Passage und auf der Straße. Es ist auch eine Menge uniformierter Polizei hier. Haben Sie nicht die Pfeifen gehört?“

Elks Assistent kam, um Rapport zu erstatten. „Ein Mann ist in einem der Hinterhöfe gefunden worden. Ich habe mir erlaubt, ihn dem Schutzmann abzunehmen und ihn hierherzubringen. Wollen Sie ihn sehen?“ berichtete er.

„Bringen Sie ihn nur herauf“, sagte Elk.

Wenige Minuten später wurde ein gefesselter Mann in das Zimmer gestoßen. Er war über Mittelgröße und sein Haar lang und blond. Den blonden Bart trug er spitz. Einen Moment lang sah ihn Dick an, dann rief er aus: „Das ist ja Carlo!“

„Ich bin sogar sicher, daß es Hagn ist!“ sagte Elk. „Nimm einmal den Bart ab, du Frosch, du! Wir werden uns einmal über Zahlen unterhalten, von sieben angefangen.“

Selbst Dick vermochte seinen Augen kaum zu trauen. Die Perücke war so täuschend, der Bart so geschickt befestigt, daß er kaum zu glauben vermochte, daß dies wahrhaftig der Direktor vom Herons-Klub sein sollte. Aber als er die Stimme hörte, wußte er, daß Elk recht hatte. „Nummer Sieben?“ näselte Hagn. „Ich glaube eher, daß Nummer Sieben durch Ihren Kordon gelangen wird, ohne im mindesten belästigt zu werden. Er steht sehr gut mit der Polizei. Wozu brauchen Sie mich, Herr Elk?“

„Ich brauche Sie der Rolle wegen, die Sie in der Nacht des vierzehnten Mai bei der Ermordung des Hauptinspektors Genter gespielt haben.“ Hagn schürzte die Lippen.

„Warum fragen Sie nicht lieber Broad? Der war auch dabei. Vielleicht wird er als Zeuge für mich aussagen. Schauen Sie einmal aus dem Fenster, da unten steht er.“

Dick schob das Fenster hinauf und lehnte sich hinaus. Eine Menge Menschen in Tüchern und Überröcken stand unten und sah dem Abtransport der Inhaftierten zu. Der Reflex eines Zylinders zog Dicks Blicke auf sich, und eine unverkennbare Stimme rief ihn an: „Guten Morgen, Hauptmann Gordon. Die Froschaktien sind wohl sehr gefallen? Apropos, haben Sie das Baby gesehen?“

14

Elk ging auf die Straße hinunter, um den Amerikaner zu begrüßen. Herr Broad war im Frack, und die Scheinwerfer seines Autos erhellten die schmutzige Straße.

„Sie haben wirklich eine gute Spürnase", meinte Elk respektvoll.

„Als ich zwanzig Schutzleute aus dem Herons-Klub stürzen und in rasendem Tempo fortfahren sah, durfte ich wohl vermuten, daß ihre Eile nicht dem Bestreben galt, noch vor zwei Uhr ins Bettchen zu kommen", sagte Broad. „Ich besuche den Klub gewöhnlich in den Morgenstunden. Seine Mitglieder sind ja vielleicht eine noch minder wünschenswerte Bekanntschaft als die übrige Rasse der Frösche. Aber sie amüsieren mich. – Ich wiederhole meine Frage: Haben Sie das liebe kleine Kindchen schon gesehen, das das Wort M-A-U-S buchstabieren lernt?"

Elk hatte das Gefühl, daß der liebenswürdige Amerikaner ihn verspottete. „Kommen Sie lieber herein und sprechen Sie mit dem Chef."

Broad folgte dem Inspektor in das Schlafzimmer von Maitlands Wirtschafterin, wo Dick die bei dem eiligen Aufbruch von Nummer Sieben zurückgelassenen Papiere prüfte. Außer der Kopie des Geheimberichtes über Mills hatte er ein Bündel von Zetteln gefunden, von denen viele unleserlich und unverständlich schienen. Sie waren maschinengeschrieben und glichen auffällig Armeebefehlen. Es waren tatsächlich des Frosches Befehle, vom Oberhaupt seines Stabes herausgegeben und trugen die Unterschrift: Nummer Sieben.

Auf einem Zettel stand: „Es muß rascher gehen mit Raymond Bennett! L. muß ihm sagen, daß er ein Frosch ist. Was immer mit ihm auch geschehen wird, es muß von einem ausgeführt werden, der als Frosch unbekannt ist."

Auf einem anderen Zettel: „Gordon hat eine Einladung für Donnerstag zum Dinner der Amerikanischen Gesandtschaft. Ein Ende machen. Elk hat eine neue Alarmglocke unter der vierten Treppe anbringen lassen. Er geht morgen um 4.14 nach W., um M. zu verhören."

Es gab da noch andere Zettel, die von Leuten handelten, von denen Dick nie gehört hatte. Er lächelte eben über die lakonische Instruktion, ein Ende mit ihm zu machen, als der Amerikaner eintrat.

„Setzen Sie sich, Herr Broad. Elks trauriger Blick sagt mir, daß Sie Ihre Anwesenheit hier hinreichend erklären konnten."

Broad nickte lächelnd. „Und Herr Elk gibt sich solch riesige Mühe", sagte er. Seine Blicke fielen auf die Papiere. „Wäre es indiskret, zu fragen, ob dies hier Froschakten sind?" fragte er.

„Sehr", sagte Dick. „Jede Ihrer Bemerkungen über die Frösche bedeutet den Höhepunkt der Indiskretion, sofern Sie nicht gewillt sind, etwas zu unserer Aufklärung beizutragen."

„Ich kann Ihnen, ohne mich ganz zu eröffnen, mitteilen, daß Ihr Frosch Nummer Sieben durchgebrannt ist", sagte der Amerikaner kühl. „Ich hörte die Frösche jubeln, als sie unter Bewachung die Straße hinuntergeführt wurden. Die Verkleidung von Nummer Sieben war vollendet. Er trug die Uniform eines Polizisten."

Elk fluchte leise, aber gründlich. „Also das war er", sagte er. „Er war der Polizist, der Hagn unter dem Vorwand zu arretieren, abführte. Und wenn nicht einer meiner Leute zufällig ihm den Gefangenen weggenommen hätte, so wären sie beide entwischt. Bitte, warten Sie."

Elk suchte den Detektiv auf, der Hagn hereingeführt hatte.

„Ich kenne den Schutzmann nicht", sagte der Beamte. „Er war von einer mir fremden Abteilung. Ein größerer Mann mit einem dicken, schwarzen Schnurrbart. Wenn es eine Verkleidung war, dann war sie ausgezeichnet."

Elk kehrte geknickt zurück.

„Ich möchte das eine nur gerne wissen, was für ein Spiel der Frosch mit Ray Bennett treibt?" sagte Joshua Broad. „Denn das ist jedenfalls die interessanteste Intrige der Froschstrategie." Er erhob sich und nahm seinen Hut. „Gute Nacht! Vergessen Sie nicht, nach dem Kindergarten zu suchen, Inspektor." Er lächelte beim Abschied, und Elk durchstöberte das Haus vom Boden bis zum Keller ohne das leiseste Resultat.

„Ich glaube, daß sich hier eine sehr wertvolle Spur verrät", sagte Dick, indem er Elk ein Papier reichte. Dieser las: „Alle Ochsen müssen Mittwoch 3. 1. A. hören! L. V. M. B. Wichtig!"

„Es sind fünfundzwanzig Abschriften von dieser einfachen aber aufregenden Botschaft vorhanden", sagte Dick. „Und da ich keine Briefumschläge für die Instruktionen finde, so kann ich nur vermuten, daß Hagn sie entweder vom Klub oder von seiner Wohnung aus expediert hatte. Soweit habe ich die Ziffern in der Organisation der Frösche festgestellt. Frosch Nummer Eins arbeitet durch ›Sieben‹ , der vielleicht – oder vielleicht auch nicht – den Chef kennt. Hagn, dessen Nummer, nebenbei erwähnt, dreizehn ist, die ihm auch noch viel Unglück bringen wird, ist der ausübende Chef vom Büro Sieben und verkehrt nur mit den Leitern der einzelnen Sektionen. Sieben bekommt seine Orders vom Frosch selbst, aber er darf auch ohne Anfrage arbeiten, wenn sich Notfälle ergeben. Hier zum Beispiel", er klopfte mit dem Zeigefinger auf das Papier, „ist eine Entschuldigung für die Verwendung von Mills, was meine Annahme bestätigt."

„Keine Handschrift?" – „Nein, auch keine Fingerabdrücke."

Elk nahm einen der Zettel, auf denen die Nachrichten geschrieben waren, und hielt ihn gegen das Licht.

„Drei Löwen als Wasserzeichen", sagte er. „Eine neue Schreibmaschine von jemand Geschultem geschrieben, dessen kleiner Finger der linken Hand schwach ist, denn das Q und A sind durchlaufend schwach. Das zeigt, daß er nach dem Fingersatz schreibt. Maschinenschreib-Amateure gebrauchen selten ihre kleinen Finger, besonders an der linken Hand. Ich erwischte einmal einen Bankdieb, nur weil ich das wußte." Er las nochmals die Nachricht. „Alle Ochsen müssen am Mittwoch hören. – ›Ochsen‹ bedeutet hier die Anführer, die Ochsenfrösche. Hm, wo hören Sie zu? ›3. 1. A.‹, das gibt mir zu denken, Herr Hauptmann." Dick sah ihn merkwürdig an.

„Am 3. 1. Mittwoch nachts werden wir das Codesignal L. V. M. B. abhören. Wir werden den großen Frosch sprechen hören, mein lieber Elk!"

15

Ray Bennett erwachte. Seine Schläfen hämmerten, seine Zunge lag trocken im Mund. Als er den schmerzenden Kopf vom Kissen zu heben versuchte, stöhnte er, aber es gelang ihm mit Willensanstrengung, aus dem Bett zu steigen und sich bis ans Fenster zu schleppen. Er stieß die bleigefaßten Fensterflügel auf und sah auf den grünen Hyde-Park hinaus.

Dann goß er ein Glas mit Wasser voll und trank es gierig, setzte sich auf den Rand des Bettes, den Kopf in den Händen, und versuchte die Ereignisse der vergangenen Nacht zu überdenken. Er konnte sich ihrer nur trübe entsinnen, aber er war sich dessen bewußt, daß etwas Schreckliches geschehen war. Langsam erhellte sich die Erinnerung mehr und mehr, und mit schwerem Herzen wurde er sich des furchtbaren Vorganges bewußt.

Er sprang auf und begann hin und her zu gehen, bemüht, Rechtfertigung vor sich selber zu ersinnen. Die Eitelkeit der Jugend weist Entschuldigungen für eigene Fehltritte nicht zurück, und Ray stellte keine Ausnahme unter der Jugend dar.

Nachdem er ein Bad genommen und sich angekleidet hatte, war er bereits zu der Ansicht gekommen, daß viel, viel Unrecht an ihm geschehen sei. Es war unverzeihlich von ihm gewesen, seinen Vater zu schlagen, und er wollte ihm sicherlich sogleich schreiben, um seinen Schmerz hierüber zu betonen. Aber es sollte kein kriecherischer Brief sein, gelobte er sich, sondern ein würdiger und distanzierender. Schließlich kamen doch in allen Familien derlei Streitigkeiten vor. Und eines Tages würde er als reicher Mann zu seinem Vater zurückkehren und . . .

Ray verzog unangenehm berührt die roten Lippen. Es ging ihm ja jetzt recht gut, er hatte eine teure Wohnung, jede Woche wurden neue knisternde Banknoten durch die Post an seine Adresse gesandt. Er hatte auch ein Auto . . . aber wie lange würde es wohl so bleiben? Ray war kein Narr, nicht ganz so klug vielleicht wie er sich dünkte, aber auch nicht dumm. Warum sollte die japanische – oder irgendeine andere Regierung – ihn für Informationen bezahlen, die sich doch aus jedem erreichbaren Handbuch schöpfen ließen, die für ein paar Schillinge bei jedem Buchhändler zu kaufen waren. Er ließ den Gedanken fallen. Er besaß die Gabe, alles von sich zu schieben, was ihn störte. Er öffnete die Tür, die in sein Speisezimmer führte und erstarrte.

Ella saß an dem offenen Fenster, den Ellbogen auf dem Sims und das Kinn in der Hand. Sie war blaß, und tiefe Schatten lagen unter ihren Augen.

„Ella, was, um Gottes willen, machst du hier?“ fragte er. „Wie bist du hereingekommen?“

„Der Portier hat mir mit seinem Schlüssel geöffnet, als ich ihm sagte, daß ich deine Schwester bin“, sagte sie apathisch. „Ich kam sehr zeitig heute morgen, und ich will dich fragen, ob du nicht nach Horsham kommen und mit Vater sprechen möchtest?“

„Nicht jetzt, nein – in ein paar Tagen“, sagte er hastig. Tatsächlich fürchtete er sich nicht davor, seinem Vater zu begegnen.

„Wäre es denn ein solch schreckliches Opfer, Ray, das alles aufzugeben?“

Er machte eine ungeduldige Handbewegung. „Das alles nicht, wenn du damit die Wohnung meinst. Aber du und Vater, ihr wollt doch, daß ich meine Arbeit aufgebe.“

„Ich glaube nicht, daß das dein Schaden wäre.“ Das war ein neuer Ton, und Ray starrte sie an. Ella war ihm immer eine nachsichtige, billigende, entschuldigende Schwester gewesen. Ein Puffer zwischen ihm und den Ermahnungen seines Vaters.

„Komm zu Papa zurück, Ray, komm sofort!“

Er schüttelte den Kopf.

„Nein, ich kann nicht. Ich werde ihm schreiben. Ich gebe zu, daß ich unrecht an ihm gehandelt habe und werde ihm das auch in meinem Brief schreiben; aber mehr kann ich nicht tun.“ Es klopfte an die Tür.

„Herein!“ rief Ray.

„Wollen Sie Fräulein Bassano und Herrn Brady empfangen?“ fragte der Diener im Flüsterton und sah bedeutsam nach Ella hin.

„Natürlich will er mich empfangen!“ rief eine Stimme draußen.

„Wozu denn diese Formalitäten? Ach, ich verstehe . . .“ Lola Bassano maß Ella aus halbgeschlossenen Lidern.

„Das ist meine Schwester Ella", stellte Ray vor, „und dies sind Fräulein Bassano und Herr Brady."

Ella blickte nach der zarten Gestalt in der Tür und vermochte nur zu bewundern, was sie erblickte. Lolas schönes Gesicht, ihre Haltung, ihre wundervolle Hand, ihre Art sich zu kleiden, entzückten sie.

„Gefällt Ihnen die Wohnung Ihres Bruders?" fragte Lola, die gegenüber Platz nahm und ihre Beine übereinanderschlug.

„Es ist sehr schön hier, und Horsham wird ihm ziemlich öde vorkommen, wenn er zu uns zurückkehrt", sagte Ella.

„Ja, gehen Sie denn nach Horsham zurück?" Lola warf den Kopf in den Nacken und sah Ray voll in die Augen, während sie diese Frage stellte.

„Ich denke nicht daran!" sagte Ray energisch. „Ich habe Ella schon vorhin gesagt, daß meine Arbeit hier mir viel zu wichtig ist, um sie aufzugeben."

Lola nickte zufrieden, und eine seltsame Kälte überkam Ella plötzlich. Eine Sekunde vorher war sie noch von Lolas Schönheit gefangengenommen gewesen. Nun aber schien ihr, als berge sich viel Grausamkeit in den Linien ihres schönen Mundes. „Sie müssen wissen, Fräulein Bassano, daß Gordon meiner Schwester die reinsten Spukgeschichten über uns erzählt hat."

„Gordon ist Monomane", sagte Lew Brady. „Er hat ja sogar Elk zu Ihrem Herrn Vater geschickt, um ihn verhören zu lassen. Er meint, daß es in der ganzen Welt lauter Verbrecher gibt und einen einzigen Mann, der sie zu fangen vermag, und das ist er selber . . ."

„Tapp, tapp, tapptapptappp, tapp." Es klopfte an die Tür. Langsam, überlegt, unverkennbar. Die Wirkung auf Lew Brady war eine höchst merkwürdige. Sein mächtiger Körper schien zusammenzusinken, und sein braunes Gesicht wurde plötzlich ganz hohl.

„Tapp, tapp ,tapptapptapp, tapp."

Die Hand, die Brady zum Mund führte, zitterte. Ella blickte von ihm zu Lola und sah zu ihrem Erstaunen, daß sie unter ihrem Rouge blaß geworden war. Brady stolperte zur Tür, und sein Atem ging schwer und laut in der Stille.

„Herein!" brachte er hervor. Aber er vermochte das Eintreten nicht abzuwarten, er riß selbst die Tür auf. Es war Dick Gordon, der eintrat. Er sah einen nach dem andern mit lachenden Augen an. „Das Froschzeichen scheint manchen von euch zu erschrecken?" sagte er vergnügt.

16

Lola gewann als erste ihre Fassung wieder. „Es war nicht nett von Ihnen, uns so zu erschrecken, ich fürchte mich sehr vor den Fröschen, seit man so viel über sie in den Zeitungen liest."

„Das Zeichen ist meine neueste Errungenschaft", sagte Dick mit spöttischem Ernst. „Ein Frosch des dreißigsten Grades hat es mich gelehrt. Und er sagte mir, es ist dies das Signal, das der Meister, der große, alte Ochsenfrosch gibt, wenn er seine Untergebenen aufzusuchen beliebt."

„Ihr dreiunddreißigjähriger Frosch lügt wahrscheinlich", sagte Lola, in deren Wangen der Zorn neue Farbe jagte. „Überhaupt hat Mills . . ."

„Ich habe Mills gar nicht erwähnt", sagte Dick.

„Aber seine Verhaftung stand doch in allen Blättern."

„Sie erschien in keinem einzigen Blatt!" sagte Dick. „Falls sie nicht in ›Die Neue Froschzeitung‹ eingeschaltet wurde. Vermutlich unter Personalnachrichten."

Ray trat einen Schritt vor. „Was führt Sie her, Gordon?"

„Ich möchte privat mit Ihnen sprechen", sagte Dick.

„Es gibt nichts, was Sie mir nicht vor meinen Freunden sagen könnten", antwortete Ray, der unmutig zu werden begann.

„Die einzige, für die dieser Titel Geltung hat, ist Ihre Schwester", antwortete Gordon.

„Gehen wir, Lew",, sagte Lola achselzuckend. Aber Ray hielt sie zurück.

„Einen Augenblick! Ist das meine Wohnung oder nicht?" fragte er wütend. „Sie kommen ganz einfach her, beleidigen meine Freunde und werfen sie faktisch zur Tür hinaus. Ich bewundere Ihre Kühnheit. Dort ist die Tür!"

„Wenn Sie es so aufnehmen, so muß ich gehen!" sagte Dick. „Aber, ich kam hierher, um Sie zu warnen."

„Pah, ich pfeife auf Ihre Warnungen!"

„Ich kam, um Ihnen zu sagen, daß der Frosch beschlossen hat, Sie Ihr Geld in Zukunft auch verdienen zu lassen. Das ist alles."

Totenstille folgte, die endlich Ellas schwankende Stimme unterbrach.

„Der Frosch?" wiederholte sie mit aufgerissenen Augen. „Aber, Herr Gordon, Ray gehört doch nicht zu den Fröschen?"

„Es wird ihm vielleicht noch neu sein, aber es ist trotzdem wahr. Ihre beiden Gäste, Ray, sind treue Diener des Reptils, Lola wird von ihm ausgehalten, genauso wie ihr Gatte . . ."

„Lügner!“ schrie Ray. „Lola ist nicht verheiratet. Sie sind ein elender Lügner. Hinaus, bevor ich Sie selbst hinauswerfe!“

Ellas stummes Flehen bewog Dick, wortlos zur Tür zu gehen. An der Schwelle wendete er sich um, und sein kalter Blick heftete sich auf Lew Brady.

„Im Froschbuch steht ein großes Fragezeichen bei Ihrem Namen, Brady! Seien Sie auf der Hut!“

Brady fuhr unter dem Schlag zusammen; denn es war ein Schlag. Hätte er es gewagt, so wäre er Gordon auf den Korridor nachgefolgt, um weitere Informationen zu erbetteln. Aber dazu fehlte ihm der Mut, und er stand in seiner ganzen Riesengröße da und sah hilflos und traurig auf die Tür, die der Besucher hinter sich geschlossen hatte.

„Um Gottes willen, lassen wir frische Luft herein!“ rief Ray und riß das Fenster auf. „Dieser Kerl ist ja die reine Pest! Verheiratet! Und das will er mich glauben machen? . . . Du gehst schon, Ella?“

Seine Schwester nickte.

„Sage dem Vater, ich würde ihm schreiben. Sprich für mich und beweise ihm, daß auch er oft Unrecht an mir begangen hat!“

Sie hielt ihm die Hand entgegen. „Lebe wohl, Ray“, sagte sie. „Vielleicht wirst du eines Tages zu uns zurückkehren.“ Die Bewegung überwältigte sie, und Tränen liefen über ihre Wangen. Sie drängte sich an ihn und flüsterte: „O, Ray, Ray, ist das denn wahr? Gehörst du zu den Fröschen?“

„Aber Ella, es ist ungefähr so viel Wahres daran, wie an der Geschichte von Fräulein Bassanos Verheiratung. – Sensationen! Gordon will immer nur Sensationen hervorrufen!“

Ella nickte Lola zum Abschied zu, ohne ihr die Hand zu reichen.

Lew Brady sah ihr mit hungrigen Augen nach, als Ray sie zum Lift begleitete.

„Was hat er gemeint, Lola?“ fragte Brady, als die beiden zurückblieben. „Gordon weiß etwas! Hast du gehört? Es steht ein Fragezeichen bei meinem Namen! Das ist böse. Lola, ich habe genug von diesen Fröschen. Sie gehen mir auf die Nerven!“

„Du bist ein Narr“, sagte sie ruhig. „Gordon hat genau das erreicht, was er wollte, er hat dir Angst gemacht.“

„Angst?“ antwortete Lew. „Du hast keine Angst, weil du keine Phantasie hast. Ich bin in Unruhe, weil ich einzusehen beginne, daß die Frösche zehnmal größer sind, als mir je geträumt hat! Sie haben neulich erst den Schotten Maclean getötet, sie werden sich's nicht zweimal überlegen, bevor sie mir den Garaus machen. Ich kenne die Frösche, Lola. Sie sind imstande, jedes Verbrechen zu begehen, vom

Mord angefangen! Der Frosch ist ihr Gott, ihr Idol. – Ein Fragezeichen bei meinem Namen? Ich könnte es beinahe glauben! Ich habe etwas über sie ausgeplaudert, und das werden sie mir nicht verzeihen."

„Pst!" warnte sie. Schritte wurden hörbar, und Ray kam zurück.

„Gott sei Dank, sie ist fort! Ach, was ist das heute für ein Morgen. Ich sehe schon überall grüne Frösche, wie ein Säufer im Delirium tremens weiße Mäuse sieht."

Lola öffnete ihr goldenes Zigarettenetui, entzündete eine Zigarette und löschte das Zündhölzchen mit einem Knipsen des Fingers aus. Dann wendete sie über die Schulter hin ihr schönes, weißes Gesicht Ray zu. „Was hast du gegen die Frösche?" fragte sie kühl. „Sie zahlen gut und verlangen wenig."

Ray starrte sie an.

„Wie meinst du das?" fragte er verblüfft. „Es sind doch niedrige Vagabunden, die die Leute umbringen?"

Sie schüttelte den Kopf.

„Nicht alle", verbesserte sie. „Das ist nur die Masse. Die großen Frösche sind schon anderer Art. Ich bin einer und Lew ist einer."

„Was, zum Teufel, plapperst du da?" fragte Lew halb in Angst und halb in Zorn.

„Er soll es nur wissen. Früher oder später muß er es wissen", sagte Lola unbewegt. „Er ist ein viel zu gescheiter Junge, um für ewige Zeiten an die japanische Gesandtschaft zu glauben. Warum soll er nicht wissen, daß er ein Frosch ist?"

Ray taumelte zurück. „Ein Frosch?" wiederholte er mechanisch.

Lola trat hinter seinen Stuhl.

„Ich kann nicht begreifen, warum es schlimmer sein soll, ein Frosch zu sein, als der Agent einer fremden Regierung, der du die Geheimnisse deines Vaterlandes verkaufst", sagte sie. „Man hat dich aus Tausenden auserwählt, weil man die richtige Intelligenz bei dir gefunden hat. Du solltest darüber geschmeichelt und nicht entrüstet sein." Sie streckte ihm ihre schmalen Hände entgegen, die seine Seele wie Wachs zu formen wußten, und er küßte sie.

„Etwas wirklich Schlechtes wird man doch von mir nicht verlangen?" fragte er zögernd. „Ich bin auch absolut nicht dazu angetan, Leute mit dem Knüppel zu erschlagen, aber du hast vielleicht recht – man kann den Frosch nicht für alles verantwortlich machen, was seine Leute anstellen. Nur in einer Sache bleibe ich fest, Lola. Ich lasse mich unter keinen Umständen tätowieren!"

„Du dummer Junge!" sagte sie und streckte ihren weißen Arm aus. „Bin ich denn tätowiert?" fragte sie. „Oder Lew? Die Großen werden nicht gezeichnet! Du weißt nicht, was für eine große Zukunft du hast, Lieber."

Ray nahm ihre Hand und streichelte sie. „Lola – und diese Geschichte, die Gordon erzählt hat – daß du verheiratet bist, ist das wahr?“

Sie strich über sein Haar.

„Gordon ist eifersüchtig“, sagte sie. „Nein, frage nicht, ich kann dir jetzt nicht alles erzählen. Aber hat er nicht seine guten Gründe?“

Ihre Augen strahlten ihn an, aber als er die Arme nach ihr ausstreckte, entwand sie sich ihm.

„Hör zu. Ich werde jetzt um einen Tisch telefonieren, und du kommst mit uns zum Lunch. Und wir werden auf das Wohl des großen, kleinen Frosches trinken, der uns alle ernährt.“

Aber als Lola den Hörer abhob, sah sie ein kleines schwarzes Metallkästchen, das an der Basis des Telefons befestigt war.

„Ist das eine neue Erfindung?“ fragte sie.

„Man hat es gestern angebracht“, erwiderte Ray. „Der Monteur erzählte mir, daß jemand, der während eines Gewitters telefonierte, einen schrecklichen Schlag bekommen hat, und so machen sie jetzt das Experiment mit diesen Apparaten, die sie überall anbringen. Es macht das Telefon schwerer und ist auch häßlich, aber ...“

Lola legte den Hörer nieder und beugte sich über den Apparat.

„Es ist ein Diktaphon“, sagte sie. „Und die ganze Zeit, während wir gesprochen haben, hat man unser Gespräch belauschen können.“

Sie ging zum Kamin, holte den Schürhaken und ließ ihn mit einem Krach auf den kleinen Kasten fallen. Inspektor Elk, der, die Hörer auf dem Kopf, in seinem kleinen Büro auf dem Themse-Embankment saß, legte den Bleistift mit einem Seufzer nieder. Dann nahm er seinen Hörer von der Gabel auf und rief die Polizeizentrale an.

„Sie können das Diktaphon bei Nummer 93718 abschrauben“, sagte er.

Er sammelte seine Stenogrammnotizen, ging an sein Pult und legte sie gleich neben seinem Ablöscher zurecht. Zum Fenster schlendernd, blickte er auf den sonneblitzenden Fluß hinab, und Friede und Freude wohnten in seinem Herzen. In derselben Nacht hatte sich der Gefangene Mills, nachdem ihm Straflosigkeit und freie Fahrt nach Kanada zugesichert worden waren, entschlossen, ein volles Geständnis in Aussicht zu stellen. Und Mills wußte viel, weit mehr, als er bis jetzt gestanden hatte.

„Ich kann Ihnen eine Spur angeben, die Ihnen Nummer Sieben in die Hände liefern wird“, hatte auf einem Zettel gestanden. „Nummer Sieben!“ Elk holte tief

Atem. Nummer Sieben war der Angelpunkt, um den sich das Rad drehte. Elk rieb sich die Hände, denn nun schien es, daß das Geheimnis des Frosches doch gelöst werden sollte. Vielleicht würde die Spur, auch zu dem fehlenden Vertrag hinführen.

Bei dem Gedanken an das fehlende Dokument seufzte Elk. Zwei Minister, ein großes Staatsdepartement und unzählige Untersekretäre füllten ihre Bürozeit mit wilden Erkundigungsschreiben an die Polizeidirektion aus, die alle Lord Farmleys Verlust zum Inhalt hatten.

„Sie fordern Wunder!“ sagte Elk. „Und ich glaube nicht, daß heutzutage noch Wunder geschehen.“

Er ging zum Kleiderständer, um sich zum Trost die Zigarrentasche aus seinem Rock zu holen, und seine Hand berührte dabei eine dicke Papierrolle. Er zog sie heraus und warf sie auf sein Pult. Sie entfaltete sich, und sein Blick fiel auf die ersten Worte des ersten Blattes: „Im Namen von des Königs allerhöchster Majestät ...“

Elk wollte aufschreien, aber die Stimme versagte ihm. Er riß die Papiere vom Pult und wendete mit zitternden Händen die Blätter um. Es war der verlorene Vertrag.

Elk hielt das kostbare Dokument in Händen und ließ die Ereignisse der heutigen Nacht an sich vorüberziehen. Wann hatte er nur den Überrock abgelegt? Wann hatte er nur zuletzt die Hand in die Tasche gesteckt? Er hatte den Rock in die Garderobe des Herons-Klubs gegeben und konnte sich nicht entsinnen, seither in die Tasche gegriffen zu haben. Also war es doch wohl im Klub geschehen! Vielleicht war einer der Kellner der Frosch gewesen.

Elk setzte sich nieder, um nachzudenken. „Du lieber Gott!“ sagte er.

Er läutete, und Balder kam herein.

„Balder, Sie können sich erinnern, daß ich durch Ihr Zimmer gegangen bin. Trug ich da den Rock über dem Arm?“

„Ich habe gar nicht darauf geachtet“, sagte Balder mit Befriedigung.

Balder machte stets auf Elk den Eindruck, als ob es ihm herzliche Zufriedenheit bereite, wenn er nichts gesehen hatte, wenn er nichts wußte, wenn er nicht fähig war, zu helfen.

„Sehr merkwürdig“, sagte Elk.

„Etwas nicht in Ordnung, Herr Inspektor?“

„Nein, nein. – Haben Sie sich gemerkt, was mit Mills zu geschehen hat? Er darf mit niemandem sprechen. Im Augenblick seiner Ankunft soll er in das Wartezimmer geführt werden und ganz allein bleiben. Es ist nicht erlaubt, mit ihm zu reden, oder, falls er selbst sprechen sollte, zu antworten."

Elk prüfte seinen Fund nochmals. Es fehlte nichts, auch die Anmerkungen des Ministers waren vorhanden. Elk rief Seine Lordschaft an und erstattete seinen erfreulichen Bericht. Zehn Minuten später kam eine kleine Abteilung vom Auswärtigen Amt, um das kostbare Dokument abzuholen und Elk im Namen des Ministeriums den Dank für seine wertvollen Dienste auszudrücken. Hätte Elk die Papiere nicht wieder zu finden gewußt, so hätte man ihn von ganzem Herzen verflucht, und er wäre ebenso unschuldig daran gewesen. Es blieb noch eine Stunde bis zur Ankunft Mills', und Elk verbrachte diese mit Hagn, der nun eine besondere Zelle, entfernt von den gewöhnlichen Haftplätzen, in der Cannon-Row-Station einnahm.

Hagn weigerte sich, irgendwelche Geständnisse zu machen.

„Sie haben keine Beweise, Elk", sagte er. „Und Sie wissen, daß ich unschuldig bin."

„Sie waren der letzte, den man in Genters Gesellschaft gesehen hat", sagte Elk fest. „Im übrigen hat auch Mills alles verraten.

Ich will es Ihnen gestehen, wir haben seit heute morgen Nummer Sieben unter Schloß und Riegel." Zu seinem Erstaunen brach Hagn in helles Gelächter aus.

„Bluff!" sagte er. „Und ein billiger Bluff. Damit können Sie kleine Diebe täuschen, aber mir machen Sie nichts weis. Wenn Sie ›Sieben‹ gefangen hätten, würden Sie nicht so fröhlich zu mir sprechen. Gehen Sie doch und finden Sie ihn, Elk. Und wenn Sie ihn gefunden haben, dann halten Sie ihn nur ja fest. Lassen Sie ihn nicht entkommen, so wie Mills Ihnen entkommen wird."

Elk kehrte von dieser Unterredung mit dem Gefühl zurück, daß vielleicht doch nicht alles ganz nach seinem Wunsch gegangen war.

Aber als er das Gebäude verließ, winkte er dem Oberinspektor.

„Ich werde Hagn heute nachmittag einen Lockvogel schicken. Stecken Sie die beiden zusammen und lassen Sie sie allein."

Der Oberinspektor nickte verständnisinnig.

17

An jenem Morgen, an dem Elk auf die Ankunft des geständigen Mills wartete, wurden umständliche Vorsichtsmaßregeln ergriffen, um den Gefangenen sicher in die Polizeidirektion zu schaffen. Während der ganzen Nacht war das Gefängnis von einem Kordon bewaffneter Wachen umgeben, und Wachen patrouillierten in dem angrenzenden Hof. Der gefangene Frosch war ein gebildeter Mann, dem es nicht schlecht ergangen und der auf der Walze von zwei vagabundierenden Mitgliedern der Brüderschaft angeworben worden war. Aus seinen Aussagen ging hervor, daß er als Abteilungschef fungiert hatte, indem er die Instruktionen und Orders den Unteroffizieren und Gemeinen weitergab.

Um elf Uhr brachte man ihn aus seiner Zelle, aber Mills war trotz der Versicherung, die er erhalten hatte, nervös und furchtsam. Außerdem war er erkältet und hustete stark.

Um elf Uhr fünfzehn wurden die Gefängnistüren geöffnet, und drei Motorradfahrer fuhren gleichzeitig heraus. Ein geschlossenes Auto mit herabgelassenen Vorhängen folgte ihnen. Auf beiden Seiten begleitete den Wagen eine Patrouille auf Motorrädern, und ein anderes Auto, mit Polizeibeamten bemannt, folgte.

Sie erreichten Scotland Yard ohne Mißgeschick. Die Tore an beiden Seitenflügeln des Gebäudes wurden geschlossen, und Mills wurde durch das Haupttor hereingebracht. Elks Beamter Balder und ein Detektivsergeant nahmen den Mann in Obhut, der sehr blaß war und schwankte.

Er wurde in ein kleines Zimmer, das an Elks Büro stieß, geführt. Es war ein Raum, dessen Fenster mit schweren Stangen versehen waren, weil er während des Krieges als Arrest für Spione verwendet worden war. Zwei Leute wurden zur Bewachung außerhalb der Tür beordert, und der immer unzufriedene Balder kam herein, um zu berichten.

„Wir haben den Burschen ins Wartezimmer gesteckt, Herr Inspektor."

„Hat er etwas gesagt", fragte Dick, der um des Verhöres willen gekommen war.

„Nein, nur verlangt, daß das Fenster geschlossen werden soll. Da habe ich es selber zugemacht."

„Bringen Sie uns den Gefangenen!" sagte Elk.

Sie warteten eine Weile und hörten das Rasseln von Schlüsseln und dann ein aufgeregtes Stimmengewirr. Balder stürzte herein.

„Er ist krank, ohnmächtig oder so was!" keuchte er. Und Elk stürzte ihm nach, den Korridor entlang in das Wartezimmer. Mills lag halb, den Oberkörper schwer gegen die Mauer gelehnt. Seine Augen waren geschlossen, sein Gesicht war aschfahl. Dick beugte sich über ihn und legte ihn flach auf den Boden. Er roch an seinem Mund.

„Blausäure", sagte er. „Aus."

An jenem Morgen war Mills bis auf die Haut ausgezogen und alle seine Kleidungsstücke waren gründlich untersucht worden. Aus besonderer Vorsicht hatte man außerdem seine Taschen zugenäht. Den beiden begleitenden Detektiven gegenüber hatte er hoffnungsvoll von seiner bevorstehenden Reise nach Kanada gesprochen.

Niemand, außer den Polizeioffizieren, war mit ihm in Berührung gekommen.

Dicks erster Blick galt dem Fenster, von dem vorhin Balder erwähnt hatte, er hätte es geschlossen. Es war jetzt etwa sechs Zoll weit geöffnet.

„Herr Hauptmann, ich weiß ganz bestimmt, daß ich es geschlossen habe", sagte der Beamte nachdrücklich. „Der Sergeant Jekler hat es gesehen."

Der Sergeant bestätigte die Aussage. Dick schob das Fenster ganz auf und sah hinaus. Es liefen vier Eisenstangen quer über den Ziegelrahmen, aber sowie er den Kopf hinausstreckte, sah er, daß ungefähr einen Meter vom Fenster entfernt eine lange Eisenleiter an der Mauer befestigt war, die vermutlich vom Dach zur Erde führte. Das Zimmer lag im dritten Stockwerk, und man sah auf das Strauchwerk weiter Gärten hinab. Jenseits wurde der Blick von Gitterzäunen begrenzt.

„Was sind das für Gärten?" fragte Dick.

„Die Onslow-Gärten", sagte Elk.

„Onslow-Gärten?" wiederholte Dick nachdenklich. „War es nicht von dort aus, daß die Frösche mich zu erschießen versuchten?"

Elk schüttelte hilflos den Kopf.

„Was meinen Sie damit, Hauptmann?"

„Ich weiß es mir wirklich nicht zu erklären! Es scheint mir keine sehr geistreiche Theorie zu sein, wenn wir annehmen, daß jemand die Leiter erklettert hätte, um Mills das Gift durch das Fenster aufzudrängen. Und noch unwahrscheinlicher ist es, daß er es selbst genommen haben soll! Balder schwört, daß das Fenster verschlossen war, und jetzt stand es offen. Können Sie Balder trauen?"

Elk nickte überzeugt. Der Polizeiarzt kam bald nachher und bestätigte die Annahme, daß Blausäure die Todesursache gewesen war.

Elk begleitete Dick Gordon in sein Büro in Whitehall.

„Ich habe mich im ganzen Leben nicht gefürchtet", sagte er. „Aber diese Frösche wachsen mir über den Kopf. Es ist hier doch tatsächlich ein Mensch vor unseren Augen getötet worden. Er war bewacht, wir haben ihn nie allein gelassen, außer für die wenigen Minuten, die er in dem versperrten Zimmer verbrachte, und doch konnte ihn der Frosch erreichen. Das vermag einen schon ein bißchen bange zu machen, Hauptmann Gordon!"

Dick schloß die Tür seines Büros auf und führte Elk in das gemütliche Innere.

„Ich kenne keine bessere Kur für zerrüttete Nerven, als eine ›Cabana Cesare‹“, sagte er fröhlich. „Verlieren Sie nicht den Mut, Elk. Der Frosch ist nur ein Mensch wie wir alle und hat, wie wir, seine Befürchtungen. – Wo ist Freund Broad?“

Elk zog, ohne zu zögern, das Telefon herbei und verlangte die Nummer. Nach einer kleinen Pause antwortete ihm Broads Stimme.

„Sind Sie das, Herr Broad? Was machen Sie denn jetzt?“ fragte Elk in jenem schmeichelnd-süßen Ton, den er bei Telefongesprächen anzuwenden pflegte.

„Wer spricht? Elk? Ich bin im Begriff, auszugehen.“

„Ich war der Meinung, Sie vor fünf Minuten in Whitehall gesehen zu haben“, flötete Elk.

„Dann war es ein Doppelgänger“, antwortete Broad. „Ich bin erst vor zehn Minuten aus dem Bad gestiegen. Wünschen Sie etwas von mir?“

„Nein, nein“, gurrte Elk. „Ich wollte nur wissen, ob Sie wohlauf wären.“

„Warum? Ist etwas geschehen?“ kam eine scharfe Gegenfrage.

„Nein, nein. Alles in schönster Ordnung!“ antwortete Elk unaufrichtig. „Vielleicht kommen Sie einmal herüber und besuchen mich dieser Tage im Amt? Adieu.“

Er legte den Hörer zurück und machte eine schnelle Berechnung.

„Von Whitehall nach Cavendish Square braucht man in einem guten Auto vier Minuten“, sagte er. „Also hat ein momentaner Aufenthalt in der Wohnung nichts zu sagen.“

Er zog das Telefon wieder zu sich heran und rief die Polizeidirektion an. „Ich brauche einen Mann, um Herrn Joshua Broad zu beobachten. Er darf ihn bis acht Uhr abends nicht verlassen und soll mir dann Bericht erstatten.“

Elk setzte sich in den Sessel zurück und zündete die lange Zigarre, an, die Dick ihm aufgedrängt hatte. „Heute ist Dienstag“, überlegte er. „Morgen ist Mittwoch, wo schlagen Sie vor, daß wir zuhören sollen?',,

„Im Admiralitätsgebäude“, sagte Dick. „Ich habe es mit dem Ersten Lord so arrangiert, daß ich um drei Viertel drei in der Instrumentenkammer sein kann.“ Dick ließ eine Frühausgabe der Abendblätter besorgen und war sehr erleichtert, als er darin keine Anspielung auf den Mord fand. Im Lauf des Tages, als er einmal von seinem Fenster nach Whitehall hinaussah, bemerkte er Elk, der auf der anderen Seite der Straße dahinschlenderte, den Regenschirm am Arm, den alten, steifen, runden Hut aus der Stirn geschoben, eine schlampige, unauffällige Figur. Eine Stunde später sah er ihn wieder aus der entgegengesetzten Richtung kommen. Dick wunderte sich, in was für besonderen Geschäften der Detektiv ausgewesen sein mochte und erkundete, daß Elk der Admiralität an jenem Tage zwei Besuche abgestattet hatte. Doch erfuhr er den Grund erst, als sie sich spät am Abend trafen.

„Ich verstehe nicht viel von der drahtlosen Telegrafie", sagte Elk, „aber ich erinnere mich, etwas über ›Peilungen‹ gelesen zu haben. Wenn man wissen will, woher eine drahtlose Botschaft kommt, so muß man sie von zwei oder drei verschiedenen Orten abhören."

„Natürlich, was bin ich für ein Narr!" unterbrach Dick, über sich selbst verärgert. „Es ist mir nicht einmal eingefallen, daß wir doch zu der Radiostation gehen können."

„Mir kommen manchmal solche Ideen", sagte Elk bescheiden.

„Die Admiralität hat Botschaften nach Milford Haven, Harwich, Portsmouth und Plymouth geschickt und den Schiffen den Auftrag gegeben, abzuhorchen und uns die Richtung zu peilen. Hoffentlich haben die Abendblätter die Sache nicht gebracht."

„Sie meinen wegen Mills? Gott sei gedankt, nein. Aber es wird ja sicher bei der Untersuchung herauskommen. Ich habe es schon so eingerichtet, daß sie um eine oder zwei Wochen verschoben wird. Denn ich fühle, daß sich in den nächsten Wochen für uns vieles ereignen muß."

„Hoffentlich nicht", sagte Elk böse. „Ich traue mich ja nicht einmal mehr, eine Bratwurst zu essen, seitdem Mills um die Ecke gebracht wurde. Und ich habe so eine Schwäche für Bratwürste."

18

Elks mißlauniger Beamter war in anklägerischer Stimmung.

„Die beim Rekord haben mir schon wieder eine Nase gegeben", beschwerte er sich bitter. „Rekord bildet sich mehr ein als das ganze verfluchte Büro zusammen."

Der Krieg zwischen Balder und „Rekord", was eine Abkürzung für jene Abteilung der Polizeidirektion war, die die genauen Daten der Verbrechervergangenheit aufbewahrt, war schon älteren Datums. Rekord stand allem, was nicht intabulierte Tatsache war, höchst erhaben und ablehnend gegenüber. Die Rekordbeamten respektierten die anderen Leute nicht, sie hätten ebensogut den Polizeichef, der sich gegen ihre unbeugsamen Regeln verging, getadelt, wie den jüngsten Schutzmann des Straßen- und Sicherheitsdienstes.

„Was ist denn wieder los?" fragte Elk.

„Wissen Sie noch? Sie hatten letzthin eine Menge Material über den Mann, ich kann mich an seinen Namen nicht erinnern…“

„Lyme“, meinte Elk.

„Ja, so hieß er. Aber es scheint nun, daß eines der Bilder fehlt. Am nächsten Vormittag, nachdem Sie sie angeschaut hatten, bin ich wieder in die Statistik gegangen und habe mir die Dokumente wieder geben lassen, weil ich gemeint habe, Sie wollten sie noch einmal anschauen. Sie haben sie aber nicht verlangt, und ich habe sie zurückgebracht. Und jetzt behaupten die vom Rekord; daß das Bild und die Maße weg sind.“

„Wollen Sie damit sagen, daß sie verlorengegangen sind?“

„Wenn sie verlorengegangen sind“, sagte der immer mürrische Balder, „dann hat sie die Statistik selber verloren. Die glauben vielleicht, daß ich irgend so etwas wie ein Frosch bin? Sie werfen mir auch immer vor, daß ich ihre Fingerabdruckkarten verlege.“

„Balder, ich habe Ihnen versprochen, Ihnen einmal eine große Chance zu geben, und jetzt sollen Sie sie haben. Sie sind letzthin nicht befördert worden, mein Sohn, weil die Leute da oben glaubten, daß Sie einer der Führer im letzten Streik gewesen sind. Ich kenne die Gefühle der Übergangenen. Sie machen einen bitter. Wollen Sie die große Chance ausnützen?“

Balder nickte mit angehaltenem Atem.

„Hagn ist in der separierten Zelle“, sagte Elk. „Legen Sie Zivilkleidung an, maskieren Sie sich ein bißchen, und ich werde Sie mit ihm zusammen einschließen. Wenn Sie sich fürchten, so können Sie einen Revolver mitnehmen, und ich werde es so einrichten, daß man Sie nicht untersucht. Schauen Sie, daß Sie mit Hagn ins Gespräch kommen. Sagen Sie ihm, daß Sie wegen des Mordes in Dundee eingesteckt worden sind. Er wird Sie nicht erkennen. Tun Sie mir den Gefallen, Balder, und in einer Woche werden Sie den Streifen auf dem Ärmel haben.“

Balder nickte. Der streitsüchtige Ton seiner Stimme war verschwunden, als er sprach. „Das ist eine Chance. Und schönen Dank dafür, Herr Inspektor.“

Eine Stunde später brachte ein Detektiv einen grimmig aussehenden Gefangenen nach Cannon Row und stieß ihn in die Stahlkammer. Der einzige, der den Gefangenen erkannt hatte, war der Oberinspektor, der auf die Ankunft des Lockvogels wartete. Dieser hohe Beamte geleitete Balder selber zu der separierten Zelle und stieß ihn hinein.

„Gute Nacht, Frosch!“ sagte er.

Balders Antwort ist im Druck nicht wiederzugeben. Nachdem er seinen Untergebenen in Sicherheit wußte, ging Elk in sein Büro zurück, schloß die Tür, nahm den Hörer vom Telefon und legte sich nieder, um endlich ein paar Stunden Schlaf zu finden. Aber der Schlaf kam nicht. Seine Gedanken wanderten von Balder zu Dick Gordon, von Lola zu dem toten Mann Mills.

Seine eigene Stellung schien ernstlich gefährdet, aber das machte Elk nicht die geringsten Sorgen. Er war Junggeselle und hatte sich ein hübsches, rundes Sümmchen erspart.

Er dachte an Maitland, dessen Verbindung mit den Fröschen nun erwiesen schien. Der Alte lebte ein Doppelleben, am Tage ein Geschäftsmann, vor dem das Personal zitterte, bei Nacht der Mithelfer von Dieben und schlechter noch als ein Dieb. Und wo war das Kind? Das war eine andere harte Nuß!

„Nichts als harte Nüsse!" sagte Elk. Und mit den Händen unter dem Kopf blickte er wach und grollend zur Decke auf. Da er doch die gesuchte Ruhe nicht zu finden vermochte, stand er endlich auf und ging nach Cannon Row hinüber.

Der Gefängniswärter sagte ihm, daß der neue Arrestant eine ganze Menge mit Hagn gesprochen habe, und Elk lächelte.

Er hoffte nur, daß der „neue Arrestant" nicht auch versucht hatte, seine Klagen gegen die Polizeiadministration mit Hagn zu diskutieren.

Um drei Viertel drei Uhr traf er in der Instrumentenkammer der Admiralität mit Dick Gordon zusammen. Es war ihnen ein Funker zur Verfügung gestellt worden, und nach den Vorinstruktionen nahmen sie an seinem Tisch Platz, wo er mit seinen Tastern hantierte. Dick lauschte bezaubert den Rufen der fernen Schiffe und dem Geplauder der übermittelten Stationen. Einmal hörte er ein ganz schwaches Quieken, so schwach, daß er nicht sicher war, ob er sich nicht geirrt hatte.

„Cap Race", sagte der Funker. „Sie werden in einer Minute Chicago hören. Um diese Zeit werden sie dort immer gesprächig."

Als die Zeiger der Uhr sich der dritten Stunde näherten, begann der Funker seine Wellenlänge zu verändern, um die zu erwartende Botschaft im Äther zu erreichen. Genau eine Minute nach drei sagte er plötzlich: „Da haben Sie Ihr L. V. M. B."

Dick hörte den Stakkatotönen zu:

„Alle Frösche hört: Mills ist tot! Nummer Sieben hat ein Ende mit ihm gemacht.

Nummer Sieben bekommt eine Prämie von hundert Pfund." ..Die Stimme war klar und ganz ungewöhnlich zart. Es war die Stimme einer Frau.

„Der dreiundzwanzigste Bezirk soll es so einrichten, daß er die Instruktionen von Nummer Sieben an dem gewöhnlichen Ort empfängt."

Dicks Herz schlug wie ein Hammer. Er hatte die Sprecherin erkannt. Es konnte kein Zweifel sein. Er kannte den weichen Tonfall. Es war Ella Bennetts Stimme. Es wurde ihm plötzlich übel. Elks Augen hingen an ihm, und er machte übermenschliche Anstrengungen, sich zu beherrschen.

„Es scheint, als ob noch etwas kommen sollte", sagte der Funker, nachdem er einige Minuten gewartet hatte.

Dick nahm den Kopfhörer ab und erhob sich. „Wir müssen warten, bis die Direktionssignale kommen", sagte er, so fest er es vermochte.

Da kamen sie auch schon und wurden von einem Schiffsoffizier auf einer großen Skalenlandkarte ausgearbeitet.

„Die Radiostation befindet sich in London", sagte der Offizier. „Ich möchte fast behaupten, daß alle Linien sich im Westen treffen, vermutlich im Herzen der City. – Haben Sie es schwer gehabt, den Froschruf aufzunehmen?" fragte er, sich an den Funker wendend.

„Ja", sagte der Mann. „Ich glaube, man hat von ganz nah gesendet."

„In welchem Stadtteil dürfte es Ihrer Ansicht nach gewesen sein?" fragte Elk.

Der Schiffsoffizier deutete auf eine Bleistiftlinie, die er in den Plan eingezeichnet hatte. „Ungefähr auf dieser Linie", sagte er.

Und Dick, über dessen Schulter gebeugt, sagte erstickt: „Caverley-Haus."

Es drängte ihn ins Freie hinaus. Er mußte das Ungeheuerliche überdenken. Ob wohl auch der Detektiv die Stimme erkannt hatte?

Sie hatten schon Whitehall erreicht, als Elk endlich sagte: „Das klang ja ganz wie eine uns sehr befreundete Stimme, Hauptmann Gordon?"

Dick antwortete nicht.

„Sehr ähnlich", sagte Elk, als ob er zu sich selber spräche.

„Wirklich, ich könnte unzählige Eide schwören, daß ich die junge Dame kenne, die da für den alten Herrn Frosch gesprochen hat."

„Warum hat sie das nur getan?" stöhnte Dick. „Warum, um Himmels willen, mußte sie das tun?"

„Ich erinnere mich, sie schon vor Jahren gehört zu haben", sagte Elk. „Sie war damals bei der Bühne und noch ein kleiner Fratz."

Dick Gordon blieb stehen und starrte den andern an.

„Ich habe etwas bemerkt, Hauptmann. Wenn Sie ein Vergrößerungsglas nehmen und Ihre Haut dadurch betrachten, so sehen Sie die geringsten Defekte, nicht wahr? Dieses drahtlose Telefon wirkt wie eine Art von Vergrößerungsglas auf die Stimme. Sie hat immer ein bißchen gelispelt, was ich sofort gemerkt habe.

Sie mögen es vielleicht nicht beobachtet haben, aber ich habe ziemlich scharfe Ohren. Sie kann das S nicht richtig aussprechen. Es ist immer ein Zischen darin. Haben Sie das gehört?"

Dick hatte es gleichfalls gehört und bestätigte es stumm.

„In manchen Dingen bin ich – wie soll ich sagen? – unfehlbar!" fuhr Elk fort. „Bei den Daten mag es vielleicht ein wenig hapern, zum Beispiel, wann Wilhelm der Eroberer geboren ist – übrigens habe ich selbst auf Geburtstage nie Wert gelegt! Aber Stimmen und Nasen merke ich mir. Unvergeßlich!"

Sie durchschritten, den dunklen Eingang von Scotland Yard, als Dick im Ton der Verzweiflung sagte: „Natürlich, das war ihre Stimme! Aber, ich hatte keine Ahnung, daß sie je bei der Bühne war. Ist ihr Vater vielleicht auch Schauspieler gewesen?"

„Soweit mir bekannt ist, hat sie doch keinen Vater", war Elks zögernde Antwort. Und nun blieb Gordon stehen.

„Sind Sie wahnsinnig?" fragte er. „Ella Bennett hat keinen Vater?"

„Aber ich spreche doch nicht von Ella Bennett!" sagte Elk. „Ich spreche von Lola Bassano."

„Ja, meinen Sie denn wirklich, daß Lola gesprochen hat?" fragte Dick atemlos.

„Natürlich war es Lola! Es mag ja eine ganz gute Imitation von Fräulein Bennet; gewesen sein, aber jeder Imitator kann Ihnen sagen, daß solche sanften Altstimmen sehr leicht nachzuahmen sind."

„Sie ganz gemeiner Schuft!" sagte Dick Gordon, und ein Stein fiel ihm vom Herzen. „Sie wußten wohl, daß ich Ella Bennett meinte, und Sie haben mich so auf die Folter gespannt!"

„Wieviel Uhr ist es?" gab Elk kühl zur Antwort. Es war halb vier. Elk sammelte seine Reserve, und zehn Minuten später entstieg vor der geschlossenen Tür des Caverley-Hauses eine kleine Gesellschaft dem Polizeiauto. Die Glocke rief den Nachtportier, der Elk sogleich erkannte.

„Schon wieder ein Gasalarm?" fragte er.

„Ich möchte das Mieterverzeichnis des Hauses sehen", sagte Elk und hörte, wie der Portier die Namen, Beschäftigungen und Eigentümlichkeiten der Mieter darlegte.

„Wem gehört der Häuserblock?" fragte der Detektiv.

„Er gehört den Vereinigten Maitlands. Jetzt hat Maitland auch das Haus des Prinzen von Caux in Berkeley Square gekauft und ..."

„Bitte bemühen Sie sich nicht, mir seine Familiengeschichte zu erzählen. Um wieviel Uhr ist Fräulein Bassano nach Hause gekommen?“

„Sie war den ganzen Abend zu Hause, seit elf Uhr.“

„War jemand bei ihr?“

Der Mann zögerte. „Herr Maitland kam mit ihr, aber er ist bald wieder fortgegangen.“

„Sonst niemand?“ Elk faßte den Portier scharf ins Auge.

„Niemand, außer Herrn Maitland.“

„Geben Sie mir Ihren Nachschlüssel.“

Der Portier weigerte sich. „Ich verliere meine Stellung“, bat er. „Können Sie nicht klopfen?“

„O doch“, meinte Elk. „Es vergeht kaum ein Tag, ohne daß ich jemanden bei der Verhaftung auf die Schulter klopfe. Aber ich möchte doch gern Ihren Schlüssel haben.“

Elk hatte nicht daran gezweifelt, daß Lola ihre Tür von innen verriegelt hatte, und seine Annahme bestätigte sich. Er läutete, und es dauerte lange, bevor Lola im Schlafanzug erschien.

„Was soll denn das heißen, Herr Inspektor?“ fragte sie. Sie machte nicht einmal den Versuch, erstaunt zu scheinen.

„Nur eine freundliche Visite. Darf ich hereinkommen?“

Sie öffnete die Tür weiter, und Elk trat, von Gordon und den beiden Detektiven gefolgt, in die Wohnung ein. Lola ignorierte Dick völlig.

„Morgen sehe ich den Polizeichef“, sagte sie. „Und wenn er mir nicht volle Satisfaktion gibt, so bringe ich diese Sache in alle Zeitungen. Es ist unerhört, mitten in der Nacht in die Wohnung eines alleinstehenden Mädchens einzudringen, wenn es einsam und unbeschützt ist ...“

„Wenn es irgendeine Zeit gibt, zu der ein alleinstehendes Mädchen einsam und unbeschützt sein soll, so ist es sicherlich die Nacht“, sagte Elk freundlich. „Ich möchte nur einen Blick in Ihr liebes kleines Heim werfen, Lola. Man hat uns davon benachrichtigt, daß bei Ihnen eingebrochen worden ist. Vielleicht versteckt sich gerade in dieser Minute der schwarze Mann unter Ihrem Bett. Der Gedanke, Sie sozusagen auf Gnade oder Ungnade solch einem gesetzlosen Charakter auszuliefern, widerstrebt unserer Ritterlichkeit. Durchsuchen Sie das Speisezimmer, Williams! Ich werde den Salon vornehmen. Und das Schlafzimmer.“

„Sie werden mein Schlafzimmer nicht betreten, wenn Sie nur einen Funken von Anstand haben“, zürnte Lola.

„Ich habe ihn aber nicht", gestand Elk, „nicht das kleinste Fünkchen. Und im übrigen, Lola, stamme ich aus einer großen Familie, ich bin einer von zehn Geschwistern, und wenn es etwas gibt, was ich nicht sehen darf, so sagen Sie nur: machen Sie die Augen zu! Und ich werde sie bestimmt zumachen."

Es gab aber allem Anschein nach nichts, das im geringsten verdächtig ausgesehen hätte. Vom Schlafzimmer aus gelangte man ins Badezimmer, und hier stand das Fenster offen. Elk leuchtete mit seiner Lampe die Außenmauer ab und sah, daß eine kleine Glasspule an der Wand befestigt war.

„Das sieht ganz wie ein Isolator aus", murmelte er.

Ins Schlafzimmer zurückgekehrt, begann er nach dem Radiosender zu suchen. Er öffnete die Tür eines riesigen Mahagonischrankes und sah darin die Kleider in regenbogenfarbenen Reihen hängen. Elk tauchte seine Hand hinein. Es war der eleganteste Garderobenschrank, den er je gesehen hatte, und die Rückseite fühlte sich merkwürdig warm an.

Lola stand mit verschränkten Armen da und beobachtete ihn, ein verächtliches Lächeln auf ihrem schönen Gesicht. Elk schloß die Schranktür wieder, und seine empfindlichen Finger suchten auf ihrer Oberfläche nach einer Feder. Es brauchte lange Zeit, bis er den Taster entdeckt hatte, aber schließlich fand er doch ein Stückchen Holz, das dem Druck seiner Hand nachgab. Es schnappte etwas, und die Vorderseite des Schrankes begann sich herabzusenken.

„Ach, ein Schrankbett! Das ist aber eine praktische Erfindung!"

Aber es war durchaus kein Bett, das sich nun zeigte, und Elk wäre auch recht enttäuscht gewesen, hätte er ein solches vorgefunden. Auf einem Rahmen standen reihenweise Röhren, Transformatoren, der ganze Apparat, der für eine Sendestation notwendig ist.

„Sie haben doch sicherlich eine Erlaubnis dafür?" fragte er. In Wahrheit aber vermutete er nichts dergleichen, denn Lizenzen für Sendestationen werden in England recht spärlich gegeben.

Aber Lola ging an den Schreibtisch und brachte das Dokument zum Vorschein. Elk las, las wieder und nickte.

„Sie sind eine tüchtige Person", sagte er nicht ohne Respekt.

„Nun möchte ich auch gerne die Lizenz sehen, die der Frosch Nummer Eins Ihnen ausgestellt hat."

„Und ich möchte gern wissen, ob Sie für gewöhnlich die Leute aufzuwecken pflegen, um mitten in der Nacht nach ihren Lizenzen zu fragen?"

„Sie haben heute nacht den Sender im Dienste der Frösche benützt", sagte Elk kurz. „Und vielleicht werden Sie die Güte haben, Hauptmann Gordon zu erklären, warum Sie dies taten?"

Lola wendete sich zum erstenmal zu Dick. „Ich habe den Apparat wochenlang nicht benützt, aber die Schwester eines meiner Freunde bat mich heute abend, ob sie ihn nicht benützen dürfe. Sie ist vor einer Stunde weggegangen."

„Sie meinen Fräulein Bennett?" fragte Gordon, und Lola hob in vollendet gespieltem Erstaunen die schön gebogenen Augenbrauen.

„Woher wissen Sie es?"

„Liebe Lola, nun hast du dich aber verraten", lachte Elk freundlich. „Fräulein Bennett hat neben mir gestanden, als dueben anfingst, in der Froschsprache zu plaudern. Du bist erwischt, Lola. Und das beste, was du tun kannst, ist, dich niederzusetzen und uns die ganze Wahrheit zu sagen. Wir haben Nummer Sieben gestern abend gefangen und wissen alles. Morgen wird der Frosch Handschellen tragen, und ich bin hierhergekommen, dir eine allerletzte Chance zu geben. Ich habe dich nämlich im geheimen immer gern gehabt. Etwas an dir erinnert mich an ein Mädchen, in das ich einmal wahnsinnig verliebt war."

„Jetzt will ich Ihnen etwas erzählen, Elk", sagte Lola. „Sie haben niemanden gefangen und Sie werden niemals jemanden fangen. Sie haben Ihren plattfüßigen Lockvogel Balder mit Hagn in eine Zelle gesperrt, um einen Triumph zu erleben. Aber Sie werden nichts erleben als große, große Unannehmlichkeiten."

Zu anderen Zeiten würde sich Gordon über die Wirkung dieser Offenbarung auf Elk höchlichst amüsiert haben, denn das Kinn des unglücklichen Detektivs fiel herab, und er starrte hilflos über seine Gläser hinweg nach Lola.

„Hagn wird nicht gestehen", fuhr sie fort. „Denn der Arm des Frosches würde ihn erreichen, so wie er Mills und Litnow erreicht hat und Sie erreichen wird, wenn der Frosch Sie dessen überhaupt für wert hält. So, jetzt können Sie mich arretieren, wenn Sie wollen. Sie haben durch das Diktaphon alles mit angehört, was ich Ray Bennett erzählt habe. Warum arretieren Sie mich nicht, um mir den Prozeß zu machen?"

Der gedemütigte Elk wußte wohl, daß er keinen Schuldbeweis hatte, um sie anzuklagen. Und Lola wußte, daß er dies wußte.

„Glauben Sie, mir so zu entkommen, Bassano?"

Gordon hatte gesprochen, und sie blitzte ihn zornig an.

„Es steht ein ›Fräulein‹ vor meinem Namen", fauchte sie ihn an.

„Früher oder später werden Sie nur eine Nummer sein", sagte Dick ruhig. „Sie und Ihresgleichen leben verantwortungslos und in Freuden dahin. Vielleicht, weil ich nicht kompetent genug bin; vielleicht, weil ich kein Glück habe. Aber eines Tages werden wir Sie erreichen, entweder ich oder mein Nachfolger. Sie können in dem Kampf mit dem Gesetz nicht gewinnen, denn das Gesetz ist ewig und beständig."

„Eine Durchsuchung meiner Wohnung kann ich Ihnen nicht verwehren, aber eine Predigt brauch' ich mir nicht bieten zu lassen", sagte sie verächtlich. „Und wenn die Herren zu Ende sind, so möchte ich Sie bitten, mir noch ein wenig Schlaf zu gönnen, damit ich morgen nicht allzu häßlich aufwache."

„Das ist das einzige, was Sie niemals befürchten müssen", sagte der galante Elk, und Lola lachte.

„Sie sind kein schlechter Mensch, Elk", sagte sie. „Sie sind zwar ein schlechter Detektiv, aber Sie haben ein goldenes Herz."

„Wenn das wahr wäre, so würde ich nicht wagen, allein in Ihrer Gesellschaft zu bleiben!" war Elks Antwort.

19

Als sie zur Polizeidirektion zurückfuhren, war Elk noch immer in tiefes Sinnen versunken.

„Es ist die größte Unannehmlichkeit für uns, daß die Frösche keine ungesetzliche Verbindung sind", sagte Dick. „Es wird am Ende noch nötig sein, den Ministerpräsidenten um die Proklamierung der Gesellschaft zu bitten."

„Vielleicht ist der auch ein Frosch!" sagte Elk, hoffnungslos düster. „Lachen Sie mich nicht aus! Hauptmann Gordon, ich sage es Ihnen, es stecken hohe Tiere dahinter. Ich fange schon an, jeden zu verdächtigen."

„Vielleicht beginnen Sie gleich bei mir?" sagte Gordon in seiner befreiten Laune.

„Das habe ich schon längst getan", war die freimütige Antwort.

„Und dann ist mir auch noch eingefallen, daß ich als kleiner Junge Nachtwandler war. Vielleicht führe ich ein Doppelleben und bin bei Tag Detektiv und bei Nacht ein Frosch. Das kann man nie wissen! Denn es ist mir ganz klar, daß ein Genie unter den Fröschen sein muß", fuhr er mit unbewußter Unbescheidenheit fort.

„Lola Bassano?" vermutete Dick.

„Sie kann nicht organisieren. Sie hat eine Girltruppe geführt, als sie neunzehn Jahre alt war, und die ging an schlechter Organisation zugrunde. Ich glaube, daß man, um die Frösche zu führen, ganz der gleichen Art der Intelligenz bedarf, wie zum Beispiel zur Führung einer Bank. Maitland wäre der Mann! Ich habe den Kreis um ihn noch enger gezogen, nachdem ich mit Johnson über ihn gesprochen habe. Johnson sagt, daß er noch nie das Bankbuch des Alten gesehen hat, und obgleich er sein Privatsekretär ist, kann er über seine Transaktionen nichts aussagen, als daß er Realitäten kauft und verkauft. Das Geld, das der Alte privat verdient, wird auch nicht in den Bankbüchern gebucht, und Johnson war geradezu überrascht, als ich meinte, daß Maitland überhaupt seine Geschäfte außerhalb der Führung der Gesellschaft mache. Ich möchte Sie aber jetzt etwas anderes fragen, Hauptmann Gordon. – Möchten Sie sich nicht ein für allemal davon überzeugen, daß Fräulein Bennett nichts mit alledem zu tun hat?"

„Sie glauben doch nicht wirklich, daß das der Fall sein könnte?" fragte Dick, den das Entsetzen von neuem überkam.

„Ich bin bereit, alles von allen zu glauben!" sagte Elk. „Die Straße liegt jetzt leer vor uns, wir könnten in einer Stunde in Horsham sein. Ich für meine Person weiß ja ganz gewiß, daß es nicht Fräulein Bennetts Stimme war, aber denken Sie nur daran, daß wir für die Leute da oben Berichte zu schreiben haben (›Die Leute da oben‹ war Elks unveränderlicher Name für seine höchsten Vorgesetzten), und da würde es böse aussehen, wenn wir einfach sagen wollten, daß wir Fräulein Bennetts Stimme im Radio gehört haben und es nicht einmal der Mühe wert fanden, herauszubekommen, wo sie zu dieser Zeit in Wirklichkeit gewesen ist."

„Sie haben recht", sagte Dick gedankenvoll. Und Elk lehnte sich aus dem Wagen und gab dem Fahrer die neue Fahrtrichtung an. Der Morgen dämmerte schon, als das Auto die verlassene Straße von Horsham durchraste und dann langsam an Maytree Haus entlangfuhr. Das Landhaus zeigte kein Lebenszeichen. Die Vorhänge waren herabgelassen, nirgends brannte Licht.

Dick zögerte, als Elk die Hand auf die Türklinke legte. „Ich möchte die Leute nicht gern aufwecken", gestand er. „Der alte Bennett würde wahrscheinlich glauben, daß wir schlechte Nachrichten über seinen Sohn bringen."

Aber sie brauchten John Bennett nicht erst aus dem Schlaf zu wecken. Elk wurde angerufen, und als er hinaufsah, bemerkte er den geheimnisvollen Mann, der aus dem Fenster lehnte.

„Was führt Sie hierher, Herr Inspektor?" fragte er gedämpft.

„Nichts Besonderes", flüsterte Elk hinauf. „Wir haben heute nacht eine Radiobotschaft aufgefangen und uns war, als wäre es die Stimme Ihres Fräulein Tochter gewesen."

John Bennett runzelte die Stirn, und Dick sah, daß er an der Wahrheit dieser Erklärung zweifelte.

„Auch ich habe die Stimme gehört, Herr Bennett“, bestätigte er.

„Wir haben einer ziemlich wichtigen Nachricht wegen zugehört, und die Umstände machen es uns zur dringenden Notwendigkeit, zu wissen, ob Fräulein Bennett gesprochen hat.“

„Das ist eine merkwürdige Geschichte“, sagte Bennett kopfschüttelnd. „Ich werde herunterkommen und Sie einlassen.“

Er öffnete, in einen alten Schlafrock gekleidet, die Tür und führte sie in das dunkle Wohnzimmer. „Ich werde Ella wecken, und sie wird wohl imstande sein, Ihnen zu beweisen, daß sie um zehn Uhr im Bett war.“

Er ging aus dem Zimmer, nachdem er die Vorhänge zurückgezogen hatte, um das Tageslicht hereinzulassen.

Und Dick wartete mit einem freudigen Vorgefühl auf Ellas Erscheinen. Er war nur zu froh gewesen, eine Ausrede für seinen neuerlichen Besuch in Horsham zu haben. Die Tage, die zwischen jedem Wiedersehen mit Ella lagen, schienen sich ihm zu Ewigkeiten zu dehnen.

Sie hörten Bennett die Treppe hinaufgehen, aber sogleich kam er wieder, und Entsetzen lag auf seinen Zügen.

„Ich kann das nicht verstehen“, murmelte er. „Ella ist nicht in ihrem Zimmer. Sie hat wohl in ihrem Bett geschlafen, aber sie hat sich offenbar wieder angezogen und ist fortgegangen.“

Elk kratzte sich das Kinn und vermied es, Dick anzusehen. „Fräulein Ella macht wohl gewöhnlich einen Morgenspaziergang?“

John Bennett schüttelte den Kopf. „Sie hat es sonst nie getan. Merkwürdig genug, daß ich sie nicht fortgehen gehört habe, denn ich habe heute nacht sehr wenig geschlafen. Entschuldigen Sie mich einen Augenblick, meine Herren.“

Er ging hinaus und kam in ein paar Minuten angekleidet wieder. Es war jetzt schon ganz hell, obgleich die Sonne noch nicht aufgegangen war. John Bennett schien nicht weniger beunruhigt, als Dick es war, in dessen Hirn tausend zweifelnde und entschuldigende Gedanken sich kreuzten.

„Sie sind ja im Auto hierhergekommen, haben Sie im Vorüberfahren niemanden gesehen?“

Dick schüttelte den Kopf.

„Liegt Ihnen etwas daran, wenn wir die Straße weiter nach Shoreham fahren?“

„Das wollte ich Ihnen eben vorschlagen", sagte Dick. „Ist es nicht ziemlich gefährlich für Ihre Tochter, zu dieser Stunde allein spazierenzugehen? Die Straßen sind von Landstreichern bevölkert!" - Der Alte gab keine Antwort, er saß neben dem Chauffeur, und seine Blicke waren ängstlich auf die Straße vor ihnen gerichtet. Das Auto fuhr mit Eilzugsgeschwindigkeit zehn Meilen dahin, dann wendete es und begann die Seitenstraßen abzusuchen. Als sie sich dem Dorf näherten, zeigte Dick auf einen dichten Wald, zu dem ein schmaler Weg führte.

„Wie heißt dieser Wald?" fragte er.

„Es ist der Wald von Elsham, dort wird sie doch wohl nicht hingegangen sein!" Bennett zögerte.

„Versuchen wir es immerhin", sagte Dick, und sie fuhren durch einen Hain von hohen Bäumen, deren verwachsene Wipfel die Straße gänzlich verdüsterten.

„Hier sind Autospuren", sagte Dick plötzlich. Aber Bennett schüttelte den Kopf.

„Es kommen viele Leute hierher, um Picknicks abzuhalten", sagte er.

Aber Dick hatte wohl gemerkt, daß diese Spuren frisch waren, und nun stellte er auch fest, daß sie von der Straße abbogen und zwischen den Bäumen hinführten. Von dem Auto selbst war jedoch nichts zu sehen. Die Straße endete nach einer weiteren Meile, und vor ihnen lag eine Lichtung, wo es nichts als Heidekraut und Baumstümpfe gab, denn der Wald war während des Krieges fast gänzlich abgeholzt worden. Mit einiger Schwierigkeit wurde das Auto gewendet und schoß zurück. Sie kamen durch den Hain ins Freie, und da stieß Dick einen Schrei aus.

John Bennett hatte seine Tochter schon erblickt. Sie ging in der Mitte der Straße rasch vor ihnen her und wich, als das Auto näher kam, auf den grasbewachsenen Rand zur Seite, ohne sich umzusehen. Dann blickte sie auf, sah ihren Vater und erblaßte. Im Augenblick war er neben ihr.

„Aber liebes Kind", sagte er vorwurfsvoll, „wo bist du denn um diese Zeit gewesen?"

Es schien Dick, als sähe sie erschrocken aus. Elks Augen zogen sich prüfend zusammen.

„Ich konnte nicht schlafen und bin ein wenig ausgegangen, Vater", sagte sie und nickte Dick zu. „Wie kommen Sie zu dieser Zeit hierher, Hauptmann Gordon? Das ist wirklich eine Überraschung!"

„Ich bin gekommen, um Sie um eine Unterredung zu bitten."

„Mich!" rief Ella, aufrichtig erstaunt.

„Hauptmann Gordon hat deine Stimme im Radio mitten in der Nacht gehört und wollte etwas Näheres darüber erfahren. Warst du um Rays willen fort? Ist er hier?“ fragte er eifrig.

Sie schüttelte den Kopf.

„Nein, Vater“, sagte sie ruhig. „Und was das Radiogespräch betrifft, so habe ich noch niemals durchs Radio gesprochen.“

„Wir haben auch sogleich gewußt, daß Sie es nicht gewesen sind!“ sagte Dick Gordon rasch. „Elk hat sofort erklärt, daß jemand Ihre Stimme imitiert habe.“

„Sagen Sie mir nur das eine, Fräulein Bennett“, warf Elk ein, „waren Sie gestern abend in der Stadt?“

Ella schwieg.

„Meine Tochter ist um zehn Uhr zu Bett gegangen, ich habe es schon gesagt“, sagte John Bennett barsch.

„Waren Sie in den Morgenstunden in London, Fräulein Bennett?“ beharrte Elk.

Und zu Dicks Verblüffung nickte sie.

„Waren Sie in Caverley Haus?“

„Nein“, antwortete sie sofort.

„Aber Ella, was hast du in der Stadt gemacht?“ fragte John Bennett. „Hast du Ray besucht?“

Nach einem Zögern verneinte sie. – „Warst du allein?“

„Nein“, sagte Ella, und ihr Mund zitterte. „Bitte, frage mich nicht weiter. Ich kann in dieser Sache nicht frei reden. – Papa, du hast mir ja immer vertraut, du wirst mir auch jetzt vertrauen, nicht wahr?“ sagte sie mit ihrer süßen Stimme.

Er nahm ihre Hand und hielt sie mit beiden Händen fest.

„Ich werde dir immer vertrauen, Mädel“, sagte er. „Und diese beiden Herren müssen es auch.“

Ihr bittender Blick begegnete Gordons Blick, und er nickte.

Elk rieb wütend sein Kinn.

„Ich bin sicherlich eine besonders vertrauensvoll veranlagte Natur und werde in Ihre Worte so wenig Zweifel setzen wie in meine eigenen, Fräulein Bennett.“ Er sah auf die Uhr. „Aber ich denke, wir müssen jetzt wegfahren und den armen alten Balder aus dem Haus der Sünde befreien“, sagte er.

„Wollen Sie nicht bleiben und mit uns frühstücken?“ lud Bennett ein.

Dick sah Elk bittend an, und der Detektiv stimmte zu.

„Nun, Balder wird es auf eine Stunde mehr oder weniger nicht ankommen", sagte er.

Während Ella das Frühstück bereitete, spazierten Dick und Elk auf der Straße auf und ab.

„Ich habe das absolute Vertrauen in Fräulein Bennetts Wahrhaftigkeit!" sagte Dick begeistert.

„Vertrauen ist eine schöne Sache!" murmelte Elk. „Schließlich ist auch Fräulein Bennett nichts anders als eins der kleinen Stückchen, die zu diesem Puzzlespiel gehören, und wird ihren Platz finden, wenn wir nur erst das Stück, das so wie ein Frosch geformt ist, auf die richtige Stelle gelegt haben!"

Von dem Platz, auf dem sie nun standen, konnten sie, nach Shorham gewendet, den Anfang der engen Waldstraße von Elsham sehen. "Und das Rätselhafteste ist mir daran", murmelte Elk, „warum sie auf einmal mitten in der Nacht in den Wald spazieren mußte!"

Er hielt an und neigte horchend den Kopf zur Seite.

Das Rattern eines Autos kam näher und näher. Langsam ward auch der Kühler eines Autos sichtbar, dem der übrige Körper einer großen Limousine folgte.

Der Wagen kam auf sie zu, indem er sein Tempo mehr und mehr beschleunigte.

Einen Augenblick später schoß er an ihnen vorbei, und sie sahen den einzigen Insassen.

„Aber da soll mich doch der Teufel holen!" sagte Elk, der sehr selten einen Fluch gebrauchte. Und in diesem Augenblick hielt Dick ihn wirklich für gerechtfertigt, denn der Mann in der Limousine, den zu treffen Ella nachts in den Elshamwald gegangen war – war Ezra Maitland.

20

Eine halbe Stunde später fuhren sie in tiefem Schweigen an den leerstehenden Villen vorüber, wo Genters Leichnam gefunden worden war. Dick erinnerte sich dessen mit einem kleinen Schauder, daß der Tod Genter ausgerechnet in der Nähe von Horsham ereilt hatte.

Und Hagn sollte dafür sterben! Dick war dazu entschlossen. Denn ob er nun ein Frosch war oder nicht, er war an diesem Mord beteiligt gewesen.

Als ob Elk Dicks Gedanken lesen konnte, wendete er sich zu ihm und sagte: „Glauben Sie, daß Ihr Beweisverfahren stark genug sein wird, um ihn hängen zu können?"

„Unglücklicherweise gibt es keine Indizienbeweise gegen ihn, außer dem Auto, das Sie unter Schloß und Riegel halten, und der Tatsache, daß der Garagenbesitzer Hagn identifizieren kann."

„Mit dem Bart?" kopfschüttelte Elk. „Ich glaube, solange der alte Balder ihn nicht zu einem Geständnis bringt, wird es

schwerhalten, die Geschworenen von seiner Schuld zu überzeugen. Was mich betrifft", fügte er hinzu, „würde ich, wenn ich je dazu verdammt sein sollte, eine ganze Nacht allein mit Balder zu verbringen, die Wahrheit sagen, nur um ihn loszuwerden. Er ist ein pfiffiger Bursche, dieser Balder. Die Leute da oben erkennen ihn nicht genügend an."

Elk gab dem Chauffeur Weisung, geradeaus nach Cannon Row zu fahren. Dicks Geist befaßte sich mit andern Dingen.

„Was hatte sie nur, um Gottes willen, mit dem alten Maitland zu tun?" fragte er.

Elk schüttelte den Kopf.

„Ich weiß es nicht", gab er zu. „Natürlich läge es ihr nahe, ihn vielleicht überreden zu wollen, daß er ihren Bruder zurücknimmt. Aber der alte Maitland ist nicht der Abenteurer, der mitten in der Nacht aufsteht, um darüber zu unterhandeln, ob er Ray die Stellung wiedergeben soll. Wenn er ein jüngerer Mann wäre, dann schiene es eher möglich! Aber er ist schon verteufelt bejahrt. Und er ist ein böser alter Mann, der sich nicht einen Pfifferling darum schert, ob Ray an seinem Pult für soundsoviel arbeitet, oder ob er im Zuchthaus zu Dartmoor Steine klopft."

Der Wagen hielt am Eingang des Polizeigebäudes, und die Herren stiegen aus. Der Schreiber stand auf, als sie in das Büro kamen, und sah sie verwundert an.

„Wir wollen nur Balder herausholen", erklärte Elk.

„Balder?" sagte der Mann überrascht. „Ich wußte gar nicht, daß er bei uns drinnen ist!"

„Ich habe ihn mit Hagn eingesperrt."

Dem Polizeibeamten dämmerte ein Licht. Er blinzelte den Mann an.

„Das ist merkwürdig! Ich hatte gar keine Ahnung, daß das Balder war!" sagte er. „Mir hat nur ein anderer Sergeant gesagt, daß man einen Landstreicher zu Hagn hereingelassen hat. Hier ist der Schließer."

Dieser Beamte war ebenso erstaunt wie der Sergeant selbst.

„Keine Ahnung gehabt, daß es Balder ist", sagte er. „Deshalb haben sie so lange getratscht, beinahe bis ein Uhr."

„Nun, und reden sie immer noch?" fragte Elk befriedigt.

„Nein, Herr Inspektor, ich habe vor einer Weile hineingeguckt, jetzt schlafen sie. Sie haben mir ja die Order gegeben, sie in Ruhe zu lassen."

Dick und seine Untergebenen folgten dem Schließer auf den langen Gang hinaus, der weiß gekachelt war, und auf den viele schmale, schwarze Türen führten. Sie gingen bis zu der Tür am äußeren Ende. Der Gefängniswärter schloß auf, und Elk trat ein. Er ging zur ersten Schlafbank und zog die Decke herab, die der Schläfer über sein Gesicht gezogen hatte.

Da lag Balder auf dem Rücken, um seinen Mund war ein seidener Schal gewunden. Seine Hände waren ebenso wie seine Beine nicht nur mit Handschellen, sondern auch mit Stricken befestigt. Elk stürzte zur zweiten Schlafbank, aber als er die Decke berührte, sank sie leer unter seinen Händen zusammen. Hagn war fort!

Als sie Balder in Elks Büro gebracht und mit Branntwein gelabt hatten, erzählte er seine Geschichte: „Es war so um zwei Uhr herum, glaube ich, als das geschehen ist. Ich hab' den ganzen Abend mit Hagn geredet, aber es ist mir gleich klar gewesen, daß er mich von dem Moment an als Polizisten erkannt hat, als ich hereingekommen bin. Er hat mich den ganzen Abend zum besten gehalten. Aber ich bin standhaft geblieben, Herr Inspektor! Ich hab' schon gedacht, daß er seinen Verdacht überwunden hat, weil er plötzlich von den Fröschen zu reden angefangen hat. Er hat mir erzählt, daß diese Nacht, das heißt letzte Nacht, eine Radiobotschaft an alle Häuptlinge kommen wird. Dann hat er mich gefragt, warum Mills umgebracht worden ist, aber ich bin überzeugt, daß der Schurke ganz genau Bescheid gewußt hat. Nach ein Uhr haben wir nicht mehr sehr viel gequasselt, und um Viertel zwei habe ich mich niedergelegt und bin sicher gleich eingeschlafen. Dann bin ich aufgewacht, und da hat man mir schon einen Knebel in den Mund gesteckt gehabt, ich hab' versucht mich zu wehren, aber sie haben mich gehalten."

„Sie?" fragte Elk. „Wie viele waren es denn?"

„Es müssen sicher zwei oder drei gewesen sein, ich weiß es nicht genau", sagte Balder. „Mit zweien wäre ich ja wohl fertig geworden, denn ich bin nicht der Schwächsten einer – ah, es müssen schon mehr gewesen sein! Außer Hagn habe ich bestimmt noch zwei gesehen."

„War die Zellentür offen?" erkundigte sich Elk gespannt.

„Ja, sie stand weit offen", sagte Balder, nachdem er einen Moment nachgedacht hatte.

„Wie haben sie ausgesehen?"

„Sie haben ganz lange, schwarze Überröcke angehabt, und sie haben gar keinen Versuch gemacht, die Gesichter zu verstecken. Ich würde sie sofort wiedererkennen. Es waren noch junge Leute, wenigstens der eine. Was dann noch geschehen ist, weiß ich nicht mehr. Sie haben meine Beine umschnürt und haben die Decke über mich gezogen, ich habe nichts mehr gesehen oder gehört. Ich habe die ganze Nacht verlassen dagelegen und habe an meine liebe arme Frau und meine lieben armen Kinder gedacht ..."

Elk ließ ihn mitten in seiner Jeremiade zurück und ging hinüber, um eine sorgfältige Durchsuchung der Zelle vorzunehmen. Auf dem gleichen Korridor hatte ein Wächter in einem kleinen, mit Glaswänden umgebenen Loch, wo die Zellenindikatoren sich befanden, seinen Platz. Jede Zelle war für den Fall einer Erkrankung mit einer Glocke ausgestattet, die Signale wurden in diesem kleinen Büro an Tafeln sichtbar.

Darüber befragt, gab der Wärter an, daß er zweimal während seines Nachtdienstes für wenige Minuten in das Übernahmebüro gerufen worden war. Einmal, als ein wegen Trunkenheit Arretierter nach dem Doktor verlangte, und das andere Mal um halb zwei morgens, als er einen Einbrecher übernehmen sollte, der im Laufe der Nacht gefangengenommen worden war.

„Natürlich sind die Leute während dieser Zeit davongegangen", sagte Elk.

Die Tür von Hagns Zelle war beiderseitig zu öffnen. In dieser Beziehung unterschied sie sich von den Türen aller anderen Zellen des Gefängnisses, da man ein Schloß gewählt hatte, das den Polizeioffizieren die Möglichkeit gab, den Gefangenen nach dem Verhör zu verlassen, ohne erst den Schließer herbeiläuten zu müssen. Das Schloß war nicht aufgebrochen worden, ebensowenig wie das der zum Hof führenden Tür. Elk ließ sofort die Polizeileute rufen, die bei den Ausgängen von Scotland Yard Dienst gehabt hatten. Der wachhabende Beamte am Embankment hatte niemanden bemerkt.

Der Mann beim Whitehall-Ausgang entsann sich, daß er um halb drei Uhr einen Polizeiinspektor hatte hinausgehen sehen. Er war vollkommen sicher, daß der Beamte ein Inspektor gewesen war, denn jener hatte einen langen Säbel getragen, und der Wachhabende hatte auch den Stern auf seiner Schulter bemerkt. Er hatte den Vorgesetzten gegrüßt, wofür dieser gedankt hatte.

„Das kann einer von ihnen gewesen sein", sagte Elk, „aber was ist dann mit den beiden andern geschehen?"

Hier fehlte jede Spur. Die beiden Befreier waren verschwunden, als ob sie sich in Luft aufgelöst hätten.

„Dafür werden wir wohl eine Nase bekommen, Hauptmann Gordon", sagte Elk. „Und wenn es dabei glimpflich abgeht, so können wir uns noch freuen. Sie sollten lieber nach Hause gehen und sich schlafen legen, Hauptmann. Ich habe heute nacht wenigstens ein bißchen geschlafen. Wenn Sie ein wenig warten wollen, bis ich meinen armen Balder zu seinem Weib und zu seinen Kindern zurückschicke, die ich schon übrigens alle mit Namen kenne, dann will ich auch mit Ihnen gehen."

Dick wartete am Whitehall-Ausgang, bis Elk kam.

„Ja, es wird wohl eine Nachfrage vom Department geben, da kann man nichts machen", sagte er. „Was mich besonders kränkt, ist, daß wir den armen alten Balder in ein schlechtes Licht gestellt haben, und ich wollte ihm doch gerade etwas Gutes tun. Es ist eine alte Erfahrung, daß man dem Mann den schlechtesten Dienst erweist, dem man versucht, einen guten Dienst zu leisten."

Es war jetzt beinahe zehn Uhr vormittags, und Dick war schwach von Hunger und Mangel an Schlaf. Ein- oder zweimal, während sie den Weg nach Harley Terrace zurücklegten, sah Elk sich um.

„Erwarten Sie jemanden?" fragte Dick, dem die Möglichkeit einer Gefahr aufdämmerte. „Ich habe gerade einen Mann gesehen, der uns nachgegangen sein kann, einer in einem braunen Überrock."

„Ach nein", sagte Elk gleichgültig. „Das- ist einer von meinen Leuten. Aber haben Sie etwas dagegen, wenn wir hinübergehen?" Und ohne die Antwort abzuwarten, faßte er Gordons Arm und führte ihn über die breite Straße. „Das dachte ich mir!"

Ein kleiner Fordwagen, der in Riesenlettern den Namen einer Wäscherei trug und bis jetzt nur langsam hinter ihnen hergefahren war, überholte sie nun mit größter Geschwindigkeit. Elk folgte dem Auto mit den Blicken, bis es Traf algar Square an der Ecke Whitehall erreichte. Aber statt nun nach links gegen Pall Mall oder rechts nach dem Strand abzubiegen, machte der Wagen einen Halbkreis und kam ihnen entgegen. Elk drehte sich um und gab ein Zeichen.

Der Detektiv im braunen Mantel, der ihnen gefolgt war, sprang sogleich auf das Trittbrett des Autos. Eine heftige Unterredung zwischen ihm und dem Chauffeur entspann sich, und endlich fuhren sie zusammen weiter.

„Erwischt!" sagte Elk lakonisch. „Jetzt führt er ihn auf die Direktion und hält ihn dort wegen irgendeiner Anschuldigung fest. Es ist nämlich die leichteste Art, jemand zu verfolgen, wenn man ein Geschäftsauto benützt", sagte Elk. „Ein Geschäftswagen kann nämlich machen, was er will, und niemand nimmt davon die geringste Notiz. Wäre uns eine Limousine nachgefahren, so hätte sie die Aufmerksamkeit jedes einzelnen Schutzmanns erregt. Es war nichts anderes als ein Aufpasser. Aber mir schien es plötzlich", sagte er mit einem Schaudern, „als wäre es der Tod selber."

„Nehmen wir ein Auto", sagte Dick, und seine Vorsicht war so groß, daß er drei leere Taxis abwartete, ehe er das vierte anrief.

„Kommen Sie mit", sagte Dick. „Ich möchte Sie jetzt nicht gleich allein lassen. Ich habe ein leeres Zimmer, wenn Sie schlafen wollen."

Elk begleitete Gordon nach Harley Terrace. Der Diener, der ihnen die Tür öffnete, sagte: „Ein Herr ist da, der auf Sie wartet. Er ist schon seit einer halben Stunde hier."

„Wie heißt er?"

„Johnson."

Tatsächlich war es der Philosoph, der sich aus dem Sessel erhob, obgleich Herrn Johnson in diesem Augenblick jeder Beweis für das Gleichgewicht der Seele, das die hauptsächlichste Eigenschaft aller Philosophen zu sein pflegt, mangelte. Der dicke Mann war ganz außer sich. Er saß verstört und unbequem auf dem äußersten Ende seines Sessels, so wie Dick ihn damals im Herons-Klub sitzen gesehen hatte.

„Hoffentlich werden Sie mir verzeihen, daß ich hierhergekommen bin, Hauptmann Gordon", sagte er. „Ich habe ja vielleicht wirklich kein Recht, meine Sorgen zu Ihnen zu tragen."

„Es freut mich, daß Sie in mir Ihren Freund sehen", sagte Dick, indem er ihm die Hand schüttelte. „Kennen Sie Herrn Elk?"

„Wir sind ja alte Bekannte!" sagte Johnson, und für einen Moment kehrte all seine Freundlichkeit zurück.

„Ich muß unbedingt frühstücken", sagte Dick, „wollen Sie nicht mein Gast sein?"

„Mit Vergnügen. Ich habe heute morgen noch nichts gegessen. Die Sache steht nämlich so, Hauptmann Gordon, daß er mich hinausgeworfen hat."

Dick sah ihn verblüfft an. „Was? Maitland hat Sie entlassen?" Johnson nickte. „Und zu denken, daß ich dem alten Teufel so viele Jahre für dieses winzige Gehalt gedient habe! Und nie habe ich ihm Anlaß zu irgendeiner Klage gegeben! Hunderte und Tausende Pfund sind durch meine Hände gegangen, ja, auch Millionen. Bei mir hat immer alles auf den Penny gestimmt. Natürlich, denn wenn das nicht der Fall gewesen wäre, so hätte er es ja sofort entdeckt. Er ist der größte Mathematiker, dem ich je begegnet bin. Und er kann doppelt so schnell rechnen und schreiben als sonst irgendein Mensch“, fügte er mit widerstrebender Bewunderung hinzu.

„Es ist eigentlich merkwürdig, daß ein Mensch von so ungeschlachtem Benehmen und so roher Sprache solche Talente hat“, sagte Dick.

„Für mich ist er ein Wunder gewesen, seit ich ihn kenne“, gestand Johnson. „Wenn man ihn reden hört, so könnte man glauben, er wäre ein Straßenkehrer. Und doch ist er ein sehr belesener Mann von großer Bildung.“

„Kann er sich vielleicht auch Jahreszahlen merken?!“ fragte Elk.

„Natürlich kann er das!“ antwortete Johnson ernst. „Er ist ein merkwürdiger Mensch, wenn er auch in mancher Beziehung ein unangenehmer alter Herr ist. Ich sage das nicht, weil er mich jetzt entlassen hat, ich war immer dieser Ansicht. Aber er hat nicht den geringsten Funken von Güte. Ich glaube, das einzig Menschliche an ihm ist seine Liebe zu dem kleinen Jungen.“

„Was für ein kleiner Junge?“ fragte Elk höchst interessiert.

„Ich habe ihn selbst nie gesehen“, sagte Johnson. „Das Kind ist noch nie ins Büro gebracht worden. Ich weiß nicht, wessen Kind es ist, aber möglicherweise ist es ein Enkel von Maitland.“

Es folgte eine Pause.

„Ich verstehe jetzt!“ sagte Dick leise, und er hatte wohl das Recht dies zu sagen, denn in jenem Augenblick dämmerte ihm das Verständnis für den Frosch und für das Geheimnis des Frosches auf.

„Warum hat er Sie entlassen?“ fragte Dick.

Johnson zuckte die Achseln. „Einer ganz törichten Sache wegen. Heute morgen, als ich kam, war er schon zugegen, ein ganz ungewöhnlicher Vorfall, denn er kommt gewöhnlich erst eine Stunde später als wir ins Büro. - ›Johnson‹, sagte er, ›Sie kennen Fräulein Bennett?‹ Ich antwortete, daß ich dieses Vergnügen hätte. ›Und wie ich höre‹, fuhr er fort, ›sind Sie einmal oder zweimal dort zum Essen geladen gewesen‹ - ›Das ist vollkommen wahr, Herr Maitland‹, antwortete ich. ›Sehr schön, Johnson‹, sagte Maitland, ›Sie sind entlassen‹“

„Das war alles?“ fragte Dick verblüfft.

„Ja, das war alles“, sagte Johnson verzweifelt. „Können Sie das begreifen?“

Dick antwortete nicht. Der neugierige Elk, der leidenschaftlich danach strebte, mehr über Maitland zu erfahren, stellte noch eine Frage.

„Herr Johnson, Sie sind doch jahrelang mit diesem Mann beisammen gewesen, haben Sie nicht irgend etwas an ihm bemerkt, was Ihnen besonders verdächtig vorgekommen ist? Hat er nicht geheime Besuche empfangen? Haben Sie nicht zum Beispiel gewußt, daß er etwas mit den Fröschen zu tun gehabt hat?“

„Mit den Fröschen?“ Johnson riß die Augen auf, und seine Stimme verstärkte noch den Eindruck seines Unglaubens. „Gott behüte! Nein! Ich kann mir nicht einmal denken, daß er etwas über diese Leute weiß. Nein, Herr Elk, nie habe ich etwas gehört, gesehen oder gelesen, das diesen Eindruck erweckt hätte.“

„Sie haben doch die Berichte über die meisten seiner geschäftlichen Transaktionen gesehen, gibt es etwas, das Sie vermuten läßt, Maitland hätte – sagen wir durch den Tod des Herrn Maclean in Dundee oder durch den Überfall, der auf den Wollhändler in Durby gemacht wurde, profitiert? Zum Beispiel, wissen Sie, ob er nicht an dem Einkauf oder Verkauf von französischen Likören und Parfüms interessiert war?“

Johnson schüttelte den Kopf. „Nein, Herr Inspektor, er handelte einzig nur mit Realitäten. Er hat Bodenbesitz in England, in Südfrankreich und in Amerika. Er hat auch ein bißchen auf der Börse gespielt, ja, ja, wir haben sogar ein ziemlich großes Börsengeschäft gehabt, ehe die Mark fiel.“

„Was gedenken Sie jetzt zu tun, Herr Johnson?“ fragte Dick.

Johnson machte eine hilflose Handbewegung. „Was kann ich denn anfangen, Herr“, sagte er. „Ich bin beinahe fünfzig Jahre alt – ich habe den größten Teil meines Lebens in einer Stellung verbracht, und es ist sehr unwahrscheinlich, daß ich noch eine zweite bekommen werde. Glücklicherweise habe ich mir nicht nur Geld erspart, sondern auch ein oder zwei gute Käufe gemacht, für die ich dem Alten dankbar sein muß. Ich glaube ja zwar nicht, daß er sich besonders gefreut hat, als er sah, daß ich seinem Beispiel gefolgt war, aber das gehört jetzt nicht zur Sache. Das verdanke ich ihm jedenfalls. Ich habe gerade genug Geld, um für den Rest meiner Tage, wenn ich keine außerordentlichen Spekulationen anfange und sehr, sehr bescheiden bin, leben zu können. Aber ich kam eigentlich hierher, um mich an Sie zu wenden und Sie zu fragen, ob Sie nicht vielleicht eine Stellung für mich wüßten? Ich würde doch gerne ein bißchen arbeiten und am allerliebsten mit Ihnen.“

Dick war ein wenig verlegen, denn für Herrn Johnson gab es, wohin er auch sah, keine Anstellungsmöglichkeit. Nichtsdestoweniger wollte er ihm doch nicht absagen.

„Lassen Sie mich die Sache ein paar Tage überdenken“, sagte er. „Wissen Sie eigentlich, wer jetzt Sekretär des Herrn Maitland ist?“

„Ich weiß es nicht. Das ist ja meine größte Kränkung. Ich habe einen Brief auf seinem Pult liegen sehen, der an Fräulein Bennett adressiert war. Und da ist mir der Gedanke gekommen, daß er vielleicht ihr meine Stellung anbieten will."

Dick vermochte kaum seinen Ohren zu trauen. „Was veranlaßt Sie, das zu denken?"

„Ich weiß nicht, aber ein paarmal hat sich der Alte bei mir nach Rays Schwester erkundigt. Es war ebenso verwunderlich wie alles, was er sonst gemacht hat."

Johnson tat Elk von Herzen leid. Er schien so absolut ungeeignet für den rauhen Konkurrenzkampf, und die Möglichkeiten, die einen Mann von fünfzig Jahren erwarteten, der immer in einer Stellung gewesen war, schienen praktisch genommen gleich Null. „Ich glaube nicht, daß Fräulein Bennett dieses Anerbieten annehmen wird, wenn Herr Maitland es ihr machen sollte. Bitte, geben Sie mir Ihre Adresse für den Fall, daß ich Ihnen etwas mitzuteilen habe."

„Fitzroy Square Nummer 431", sagte Johnson und murmelte eine Entschuldigung der etwas schmutzigen Visitenkarte wegen, die er überreichte. Er ging zur Tür, aber noch mit der Hand auf der Klinke zögerte er.

„Ich ... ich habe Fräulein Bennett sehr gerne", sagte er stockend. „Und ich möchte gerne, daß sie erfährt, daß Herr Maitland gar nicht so schlecht ist, wie er aussieht. Ich möchte mich nicht unanständig gegen ihn betragen."

„Armer Teufel!" sagte Elk und sah dem Mann nach, der niedergeschlagen Harley Terrace entlangging. „Das ist ein Schlag für ihn. Sie hätten ihm fast ausgeplaudert, daß Sie Maitland heute morgen gesehen haben. Ich habe es gemerkt und war schon bereit, Sie zu unterbrechen. Denn es ist das Geheimnis der jungen Dame", fügte Elk vorwurfsvoll hinzu.

„Wollte Gott, dem wäre nicht so", seufzte Dick. Und nun erst fiel es ihm wieder ein, daß er ja eigentlich Herrn Johnson zum Frühstück eingeladen hatte.

21

Elk wurde um die Mittagsstunde dringend nach Fitzroy Square Nummer 431 gerufen. Es hatte ein Einbruch in Herrn Johnsons Wohnung stattgefunden, und als der Philosoph den Eindringling überraschte, war er mit einem schweren Gegenstand über den Kopf geschlagen worden, so daß er bewußtlos zusammengesunken war.

Als Elk ankam, war der Philosoph schon verbunden und saß bleich und zitternd auf seinem Sofa. Das Haus wimmelte von Polizisten, und auf der Straße hatte sich eine erregte Menschenmenge angesammelt.

„Er hat Ihnen einen ganz schönen Hieb versetzt", sagte Elk anerkennend. „Aber ich zweifle daran, daß es der Frosch selbst gewesen ist, obgleich Sie sagen, daß er sich dafür ausgegeben hat. Denn der Frosch hat, soweit ich mich erinnern kann, niemals irgendeinen Überfall selbst ausgeführt."

Elk untersuchte die Wohnung auf das genaueste, und als er in das Schlafzimmer kam, fand er in der Nähe des offenen Fensters einen Gepäckschein. Es war ein grüner Zettel, der die Aufbewahrung einer Handtasche bestätigte. Und er war von der Endstation der Nordbahn ausgestellt.

Elk hielt das Papier ans Licht und prüfte den Datumsstempel.

Das Gepäckstück war vor vierzehn Tagen hinterlegt worden. Elk legte den Schein vorsichtig und zärtlich in seine Brieftasche.

Was den Überfall für Elk bemerkenswert machte, war, daß der Mann, der ihn ausgeführt hatte, sich für den Frosch ausgegeben haben sollte.

Elk begriff die Organisation gut genug, um zu wissen, daß keiner der untergeordneten Sklaven des Frosches es gewagt haben würde, dessen Namen zu mißbrauchen.

Elk begriff nicht, warum der Frosch gerade Johnson seiner persönlichen Anwesenheit für würdig gehalten haben sollte.

„Und Sie meinen, daß es der Frosch selber gewesen ist?" fragte er skeptisch.

„Es war entweder der Frosch selbst oder einer seiner vertrauten Gesandten", sagte Johnson. „Sehen Sie her."

In der Mitte eines rosafarbenen Löschblattes sah Elk das gestempelte Zeichen des unausbleiblichen Frosches. Es erschien auch auf dem Türpaneel.

„Das war als Warnung gemeint, nicht wahr?" sagte Johnson. „Nun, ich hatte Zeit, mich an diese Warnung zu gewöhnen, bevor ich meinen Teil bekam."

„Es gibt ärgere Dinge als den Knüppel", sagte Elk fröhlich. „Vermissen Sie irgend etwas?"

Johnson schüttelte den Kopf. „Nein, nichts!"

„Haben Sie vielleicht irgendwelche Privatpapiere von Maitland hierhergebracht, die Sie ihm wiederzugeben vergaßen?" fragte Elk nachdenklich.

„Die Formulierung Ihrer Frage ist sehr liebenswürdig", sagte Johnson lächelnd und mit seinen Augen zwinkernd. „Es gibt hier nicht ein einziges Dokument von geringstem Wert. Ich war allerdings früher daran gewöhnt, mir Arbeit von Maitlands Büro nach Hause zu nehmen und habe oft bis Mitternacht darüber gesessen. Das ist auch der Grund, warum meine Verabschiedung mir als ein solcher Beweis von Undankbarkeit erscheint. Aber wenn Sie wollen, können Sie den Inhalt meiner sämtlichen Schränke, Schubladen und Kasten durchsuchen, ich kann Ihnen versichern, daß ich ein reichlich pedantischer Mann bin und tatsächlich jedes Papier kenne, das sich bei mir befindet."

Auf dem Nachhauseweg überdachte Elk die ganze Angelegenheit in allen ihren überraschenden Erscheinungen. Er war in Wahrheit froh, daß ein neues Problem ihn von dem Gedanken an die ihm bevorstehende Untersuchung ablenkte.

Hauptmann Gordon würde sicherlich alle Verantwortung dem Präsidium gegenüber auf sich nehmen, aber dem Kriminalpolizisten kamen „die Leute dort oben" ebenso furchtbar vor wie der Frosch selber.

Elk beabsichtigte, den Bahnhof von Kings Gross zeitig zu besuchen, um den Inhalt der deponierten Reisetasche zu prüfen, aber als er am nächsten Morgen erwachte, war er einzig von der kommenden Untersuchung erfüllt.

Obgleich er den Einbruch bei Johnson sorgfältig in sein Rapportbuch eintrug und den grünen Gepäckschein in seinen Safe versperrte, war er viel zu beschäftigt, um sofortige Nachforschungen anzustellen. Dick stellte sich zur Untersuchung ein, und Elk gab ihm eine kurze Skizze von dem Einbruch in Fitzroy Square. Und dann holte Elk den grünen Schein heraus.

„Der Schein ist an irgend etwas anderes angeheftet gewesen", sagte Dick, der den Zettel gegen das Fenster gehalten hatte. „Hier ist der ganz frische Abdruck einer Papierklammer. Vielleicht kann das irgendwie zur Information beitragen."

„Ach, ich fürchte, daß die Leute da oben uns jetzt die Hölle heiß machen werden", sagte Elk seufzend.

„Machen Sie sich keine Sorgen darüber", tröstete Dick. „Unsere Freunde dort oben sind so froh über die Auffindung des Vertrages, daß sie uns nicht allzusehr mit Hagn quälen werden."

Es war dies eine bemerkenswerte Prophezeiung, die sich in ebenso bemerkenswerter Weise erfüllte.

Als Elk zu den Großen hereingerufen wurde, zu all diesen Polizeichefs und Räten, die um den grünen Untersuchungstisch herumsaßen, fand er zu seiner freudigen Überraschung, daß die Haltung seiner Vorgesetzten eher freundliches Interesse als kalte Mißbilligung verriet.

„Unter gewöhnlichen Umständen wäre das Entweichen Hagns der Anlaß gewesen, strenge Maßregeln gegen die verantwortlichen Stellen zu erlassen", sagte der Polizeipräsident. „Aber in diesem besonderen Fall möchte ich keinen Tadel aussprechen. Die Wahrheit ist, daß die Frösche ungeheuer mächtig sind."

Nicht alle Mitglieder der Untersuchungskommission waren so freundlich gesinnt wie der Polizeipräsident.

„Es ist Tatsache", sagte ein weißhaariger Polizeirat, „daß im Zeitraum einer einzigen Woche zwei Gefangene unter den Augen der Polizei getötet würden und – ebenfalls vor den Augen der Polizei – ein Gefangener aus dem Gewahrsam entfloh! Das ist sehr schlimm, Hauptmann Gordon! Sehr schlimm!" Er schüttelte den Kopf.

„Vielleicht würden Sie, Herr Polizeirat, selber sich mit der Untersuchung befassen wollen", sagte Dick. „Es handelt sich hier nicht um einen gewöhnlichen, unscheinbaren Verbrechertyp, und das hohe Präsidium wird wohl in diesem Falle eine, das gewöhnliche Maß übersteigende Geduld üben müssen. Aber ich kenne jetzt den Frosch", sagte er einfach.

„Sie kennen ihn? Wer ist es?" fragte der Präsident ungläubig.

„Obgleich es ganz leicht für mich wäre, noch heute morgen einen Haftbefehl gegen ihn zu erlassen, so ist es doch keine so leichte Sache, einen überzeugenden Schuldbeweis zu scharfen. Ich muß noch um eine Spanne Zeit bitten!"

Als Gordon und Elk in ihr Büro zurückgekehrt waren, sagte Elk geheimnisvoll flüsternd: „Wenn das ein Bluff gewesen ist, so war es 4er schönste, den ich je gehört habe!"

„Es war kein Bluff", sagte Dick ruhig.

„Also wer, um Himmels willen, wer ist es?"

Dick schüttelte den Kopf. „Ich möchte Sie bitten, sich jetzt über den Gepäckschein zu informieren", sagte er mit Würde.

Elk hastete verstört nach dem Bahnhof. Er wies den grünen Schein vor, bezahlte die Extragebühr für die abgelaufene Aufbewahrungsfrist, und es wurde ihm eine braune Ledertasche durch den Beamten ausgehändigt.

„Nun, mein Sohn", sagte Elk, indem er sich zu erkennen gab, „vielleicht können Sie mir jetzt sagen, ob Sie sich erinnern können, wer diese Handtasche gebracht hat?"

Der Beamte grinste. „So ein gutes Gedächtnis habe ich leider nicht", sagte er.

„Da sympathisiere ich ganz mit Ihnen", sagte Elk. „Aber wenn Sie versuchen würden, sich daran zu erinnern, könnten Sie vielleicht doch einige wichtige Aussagen machen. Gesichter sind doch schließlich keine Jahreszahlen."

Der Beamte blätterte in seinem Buch.

„Stimmt, an dem Tage hatte ich Dienst. Aber wir bekommen so viel Gepäck herein, daß es mir unmöglich ist, mich an eine bestimmte Person zu erinnern. Ich weiß nur eins, daß ich mich erinnern würde, wenn diese Person etwas Merkwürdiges an sich gehabt hätte."

„So. Sie glauben also, daß der, der das abgegeben hat, ganz gewöhnlich aussah? – War es vielleicht ein Amerikaner?"

Der Beamte dachte wieder nach. „Nein, das glaube ich nicht", sagte er. „Wir haben schon seit Wochen keine Amerikaner hier gehabt."

Elk trug die Handtasche in das Amt des Bahnhofspolizeiinspektors und öffnete sie mit Hilfe eines Dietrichs.

Der Inhalt war ganz ungewöhnlich. Ein kompletter Anzug, Hemd, Kragen und Krawatte. Ein funkelnagelneues Rasierzeug. Eine kleine Flasche Annatto – ein Färbemittel. Ein Paß auf den Namen „John Henry Smith" lautend, aber ohne Fotografie, eine Browningpistole mit gefülltem Magazin, ein Kuvert mit fünftausend Franc und fünf Einhundert-Dollar-Scheinen. Die Kleider trugen keine Marke, der Browning war belgisches Fabrikat, und der Paß mochte falsch sein, aber zumindest das Formular, auf dem er ausgestellt war, war zweifellos echt. Eine spätere Nachfrage beim Auswärtigen Amt ergab, daß er nicht amtlich ausgestellt war.

Elk beschaute die Gegenstände, die auf dem Schreibtisch des Inspektors in langer Reihe ausgebreitet waren.

„Das ist die wunderschönste Reiseausstattung, die ich je gesehen habe", meinte der Bahnhofsinspektor. „Die schönste Ausstattung, um durchzubrennen."

„Das ist auch meine Meinung", sagte Elk. „Und wissen Sie, ich möchte wetten, daß eine gleiche Handtasche auf jeder Endstation von London zu finden ist. Ich werde die Sachen auf die Polizeidirektion bringen. Vielleicht wird der Mann zu Ihnen kommen, um nach der Tasche zu fragen, aber ich halte das für höchst unwahrscheinlich."

Elk trat aus dem Büro des Inspektors.

Einer der Nordexpreßzüge war gerade mit zweistündiger Verspätung eingetroffen. Elk stand zerstreut und müßig da und beobachtete die Reisenden, die sich vor den Schranken stauten.

Und als er eine Weile so dagestanden hatte, bemerkte er ein bekanntes Gesicht. Da er aber völlig in andere Gedanken versunken war, erkannte er den Betreffenden erst, als dieser schon den Ausgang erreicht hatte.

Es war John Bennett. ELk schlenderte durch die Schranken zu dem Stationsbeamten.

„Woher kommt der Zug?"

„Aus Aberdeen, Herr."

„Letzter Aufenthalt?" fragte Elk.

„Letzter Aufenthalt in Doncaster", antwortete der Beamte.

Während sie sprachen, sah Elk zu seinem Erstaunen Bennett zurückkehren. Er arbeitete sich eilig durch den entgegendrängenden Strom der Reisenden durch, die eben die Schranken passiert hatten. Augenscheinlich hatte er etwas vergessen.

Als Bennett wieder erschien, trug er den gewohnten, schweren braunen Kasten, und Elk erkannte die Filmkamera, das Steckenpferd des seltsamen Mannes, durch das er seinen Verdienst zu erwerben suchte.

„Sonderbarer Kauz!" sagte Elk zu sich selber, rief einen Wagen an und brachte seinen Fund in die Polizeidirektion. Er schickte nach zweien seiner besten Leute.

„Die Aufbewahrungsräume jedes Bahnhofs in London sollen nach Handgepäck von dieser Art untersucht werden", sagte er, indem er die Tasche vorwies. „Alle Stücke sind wahrscheinlich schon wochenlang eingelagert. Stellen Sie die gewöhnlichen Fragen nach dem Mann, der die Sachen hinterlegt hat und, um ganz sicher zu gehen, öffnen Sie auf der Stelle jede der Taschen. Wenn Sie ein vollständiges Rasierzeug, einen Paß und Geld vorfinden, so bringen Sie sie nach Scotland Yard."

Dick bewunderte die Organisation, als Elk ihm seinen Fund zeigte.

„Er hat dafür gesorgt, sich zu jeder Tages- und Nachtzeit in Sicherheit bringen zu können", sagte Elk. „Bei jeder Endstation hätte er Geld, andere Kleider, den nötigen Paß, um ins Ausland zu fahren, Annatto, um Gesicht und Hände zu färben, gefunden, und brauchte nur seine eigene Fotografie mitzuhaben. – Übrigens, wissen Sie, daß ich John Bennett getroffen habe?"

„Wo? Auf dem Bahnhof?" fragte Dick.

Elk nickte. „Er kam aus dem Norden, aus einer der fünf Städte – Aberdeen, Arbroarth, Edinburgh, York oder Doncaster. Er hat mich nicht gesehen, und ich habe mich auch nicht vorgedrängt. Geben Sie mir Antwort, Herr Hauptmann, was halten Sie von dem Mann? Ist er vielleicht Ihr Frosch?" forderte ihn Elk heraus.

Aber Dick Gordon lächelte nur. „Sie können sich eine Menge Arbeit ersparen, wenn Sie sich den Gedanken aus dem Kopf schlagen wollten."

„Das weiß ich ohnehin", murmelte Elk. „Dieser John Bennett ist mir ein Rätsel. Wenn er wirklich der Frosch ist, so hat er doch gestern abend nicht in Johnsons Wohnzimmer sein können."

„Außer, falls er mit einem Motorrad nach Doncaster gefahren wäre, um sich ein Alibi zu verschärfen“, sagte Dick lächelnd, und nach einer Pause fuhr er fort: „Ich bin wirklich neugierig, ob die Polizei von Doncaster unsere Direktion anrufen wird, oder ob sie sich auf ihr eigenes Nachrichtendepartement verläßt?“

„Nachrichten? Worüber denn?“ fragte Elk überrascht.

„Mabberley Hall, das außerhalb Doncaster liegt, wurde ge stern von Einbrechern ausgeraubt“, sagte Dick, „und Lady Fitz Hermans Brillantendiadem wurde gestohlen. Das unterstützt Ihre Theorie wohl so ziemlich, Elk, was?“

23

Herons-Klub, der auf Befehl der Polizei zeitweilig geschlossen gewesen war, durfte nun wieder seine Pforten öffnen. Ray nahm seinen Lunch fast immer bei Heron ein, wenn er die Mahlzeit nicht mit Lola teilte, die eine glänzendere Atmosphäre vorzog, als der Klub sie zu Mittag bot. Als er ankam, waren nur einige Tische besetzt. Die Erinnerung an die Polizeiuntersuchung war noch immer wach in den Gemütern, und die vorsichtigeren Kunden hatten noch nicht gewagt, zurückzukehren. Es war allgemein bekannt geworden, daß Hagn, der Direktor, seit der Nacht der Aushebung nicht wieder gesehen worden war. Unbestätigte Gerüchte über seine Verhaftung liefen um.

Ray war nicht gewohnt, seine Post nach Herons-Klub adressiert zu erhalten, und war daher überrascht, als der Kellner, der seine Bestellung übernahm, ihm zwei Briefe, einen vielfach versiegelten und sehr schweren, und einen anderen, kleineren übergab. Ray öffnete den großen Umschlag zuerst und wollte den Inhalt herausziehen, als er gewahr wurde, daß das Kuvert nichts anderes als Geld enthielt. Er wollte die Noten selbst vor einem spärlichen Publikum nicht aus dem Umschlag nehmen und stellte nur zu seiner Freude die hohe Anzahl und den Wert der Scheine fest. Es lag keine schriftliche Mitteilung dabei.

Aber da war ja noch der andere Brief.

Ray riß ihn auf. Das Schreiben trug weder Anrede noch Datum, und der Inhalt in Maschinenschrift lautete wie folgt:

„Am Freitagvormittag werden Sie die Kleidung anziehen, die man Ihnen zustellen wird, und sich zu Fuß auf die Landstraße nach Nottingham begeben. Sie werden den Namen ›Jim Carter‹ annehmen, Legitimationspapiere, auf diesen Namen lautend, werden in den Taschen des Rockes zu finden sein, der Ihnen morgen durch einen besonderen Boten überbracht wird. Von nun an dürfen Sie sich nicht mehr rasieren. Sie dürfen nicht in der Öffentlichkeit erscheinen, Besuche machen oder solche empfangen. Ihr Geschäft in Nottingham wird Ihnen mitgeteilt werden. Vergessen Sie nicht, daß Sie zu Fuß reisen müssen und in Unterkunftshäusern – gelegentlich auch in Schlafstellen der Heilsarmee – nächtigen werden, wie sie Vagabunden mit Vorliebe suchen. In Barnett, auf der großen Nordstraße, in der Nähe des neunten Meilensteines, werden Sie jemanden treffen, den Sie kennen und der auf der übrigen Reise Ihr Begleiter sein wird. In Nottingham werden Sie weitere Befehle erhalten. Man wird wahrscheinlich Ihrer gar nicht bedürfen, und die Arbeit, die Sie zu leisten haben, wird Sie in keiner Weise bloßstellen. Vergessen. Sie nicht, daß Ihr Name ›Carter‹ ist. Vergessen Sie nicht, daß Sie sich nicht rasieren dürfen. Vergessen Sie nicht den neunten Meilenstein und Freitag morgen. Wenn sich diese Einzelheiten Ihrem Gedächtnis eingeprägt haben, so nehmen Sie diesen Brief und den Umschlag, der das Geld enthielt, und verbrennen Sie alles im Kamin des Klubs. Ich werde Sie dabei beobachten."

So war die Stunde gekommen, da die Frösche seiner bedurften. Er hatte sich vor diesem Tag gefürchtet und ihn dennoch erwartet. Er führte die Instruktionen getreulich aus, und vor den vielen neugierigen Augen der Gäste ging er mit Brief und Kuvert an den leeren Ziegelkamin, entzündete ein Zündhölzchen, verbrannte die Papiere und zertrat die Asche mit dem Fuß.

Sein Puls schlug schneller, als er sich an seinen Platz zurückbegab. Und ihm wurde bewußt, daß er diese Handlung in Anwesenheit des Frosches vollführt hatte. Ray sah scheu von einem zum andern der wenigen Gäste hinüber und begegnete den scharfen Blicken eines Fremden, die unablässig auf ihm geruht hatten. Das Gesicht schien ihm bekannt und doch wieder fremd.

Er winkte den Kellner herbei.

„Sehen Sie nicht sofort hin", sagte er leise. „Aber sagen Sie mir, wer jener Herr in der zweiten Loge ist."

Der Kellner wendete sich nachlässig um.

„Das ist Herr Joshua Broad", sagte er.

Fast im Augenblick, da der Kellner diesen Namen aussprach, erhob sich Joshua Broad von seinem Sitz und kam auf Ray zu.

„Guten Morgen, Herr Bennett. Ich glaube nicht, daß wir uns schon früher gesprochen haben, obwohl wir beide Mitglieder des Klubs sind, und ich Sie hier schon oftmals gesehen habe. Mein Name ist Broad."

„Wollen Sie nicht Platz nehmen?" Es fiel Ray ein wenig schwer, seine Stimme zu meistern. „Ich freue mich, Sie kennenzulernen, Herr Broad. Wollen Sie vielleicht mit mir speisen?" „Nein", antwortete der Amerikaner, „ich habe schon gegessen. Aber wenn es Sie nicht stört, werde ich meine Zigarette weiterrauchen. Ich bin der Nachbar Ihrer Freundin. Fräulein Bassano hat die Wohnung inne, die der meinen vis-à-vis liegt."

Ray entsann sich nun auch des sonderbaren Amerikaners, über dessen Verhältnisse Lola und Lew Brady sich schon oftmals den Kopf zerbrochen hatten.

„Kennen Sie Brady schon lange?" fragte Broad.

„Lew? Ich könnte es nicht genau sagen. Er ist ein sehr netter Kerl", urteilte Ray ohne Begeisterung. „Und er ist befreundet mit einer mir bekannten Dame."

„Eben mit Fräulein Bassano", sagte Broad. „Sagen Sie, sind Sie nicht einmal bei Maitlands gewesen?"

„Ja, vor Zeiten", sagte Ray gleichmütig. Aus seinem Ton hätte man entnehmen können, daß er bloß als interessierter Zuschauer den Bankpalast aufgesucht hatte.

„Er ist ein sonderbarer Bursche, der alte Maitland, was?"

„Ich weiß nicht viel über ihn", sagte Ray. „Aber er hat einen sehr netten Sekretär."

„Sie meinen Johnson? Den kenne ich gut."

„Der arme, alte Philo, er hat seine Stellung verloren."

Broads Gesicht veränderte sich. –

„Johnson? Wann ist denn das geschehen?"

„Heute morgen traf ich ihn, und er teilte es mir mit."

„Ich wundere mich, daß Maitland den Mut gehabt hat."

„Den Mut?" fragte Ray verdutzt. „Da gehört doch nicht viel Mut dazu, seinen Sekretär zu entlassen."

Ein flüchtiges Zucken ging über das Gesicht des Amerikaners.

„Ich meine damit, daß für einen Mann von Maitlands Charakter viel Mut dazu gehört, einen Menschen zu entlassen, der so viele Geheimnisse weiß. Doch was gedenkt Johnson jetzt anzufangen?"

„Er sieht sich nach einer Stellung um", sagte Ray kurz.

Die hartnäckigen Fragen des Fremden begannen ihn zu irritieren. Broad schien dies sogleich zu merken, er ließ das Gesprächsthema fallen und plauderte noch eine Weile über alltägliche Dinge, ehe er sich empfahl. Ray blieb allein zurück, und der Gedanke an den erhaltenen Auftrag nahm ihn gänzlich gefangen. Das Abenteuer, die Verkleidung waren für einen romantischen jungen Mann äußerst verführerisch, und Raymond Bennett fehlte es nicht an Romantik. In seinen Instruktionen lag eine hinreißende Ahnung von Gefahr verborgen.

Und es war von Vorteil für seine Gemütsruhe, daß er nicht in die Zukunft zu sehen vermochte. Denn hätte er diese Gabe besessen, so wäre er in diesem Augenblick gepeitscht von Entsetzen entflohen, um einen einsamen Ort zu suchen, ein Versteck, eine Höhle, sich darin zu verkriechen, zu schaudern und zu beten.

24

Dick Gordon kam in die Polizeidirektion, und Elk beeilte sich, ihm Bericht zu erstatten.

„Wir haben neun gleiche Reisehandtaschen gefunden, jede von der gleichen Ausstattung wie die vom Kings-Cross-Bahnhof."

„Führt keine Spur zu dem Mann, der sie hinterlegt hat?"

„Nein, nicht die geringste. Wir haben sie auf Fingerabdrucke hin geprüft und einige Resultate erzielt, aber da sie von vielleicht einem halben Dutzend Bahnhofsbediensteten berührt worden sind, kann ich nicht annehmen, daß wir dadurch etwas erfahren. Nur in Paddington haben wir eine Tasche entdeckt, die größer ist als die anderen. Sie enthielt dieselbe Ausstattung, aber wir haben darin noch ein dickes Paket von Scheckformularen vorgefunden, von denen jedes auf verschiedene Filialen verschiedener Banken lautete. Es sind Schecks auf den Credit Lyonnais, auf die Neunte Nationalbank in New York, auf den Burrowstown Trust, auf Banken von Spanien, Italien und Rumänien und auf ungefähr fünfzig Filialen der fünf englischen Hauptbanken lautend."

Dick hörte niedergeschlagen zu.

„Elk, ich möchte ein paar Jahre meines Lebens dafür geben, wenn ich in das Mysterium der Frösche eindringen könnte. Ich lasse Lola jetzt bewachen. Lew ist verschwunden, und als ich heute morgen einen Mann zu dem jungen Dandy Ray Bennett schickte, um zu erfahren, was ihm geschehen sei, da gab er vor, krank zu sein, und weigerte sich, den Besucher zu empfangen. Aber ich vermag Ihnen eine interessante Neuigkeit mitzuteilen."

Dick Gordon entnahm seiner Brieftasche einen Umschlag und warf ihn auf den Tisch. „Ich habe mich in New York nach Saul Morris erkundigt. Hier ist die New Yorker Kabeldepesche:

›Beantwortung Ihrer Anfrage: Saul Morris lebt. Soll zur Zeit in England sein. Hier laufen keine Anklagen, aber es wird angenommen, daß er es war, der am 17. Februar 1918 den Saferaum des Schiffes Mantania in Southampton in England erbrochen hat und mit fünfundzwanzig Millionen Francs entfloh. Bestätigt.‹"

Elk las die Depesche immer wieder. Dann faltete er sie sorgfältig zusammen, steckte sie in das Kuvert und reichte sie Dick über den Tisch zurück.

„Saul Morris ist also in England“, sagte er mechanisch. „Das scheint mir so manches zu erklären.“

Als Dick ihn verlassen hatte, ging Elk daran, die Taschen nochmals einer Untersuchung zu unterziehen, da ihm in der Nacht der Gedanke an die Möglichkeit von Doppelböden gekommen war. Er berief Balder und den Kriminalsergeanten namens Fayre, einen vielversprechenden jungen Mann, in den Elk großes Vertrauen setzte, und begann seine Schlüssel hervorzusuchen.

Das Hervorziehen des Schlüsselbundes hatte sein festgesetztes Ritual Man vermochte den Eindruck zu gewinnen, daß Elk eine Entkleidungsszene vornehmen wollte, denn die Schlüssel ruhten in geheimnisvollen Regionen, in die man erst nach dem Lockern von Rock und Weste gelangte, indem man dort nach einer Tasche suchte, wo man sonst keine zu vermuten pflegte. Nachdem die Zeremonie erfüllt war, steckte Elk den Schlüssel feierlich ins Schloß und zog die Tür auf.

Der Safe war so mit Taschen vollgepackt, daß sie Elk entgegenzurutschen begannen, sowie der Halt, den die Tür geboten hatte, weg war. Elk händigte sie, eine nach der andern, Fayre aus, der sie auf den Tisch stellte.

„Wir werden die von Paddington zuerst aufschneiden“, sagte Elk und wies auf die größte der Taschen.

„Ich muß erst das andere Messer holen“, sagte Balder. „Das hier ist ganz stumpf.“

„Beeilen Sie sich!“ antwortete Elk, und Balder lief aus dem Zimmer.

Im nächsten Augenblick wurde Fayre mit ungeheurer Wucht gegen die Tür geworfen, und Elk kam über ihn zu liegen. Ein schrilles Klirren von zerbrochenen Scheiben erklang, das Sausen eindringender Luft und der betäubende Donner einer Explosion. Elk war der erste auf den Beinen. Das Zimmer war voll schwarzen Rauches, so daß er nicht die Hand vor den Augen sah, und bei seinem ersten Schritt trat er bereits auf den leblosen Körper des Sergeanten. Elk hob und zog ihn auf den Korridor hinaus. Es schien ihm auf den ersten Blick, daß wenig Hoffnung auf seine Wiederherstellung wäre. Die Feueralarmglocken gellten durch das Haus, von allen Seiten stürmten bestürzte Polizisten herbei, die Löschmannschaft kam den Korridor heruntergerannt, den Schlauch hinter sich herschleppend.

Das glimmende Feuer war bald gelöscht, aber Elks Büro hatte sich in einen Trümmerhaufen verwandelt. Sogar die Tür des Safes war aus den Angeln gesprengt worden. Nicht eine Fensterscheibe, nicht ein Stück der Einrichtung war ganz, und ein riesiges Loch klaffte mitten im Fußboden.

„Balder, retten Sie die Taschen“, rief Elk, der mit Wiederbelebungsversuchen, die an dem unglücklichen Fayre vorgenommen wurden, beschäftigt war. Als man den Assistenten in die Ambulanz geschafft hatte, kehrte Elk zurück, um die Ruinen zu betrachten, die die Explosion hinterlassen hatte.

„Ja, es war eine Bombe", sagte Elk.

Eine Gruppe älterer Beamter stand im Korridor, und sie sahen sich die Verwüstung an.

„Es ist wirklich ein Wunder, daß ich noch am Leben bin, und ich habe Balder das Leben gerettet, als ich ihn nach dem Messer schickte, um die Taschen aufschneiden zu können."

„Aber wurden denn die Taschen nicht vorher untersucht?" fragte der Polizeipräsident zornig.

Elk nickte. „Gestern ist jede einzeln von mir untersucht worden, die von Paddington wurde um und um gedreht. Jeder Gegenstand, der sich darin befand, ist hier auf meinen Tisch gelegt und eingetragen worden. Ich selber habe sie in den Safe gesperrt. Es war keine Bombe dabei."

„Aber wie konnte sie dann hineingelangen?" fragte der Präsident.

Elk schüttelte den Kopf. „Das weiß ich nicht. Der einzige Mensch, der außer mir einen Schlüssel zu diesem Safe hat, ist der Vizepolizeirat meines Departements, Oberst McClintock, der gerade auf Ferien ist. Es ist nur ein Glück, daß ich Balder gerade fortgeschickt hatte. Er ist Vater von sieben Kindern."

„Was war es für ein Explosivstoff?"

„Dynamit", antwortete Elk sofort. „Es hat nach unten gesprengt." Er zeigte auf das Loch im Boden. „Nitroglyzerin sprengt nach oben und seitwärts. Nein, kein Zweifel, es war Dynamit."

Bei der Durchsuchung des Büros fand er eine zusammengedrückte Rolle von dünnem Stahl und später das geschwärzte, verbeulte Zifferblatt einer billigen Weckuhr.

„Sowohl Zeit als auch Kontakt!" murmelte er. Von seinen Sachen suchte er, soviel er davon aufzufinden vermochte, in Balders Büro hinüberzubringen.

Es war wenig Hoffnung, daß dieser Überfall von den Blättern verschwiegen werden konnte. Die Explosion hatte das Fenster und einen Teil des Mauerwerks herausgesprengt und viele Schaulustige auf dem Embankment versammelt. Als Elk die Polizeidirektion verließ, rief man schon die Extraausgaben aus, die das Ereignis brachten.

Sein erster Besuch galt dem nahegelegenen Spital, wohin man den unglücklichen Fayre gebracht hatte. Die Nachrichten über ihn klangen ermutigend.

„Er wird vielleicht ein oder zwei Finger verlieren, aber er ist wirklich mit einem blauen Auge davongekommen", meinte der Oberchirurg. „Ich kann es nicht verstehen, daß er nicht in Stücke gerissen wurde."

„Und was ich nicht verstehen kann", sagte Elk mit Nachdruck, „ist, wieso ich nicht in Stücke gerissen wurde."

„Diese Hochexplosivstoffe spielen merkwürdige Streiche. Ich kann begreifen, daß die Kraft der Explosion die Tür des Safes weggesprengt hat, und doch ist dieses Papier, das ebenfalls im Bereich der Bombe war, kaum versengt." Er zog ein Stückchen Papier aus der Tasche, dessen Ecken geschwärzt und abgebrannt waren. „Sehen Sie, ich habe es in seinen Kleidern gefunden", sagte der Arzt.

Elk glättete das Papier und las:

„Mit vielen Grüßen von Nummer Sieben!"

Sorgfältig faltete er das Papier zusammen. „Das möchte ich gern behalten", sagte er und steckte es zärtlich lächelnd in das Innere seines Brillenetuis, „Glauben Sie an Vorahnungen?"

„Bis zu einer gewissen Grenze", lächelte der Arzt.

25

Eine Woche verging, und die Explosion im Polizeibüro war schon zur Legende geworden. Der verletzte Detektivsergeant befand sich auf dem Weg der Besserung, und in bezug auf die Frösche gab es keine Neuigkeiten.

Elks Fatalismus enttäuschte seine Kollegen ein wenig. Am sechsten Tag nach der Explosion hatte die Direktion die Gepäckaufbewahrungen aufs neue untersuchen lassen, und so wie es Elk erwartet hatte, war bei jeder einzelnen Endstation eine funkelnagelneue Handtasche mit genau dem gleichen Inhalt wie vorher beschlagnahmt worden. Die Taschen wurden von dem Feuerwerker nach langwierigen, sorgfältigen Schutzmaßnahmen geöffnet.

Aber sie enthielten außer den belgischen Pistolen nichts Bedrohliches, und der Paß lautete diesmal auf den Namen „Clarence Fielding".

„Diese Burschen sind Meister in ihrem Handwerk", sagte Elk mit widerstrebender Bewunderung, als er seine Beute besichtigte.

„Wollen Sie die Taschen wieder in Ihrem Büro behalten?" fragte Dick. Aber Elk schüttelte melancholisch das Haupt.

„Ich denke nicht", sagte er.

Er ließ die Taschen sofort ausleeren und ihren Inhalt an das Untersuchungsdepartement schicken.

„Nach meiner Meinung", orakelte Balder, „muß jemand in der Polizeidirektion sein, der gegen uns arbeitet. Ich habe mir die Sache schon längst überlegt, und wie ich sie mit meiner lieben Frau besprochen habe ..."

„Haben Sie vielleicht auch die Kinder zu Rate gezogen?

Mhm?" fragte Elk unfreundlich. „Je weniger Sie über die Direktionsangelegenheiten in Ihrem häuslichen Kreis reden, desto besser wird das für Ihre Beförderungschancen sein."

Herr Balder machte ein saures Gesicht.

„Da ist nichts zu fürchten und nichts zu hoffen. Ich bin schon auf die schwarze Liste gesetzt. Alles kommt davon, weil Sie mich mit Ihrem Hagn zusammengesperrt haben."

„Sie sind ein undankbarer Schuft", sagte Elk.

„Wer ist denn eigentlich diese Nummer Sieben?" fragte Balder. „Wie ich mir gestern die Sache überdacht und sie mit meiner lieben Frau besprochen habe, bin ich zu dem Schluß gekommen, daß er einer von den wichtigsten Fröschen sein muß. Und wenn wir den nur erwischen könnten, so würde nicht mehr viel fehlen, um den großen Burschen dranzukriegen."

Elk legte seine Feder nieder. Er war gerade dabei gewesen, einen Bericht zu verfassen.

„Sie hätten sich der Politik widmen sollen", sagte er und wies seinen Assistenten mit dem Ende des Federhalters aus dem Zimmer.

Er hatte seinen Bericht beendet und überlas ihn gerade mit kritischen Augen, als das Diensttelefon einen Besucher ankündigte.

„Schicken Sie ihn mir herauf!" sagte Elk, als er den Namen hörte.

Er läutete nach Balder. „Dieser Bericht geht zu Hauptmann Gordon zur Unterschrift", sagte er. Und im Augenblick, da er den Brief übergab, öffnete Joshua Broad die Tür.

„Guten Morgen, Herr Inspektor", grüßte er und nickte Balder freundschaftlich zu, obgleich er ihm niemals früher begegnet war.

„Kommen Sie nur herein und setzen Sie sich, Herr Broad. Was verschafft mir das besondere Vergnügen Ihres Besuches? – Entschuldigen Sie meine extreme Höflichkeit, aber am frühen Morgen pflege ich immer so höflich zu sein. Schon recht, Balder, Sie können gehen!"

Broad reichte dem Detektiv sein Zigarrenetui.

„Ich komme einer merkwürdigen Sache wegen", sagte er.

„Niemand kommt gewöhnlicher Sachen wegen in die Polizeidirektion“, antwortete Elk.

„Es betrifft meine Nachbarin.“ - „Lola Bassano?“

„Ihren Gatten.“

„Lew Brady?“ Elk schob die Brille hinauf. „Sie werden mir doch nicht einreden wollen, daß die beiden ganz anständig verheiratet sind?“

„Ich glaube nicht, daß daran ein Zweifel bestehen kann“, sagte Broad. „Obwohl ich natürlich sicher bin, daß ihr junger Freund Bennett keinen Dunst von der Sache hat. Brady ist seit einer Woche in Caverley Haus, und seit dieser Zeit ist er noch nicht aus der Tür gegangen. Was aber noch sonderbarer ist, auch der junge Bennett hat während dieser Zeit seine Wohnung nicht verlassen. Ich glaube nicht, daß es einen Streit gegeben hat, ich ahnte eher, daß es etwas Tieferes sein muß. Ich habe Brady zufällig gesehen, als ich aus meiner Tür trat. Die Tür bei der Bassano stand gerade offen. Das Mädchen holte die Milch herein, und da bekam ich einen Schimmer von ihm zu sehen. Er hatte den schönsten neuen Bart, den ich an einem zurückgezogenen lebenden Boxer jemals bewundern durfte. Und Faustkämpfer haben für gewöhnlich nicht den Ehrgeiz, einen Bart zu tragen. Das machte mich also neugierig. Ich stattete Ray Bennett einen Besuch ab, ich hatte ihn neulich im Herons-Klub getroffen, und die Tatsache konnte als Entschuldigung für mich gelten, daß es mir auch gelungen war, Fräulein Bennett zu sprechen. Sein Diener, denn er hat einen Mann, der bei Tag kommt, um seine Kleider zu bürsten und die Wohnung aufzuräumen, sagte mir, daß er sich nicht wohl fühle und nicht zu sprechen sei.“ Broad blies einen Rauchring in die Luft und betrachtete ihn nachdenklich. „Wenn ein Diener ergeben sein soll, so muß er auch bei seinem Herrn wohnen“, sagte er. „Es kostete mich nach dem heutigen Kurs zwei Dollar und fünfunddreißig Cent, um zu entdecken, daß auch Ray Bennett sich nachdrücklichst mit der Pflege seines Bartes beschäftigt. Wie die Sache steht, gefällt sie mir nicht.“

Elk rollte seine Zigarre von einem Mundwinkel in den anderen. „Ich bin im Gesetzbuch nicht sehr gut bewandert“, sagte er. „Aber ich stehe unter dem Eindruck, daß es kein Gesetz gibt, demzufolge man Leute abhalten könnte, sich den Bart wachsen zu lassen. – Herr Broad, Sie sind Amerikaner, nicht wahr?“

„Ich genieße diesen Vorzug“, sagte der andere mit jenem halben Lächeln, das so oft in seinen Augen lag.

„Haben Sie je von einem Mann mit Namen Saul Morris gehört?“ fragte Elk gleichgültig und starrte nach dem Fenster. Joshua Broad runzelte in der Anstrengung des Erinnerns die Stirn.

„Ich glaube schon", sagte er, „er war ein ganz großer Verbrecher. Ein Amerikaner, wenn ich mich recht erinnere. Aber er ist doch längst tot, nicht wahr?"

Elk kratzte sich nervös das Kinn. „Ich würde für mein Leben, gern jemanden treffen, der seinem Begräbnis beigewohnt hat. Jemanden, dem ich auf den Eid glauben könnte!"

„Sie glauben doch nicht, daß Lew Brady …?"

„Nein!" sagte Elk. „Ich glaube gar nichts über Lew, außer, daß er ein überwundener Boxer ist. Und ich werde mir diesen Wettbewerb der Barte näher besehen, Herr Broad. Ich danke Ihnen für Ihre Mitteilung."

Um fünf Uhr kam Balder zu Elk und fragte, ob er nach Hause gehen könne. „Ich habe meiner lieben Frau versprochen …", begann er.

„Halten Sie …", sagte Elk, „und sehen Sie zu, daß Sie weiterkommen."

Kaum eine halbe Stunde, nachdem sein Untergebener gegangen war, kam ein amtlicher Brief für Inspektor Elk, und als er dessen Inhalt gelesen hatte, begann sein Antlitz zu leuchten und zu strahlen. Es war ein Brief des Oberintendanten der Polizei und lautete: „Das Polizeipräsidium beauftragt mich, Ihnen mitzuteilen, daß die Beförderung des Polizeischutzmannes J. J. Balder zum Rang eines wirklichen Sergeanten genehmigt wurde. Die Beförderung wird vom 1. Mai v. J. zurückdatiert."

Elk faltete das Papier zusammen und empfand eine ehrliche Freude. Er läutete Sturm, um Balder hereinzurufen, da entsann er sich, daß er ihn schon nach Hause geschickt hatte. Elk war für diesen Abend frei, und in der Mitfreude seines Herzens beschloß er, ihm die Neuigkeit persönlich zu überbringen.

„Ich möchte gern seine ›liebe Frau‹ kennenlernen", sagte Elk zu sich selber, „und auch seine sieben Kinder."

Er schlug im amtlichen Register nach und fand, daß Balder 93, Leaford Road, Oxbridge wohnte. Das Polizeiauto fuhr Elk nach der Leafordstraße Nummer 93.

Es war ein nettes, kleines Haus, genauso, wie Elk sich das Haus vorgestellt hatte, in dem sein Assistent wohnen würde.

Auf sein Klopfen kam eine ältliche, zum Ausgehen gekleidete Frau heraus, und Elk war überrascht, zu sehen, daß sie Pflegerinnentracht trug.

„Ja, Herr Balder wohnt hier", sagte sie, anscheinend verwirrt, einen Besucher zu sehen. „Das heißt: er hat zwei Zimmer hier, aber er bleibt sehr selten über Nacht hier. Er kommt gewöhnlich, um sich umzukleiden, und dann geht er meistens gleich wieder fort. Zu seinen Freunden, glaube ich."

„Wohnt seine Frau hier?"

„Seine Frau?“ fragte sie überrascht. „Ich habe gar nicht gewußt, daß er verheiratet ist.“

Elk hatte Balders Papiere mitgebracht, um einige Daten nachzutragen, die für seine spätere Pensionierung wichtig waren. Nun erst bemerkte er, daß unter der angegebenen auch eine zweite Adresse eingetragen stand. Doch war die Tinte so verwischt, daß er die Anschrift nun erst bemerkte.

„Ich scheine mich geirrt zu haben“, sagte Elk. „Da steht die Orchardstraße in Stepney als neue Adresse angegeben.“ Aber die Pflegerin lächelte.

„O nein, er hat viele Jahre bei mir gewohnt“, sagte sie. „Er ist dann nach der Orchardstraße gezogen. Aber während des Krieges kam er wieder zu mir, weil die Luftangriffe dort im Osten von London ziemlich gefährlich waren. Trotzdem glaube ich, daß er noch immer ein Zimmer in Stepney hat.“

„Mhm“, sagte Elk nachdenklich. Er stand schon an der Tür, als ihn die Pflegerin nochmals zurückrief.

„Ich weiß nicht, ob ich mit Fremden über seine Geschäfte reden darf, aber wenn Sie dringend mit ihm zu sprechen haben, so glaube ich, daß Sie ihn in Slough finden werden. Ich bin Monatspflegerin“, sagte sie, „und habe sein Auto zweimal in die ›Sieben Giebel‹ in der Sloughstraße fahren sehen. Ich denke, er nuß dort einen Freund wohnen haben.“

„Wessen Auto?“ fragte der immer mehr verdutzte Elk.

„Seins oder eins seiner Freunde“, sagte die Pflegerin. „Sagen Sie, sind Sie mit ihm gut befreundet?“

„O ja, sehr intim!“ sagte Elk vorsichtig.

„Wollen Sie bitte hereinkommen?“

Er folgte ihr in das kleine, saubere, nette Wohnzimmer.

„Um ihnen die Wahrheit zu sagen, ich habe nämlich Herrn Balder gekündigt. Er hat immer so viele Beschwerden gehabt und ist so schwer zufriedenzustellen. Ich bin nicht mehr imstande, es zu leisten. Und er hat mir dabei nicht einmal viel gezahlt. Ich habe sehr wenig für die zwei Zimmer bekommen, und jetzt habe ich Aussicht, sie viel besser zu vermieten. Und dann ist er immer so merkwürdig mit seinen Briefen gewesen. Ich habe seinetwegen diesen Riesenbriefkasten draußen an der Tür befestigen lassen. Aber selbst der ist manchmal nicht groß genug, um sie alle zu fassen. Nein, was seine sonstige Beschäftigung ist, weiß ich nicht. Die Briefe, die hierherkommen, sind für die Chemischen Werke in Didcot bestimmt. Nein, Sie werden vielleicht glauben, daß ich eine sehr schwierige Person bin, weil er ja schließlich doch den ganzen Tag wegbleibt und sehr selten eine Nacht hier schläft.“

„O nein", sagte er. „Sie sind, glaube ich, die allernetteste Person, die ich je getroffen habe! Und jetzt gehen Sie aus?"

Sie nickte. „Ich habe eine Nachtpflege und werde erst gegen elf Uhr vormittags zurückkommen. Sie haben es gut getroffen, daß ich noch zu Hause war."

„Sagten Sie nicht: sein Auto? Was für ein Auto ist denn das?" fragte Elk.

„Es ist so ein großer schwarzer Wagen, aber die Marke kenne ich nicht. Ich glaube, es ist ein amerikanisches Fabrikat. Und er muß irgend etwas damit zu tun haben, denn ich habe einmal viele Kataloge von Autoreifen in seinem Schlafzimmer gefunden, und einige von den Reifen hatte er mit dem Bleistift angezeichnet, und so vermute ich, daß er auf irgendeine Weise daran interessiert ist."

Elk stellte eine letzte Frage: „Und kommt er, wenn Sie fort sind, nachts nach Hause?"

„Ich glaube sehr selten", antwortete die Frau. „Er hat seinen eigenen Schlüssel, und weil ich in der Nacht oft weg bin, weiß ich nie, wann er heimkommt."

Elk stand schon mit einem Fuß auf dem Trittbrett seines Autos.

„Vielleicht kann ich Sie irgendwo absetzen, meine liebe Dame?" sagte er, und die ältliche Frau nahm dankbar an.

Elk fuhr in die Direktion zurück, öffnete die Schublade seines Pultes und nahm ein paar Berufswerkzeuge heraus. Nachdem er eine Anzahl dringender Befehle gegeben hatte, sprang er ins Auto und raste nach Harley Terrace.

Dick war von den Mitgliedern der Amerikanischen Gesandtschaft eingeladen worden und saß mit ihnen in einer Loge des Hilarity Theaters, als Elk leise hinter ihm die Tür öffnete, ihm auf die Schulter klopfte und ihm ein Zeichen gab, auf den Gang hinauszukommen, alles, ohne daß die übrige Gesellschaft etwas bemerkte.

„Ist irgend etwas los?" fragte Gordon.

„Ja, denken Sie nur, Balder hat seine Beförderung bekommen!" sagte Elk feierlich, und Dick starrte ihn fassungslos an. „Er ist jetzt wirklicher Sergeant", fuhr Elk fort. „Und ich wüßte keinen besser passenden Rang für Balder. Wenn die Nachricht ihn und seine liebe Frau und seine sieben lieben Kinderchen erreichen wird, wird es neun glückliche Menschen mehr geben, glaube ich."

Er pflegte niemals geistige Getränke zu sich zu nehmen, aber der ketzerische Gedanke daran war der erste, der Gordon durch den Kopf schoß. Und der zweite war die Erwägung, daß die Anstrengungen und Unannehmlichkeiten der letzten Wochen dem Armen den Sinn verwirrt hätten.

„Das freut mich für Balder“, sagte er behutsam, „und es freut mich auch um Ihretwillen, Elk. Denn ich weiß, Sie haben sich sehr bemüht, diesen armen Teufel in das richtige Licht zu setzen.“

Elk sah ihn über seine Brillengläser hinweg an.

„Jetzt denken Sie, daß ich einen Sonnenstich habe, da ich Sie sonst doch nicht aus Ihrem bequemen Theater herausrufen würde, um Ihnen Balders Beförderung zu verkünden. Aber versuchen Sie doch, Ihren Überrock zu holen und mit mir zu kommen. Ich möchte nämlich Balder die Nachricht überbringen.“

Neugierig ging Gordon in die Garderobe, holte seinen Mantel und traf den Detektiv im Vestibül.

„Wir gehen nach den ›Sieben Giebeln‹“, verfügte Elk. „Ein schönes Haus, ich habe es zwar noch nicht selbst gesehen, aber ich habe davon gehört. Es hat eine Garage und großartige Einrichtungen, Zentralheizung, Telefon und ein hochmodernes Badezimmer. Das alles ist nur eine logische Folgerung. Und jetzt werde ich Ihnen dazu noch etwas sagen: auch eine logische Folgerung! Es gibt Alarmdrähte auf dem Rasen, Alarmglocken an Türen und Fenstern, Fußfallen und Selbstschüsse.“

„Ja, von was, zum Teufel, sprechen Sie denn?“ fragte Dick hilflos. Und Elk kicherte wie eine hysterische Jungfrau. Sie fuhren durch Oxbridge, als ein langes Auto in vollster Eile an ihnen vorbeischoß. Es war so mit lachenden Männern angefüllt, daß sie einander beinahe auf den Knien saßen.

„Das ist eine lustige Gesellschaft!“ sagte Dick.

„Sehr!“ antwortete Elk lakonisch.

Ein paar Sekunden später sauste ein zweites Auto vorbei, das ebenfalls mit viel größerer Geschwindigkeit fuhr als sie selber.

„Das sieht aber doch nach einem unserer Polizeiautos aus!“ sagte Dick. Auch dieses war überfüllt.

„Ja, es sieht wirklich fast so aus!“ stimmte Elk bei.

Als ihr Wagen in der enggekrümmten Straße von Collebrock langsamer fuhr, raste noch ein dritter Wagen an ihnen vorüber, und diesmal blieb kein Zweifel mehr. Den Mann, der neben dem Chauffeur saß, den kannte Dick. Es war der Detektivinspektor der Polizeidirektion.

„Was soll denn das nur heißen?“ fragte Dick, und seine Neugier wuchs ins Unermeßliche.

„Wir alle fahren zu Balders Beförderung, um ein kleines Fest zu feiern“, sagte Elk.

In Langley wendete sich die Windsorstraße nach links, und Elk gab, sich hinauslehnend, dem Chauffeur eine neue Richtung an. Von den Polizeiautos war keine Spur mehr zu sehen. Anscheinend waren sie auf dem Weg nach Slough. Ein einzelner Landschutzmann stand am Kreuzweg und beobachtete sie, vom eintönigen Dienst ermüdet, mit ziemlich mattem Interesse.

„Wir bleiben hier stehen", sagte Elk, und das Auto bog von der Straße ab in eine grüne Seitenallee ein. Elk stieg aus.

„Gehen Sie ein bißchen die Straße hinauf, ich habe mit Herrn Gordon zu sprechen", sagte er zum Chauffeur. Und dann erzählte er, und Dick Gordon lauschte in Verwunderung und Unglauben.

„Nun", sagte Elk, „brauchen wir nur noch fünf Minuten zu gehen, soweit ich mich erinnern kann. Es ist ziemlich lange her, daß ich bei den Windsorrennen war."

Sie fanden den Eingang zu den „Sieben Giebeln" zwischen zwei hohen Buschhecken. Ein breiter, mit Kies bestreuter Pfad lief zwischen dem dicken Gürtel von Tannen hin, hinter dem das Haus versteckt lag. Es war ein großes Gebäude, mit Holzverschalungen an den Wänden und hohen, ineinander verschlungenen Kaminen.

„Na, ist das ein Haus?" murmelte Elk bewundernd.

Aus den breiten Fenstern drang Licht, aber die cremefarbenen Vorhänge waren herabgelassen. Elk hatte ein paar dicke Galoschen über seine Schuhe gezogen und reichte Dick ein zweites Paar. Dann begann er, mit einer elektrischen Taschenlampe in der Hand, den Gartenweg entlangzugehen, der parallel mit dem Gelände lief. Plötzlich blieb er stehen.

„Steigen Sie darüber!" flüsterte er.

Und Dick bemerkte den schwarzen Draht, der über den Weg hinlief, und nahm vorsichtig das Hindernis. Nach ein paar weiteren Schritten blieb Elk wieder stehen und ließ sein Licht auf einen zweiten Draht fallen, der selbst in dem starken Licht der Taschenlampe kaum zu sehen war. Elk tat keinen Tritt, ehe er nicht den Weg auf das genaueste untersucht hatte. Es bedurfte einer halben Stunde, ehe sie die wenigen Meter, die sie vom Fenster trennten, zurückgelegt hatten.

Die Nacht war lau, und einer der Fensterflügel stand offen.

Elk kroch heran und untersuchte mit seinen feinfühligen Fingerspitzen den Sims nach einer Alarmglocke. Er entdeckte sie, durchschnitt die Fäden und zog sachte den Vorhang ein wenig zur Seite.

Er blickte in ein großes, getäfeltes, luxuriös eingerichtetes Zimmer. Der offene, große Seitenkamin war von Blumen umgeben, und an dem kleinen Tischchen davor saßen zwei Männer. Der erste war Balder.

Unverkennbar war es Balder, und er sah merkwürdig gut aus. Seine rote Nase war nicht mehr rot. Seine unrasierten Wangen waren nicht mehr stachelig. Er trug einen Frack, und zwischen den Zähnen hielt dieser Balder, dem Elk manche Sonntagszigarette geschenkt hatte, eine lange, kostbare Zigarettenspitze. Dick sah dies alles über Elks Schulter hinweg mit an und hörte des Detektivs raschen, zornigen Atem gehen. Dann erst bemerkte Dick den zweiten Anwesenden. Es war Herr Maitland. Maitland saß, das Gesicht in den Händen, da, und Balder blickte ihn mit einem unheimlich zynischen Lächeln an. Es war unmöglich zu vernehmen, was sie sprachen, aber anscheinend wurden Maitland Vorwürfe gemacht. Nach einer Weile richtete sich der alte Mann auf und begann zu reden. Sie hörten das Gemurmel seiner aufgeregten rauhen Stimme, aber wiederum war kein Wort zu verstehen. Dann sahen sie, wie Maitland die Faust ballte und sie drohend gegen den lächelnden Mann erhob, der ihn mit vollkommener Seelenruhe und kühlstem Interesse betrachtete. Nach dieser drohenden Gebärde sprang der alte Mann auf und stürzte aus dem Zimmer. Eine Minute später kam er aus dem Haus. Aber nicht durch den Haupteingang, wie die beiden erwartet hatten, sondern über einen kleinen Gartenweg auf der anderen Seite der Hecke, denn sie sahen den Schimmer seiner Scheinwerfer, als das Auto vorbeifuhr.

Nun allein im Zimmer, läutete Balder.

Der Eintretende fesselte sofort Dicks Aufmerksamkeit im höchsten Grade. Er trug die übliche Livree der Lakaien, dunkle Hose und gestreifte Weste. Aber es war aus der Art, mit der er sich bewegte, leicht zu entnehmen, daß er durchaus kein gewöhnlicher Lakai war. Ein großer, schwerfällig gebauter Mann, dessen Bewegungen langsam und merkwürdig nachdenklich wirkten. Balder gab einen Befehl, und der Lakai nickte, nahm die Tasse auf und ging mit denselben langsamen feierlichen Schritten hinaus, mit denen er eingetreten war.

Es durchzuckte Dick, und er flüsterte ein einziges Wort in das Ohr des Detektivs: „Blind!“

Elk nickte.

Die Tür öffnete sich nochmals, und diesmal kamen drei Lakaien herein, die einen schwer wirkenden, mit einem weißen Tuch bedeckten Tisch hereintrugen.

Gordon dachte zuerst, daß Balders Mahlzeit serviert werden sollte. Aber bald begriff er die Wahrheit. Oberhalb des Kamins hing an einem einzigen Draht eine große elektrische Lampe. Einer der Lakaien stieg auf einen Stuhl, schraubte die

Lampe aus und steckte einen Kontakt an, der mit dem Tisch durch einen Draht verbunden war.

„Lauter Blinde!“ sagte Elk flüsternd.

Die Diener gingen hinaus, und Balder verschloß hinter ihnen die Tür. Er wendete ihnen noch den Rücken zu, als Elk seinen Fuß auf den Ziegelvorsprung stellte und, die Vorhänge zur Seite reißend, ins Zimmer sprang. Bei diesem Geräusch fuhr Balder herum.

„Schönen guten Abend, Balder!“ sagte Elk süß. „Ich bin zu Ihnen gekommen, um Ihnen zu sagen, daß Sie endlich in Anerkennung Ihrer großen Verdienste zum Sergeanten befördert worden sind. Es ist der Dank für die Dienste, die Sie dem Staat durch Vergiftung des Frosches Mills, Befreiung des Frosches Hagn und In-die-Luft-Sprengung meines Büros geleistet haben.“

Immer noch sprach der Mann kein Wort und stand da, ohne sich zu regen; denn der langläufige Browning in Elks Hand zielte unentwegt auf den untersten Knopf seiner eleganten, weißen Pikeeweste.

„Und nun“, sagte Elk, und es klang wie Jubel und Triumphgesang, „werden Sie einen ganz kleinen, hübschen Spaziergang mit mir machen. Denn ich bedarf Ihrer, Nummer Sieben.“

„Glauben Sie nicht, sich geirrt zu haben?“ näselte Balder, so ganz unähnlich seiner gewohnten Stimme, daß selbst Elk einen Moment lang zögerte. .

„Nein, ich habe mich nicht geirrt. Außer, wenn mich einer gefragt hat, wieviel Frauen Heinrich VIII. gehabt und wann er sie geheiratet hat.“

Elk sprang auf ihn zu und hielt die Mündung seiner Pistole auf das Zwerchfell seines Gefangenen gepreßt. „So, jetzt wollen Sie die Güte haben, Ihre Hände auszustrecken, und belieben sich umzudrehen“, sagte er.

Balder gehorchte. Elk zog Handschellen aus der Tasche und ließ sie über Balders Gelenken einschnappen. Er schnallte ihm auch die Arme fest zusammen.

„Das ist sehr unbequem“, sagte Balder. „Pflegen Sie immer solche Irrtümer zu begehen, Herr Inspektor? – Mein Name ist Collet-Banson.“

„Ihr Name ist Hans Dreck!“ sagte Elk. „Aber ich will gern anhören, was Sie mir sonst etwa zu sagen haben. Sie können sich niedersetzen.“

Dick sah, wie es in den Augen des Mannes aufblitzte. Und auch Elk bemerkte es.

„Ich möchte Ihnen raten, Balder, jetzt nicht etwa Ihre Hoffnung auf irgendeinen Affenstreich zu setzen, der mir von Ihren Dienern gespielt werden könnte. Fünfzig Polizeibeamte, von denen Sie die meisten persönlich kennen, umstellen nämlich das Haus."

„Ich sage Ihnen, daß Sie einen Irrtum begangen haben, Herr . Inspektor, der Sie teuer zu stehen kommen wird", sagte der Gefangene zornig. „Wenn ein Engländer nicht einmal in seinem eigenen Salon sitzen darf, um" – er blickte nach dem Tisch – „ein Radiokonzert aus Den Haag anzuhören, ohne daß die Polizei einschreitet, so ist es höchste Zeit, daß diese Tyrannei ihr Ende findet."

Er ging zornig hin und her und stieß dabei den einen der stählernen Feuerböcke um, die zu beiden Seiten des offenen Kamins standen. Und der Feuerbock fiel um. Es schien dies nichts anderes als die nervöse Handlung eines Mannes, der nicht mehr wußte, was er in seinem Zorn tat. Sogar Elk sah darin nichts, was seine Befürchtung hätte erregen können.

„Ich weiß nicht, für wen Sie mich halten!" fuhr er fort. „Nun, alles was ich sagen kann, ist ..." Und plötzlich schwang sich der Gefesselte seitwärts auf die Kaminplatte.

Aber Elk war schneller. Er faßte ihn beim Kragen, riß ihn von der Falltür zurück und schleuderte ihn ins Zimmer hinein.

Elk warf sich über ihn, aber in seiner Verzweiflung wurde Balders Kraft übermenschlich gesteigert.

Sein Schrei nach Hilfe wurde gehört. Es wurde an der Tür gerüttelt, und ein zorniges Stimmengewirr erhob sich draußen. Dann vernahm man die rasche Aufeinanderfolge vieler scharfer Explosionen, denn die Armee von Detektiven rannte draußen über den Rasen, ohne der Alarmschüsse zu achten.

Es gab nur einen kurzen Kampf.

Sechs blinde Diener wurden im Polizeiwagen weggebracht, und im letzten Auto thronten Dick und Elk und zwischen ihnen der aktive Polizeisergeant Balder – der Nummer Sieben, die rechte Hand des furchtbaren Frosches, gewesen war.

26

Ella Bennett war im Begriff, das Mittagessen zu bereiten, als ihr Vater heimkehrte. Im Wohnzimmer stellte er seine schwere Kamera ab, und die Handtasche trug er wie gewöhnlich in sein Schlafzimmer. Ella hatte längst aufgehört, sich darüber zu wundern, daß ihr Vater sein Gepäck unweigerlich in seinem Zimmer verschloß. Als er wiederkam, sah er sehr müde und alt aus. Tiefe Ringe lagen unter seinen Augen, und die Blässe seines Gesichtes trat mehr als gewöhnlich hervor.

„Ist es dir gut ergangen, Vater?" fragte sie. Es war immer dieselbe Frage, und John Bennett gab immer dasselbe Nicken zur Antwort.

„Heute morgen habe ich eine Strecke voller Federwild gefunden und einige wirklich gute Aufnahmen gemacht. Rund um Horsham sind meine Möglichkeiten viel zu begrenzt."

Er setzte sich in seinen alten Lehnstuhl neben dem Kamin und stopfte langsam seine Pfeife.

Ella ging hin und her, deckte den Tisch und sprach erst, während sie dem Vater vorlegte, von der Angelegenheit, die sie bedrückte: „Es ist heute morgen ein Brief von Ray gekommen", sagte sie. Es war seit langen Tagen zum erstenmal, daß sie den Namen des Bruders erwähnte.

„Ja?" sagte Bennett, ohne von seinem Teller aufzusehen.

„Er möchte gern wissen, ob du seinen Brief bekommen hast, Vater?"

„Jawohl, das habe ich", sägte John Bennett. „Aber ich habe darauf nichts zu erwidern. Wenn Ray mich zu sehen wünscht, so weiß er, wo ich zu finden bin."

Er sprach mit überraschender Ruhe. Sie hatte sich vor dem Auftritt gefürchtet, der sich bei der Nennung von Rays Namen ereignen würde.

Sie sah ihn an und überlegte von neuem, ob sie es wagen durfte, ihn ins Vertrauen zu ziehen.

„Vater, ich wollte dir sagen, daß ich neulich mit Herrn Maitland zusammengekommen bin", sagte sie.

„Du erzähltest mir doch damals davon, als du ihn im Büro besuchtest."

„Nein, Vater. Erinnerst du dich an den Morgen, an dem Hauptmann Gordon so früh herausgekommen ist? An den Morgen, als ich in den Wald ging? Damals ging ich aus, um Herrn Maitland zu treffen."

Bennett legte Messer und Gabel nieder und starrte sie an.

„Ich hatte keine Ahnung, daß ich ihn sehen sollte", fuhr sie fort. „Aber ich wurde des Nachts von jemandem aufgeweckt, der Steinchen an mein Fenster warf. Ich glaubte, es wäre Ray, der so spät gekommen war. Er hat es früher oft getan. Manchmal hat er sich verspätet, und dann pflegte er mich auf diese Weise aufzuwecken. Es dämmerte schon, als ich hinaussah, und zu meiner namenlosen Verwunderung sah ich Herrn Maitland unten stehen. Er bat mich auf seine sonderbare, rasche Art, herunterzukommen, und da ich glaubte, daß er vielleicht um Rays willen käme, zog ich mich an und lief in den Garten. Ich war aber so verwirrt, daß ich nicht gewagt habe, dich aufzuwecken. Ich lief die Straße hinauf, dorthin, wo sein Auto stand. Es war das merkwürdigste Zusammentreffen, das du dir denken kannst. Denn eigentlich hat er gar nichts gesagt."

„Nichts? „

„Ja, doch. Er fragte mich, ob ich seine Freundin sein wollte. Wenn es jemand anderes als Herr Maitland gewesen wäre, so hätte ich mich geängstigt, aber er kam so rührend, so alt, so flehend zu mir, er sagte fortwährend: ›Froilein, ich werd' Sie was sagn!‹ Aber sooft er zu sprechen begann, sah er erschrocken um sich. Er bat mich, in sein Auto zu steigen. Natürlich lehnte ich ab, bis ich entdeckte, daß der Chauffeur eine Frau war. Eine sehr alte Frau, seine Schwester.. Es war ein höchst merkwürdiges Erlebnis. Ich glaube, sie muß beinahe siebzig Jahre alt sein. Und sie trug den Rock eines Chauffeurs. Etwas Lächerlicheres konnte man sich gar nicht vorstellen. Ich fuhr mit ihm zum Wald und fragte ihn: ›Kommen Sie wegen Ray?‹ Aber er war gar nicht wegen Ray gekommen. Er sprach so unzusammenhängend, so sonderbar, daß ich wirklich nervös wurde. Und als er dann erst angefangen hatte, sich ein wenig zu fassen und ein paar zusammenhängende Bemerkungen zu machen, kamt ihr im Auto heran. Er war sehr erschrocken und bebte am ganzen Körper. Er bat mich, fortzugehen und fiel beinahe auf die Knie, um mich zu bitten, daß ich ja nichts darüber sagen sollte, daß ich ihn je gesehen hätte."

„Was?" sagte John Bennett und stieß seinen Stuhl zurück. „Und du hast gar nichts erfahren?"

Sie schüttelte den Kopf.

„Ich konnte die Hälfte von dem, was er sagte, nicht verstehen. Er sprach halblaut, und ich habe dir ja gesagt, wie rauh seine Stimme ist."

Bennett saß einen Augenblick mit niedergeschlagenen Augen da, während er über das Gehörte nachdachte.

„Wenn er das nächste Mal kommen, sollte, so wäre es besser, du ließest mich mit ihm sprechen", sagte er.

„Das glaube ich nicht, Papa", sagte sie ruhig. „Ich habe das Gefühl, daß er mich um Hilfe bitten wollte."

„Ein Millionär, der dich um Hilfe bittet, Ella? Das klingt doch wohl verwunderlich!"

„Es ist auch verwunderlich", sagte sie, „er schien mir nicht halb so schrecklich wie das erstemal. Es ist etwas Tragisches um ihn, etwas sehr Trauriges. Und heute nacht wird er wiederkommen, ich habe es ihm versprochen, mit ihm zu reden. Erlaubst du es?" Der Vater überlegte.

„Ja, du kannst mit ihm sprechen. Aber du darfst nicht aus dem Garten hinausgehen. Ich verspreche dir, daß ich mich nicht zeigen werde, aber ich werde in der Nähe bleiben. Und du glaubst nicht, daß es sich um Ray handelt?"

„Das glaube ich nicht, Papa. Maitland ist Ray und was mit ihm geschehen soll, ganz gleichgültig. Ich möchte nur gern wissen, ob ich überhaupt jemandem davon erzählen soll?"

„Hauptmann Gordon?" riet Vater trocken, und das Mädchen errötete. „Magst du den jungen Mann gern leiden, Ella?"

„Ja", sagte sie nach einer Pause. „Ich habe ihn sehr gern."

„Aber hoffentlich nicht zu gern, Liebling", sagte John Bennett, und ihre Augen trafen sich.

„Warum nicht?" Es kostete sie Überwindung, zu fragen.

„Weil es nicht wünschenswert ist", antwortete Bennett. „Ich möchte nicht, daß du Kummer haben sollst. Und ich sage dir dies, weil ich weiß, daß ich die Ursache sein werde, falls du Kummer haben solltest!"

Ella wurde blaß und sagte: „Und was wünschst du, daß ich tun soll?"

Er erhob sich langsam, ging auf sie zu und legte den Arm um sie.

„Was immer du auch tun willst, Ella, ich muß für meine Sünden leiden. Vielleicht wird er es nie erfahren. Aber ich habe aufgehört, an Wunder zu glauben."

„Was meinst du, Vater?" fragte sie angstvoll.

„Vielleicht. . ." Er überlegte eine Weile. „Vielleicht erreiche ich doch etwas durch den Film, den ich gestern aufgenommen habe. Ich habe das zwar nun schon oft gesagt und von vielen Dingen geglaubt, die ich unternommen habe. Der Mann, der die Bilder kauft, er hat ein Geschäft in der Wardourstraße, sagte mir, daß die Qualität meiner Filme sich bei jeder neuen Aufnahme bessere. Ich nahm eine Entenmutter in ihrem Nest auf, gerade als die Jungen auskrochen. Ich weiß noch nicht, wie die Bilder sich beim Entwickeln ausnehmen werden, denn ich war vielleicht ein bißchen zu weit vom Nest entfernt. . ."

Ella setzte das Gespräch von vorhin nicht weiter fort.

Am Nachmittag sah sie einen fremden Mann auf der Straße dem Haustor gegenüberstehen, der sich Maytree Haus ansah. Er war ein gut angezogener Herr, den sie wegen seiner runden Brillengläser für einen Amerikaner hielt. Und als er sie ansprach, ließ ihr auch sein neuenglischer Akzent keinen Zweifel darüber.

„Irre ich mich, wenn ich Sie für Fräulein Bennett halte?“ fragte er. Und als sie nickte, stellte er sich vor. „Mein Name ist Broad. Ich habe mich gerade in der Gegend hier ein wenig umgesehen, und es kam mir in Erinnerung, daß Sie irgendwo in der Nachbarschaft wohnen. Ihr Bruder hat mir das gesagt.“

„Sind Sie ein Freund von Ray?“ fragte Ella.

„Das wohl nicht“, sagte Broad mit einem Lächeln. „Ich bin, was man eine Klubbekanntschaft nennt.“

Er machte keinen Versuch, näherzukommen. Und anscheinend erwartete er auch nicht, infolge seiner Bekanntschaft mit Ray, ins Haus eingeladen zu werden. Im Gegenteil, nach einer Bemerkung über das Wetter, aus deren Tiefsinn hervorging, daß er sich die englischen Bräuche schon völlig zu eigen gemacht hatte, entfernte er sich nach der Waldstraße hin. Es war dies ein Lieblingsstandplatz der Autoausflügler, und es überraschte Ella nicht allzusehr, als sie Broad einige Augenblicke später im Auto vorbeifahren sah.

Herr Broad lüftete den Hut, während er vorüberfuhr, und grüßte jemanden, den sie nicht sah. Ihre Neugierde wurde aufgestachelt, sie öffnete die Tür und trat auf die Straße hinaus. Auf einem Baumstumpf saß ein Mann, der die Zeitung las und aus einer großen Pfeife rauchte.

Eine Stunde später, als sie wieder hinaustrat, war er immer noch da. Aber diesmal war er aufgestanden.

Es war ein großer Mann, der wie ein Soldat aussah und der den Kopf zur Seite drehte, als sie in seine Richtung blickte. Aus irgendeinem Grund schien Maytree Haus unter Beobachtung zu stehen.

Zuerst hatte Ella Angst, aber dann bekam sie fast Lust, ins Dorf hinabzugehen, um Elk zu telefonieren und eine Erklärung zu verlangen. Sie ging zeitig zu Bett und stellte den Wecker auf drei Uhr.

Sie erwachte, noch bevor die Glocke Alarm geläutet hatte, zog sich rasch an und ging hinunter, um ein wenig Kaffee zu kochen. Als sie an der Tür ihres Vaters vorbeiging, rief er sie an: „Ich bin auf, falls du mich brauchen solltest, Ella.“

„Vielen Dank, Papa“, sagte sie herzlich. Sie war froh darüber, ihn in ihrer Nähe zu wissen.

Das erste Licht zeigte sich am Himmel, als Herrn Maitlands Silhouette sich gegen die Dämmerung abhob. Ella vernahm das leise Knacken des Türschlosses, als er die Gartentür öffnete.

Diesmal hatte er seinen Wagen eine kleine Strecke vom Haus entfernt warten lassen. Er schien sehr nervös und vermochte im Augenblick kein Wort hervorzubringen. Sein schwerer, abgetragener Überrock war bis zum Hals zugeknöpft, und eine große Kappe bedeckte seinen kahlen Kopf.

„Sin Sie es, Froilein?“ fragte er in rauhem Flüsterton.

„Ja, Herr Maitland.“

„Wolln Sie nich mit mir spazierengehn? Ich muß Sie etwas sagn, etwas sehr Wichtiges.“

„Wir wollen im Garten spazierengehen“, sagte sie leise.

Er hielt sie zurück.

„Wenn man uns aber sehn wird, was? Schöne Geschichte für mich! Grad nur ein Stückchen die Straße rauf, Froilein“, bat er.

„Es wird uns niemand hören“, tröstete Ella sanft. „Wir können ja auf den Rasenplatz gehen, es stehen einige Stühle dort.“

„Schläft allens? Alle Dienstmädchens?“

„Wir haben keine Mädchen“, lächelte sie.

Er schüttelte den Kopf. „Schad is nich drum. Ich kann sie nich ausstehn. Sechs Kerle in Uniform hab ich bei mir zu Haus, machn mir immer eine Mordsbange.“

Sie führte ihn über den Rasenplatz, legte ein Kissen in seinen Sessel und wartete.

Der Anfang auch der vorigen Unterredung hatte ziemlich aussichtsreich geschienen, aber nach einer Weile hatte Herr Maitland sich in Abgründe des Gesprächs verirrt, so daß Ella nicht mehr zu folgen vermochte.

„Sie sin ein liebes Mächen“, sagte Maitland heiser. „Hab mir's schon gedacht, wie ich Sie 's erste Mal gesehn hab. Sie wer'n einem armen alten Mann nichts antun, was Froilein?“

„Aber gewiß nicht, Herr Maitland.“

„Das hab ich mir gedacht. Ich hab es auch Mathilda gesagt. Und sie sagt auch, es is allens in Ordnung mit Ihnen. – War'n Sie schon im Armenhaus, Froilein?“

„Im Armenhaus?“ fragte sie und lächelte wider Willen. „Nein, Herr Maitland, ich bin nie im Armenhaus gewesen.“

Erschrocken abwinkend, sah er sich um und starrte unter seinen weißen buschigen Brauen auf ein Gesträuch hin, das einen Lauscher hätte verbergen können.

„Sin Sie schon im Loch gewesen? Ach ja, ich meine Gefängnis, Froilein? Natürlich kann'n Mächen wie Sie so 'ne Sache nich wissen.“

Wieder sah er sich um.

„Alle großen Leute hab ich dort getroffen. Möcht wetten, daß ich der einzigste bin, der noch den großen Saul Morris gesehn hat, den schwersten Kerl von uns alle. – Denken Sie, Sie sin ich, allens kommt auf das an. Denken Sie, Sie sin ich, Froilein – ach, es is schrecklich, Froilein!"

„Ich fürchte, daß ich Sie nicht verstehen kann, Herr Maitland", flüsterte sie leise. Sie sah ihn nochmals gequält die Gegend mit den Blicken durchforschen, und dann beugte er sich nahe zu ihr.

„Er is hinter Sie her!" Er umklammerte ihren Arm. „Sie wer'n doch für mich 'n Wörtchen bei ihm einlegen, nich wahr? Sagn Sie ihm, daß ich Sie gewarnt hab, er wird es schon wieder gut für mich machn, nich?"

Er sprach flehentlich, und sie begann zu verstehen, daß mit dem „Er" des Alten Dick gemeint war. Er nahm ihre Hände und tätschelte sie, und obgleich sie sein Gesicht nicht sah, wußte sie, daß er weinte.

„Ich werde sicher alles für Sie tun, was nur in meiner Macht steht! Aber Sie sind zu erregt, lieber, lieber Herr Maitland. Sollten Sie nicht mit einem Arzt sprechen?"

„Ne, ne, nur keine Doktors nich, Froilein! Aber ich sage Sie", sprach er langsam und ausdrucksvoll, „sie wer'n mich kriegn. Und Mathilda! Aber ich habe mein ganzes Geld jemand hinterlassen, einer gewissen Person, und das is der ganze Witz dabei, Froilein", kicherte er irrsinnig. „Und dann wird man ihn erwischn."

Er schlug sich, von stillem Lachen geschüttelt, auf die Knie. Ella begann zu glauben, daß er wahnsinnig geworden war.

„Aber ich hab 'nen riesigen Plan, haja! Ich hab nie 'nen größeren gehabt, Froilein. Können Sie auf der Maschine schreibn?"

„Ich kann es wohl, aber nicht sehr gut." Seine Stimme wurde beinahe unhörbar.

„Kommen Sie mit, kommen Sie in mein Büro! Werdn mich doch nicht bloß für einen Spaßvogel halten? Was? Siebenundachtzig bin ich gewor'n, Froilein! Kommen Sie zu mir herauf, und Sie wer'n lachen." Plötzlich kam das Schluchzen wieder über ihn.

„Mich wer'n sie kriegn, ich weiß! Aber ich hab Mathilda nichts gesagt. Weil, dann würde sie schrein. So stehts, Froilein. Der alte Johnson is nich mehr da. Besuchn Sie mich nur! Habn Sie nie einen Brief gekriegt, was?" fragte er plötzlich.

„Von Ihnen? Nein, Herr Maitland!" sagte sie überrascht.

„Geschriebn is er worn", sagte er. „Aber vielleicht nich aufgegeben. Weiß nich!" Er fuhr auf und wich zurück, als eine Gestalt sich vor dem Haus zeigte.

„Wer is das?“ fragte er. Und sie fühlte, wie seine Hand sich zitternd auf ihren Arm legte.

„Das ist mein Vater, Herr Maitland“, sagte sie. „Ich glaube, er ist meines Ausbleibens wegen ein bißchen besorgt.“

„Ach so, Ihr Vater?“ Er schien eher erleichtert als beunruhigt.

„Sagn Sie ihm das nich, daß ich im Arbeitshaus war, Froilein!“

John Bennett stand unentschlossen still, ob er näher kommen sollte oder ob Ella nicht dadurch in Verlegenheit geraten würde. Maitland entschied die Situation, indem er hinüberhumpelte.

„Guten Morgen, Herr“, sagte er. „Hab gerade gequasselt mit Ihren Mächen. Hoffentlich macht es Sie nichts, Herr Bennett, was?“

„Aber gewiß nicht“, sagte Herr Bennett. „Wollen Sie nicht ins Haus kommen, Herr Maitland?“

„Ne, ne“, sagte Maitland ängstlich. „Mathilda wartet.“ Er streckte nicht die Hand aus, noch lüftete er seinen Hut. Seine Manieren waren tatsächlich unter aller Kritik. Er nickte dem Mädchen kurz zu, dann sagte er: „Wiedersehn, Herr!“

In diesem Augenblick trat Bennett aus dem Schatten des Hauses.

„Leben Sie wohl, Herr Maitland“, grüßte er.

Maitland erwiderte nichts mehr. Seine Augen waren weit und entsetzt aufgerissen, sein Antlitz totenbleich.

„Sie? Sie?“ krächzte er. „O mein Gott!“ Er schien zu schwanken. Ella wollte ihm zu Hilfe kommen. Er faßte sich aber und rannte mit einer Beweglichkeit, die bei seinem hohen Alter überraschen mußte, den Weg hinunter, riß die Gartentür auf und stürzte die Straße hinab.

In der großen Stille hörten sie sein trockenes Schluchzen.

„Vater“, flüsterte das Mädchen angstvoll, „hat er dich denn gekannt?“

„Das wäre verwunderlich“, sagte John Bennett. „Du gehst jetzt zu Bett, Liebling.“

„Und wohin willst du, Vater?“ fragte sie überrascht.

„Ich habe mit ihm zu sprechen.“

Sie ging nicht zu Bett. Sie stand an der Tür und wartete fünf Minuten – zehn Minuten – fünfzehn Minuten. Dann hörte sie das Rattern eines Autos, und die Limousine flog kotspritzend am Gartentor vorbei. Endlich kam auch John Bennett. „Du bist nicht zu Bett gegangen?“ bemerkte er barsch.

„Vater, hast du ihn gesprochen?“ fragte sie angstvoll.

„Möchtest du mir vielleicht schwarzen Kaffee machen?“

„Vater, warum hatte er solche Angst vor dir?“

„Liebling, du fragst zuviel. Er kannte mich von früher her, das ist alles.“

„Wenn er nur nie mehr wiederkäme“, seufzte Ella tief und angstvoll.

„Der kommt nicht wieder“, sagte John Bennett aus Horsham.

27

Dick Gordon beendete seine Unterredung mit Ezra Maitland und kehrte in die Polizeidirektion zurück, um Elk zu sprechen.

„Im großen ganzen halte ich Pentonville für das sicherste Gefängnis und habe Balder dorthin bringen lassen. Ich verlangte sogar vom Polizeichef, daß man ihn in die Zelle der Verurteilten stecken soll, aber das scheint bei ihnen nicht gute Sitte. Immerhin ist Pentonville der sicherste Fleck, den ich kenne, und wenn die Frösche nicht Steine zu fressen vermögen, so wird er doch wohl drinbleiben müssen. Also, was hatte Maitland Ihnen zu sagen, Herr Hauptmann?“

„Maitlands Geschichte ist, soweit man von ihm etwas herausbekommen kann, die, daß er Balder auf dessen Aufforderung besucht hat. ›Was könn Sie machn, wenn die Polizei nach einem schickt?‹ fragte er mich, und das ist nicht leicht zu beantworten.“

„Darüber herrscht doch wohl kein Zweifel“, sagte Elk, „daß er Balder nicht in dessen Eigenschaft als Polizeimann in Slough besucht hat. Noch viel weniger Zweifel besteht darüber, daß der Mann mit dem Frosch im Bündnis ist.“

„Maitland ist ein so energischer und trotzdem so ängstlicher alter Herr. Ich glaube, daß er direkt in die Erde sinken wollte, als ich Balders Arretierung erwähnte. Er fiel fast in Ohnmacht.“

„Dieser Spur müßte man folgen“, sagte Elk gedankenvoll. „Ich habe nach Johnson geschickt. Er müßte eigentlich schon hier sein. Er ist ein sehr wichtiger Zeuge, und man sollte die beiden nach Möglichkeit gleich konfrontieren.“

Der Philosoph kam nach einer halben Stunde an.

„Herr Elk wird Ihnen etwas sagen, was in ein paar Tagen allgemein bekannt sein dürfte“, sagte Dick. „Elks eigener Beamter ist als Frosch verhaftet worden.“

Johnson ließ sich erklären, wer Balder war, und Dick berichtete ihm von des alten Maitlands Besuch in Slough. Johnson schüttelte den Kopf.

„Ich habe nie davon gehört, daß Maitland einen Freund dieses Namens hat“, sagte er. „Balder? Nein, habe ich nie gehört!“

„Er nannte sich auch Collet-Banson“, sagte Dick.

„Ja, den kenne ich sehr gut! Der pflegte Maitland oft im Büro zu besuchen und gewöhnlich sehr spät des Abends. Maitland arbeitet dreimal in der Woche im Büro die Nacht durch, wenn alle Beamten gegangen sind, wie ich leider an meinem eigenen Leib erfahren habe“, sagte Johnson. „Ja, ja, es war ein großer hübscher Mensch, von so ungefähr vierzig Jahren.“

„Stimmt“, sagte Dick. „Er hat ein Haus in der Nähe von Windsor.“

„Ja, obwohl ich selbst nie dort war, weiß ich das, weil ich Briefe an ihn aufgegeben habe.“

„Was für Geschäfte hatte Collet-Banson mit Maitland?“

„Das konnte ich nie herausbekommen. Ich hielt ihn immer für einen Agenten, der Grundbesitz zum Verkauf anbot, denn das waren die einzigen Leute, die zu Maitland zugelassen wurden. Ich erinnere mich auch, daß das Kind eine Woche lang bei ihm war.“

„Mhm, das Kind aus Maitlands Haus?“ fragte Elk.

Herr Johnson nickte zustimmend.

„Sie wissen nicht, was für eine Beziehung zwischen dem Kind und den beiden Männern besteht?“

„Nein, ausgenommen, daß ich ganz sicher bin, daß der kleine Junge wirklich bei Herrn Collet-Banson war, weil ich auf Maitlands Anordnung Spielzeug hinüberschicken mußte. Es war an dem Tag, an dem Herr Maitland sein Testament machte, ungefähr vor anderthalb Jahren. Ich erinnere mich aus einem besonderen Grund so genau an diesen Tag. Ich hatte nämlich erwartet, daß Herr Maitland mich auffordern würde, das Testament mit zu unterzeichnen, und fühlte mich als alter, treuer Angestellter recht gekränkt, als er zwei Beamte aus dem Büro zur Unterzeichnung herbeiholen ließ. Solche kleinen Kränkungen haben auf mich den stärksten Eindruck ausgeübt“, fügte er hinzu.

„War das Testament zugunsten des Kindes verfaßt worden?“

Johnson schüttelte den Kopf. Immer zu Elk gewendet, denn Dick schwieg während dieser Unterredung, sagte er: „Er hat die Sache nie mit mir besprochen. Er wollte nicht einmal einen Advokaten zu Rate ziehen. Er sagte mir, daß er die äußere Form des Testaments einem Buch entnommen habe.“

Dick erhob sich. „Ich danke Ihnen recht herzlich für Ihre interessanten Aufschlüsse, Herr Johnson“, sagte er, den Philosophen zur Tür begleitend.

Am nächsten Morgen hatte Dick eine Unterredung mit dem Gefangenen von Pentonville und fand ihn in recht widerspenstiger Stimmung.

„Ich weiß nichts von Babies und von Spielzeug, und wenn Johnson sagt, daß er es geschickt hat, dann lügt er in seinen Hals", sagte Balder trotzig. „Ich verweigere jede Aussage über Maitland und meine Verbindung mit ihm. Ich bin das Opfer einer polizeilichen Verfolgung geworden und wünsche meine Freilassung. Ich fordere Sie auf, einen Beweis zu erbringen, daß ich auch nur eine einzige strafbare Handlung in meinem Leben begangen habe, ausgenommen, daß es vielleicht in Ihren Augen ein Verbrechen ist, ein Leben wie ein Gentleman zu führen."

„Haben Sie aber nicht doch vielleicht eine Nachricht für Ihre liebe Frau und Ihre sieben Kinder zu bestellen?" fragte Dick sarkastisch.

Die drohenden Züge des Gefangenen glätteten sich für einen Augenblick.

„Nein, für die wird Elk schon sorgen", sagte er.

Eine Stunde vor der Zeit, zu der der Gerichtshof sonst zusammenzutreten pflegte, wurde in Bowstreet die Anklage gegen Balder erhoben. Der Arrestbefehl wurde erteilt und Balder im Auto unter Bewachung nach Pentonville weiterbefördert.

In der dritten Nacht nach Balders Einlieferung in das Gefängnis von Pentonville kam Romantik in das Leben des zweiten Hauptaufsehers. Er war verhältnismäßig jung, alleinstehend, von recht angenehmem Äußeren und wohnte bei seiner verwitweten Mutter in Shepherd's Bush. Es war seine Gewohnheit, nach seiner Arbeit einen Autobus zu benützen, um sein Heim zu erreichen, und er war gerade im Begriff bei seiner Straße auszusteigen, als eine Dame vor ihm ausstieg, strauchelte und zu Boden fiel. Er war sofort bei ihr, um sie aufzuheben. Sie war jung, elegant und erstaunlich hübsch. Er führte sie behutsam auf den Gehsteig.

„Es ist nichts geschehen", sagte sie lächelnd, aber mit schmerzlich verzogenem Gesicht. „Es war sehr dumm von mir, mit dem Bus zu fahren! Ich habe mein altes Dienstmädchen besucht, das erkrankt ist. Wollen Sie mir bitte ein Auto rufen?"

Ein vorbeifahrendes Auto wurde herangewinkt, und das blasse Fräulein sah sich hilflos um.

„Wenn ich nur jemandem begegne, den ich kenne. Ich fahre so ungern allein nach Hause! Ich habe Angst davor, ohnmächtig zu werden."

„Wenn Sie gegen meine Begleitung nichts einzuwenden haben", sagte der Hauptaufseher mit all dem warmfühlenden Ernst, den der Anblick einer hilflosen Frau in der Brust des empfindsamen Mannes weckt, „will ich Sie gern nach Hause begleiten." Ein langer Blick voller Rührung und Dankbarkeit traf ihn aus ihren Augen. Sie nahm seine Begleitung an und murmelte nur ihr Bedauern über die ihm verursachte Mühe.

Sie bewohnte eine wundervolle Wohnung. Der Hauptaufseher dachte, er hätte nie vorher eine so anmutige und schöne Dame in so passender Umgebung kennengelernt, und damit hatte er auch recht. Er hätte gern nach der Verletzung an ihrem Knöchel gesehen, aber sie fühlte sich viel, viel wohler, und gerade kam auch ihre Zofe herein.

Und ob er nicht ein bißchen Whisky mit Soda haben wollte? Und ob er nicht, bitte, rauchen möchte? Sie wies ihm den Platz, wo er Zigaretten finden konnte, und dann sprach der Hauptaufseher eine Stunde lang von sich selbst und hatte so einen äußerst unterhaltsamen Abend.

„Ich bin Ihnen sehr zu Dank verpflichtet, Herr Bron", sagte sie beim Abschied, „weil Sie so viel Zeit an mich vergeudet haben."

„Wenn das die Zeit vergeuden heißt, so hat es keinen Sinn für mich, mit ihr zu sparen."

„Das ist ein schönes Kompliment!" sagte sie lächelnd. „Also, dann will ich Ihnen auch erlauben, morgen zu mir zu kommen, um sich nach meinem armen Fuß zu erkundigen."

Er notierte sich sorgfältig die Adresse des alleinstehenden Häuschens in Bloomsbury Square, und als er am nächsten Abend klingelte, war er nicht mehr in Uniform.

Um zehn Uhr ging er in Ekstase fort, ein Mann, der den Kopf hochhielt, mit sich selber sprach und goldene Träume träumt. Denn „der Duft ihrer Reize", wie er ihr schrieb, „hatte sein Innerstes durchdrungen."

Zehn Minuten, nachdem er gegangen war, kam die Dame heraus, schloß das Haustor sorgfältig hinter sich ab und trat auf die Straße.

Der Müßiggänger, der auf dem gegenüberliegenden Gehsteig auf und ab schlenderte, warf seine Zigarre weg.

„Guten Abend, Fräulein Bassano", grüßte er.

Sie nahm eine abweisende Haltung an. „Ich fürchte, daß Sie sich irren", sagte sie steif.

„Nicht im geringsten! Sie sind Fräulein Bassano, und meine einzige Entschuldigung dafür, daß ich mir erlaube, Sie anzusprechen, ist, daß ich Ihr Nachbar bin."

Nun erst sah sie ihn näher an. „Ach, Herr Broad!" sagte sie etwas freundlicher. „Ich habe eben eine Freundin besucht, die schwer erkrankt ist."

„Ja, das hat man mir berichtet. Ihre Freundin hat eine recht hübsche Wohnung", sagte er und begann neben ihr herzugehen. „Ich selbst wollte sie vor ein paar Tagen mieten. Die möblierten Wohnungen sind recht schwer zu finden. Stimmt, vor einer Woche war ich hier. An dem Tag, an dem Sie Ihren beklagenswerten Unfall in Shepherd's Bush hatten."

„Ich verstehe Sie nicht!" sagte Lola.

„Die Wahrheit ist", sagte Herr Broad im Ton der Entschuldigung, „daß auch ich versucht habe, mit Herrn Bron bekannt zu werden. Während der letzten zwei Monate habe ich mich mit dem sorgfältigen Studium des Gefängnispersonals in Pentonville beschäftigt und besitze eine Liste der leicht zugänglichen Jungen, die zusammenzustellen mich einen Haufen Geld gekostet hat, ich vermute, daß Sie noch nicht das Stadium erreicht haben, wo Sie ihn hätten überreden können, über seine interessanten Gefangenen zu sprechen. Dazu spricht Herr Bron allzugern von seinen seelischen Vorgängen. Ich habe es letzthin mit ihm versucht", fuhr Broad fort, „er besucht einen Tanzklub in Hammersmith, und ich wurde mit ihm durch ein Mädchen, das er hofiert, bekannt. Sie sind, nebenbei bemerkt, nicht die einzige Liebe seines jungen Lebens."

Lola lachte leise. „Was für ein kluger Mann Sie sind, Herr Broad", sagte sie. „Nein, ich interessiere mich gar nicht so sehr wie Sie für Gefangene. Übrigens, wem gilt denn Ihr besonderes Interesse?"

„Aber, aber! Nummer Sieben, der im Gefängnis von Pentonville sitzt", sagte Broad lächelnd. „Ich habe so eine Ahnung, daß er auch Ihr Freund ist."

„Nummer Sieben?" Lolas Erstaunen würde einen weniger abgehärteten Mann als Joshua Broad überzeugt haben müssen. „Ich glaube, das hat etwas mit den Fröschen zu tun?" sagte sie.

„Das stimmt!" antwortete Broad. „Fräulein Bassano, ich möchte Ihnen ein Anerbieten machen!"

„Machen Sie mir das Anerbieten, ein Auto holen zu wollen, ich bin sehr müde", sagte sie.

Und als sie beide im Wagen saßen, fragte Lola: „Also, was ist es mit dem Anerbieten?"

„Ich biete Ihnen so viel an, wie Sie brauchen, um England zu verlassen und ein paar Jahre außer Landes zu leben, bis der alte Frosch verspielt hat. Und er wird verspielen. Ich habe Sie seit längerer Zeit beobachtet und bitte Sie, es nicht als Frechheit aufzufassen, wenn ich Ihnen sage, daß ich Sie gern habe. Es ist etwas äußerst Anziehendes an Ihnen, nein, lassen Sie mich ausreden, ich bin nicht im Begriff, Ihnen den Hof zu machen. Ich habe Sie in irgendeiner Art von Mitleid lieb. Sie brauchen darüber nicht beleidigt zu sein, aber ich möchte nicht, daß Sie zu Schaden kommen."

Er war sehr ernst. Sie erkannte seine Aufrichtigkeit, und die sarkastische Bemerkung, die ihr auf der Zunge lag, blieb unausgesprochen.

„Sind Sie wirklich so gänzlich desinteressiert?“ fragte sie.

„Soweit es Sie selbst betrifft, völlig!“ antwortete er. „Aber Lola, ich warne Sie. Es wird ein furchtbares Erdbeben stattfinden, und höchstwahrscheinlich werden Sie von den herumfliegenden Stücken getroffen werden.“

Sie antwortete nicht sofort, denn was er gesagt hatte, verstärkte bloß ihre eigene Unruhe.

„Vermutlich wissen Sie, daß ich verheiratet bin?“

„Ich ahnte es“, sagte er. „Nehmen Sie Ihren Mann mit. Und was wollen Sie mit dem kleinen Jungen machen?“

Es war merkwürdig, daß sie nicht einmal den Versuch machte, die Rolle, die sie spielte, zu verleugnen. Sie wunderte sich später selbst darüber. Aber Joshua Broad hatte so eine zwingende Überlegenheit, daß es ihr gar nicht einfiel, ihn täuschen zu wollen.

„Sie meinen Ray? Ich weiß nicht“, sagte sie. „Ich wünschte, daß er nicht dabei wäre. Ich habe ihn auf dem Gewissen. Lachen Sie?“

„Darüber, daß Sie ein Gewissen haben, nein. Ich dachte nur daran, was er wohl für Sie gefühlt haben mag? Und was bedeutet der Bart, den er sich wachsen ließ?“

„Darüber weiß ich nichts. Ich weiß nur, daß wir – aber warum erzähle ich Ihnen das alles? Wer sind Sie, Herr Broad?“

Er kicherte. „Eines Tages werden Sie es erfahren. Ich verspreche Ihnen, wenn Sie ein wenig mit sich reden lassen, so werden Sie es als erste erfahren. Behandeln Sie den Jungen gut, Lola.“

Sie verwehrte ihm nicht, daß er ihren Taufnamen gebrauchte, es nahm sie eher für den geheimnisvollen Mann ein.

„Und schreiben Sie an Herrn Bron, den Vizehauptaufseher im Gefängnis von Pentonville, und teilen Sie ihm mit, daß Sie aus der Stadt abberufen wurden und ihn in den nächsten zehn Jahren nicht sehen können.“

Sie gab keine Antwort. Er verließ sie an der Tür ihrer Wohnung und nahm ihre schmale Hand in die seine.

„Falls Sie Geld brauchen, um zu verreisen, werde ich Ihnen einen Blankoscheck schicken. Glauben Sie mir, es gibt keinen anderen Menschen auf der ganzen Erde, dem ich einen Blankoscheck geben würde.“

Lola nickte und hatte ungewohnte Tränen in ihren Augen.

Sie war nahe daran, unter ihrer Last zusammenzubrechen, und das wußte niemand besser als der Mann mit dem Raubvogelgesicht, der ihr nachsah, wie sie in ihre Wohnung eintrat.

28

Das Haus des Prinzen von Caux, das in Ezra Maitlands Besitz übergegangen war, war mit einem Aufwand erbaut, bei dem die Kosten keine Rolle gespielt hatten. Obwohl er als einer der schönsten Paläste Londons bekannt war, hatten doch nur wenige Fremde Gelegenheit gefunden, seine inneren Räume zu besichtigen.

In dem fürstlichen Salon mit seinen Säulen aus Lapislazuli, seinem aus Onyx und Silber geformten Kamin und den mit niederländischen Gobelins tapezierten Wänden, saß Ezra Maitland, in seinem großen Louis-XV.-Sessel zusammengesunken, ein Glas Bier vor sich, eine schwärzliche Tonpfeife zwischen den Zähnen. Auf dem kostbaren Perserteppich waren die Spuren seiner kotigen Stiefel zu sehen, und sein Hut verdeckte halb eine goldene Venus von Marrionet, die auf einem Sockel neben ihm stand.

Die Hände über seinem Bauch gefaltet, saß er wie eine Statue da und starrte unter seinen buschigen, weißen Augenbrauen auf den Fußboden hin. Die Vorhänge waren zugezogen, um das Tageslicht nicht einzulassen, und eine Stehlampe erleuchtete das Düster des Saales.

Herr Maitland zog mit Anstrengung das Glas Bier heran, das schon abgestanden war, und leerte dessen Inhalt. Nachdem er es wieder hingestellt hatte, sank er in seine frühere, starre Stellung zurück.

Es klopfte leise an die Tür, und ein Lakai in Puderperücke kam herein. „Drei Herren wünschen Sie zu sprechen, Herr Maitland. Hauptmann Gordon, Herr Elk und Herr Johnson!“

Der alte Mann fuhr auf. „Johnson?“ fragte er. „Was will der?“

„Sie warten im kleinen Salon.“

„Lassen Sie sie rein“„, brummte der Alte.

Die Gegenwart der beiden Polizeibeamten schien ihm gleichgültig. Es war Johnson, an den er das Wort richtete.

„Was wollen Sie da?“ fragte er heftig. „Was soll das heißn, daß Sie bis daher kommen?“

„Die Anregung zu diesem Besuch kam von mir“, sagte Dick.

„So? Von Sie, so, so“, sagte der Alte, und seine Haltung war, mit der Niedergeschlagenheit von vorhin verglichen, merkwürdig kühn. Elks Augen fielen auf den leeren Bierkrug, und er hätte gern gewußt, wie oft dieser gefüllt worden war, seit Maitland nach Hause gekommen war. Denn im Ton des alten Mannes lag so viel Brutalität, seine Augen blitzten so trotzig, daß man auf mehr als bloße Aufregung schließen konnte.

„Ich werd auf keine Fragn nich antworten", sagte er laut. „Ich werd nich die Wahrheit sagn un nich eine Lüge."

„Herr Maitland", sagte Johnson zögernd, „diese Herren möchten gern etwas über das Kind erfahren."

Der alte Mann schloß die Augen.

„Ich werd nich die Wahrheit sagn und ich werd keine Lügen sagn", wiederholte er monoton.

„Herr Maitland", bat der gutmütige Elk, „ändern Sie Ihren Entschluß und sagen Sie uns, warum Sie in jenem elenden Quartier in der Eldorstraße gewohnt haben?"

„Keine Wahrheit nich und keine Lügen nich", murmelte der Alte. „Einsperren könnt ihr mich, aber erzähln werd ich euch schon gar nichts. Sperrt mich ein, ich bin Ezra Maitland, ich bin' Millionär. Ich könnt euch aufkaufn. Ich könnt alle anderen auch aufkaufn, der alte Ezra Maitland bin ich. Im Strafhaus bin ich gewesn und im Loch bin ich gewesn, jaha!"

Dick und sein Gefährte tauschten einen Blick, und Elk schüttelte unmerklich den Kopf, um die Nutzlosigkeit einer weiteren Fragestellung anzudeuten. Nichtsdestoweniger machte Dick noch einen Versuch: „Warum sind Sie neulich des nachts nach Horsham gefahren?" fragte er. Er hätte sich aber gern im gleichen Augenblick die Zunge abgebissen, da er seinen Fehler merkte. Denn nun war der Alte ganz wach.

„Ich bin nicht in Horsham gewesn!" brüllte er. „Ich weiß nich, wovon man da quasselt! Ich werd euch nichts sagen! Überhaupt nichts! Schmeißn Sie die raus, Johnson!"

Als sie wieder auf der Straße standen, sagte Johnson: „Ich habe nie gewußt, daß er trinkt. Er war abstinent, solange ich ihn gekannt habe."

Der Philosoph ging sehr niedergedrückt noch ein Stückchen Wegs mit ihnen. Wie er Elk mitteilte, mußte er morgen aus seiner Wohnung in Fitzroy Square ausziehen, um im Süden Londons zwei billige Zimmer zu bewohnen.

Gordon machte Elk ein Zeichen, Johnson zu verabschieden, und als dieser sie verließ, sagte er: „Wir müssen heute noch zwei von unseren Leuten in Maitlands Haus bringen. Aber was für Entschuldigungen können wir um Gottes willen erfinden, wenn wir sie hinkommandieren?"

„Ich weiß nicht“, gestand Elk und kratzte verzweifelt sein Kinn. „Bevor wir ihn verhaften, müssen wir ja erst eine Vollmacht haben. Wir können leicht eine Hausdurchsuchung durchsetzen, aber darüber hinaus können wir kaum gehen, falls er nicht selber um Schutz bittet.“

„Dann müssen Sie ihn verhaften!“ antwortete Dick heftig.

„Ja, aber unter welcher Anklage?“

„Beschuldigen Sie ihn, mit Balder in Verbindung zu stehen. Bringen Sie ihn, wenn nötig, auf das Polizeikommissariat, aber es muß sofort geschehen.“

Elk geriet außer sich. „Es ist keine Kleinigkeit, einen ›Millionär‹ zu arretieren, müssen Sie wissen. In Amerika ist das vermutlich sehr einfach. Wie man mir gesagt hat, kann man dort den Präsidenten selbst festnehmen, wenn man ihn mit einem Fläschchen in der Tasche überrascht. Aber bei uns sieht es doch ein bißchen anders aus.“

Dick mußte feststellen, daß Elk im Recht gewesen war, als er versuchte, die nötigen Vollmachten zu erhalten.

Erst nachmittags um vier wurden ihm diese durch einen Beamten des widerstrebenden Gerichts ausgefolgt, und von Polizeibeamten begleitet, kehrten sie in Maitlands Palais zurück.

Der Lakai, der sie einließ, sagte ihnen, daß Herr Maitland sich zur Ruhe begeben habe und daß er es nicht wagen würde, ihn zu stören.

„Wo liegt sein Zimmer?“ fragte Dick. „Ich bin Hilfsdirektor der Staatsanwaltschaft und muß ihn sprechen!“

„Im zweiten Stock.“ Der Diener wies sie an den Lift, der sie ins zweite Stockwerk beförderte. Gegenüber dem Liftgitter, das Dick öffnete, lag eine große Doppeltür, die schwer poliert und kunstvoll vergoldet war.

„Sieht wie der Eingang in ein Theater aus!“ murmelte Elk.

Dick klopfte. Keine Antwort.

Aber dann warf sich der junge Mann zu Elks Überraschung mit seiner ganzen Kraft gegen die Tür. Man hörte das Holz splittern und die Tür brach ein. Dick blieb wie angewurzelt am Eingang stehen. Ezra Maitland lag auf seinem Bett, seine Beine fielen schlaff zur Seite herab. Ihm zu Füßen kauerte die niedergesunkene Gestalt der alten Frau, die er Mathilda genannt hatte. Sie waren beide tot, und scharf riechender Qualm hing noch in blauer Wolke unter der Decke.

29

Dick stürzte an das Bett, und ein Blick auf die stillen Gestalten sagte ihm alles.

„Erschossen!" murmelte er und sah zu der Rauchwolke an der Decke auf. „Es kann auch schon vor einer Viertelstunde geschehen sein. Dieses Zeug hängt oft stundenlang in der Luft."

„Halten Sie jeden Bediensteten im Hause fest!" befahl Elk halblaut seinen Leuten. Sie traten durch einen Gang in ein kleines Schlafzimmer, das augenscheinlich von Maitlands Schwester bewohnt worden war.

„Der Schuß wurde hier vom Eingang aus abgefeuert", sagte Dick. „Vermutlich hat man mit einem Schalldämpfer gearbeitet." Er suchte auf dem Boden nach und fand zwei ausgeworfene Hülsen einer schwerkalibrigen, automatischen Pistole. „Das habe ich befürchtet. Wenn ich nur unsere Leute im Haus gehabt hätte!"

„Ja, haben Sie denn erwartet, daß man ihn umbringen wird?" fragte Elk erstaunt.

Dick nickte. Er untersuchte das Fenster im Zimmer der Frau. Es war offen, und unter ihm lief eine schwindelnd schmale Brüstung hin. Von ihr aus konnte man in ein anderes Zimmer desselben Stockwerks gelangen, und der Mörder hatte auch gar keinen Versuch gemacht, die Tatsache zu verbergen, daß er sich dieses Weges bedient hatte.

Es waren auf dem Fußboden feuchte Spuren zu sehen, und sie führten in das Gastzimmer, dessen Tür sich auf den Treppenflur öffnete, einer Anzahl von schmalen Stufen gegenüber, die zu den Dienerzimmern im Oberstock führten.

Elk kniete nieder und prüfte sorgfältig die Spuren auf dem Boden. Der dritte Stock bestand ausschließlich aus Dienerzimmern, und sie konnten die Spuren geradeaus bis zu Nummer Eins verfolgen. Elk drückte die Klinke nieder, aber die Tür war verschlossen.

Dick trat einen Schritt zurück, hob den Fuß und trat sie ein. Das Zimmer war leer. Ein Bodenfenster öffnete sich auf das geneigte Dach, und ohne einen Augenblick zu zögern, schwangen Elk und Dick sich hinaus, um dem schmalen Gang zu folgen. Als sie eine Strecke auf allen vieren gekrochen waren, wurde der Weg durch ein eisernes Geländer geschützt, und sie vermochten sich aufzurichten. Augenscheinlich war dies einer der Fluchtwege des Palais bei Feuergefahr.

Sie liefen atemlos über die Dächer hin, bis sie zu einer kurzen eisernen Treppe kamen, die auf das flache Dach eines vierten Hauses und zu einem Feuerausgang führte. Jetzt stand die eiserne Tür offen, und sie rannten die Treppe hinunter, bis sie in einen Hof gelangten, der an drei Seiten von hohen Feuermauern und an der vierten von der Hinterseite eines Hauses umgeben war.

Das Haus schien nicht bewohnt, denn an allen Fenstern waren die Jalousien herabgelassen. In der dritten Mauer stand ein Tor weit offen. Und als die beiden Verfolger es durchlaufen hatten, befanden sie sich in einem Stallgebäude. Ein Mann war gerade damit beschäftigt, ein Auto zu waschen. Und sie eilten auf ihn zu.

„Ja, Herr!“ sagte“der Mann und wischte sich mit dem Handrücken die schweißtriefende Stirn, „ich habe vor fünf Minuten einen Mann herauskommen sehen, der es sehr eilig gehabt hat. Einen Diener oder einen Lakaien, ich habe ihn aber nicht erkannt.“

„Hat er einen Hut getragen?“

Der Mann dachte nach. „Ich glaube ja, Herr“, sagte er. „Er ist dort hinausgelaufen.“

Er wies ihnen die Richtung, und Gordon und Elk eilten weiter und bogen in die Berkeley Straße ab.

Als sie verschwunden waren, wendete sich der Wagenwäscher nach der versperrten Tür seiner Garage und pfiff leise.

Langsam öffnete sich die Tür, und Joshua Broad kam hervor.

„Danke Ihnen schön!“ sagte er, und eine neue knisternde Banknote glitt in die Hand des Mannes.

Broad war längst verschwunden, als Gordon und Elk von ihrer vergeblichen Suche zurückgekehrt waren.

Nach Dicks Meinung konnte kein Zweifel herrschen, wer der Mörder gewesen war, denn es fehlte einer der Lakaien. Sechs Diener waren brave Leute von untadeligem Charakter. Der siebente aber war zur selben Zeit wie Herr Maitland ins Haus gekommen, und obgleich er die Livree des Lakaien trug, so schien es doch, als habe er vorher nicht die geringste Erfahrung in den zu verrichtenden Pflichten gesammelt. Er war ein unbeliebter Mann, der sich abseits der anderen Dienerschaft hielt und keine Sekunde länger im Dienerzimmer blieb, als es nötig war.

„Offenbar ein Frosch!“ sagte Elk und war außer sich vor Freude, zu hören, daß eine Fotografie des Mannes existierte, die ihren Ursprung in einem weitschweifigen und harmlosen Witz, dessen Objekt die Köchin war, hatte. Der Spaß hatte darin bestanden, daß man im Arbeitskorb der Köchin eine Fotografie des häßlichen Mannes auffinden sollte, zu welchem Zwecke der jüngste Lakai eine Momentaufnahme gemacht hatte.

„Kennen Sie ihn?“ fragte Dick, indem er das Bild betrachtete. Elk nickte. „Er ist schon durch meine Hände gegangen, und ich glaube nicht, daß es mir schwerfallen wird, mich seiner zu erinnern, obgleich mir für den Moment sein Name entfallen ist.“

Die Nachforschungen im Statistikbüro offenbarten bald die Identität des Flüchtlings, und es erschien eine Vergrößerung des Bildes, der Name des Dieners, die Namen, die er früher getragen hatte, und die allgemeinen Charakteristika in allen Abendblättern. Einer der Diener gab an, den Schuß gehört zu haben. Aber er war der Meinung gewesen, es sei nur eine Tür zugeschlagen worden, ein verzeihlicher Irrtum, denn Herr Maitland besaß die Gewohnheit, alle Türen schmetternd zuzuschlagen.

„Maitland war ein ganz richtiggehender Frosch“, berichtete Elk, nachdem er den Leichnam in die Totenhalle hatte überführen lassen. „Auf dem linken Handgelenk ist er wunderschön dekoriert; der Frosch sitzt ordnungsgemäß ein bißchen schief. Nebenbei gesagt, ist das einer der Punkte, den Sie mir nie geklärt haben, Hauptmann Gordon. Warum es schick ist, auf dem linken Handgelenk tätowiert zu sein, das kann ich noch verstehen, aber warum der Frosch nicht gerade tätowiert wird, das wird mir nie klarwerden.“

Der vermißte Lakai hatte am Nachmittag ein Telegramm erhalten. Man entsann sich dessen erst, nachdem Elk in die Polizeidirektion zurückgekehrt war.

Ein Telefonanruf beim Bezirkspostamt brachte eine Kopie der Drahtnachricht. Sie lautete sehr einfach: „Schlußmachen und verschwinden!“ Das waren die drei Worte ihres Inhalts.

Die Botschaft trug keine Unterschrift. Sie war um zwei Uhr beim Hauptpostamt aufgegeben worden, und der Mörder hatte keine Zeit verloren, seine Instruktionen auszuführen.

Maitlands Büro war in Händen der Polizei, und eine systematische Untersuchung der Dokumente und Bücher war im Gange. Um sieben Uhr abends begab sich Elk nach Fitzroy Square, und Johnson öffnete ihm mit erstaunter Miene die Tür. Elk sah den Gang mit Möbeln und Packkisten angefüllt und erinnerte sich, daß Johnson ihn am frühen Morgen von seinem bevorstehenden Umzug unterrichtet hatte.

„Sie haben schon gepackt?“

Johnson nickte. „Ich gehe sehr ungern von hier fort“, sagte er. „Aber es ist hier leider viel zu teuer für mich. Es scheint, als ob ich nie eine andere Stellung bekommen soll, und ich möchte dieser Möglichkeit vernünftig ins Gesicht sehen.

Wenn ich in Balham wohne, kann ich recht bequem leben, und ich habe nicht viel kostspielige Liebhabereien."

„Und wenn Sie sie haben, so können Sie ihnen jetzt nach Belieben frönen", sagte Elk. „Wir haben das Testament des Alten gefunden. Er hat ihnen alles vermacht."

Johnson riß Mund und Augen auf. „Machen Sie einen Witz?" fragte er.

„Ich war noch nie in meinem Leben so ernst. Der Alte hat Ihnen alles, bis auf den letzten Penny, vermacht. Hier ist eine Testamentsabschrift. Ich dachte mir, daß Sie sie gern sehen würden." Er öffnete seine Brieftasche, zog ein Papier heraus, und Johnson las:

„Ich, Ezra Maitland, wohnhaft in Eldorstraße Nummer 193, Grafschaft Middlesex, erkläre dies als meinen Letzten Willen und verfüge formell, daß alle anderen Testamente und Kodizille zugunsten dieses hier für ungültig erklärt werden. Ich vermache meinen ganzen beweglichen und unbeweglichen Besitz, alle Ländereien, Häuser, Urkunden, Anteile an Aktiengesellschaften jeglicher Art, alle Anwartschaften, allen Schmuck, Autos, Wagen, also meine ganze gesamte Habe ausschließlich Philipp Johnson, Fitzroy Square Nummer 431, Beamter in London. Ich erkläre, daß er der einzige ehrliche Mensch ist, den ich je in meinem langen, kummervollen Leben angetroffen habe, und ich weise ihn an, sich mit der unermüdlichen Sorgfalt der Vernichtung der Organisation zu widmen, die als jene der Frösche bekannt ist und die vierundzwanzig Jahre lang große Summen von mir erpreßt hat."

Es war in einer Johnson vertrauten Handschrift unterzeichnet und von zwei Zeugen gegengezeichnet, deren Namen er kannte. Johnson setzte sich nieder und schwieg eine lange Zeit hindurch. „Ich habe in den Abendblättern von seiner Ermordung gelesen", sagte er nach einer Weile. „Ich bin auch zum Haus hingegangen, aber die Polizisten haben mich an Sie gewiesen, und ich wußte, daß Sie viel zu sehr beschäftigt waren, als daß ich Sie hätte stören dürfen. Wie ist er getötet worden?"

„Erschossen!" sagte Elk.

„Haben Sie den Mann gefangen?"

„Wir werden ihn wohl morgen früh haben", sagte Elk mit Überzeugung. „Jetzt, da Balder sitzt, gibt es ja niemanden, der die Frösche warnt, wenn wir ihnen nachstellen."

„Es ist wirklich schrecklich", sagte Johnson nach einer Pause. „Aber das hier", und er sah das Papier an, „hat mir den Rest gegeben. Ich weiß nicht, was ich sagen soll. Hätte er es doch nicht getan", seufzte Johnson mit Ausdruck. „Ich hasse so große Verantwortung. Mein Temperament ist nicht danach angetan, daß ich so große Geschäfte zu führen vermöchte. Nein, ich wollte wirklich, er hätte es nicht getan."

„Nun, wie hat er es aufgenommen?" fragte Dick, als Elk zurückkehrte.

„Er ist absolut kopfscheu geworden", sagte Elk. „Armer Teufel! Er hat mir geradezu leid getan, und ich hätte in meinem Leben nicht geglaubt, daß mir einer leid tun könnte, der zu so einem Haufen Geld gekommen ist. Er war gerade im Begriff, in die billigere Wohnung umzuziehen, als ich ankam. Er wird wohl nicht in das Palais des Prinzen von Caux übersiedeln. Aber die Veränderung in Johnsons Lebensführung mag wohl auch eine solche für Ray Bennett zur Folge haben, haben Sie das bedacht, Herr Hauptmann?"

„Ja, ich habe an diese Möglichkeit schon gedacht", sagte Dick kurz.

Am Nachmittag hatte Dick eine Unterredung mit dem Chef der Staatsanwaltschaft, die auf Balder Bezug hatte. Der Chef stimmte seinen eigenen Befürchtungen bei.

„Ich sehe keine Möglichkeit, wie wir ein auf Mord lautendes Urteil erzielen sollen", sagte er. „Obgleich es so klar war, wie das Tageslicht ist, daß er Mills vergiftet hat und für das Bombenattentat verantwortlich ist. Aber man kann jemanden nicht auf bloßen Verdacht hin hängen. Sogar dann nicht, wenn der Verdacht nicht den geringsten Zweifel übrig läßt. Wie meinen Sie wohl, hat er Mills umgebracht?"

„Mills war erkältet", sagte Dick. „Er hat schon den ganzen Weg im Auto gehustet und Balder gebeten, das Fenster zuschließen. Balder hat das Fenster geschlossen und dem Mann eine Blausäuretablette zugesteckt, indem er vorgab, daß es ein Mittel gegen Erkältung wäre. Es war durchaus natürlich für Mills, die Pastille zu nehmen. Ich bin ganz sicher, daß es sich so abgespielt hat. Wir haben Balders Haus in Slough durchsucht und ein Duplikat des Schlüsselbundes gefunden, darunter auch einen Schlüssel zu Elks Safe. Balder kam zeitig am Morgen her und legte die Bombe, da er wohl wußte, daß Elk die Taschen nochmals öffnen würde."

„Und dann hat er Hagn zur Flucht verholfen", meinte der Staatsanwalt.

„Und das war noch viel einfacher", erklärte Dick. „Ich vermute, daß der Inspektor, den man um halb drei Uhr hinausgehen gesehen hat, Hagn war. Als Balder in die Zelle eingelassen wurde, hatte er unter seinen Kleidern die Inspektoruniform getragen und hatte die nötigen Handschellen und Nachschlüssel mit. Er ist ja nicht untersucht worden. Und dafür bin ich ebenso verantwortlich wie Elk. Die Hauptgefahr, in der wir schweben, bestand in Balders Intimität mit uns und der Möglichkeit, dem Frosch sofort jede Bewegung, die wir machten, mitzuteilen.

Sein Name ist Kramer. Er ist gebürtiger Litauer. Er wurde aus Deutschland im Alter von achtzehn Jahren revolutionärer Umtriebe wegen ausgewiesen, zwei Jahre später kam er nach England, wo er eine Stellung bei der Polizei zu erhalten wußte. Wann er mit den Fröschen in Kontakt kam, weiß ich nicht. Aber es ist durch Beweise erhärtet worden, daß der Mann in verschiedene ungesetzliche Operationen verwickelt war. Ich fürchte, daß es ungeheuer schwer halten wird, ihn des Mordes zu überführen, bevor wir nicht den Frosch selbst gefangen haben."

„Und wagen Sie wirklich zu hoffen, daß Sie den Frosch fangen werden, Hauptmann Gordon?"

Dick Gordon verbeugte sich und lächelte.

Über den Mord an Maitland und seiner Schwester liefen keine neuen Nachrichten ein, und Dick benützte die kurze Ruhepause mit Enthusiasmus.

Ella Bennett war gerade im Gemüsegarten mit der prosaischen Aufgabe des Kartoffelausgrabens beschäftigt, als Dicks Auto vor dem Gartentor hielt. Ella streifte ihre ledernen Handschuhe ab, während sie ihm entgegenlief.

„Das ist ja eine herrliche Überraschung!" sagte sie und wurde rot als ihr ihre eigene Freude bewußt wurde. „Es muß jetzt eine schreckliche Zeit für Sie sein. Ich habe heute morgen die Zeitungen gelesen. Ist es nicht entsetzlich? Der arme Herr Maitland! Er ist zweimal hier gewesen und war jedesmal völlig verzweifelt."

„Wissen Sie, daß er Herrn Johnson sein ganzes Vermögen vermacht hat?"

„Aber das ist doch herrlich!" jubelte Ella.

„Mögen Sie Herrn Johnson so gut leiden?" sagte er.

„Ja, er ist ein netter Mensch", nickte sie.. „Ich kenne ihn ja nicht allzu gut, aber er war immer sehr lieb zu Ray und hat ihm viel Unannehmlichkeiten erspart. Ob er wohl jetzt, da ihm das Bankhaus gehört, Ray bewegen wird, zu den Vereinigten Maitlands zurückzukehren?"

„Ich möchte wissen, ob er Sie dazu bewegen wird . . ." Er stockte.

„Wozu?" fragte sie erstaunt.

„Johnson hat Sie sehr gern. Er hat diese Tatsache nie verheimlicht. Und jetzt ist er ein sehr reicher Mann. Nicht, daß ich glaube, daß es für Sie einen Unterschied ausmachen würde!" fügte er hastig hinzu. Und dann sagte er leise: „Ich bin nicht reich, aber. . ."

Die zarten Finger, die er mit seiner Hand umschloß, preßten die seinen in kurzem Druck, dann aber ließen sie plötzlich los.

„Ich weiß nicht", sagte sie und wendete sich ab, „Vater hat gesagt. .." Sie zögerte. „Ich weiß nicht, ob Vater damit einverstanden wäre. Er glaubt, daß in unserer gesellschaftlichen Stellung ein so riesiger Unterschied liegt."

„Unsinn!" sagte Dick ungezogen.

„Und dann ist da noch etwas." Es kostete sie Anstrengung zu sagen, was es war. „Ich weiß nicht, was Vater für einen Beruf hat, aber es muß eine Arbeit sein, über die er nie sprechen will. Etwas, das er selbst als entehrend ansieht."

Die letzten Worte sprach sie so leise, daß er sie kaum hörte.

„Nun, und vorausgesetzt, daß ich das Schlimmste über Ihren Vater wissen würde?"

Sie trat zurück und sah ihn mit gerunzelten Brauen an.

„O Gott, was ist es, Dick?"

Er schüttelte den Kopf. „Vielleicht weiß ich gar nichts, es ist nur eine wilde Vermutung. Aber Sie dürfen nichts darüber sagen, daß ich etwas weiß oder in irgendeiner Weise Verdacht geschöpft habe. Wollen Sie mir, bitte, diesen Gefallen tun?"

„Und wenn Sie alles wüßten, würde sich dann irgend etwas verändern?" fragte sie mit schwacher Stimme.

„Nicht das geringste."

Er schlang seinen Arm um ihre zuckenden Schultern und legte seine Hand unter ihr Kinn.

„Mein Liebling", murmelte er, und der jugendliche Staatsanwalt vergaß, daß es den Mord auf der Welt gab.

John Bennett freute sich, Dick zu sehen, weil er ihm gern eine Neuigkeit mitteilen wollte, die für ihn einen Triumph bedeutete. Er zeigte Dick Zeitungsausschnitte, die den Titel „Wundervolle Naturstudien", „Bemerkenswerte Filmaufnahmen eines Amateurs!" trugen. Auch hatte er einen Scheck erhalten, dessen Höhe ihm den Atem verschlug.

„Sie wissen gar nicht, was das für mich bedeutet, Gordon", sagte er. „Pardon, Hauptmann Gordon. Ich vergesse immer, daß Sie einen militärischen Titel haben. Wenn mein Junge nur seine Besinnung erlangt und nach Hause zurückkehrt, so soll es ihm ganz so gut gehen, wie er es sich immer gewünscht hat. Er ist in einem Alter, in dem die meisten Jungen Narren sind."

Es erleichterte Dick, den alten Mann so sprechen zu hören.

„Wenn es so fortgeht, werde ich heute in einem Jahr ein Künstler sein, der nur dem eigenen Vergnügen lebt", sagte John Bennett, den die Freude um zehn Jahre verjüngt hatte.

Er hatte einen Besuch in Dorking zu machen. Anscheinend wurden die Briefe, die sich auf seine mysteriösen Ausflüge bezogen, für ihn nach jener Stadt adressiert. Dick bot ihm an, ihn im Auto hinüberzufahren, aber Bennett wollte davon nichts wissen. Dick verließ Horsham mit viel leichterem Herzen, als er in die kleine Stadt gekommen war.

30

Lew Brady saß trostlos in Lolas Salon, und es war unmöglich, sich eine weniger passende Figur in diesen zarten Rahmen zu denken. Achttägiger Bartwuchs hatte ihn in einen unappetitlich aussehenden Raufbold verwandelt, und die beschmutzten Kleider, die er trug, die zerrissenen Stiefel, die ihre Farbe verloren hatten, das schmierige Hemd, machten ihn im Verein mit seinem unreinlichen Äußeren zu einer abstoßenden Figur.

Das dachte auch Lola, die ihn bedrückt ansah.

„Ich mache Schluß mit den Fröschen!" brummte Lew, „er zahlt, ja natürlich zahlt er, aber wie lange wird das noch so weitergehen, Lola? Du bist es, die mich in die Patsche gebracht hat!" Er blickte sie finster an.

„Ich habe dich in die Patsche gebracht, als du hineingebracht zu werden wünschtest", sagte sie ruhig. „Du kannst nicht dein ganzes Leben lang von meinen Ersparnissen zehren, und es war höchste Zeit, daß du etwas auf die Seite zu legen anfingst."

Er spielte mit einem silbernen Petschaft, das er zwischen den Fingern hin- und herrollte und hielt die Augen düster gesenkt, von Ahnungen gepeinigt.

„Balder ist eingesteckt und der Alte tot", sagte er. „Und das waren die Großen. Was für Chancen bleiben mir?"

„Wie lauten deine Instruktionen?" fragte sie zum zwanzigsten Male an jenem Tag. Er schüttelte den Kopf.

„Ich setze mich keiner Gefahr aus, Lola. Ich vertraue keinem, nicht einmal dir." Er nahm ein Fläschchen aus seiner Tasche und hielt es prüfend gegen das Licht.

„Was ist das?" fragte sie neugierig.

„Irgendeine Art von Schlafmittel."

„Gehört das auch zu deinen Instruktionen?" Er nickte.

„Wirst du deinen eigenen Namen tragen?"

„Nein, das nicht“, sagte er kurz. „Frag mich nicht mehr. Du siehst, daß ich dir nichts verraten will. Der Ausflug soll vierzehn Tage dauern, aber wenn es vorbei ist, dann ist es auch vorbei mit den Fröschen.“

„Und der Junge? Geht der mit dir?“

„Wie soll ich das wissen? Ich soll irgendwen irgendwo treffen, das ist das Ganze. Das letztemal für die nächsten Tage, daß ich in einem anständigen Salon sitze.“ Er nickte ihr kurz zu und ging zur Tür. Es gab eine Dienertreppe, einen Ausgang, den man von der Küche her erreichte, und er ging ihn unbeobachtet hinab und in die Nacht hinaus.

Es war von neuem Nacht, als er Barnet erreichte. Die Füße schmerzten ihn, ihm war heiß; und er fühlte sich sehr elend. Er hatte die Schmach erduldet, vom Bürgersteig durch einen Polizisten verjagt zu werden, den er mit einer Hand hätte niederschlagen können. Er verfluchte den Frosch bei jedem Schritt, den er tat. Als er Barnet verließ, lag noch ein langer Weg vor ihm, und die Dorfuhr schlug bereits elf, als er auf eine Gestalt stieß, die am Straßenrand saß. Sie war im blassen Mondlicht gerade noch sichtbar, aber er erkannte sie erst, als der Wartende zu sprechen begann.

„Sind Sie das?“ fragte eine Stimme.

„Ja, ich bin es. Und du bist Carter, nicht wahr?“

„Ach, Gott im Himmel“, staunte Ray, als er die Stimme erkannte. „Lew Brady?“

„Nichts davon!“ knurrte der andere. „Ich heiße Phenan und du bist Carter. Setz dich ein bißchen nieder, ich bin todmüde.“

„Was soll jetzt geschehen?“ fragte Ray, als sie nebeneinander saßen.

„Zum Teufel, woher soll ich das wissen?“ fragte der andere wild und zog vorsichtig seine Stiefel aus, um die wunden Füße zu reiben.

„Ich hatte keine Ahnung, daß Sie es sind!“ sagte Ray.

„Ich habe es ganz gut gewußt“, sagte der andere.

„Aber wozu man die Aufforderung an uns hat ergehen lassen, einen Ausflug in diese schöne Gegend zu machen, das weiß Gott.“

Nach einer Weile war Lew genügend ausgeruht, um den Weg fortzusetzen.

„Es gibt da irgendwo eine Scheune, die dem Kaufmann im nächsten Dorf gehört. Er wird uns für ein paar Pence dort schlafen lassen.“

„Warum versuchen wir nicht, ein Zimmer zu bekommen?“

„Sei kein Idiot!“ fiel ihm Lew ins Wort. „Wer wird ein paar Landstreicher aufnehmen? Wir wissen, daß wir sauber sind, aber die nicht. Nein, wir müssen schon den Weg gehen, den Landstreicher nehmen.“

„Wohin? Nach Nottingham?"

„Ich weiß nicht. Wenn man dir geschrieben hat, daß wir nach Nottingham gehen sollen, so sage ich dir, daß es der letzte Platz auf der ganzen Welt ist, wohin wir gehen sollen. Ich habe ein versiegeltes Kuvert in der Tasche. Wenn wir Baldock erreichen, soll ich es aufmachen."

So verbrachten sie die Nacht in der Scheune, einem zugigen Schuppen, der, wie es schien, von Hühnern und Ratten bevölkert war. Ray hatte eine schlaflose Nacht und dachte sehnsüchtig an sein liebes Bett in Maytree Haus. Merkwürdig genug, sehnte er sich keinen Augenblick nach seiner fürstlichen Wohnung in Knightsbridge zurück. Am nächsten Tag regnete es, und sie erreichten Baldock erst spät am Nachmittag. Unter dem Schutz einer Hecke öffnete Brady den Brief und las ihn, während sein Gefährte ihn erwartungsvoll beobachtete:

›Du wirst von Baidock abzweigen und den nächsten Zug nach Bath nehmen. Dann gehst Du auf der Landstraße nach Gloucester. Im Dorfe Laverstock wirst Du Carter mitteilen, daß Du mit Lola Bassano verheiratet bist. Du wirst ihn in den „Roten Löwen" führen und es ihm dort so herausfordernd wie möglich mitteilen, um einen Streit vom Zaun zu brechen. Aber unter keinen Umständen darfst Du ihm erlauben, sich von Dir zu trennen. Ihr geht weiter nach Jbbley Copse. Dort wirst Du einen Landstrich finden, wo drei abgestorbene Bäume stehen. Dort machst Du halt, nimmst das Geständnis, daß Du mit Lola verheiratet bist, zurück und entschuldigst Dich. Du trägst eine Whiskyflasche bei Dir und mußt zu dieser Zeit das Schlafmittel schon mit dem Whisky vermengt haben. Nachdem er eingeschlafen ist, gehst Du weiter nach Gloucester, Hendrystraße Nummer 289, wo Du eine vollkommene Neuausrüstung finden wirst. Hier rasierst Du Dich und kehrst mit dem 2.19-Uhr-Zug in die Stadt zurück.‹

Lew las jedes Wort, jede Silbe wieder und wieder, bis er sich den Inhalt eingeprägt hatte. Dann entzündete er ein Streichholz, hielt das Papier daran und sah zu, wie es verbrannte. Den Befehl hatte er fast auswendig gelernt.

„Was hast du für Instruktionen?" fragte Ray.

„Dieselben wie du, vermute ich. Was hast du damit gemacht?"

„Auch verbrannt", sagte Ray. „Weißt du, wohin wir gehen?"

„Wir schlagen die Straße nach Gloucester ein. Das heißt, daß wir über Land gehen müssen, bis wir die Straße nach Bath erreichen. Dort können wir den Zug nach Bath nehmen."

„Gott sei Dank!" sagte Ray inbrünstig. „Ich glaube nicht, daß ich noch einen Schritt machen kann."

Um sieben Uhr abends stiegen zwei Vagabunden auf dem Bahnhof von Bath aus einem Wagen dritter Klasse. Einer, der jüngere, hinkte leicht und setzte sich auf eine Bahnhofsbank.

„Komm weiter, hier können wir nicht bleiben", sagte der andere mürrisch. „Wir müssen in der Stadt ein Bett kriegen. Es gibt hier irgendwo eine Heilsarmeeunterkunft."

„Warte noch", sagte der Jüngere. „Ich habe vom Sitzen in dem verfluchten Wagen den Krampf bekommen. Ich kann mich kaum rühren."

Der Zug, mit dem sie angekommen waren, fuhr zur selben Zeit wie der Londoner in der Halle ein, und die Passagiere hasteten die Stufen zum unteren Durchgang hinab, während Ray ihnen neidisch nachblickte. Die hatten eine Heimat, wohin sie gehen konnten, reine, bequeme Betten, um darin zu schlafen. Der Gedanke daran verursachte ihm Pein.

Plötzlich blieb sein Auge an einer Gestalt in der Menge haften, einem großen, vierschrötigen Mann, und Ray fuhr zurück.

Es war sein Vater.

John Bennett ging die Stufen hinab, und sein zufälliger Blick erfaßte im Vorüberstreifen die zwei schmutzigen Stromer auf der Bank. Er ließ sich nicht träumen, daß der eine von ihnen sein Sohn war, für dessen Zukunft er gerade Pläne geschmiedet hatte. Er ging in die Stadt, holte seine Kamera in einer Schenke ab, wo er sie zurückgelassen hatte, hob den schweren Kasten auf den Rücken und machte sich mit seiner Reisetasche auf den Weg.

Ein Polizeimann sah ihm mißbilligend nach und schien unschlüssig, ob er ihn nicht zurückhalten solle.

Die Stärke und Ausdauer des grauhaarigen Mannes waren bemerkenswert.

Er erstieg einen Hügel, ohne seinen Schritt zu verlangsamen, erreichte den Gipfel und schritt auf der weißen Straße weiter. Unter ihm erstreckte sich das Wiesengelände von Somerset, weite Felder von Viehherden gesprenkelt und glitzernd im Licht, wo der Fluß sich durch sie hinwand. Der Himmel über ihm war leuchtend blau, hier und da mit weißen Wolken besät. Wie er so dahinging, ward sein Herz leicht. Alles, was schön und glücklich in seinem Leben gewesen war, fiel ihm ein. Er dachte an Ella und an all das, was sie ihm bedeutete, und an Dick Gordon – aber das war ein Gedanke, der ihn schmerzte. Und er flüchtete zu den Zeitungskritiken zurück.

Er schritt stetig aus. Man hatte ihm gesagt, daß man in dieser Gegend Dachse zu sehen bekäme. Ein Mann, den er im Zuge gesprochen hatte, hatte ihm ein wahres Paradies für Naturliebhaber genau bezeichnet, und es war dieser schöne

Flecken, zu dem Bennett nun mit Hilfe einer Landkarte, die er des Nachts bei einem Papierhändler gekauft hatte, den Weg nahm. Nach einer weiteren Stunde kam er in einen waldbewachsenen Hohlweg, und als er seine Karte befragte, fand er, daß er sein Ziel erreicht hatte.

Alles, was sein zufälliger Freund aus dem Zug berichtet hatte, bestätigte sich. Er sah ein Hermelin, das einem erschrockenen Kaninchen nachraste, einen Habicht, der unaufhörlich mit ausgebreiteten Fittichen über ihm kreiste, und plötzlich fand er, wonach er auf der Suche war: den kunstvoll versteckten Eingang zu einem Dachsbau.

In den Jahren, in denen er seinem Steckenpferd nachging, hatte Bennett so manche Schwierigkeit besiegt und dabei viel gelernt. Und heute wollte er beweisen, daß früheres Mißgeschick ihn die Kunst gelehrt habe, sich zu verbergen. Er brauchte lange Zeit dazu, um seinen Apparat in einem wilden Lorbeerbusch aufzustellen, und war trotzdem darauf gefaßt, daß es nötig sein würde, eine lange Aufnahme zu machen, denn er kannte den Dachs als das scheueste Tier seiner Art. Es waren junge Dachse im Bau. Bennett sah ihre Spuren, und er wußte, daß ein Dachs, der Junge hat, doppelt scheu ist. Bennett hatte den pneumatischen Auslöser durch eine elektrische Erfindung ersetzt, die ihm mit größerer Sicherheit zu arbeiten erlaubte. Er rollte den Draht seiner ganzen Länge nach ab und nahm selbst auf dem Abhang des Hügels, etwa fünfzig Meter entfernt, seinen Posten ein. Dort machte er es sich bequem. Er legte seinen Rock ab, der ihm als Kissen dienen sollte, und nahm seinen Feldstecher zur Hand.

Er hatte eine halbe Stunde gewartet, als er eine Bewegung an der Mündung des Baues zu sehen glaubte und langsam sein Glas danach richtete. Er sah eine schwarze Nasenspitze und ergriff den Auslöser. Minuten folgten auf Minuten, fünf – zehn – fünfzehn, aber es kam keine weitere Bewegung in das Dickicht, und fast war John Bennett froh darüber, denn die Wärme des Tages ließ ihn zusammen mit seiner Müdigkeit, wie er so auf dem Gras lag, ein Gefühl körperlicher Erschlaffung verspüren. Tiefer und tiefer wurde dieses wohlige Gefühl der Ermattung, das wie ein Nebel alles Sichtbare und Hörbare verdunkelte.

John Bennett schlief ein, und wie er schlief, träumte er von Erfolg und Frieden und Freiheit, von alledem, was sein Herz zerbrochen hatte. Er hörte Stimmen im Traum und einen scharfen Ton, wie einen Schuß. Aber er wußte, daß es kein Schuß war und schauderte. Er kannte diesen Ton und ballte im Schlaf krampfhaft die Hände. Der Auslöser war noch in seiner Hand.

An jenem Morgen kamen um neun Uhr zwei hinkende Vagabunden nach Leverstock. Der größere von ihnen blieb an der Tür des ›Roten Löwen‹ stehen, und ein mißtrauischer Wirt beobachtete die neuen Gäste hinter dem Vorhang hervor, der den Stammgästen der Schenke eine halbe Abgeschlossenheit gab.

„Komm herein!" brummte Lew Brady.

Ray war froh, folgen zu können. Die Gestalt des Wirtes blockierte den Eingang.

„Was wollt ihr?" fragte er.

„Wir möchten etwas trinken."

„Hier gibt es keine Gratisgetränke", sagte der Wirt und sah die zweideutigen Kunden von Kopf bis Fuß an.

„Was plappern Sie da von gratis?" fauchte Lew. „Mein Geld ist grad so rund wie das von jedem andern."

„Wenn's ehrlich erworben ist, schon", sagte der Wirt. „Laß einmal sehen."

Lew zog eine Handvoll Silber heraus, und der Wirt vom ›Roten Löwen‹ trat zurück. „Na, kommt herein", sagte er. „Aber glaubt nicht etwa, daß ihr da zu Hause seid. Ihr könnt etwas trinken, aber dann trollt euch!"

Lew bestellte brummend, der Wirt goß die beiden Gläser ein und brachte sie an den Tisch.

„Da ist deiner, Carter", sagte Lew. Und Ray schluckte das feurige Getränk hinab, an dem er fast erstickte.

„Ich werd' auch sehr froh sein, wenn ich zurückgehen kann", sagte Lew mit leiser Stimme. „Euch Junggesellen macht es ja nichts aus, aber uns Verheirateten fällt das Herumvagabundieren schwer. Auch wenn die Frauen grad nicht so sind, wie sie sein sollten."

„Ich habe gar nicht gewußt, daß du verheiratet bist", sagte Ray mit schwachem Interesse.

„Es gibt eine Menge, was du nicht gewußt hast!" höhnte der andere. „Natürlich bin ich verheiratet. Einmal hat man dir's schon gesagt, aber du hast nicht genug Hirn gehabt, um es zu glauben!"

Ray blickte den Mann voll Verblüffung an. „Meinst du vielleicht das, was Gordon gesagt hat?" Lew nickte. „Du willst doch nicht etwas sagen, daß Lola deine Frau ist?"

„Ja, natürlich ist sie meine Frau", sagte Lew kalt. „Ich weiß nicht, wie viele Männer sie schon gehabt hat, aber ich bin ihr gegenwärtiger."

„Du lieber Gott!" flüsterte Ray.

„Nun, was ist denn mit dir los? Glotz nicht so dumm drein. Ich habe ja nichts dagegen, daß du in sie verknallt bist. Mich freut's, wenn ich seh', wie man mein Weib bewundert. Sogar bei einem solchen Milchbart wie du."

„Deine Frau?" sagte Ray wieder und konnte es nicht fassen. „Und sag, gehört sie auch zu den Fröschen?"

„Warum nicht", antwortete Brady. „Und kannst du nicht ein bißchen leiser sprechen, was? Der alte Schuft da hinten am Schanktisch hört angestrengt zu. Natürlich ist sie eine Verbrecherin. Wir sind doch alle Verbrecher, du auch! Und so muß man Lola kommen, denn Verbrecher mag sie am liebsten. Vielleicht hast du bei ihr erst die richtigen Aussichten, wenn du ein oder zwei Arbeiten gedeichselt hast –"

„Du Bestie!" zischte Ray und schlug den Mann mitten ins Gesicht.

Noch bevor Lew Brady wieder auf den Füßen war, stand der Wirt zwischen ihnen: „Hinaus mit euch beiden!" brüllte er. Und zur Tür stürzend, rief er ein halbes Dutzend Männernamen. Er kam zur rechten Zeit zurück, um Brady wieder auf den Beinen zu sehen, der die Faust vor Rays Gesicht schüttelte.

„Das wirst du mir büßen, Carter!" sagte er laut. „Mit dir werde ich auch noch eines Tages abrechnen!"

„Und bei Gott, ich auch mit dir! Du Hund!" sagte Ray rasend.

Aber im gleichen Moment faßte ihn ein muskulöser Hausknecht: am Arm und warf ihn im Schwung auf die Straße hinaus. Er wartete auf Brady, der den gleichen Weg nahm.

„Mit dir bin ich fertig", sagte er. Sein ganzes Gesicht war blaß, und seine Stimme zitterte. „Mit der ganzen verdammten Bande bin ich fertig! Ich fahre nach London zurück."

„Das wirst du nicht tun", sagte Lew. „Höre doch zu, Junge. Bist du denn ganz verrückt? Wir müssen nach Gloucester kommen und unsere Aufgabe erledigen. Und wenn du nicht mit mir gehen willst, kannst du ja ein bißchen vorausgehen."

„Ich gehe allein!" sagte Ray.

„Sei kein Narr!" Lew Brady kam ihm nach und ergriff seine Hand. Eine Sekunde lang schien die Situation gefährlich, aber dann duldete Ray Bennett achselzuckend Bradys Arm um die Schultern.

„Höre", sagte Brady, „ich bin gar nicht mit Lola verheiratet; ich habe vorhin gelogen."

„Ich glaube dir nicht", sagte Bennett, nachdem sie schon eine halbe Stunde vom ›Roten Löwen‹ entfernt waren. „Warum solltest du vorhin gelogen haben?"

„Mir ist deine gute Laune schon zu dumm geworden, das ist die ganze Wahrheit. Ich mußte dir was vorlügen, um dich ein bißchen verrückt zu machen. Sonst wäre ich selber verrückt geworden."

„Aber ist das wahr, das mit Lola?"

„Aber natürlich nicht", sagte Brady verächtlich. „Glaubst du, sie macht sich etwas aus so einem Kerl, wie ich es bin? Nicht das geringste! Lola ist ein braves Mädchen. Vergiß die Dummheiten, die ich gesagt habe, Ray."

„Ich werde sie selber fragen, mich wird sie nicht belügen", sagte Ray bestimmt.

„Natürlich. Dich gewiß nicht", stimmte Lew bei.

Sie näherten sich jetzt dem vorbestimmten Ziel, einem baumbestandenen Einschnitt zwischen den Hügeln, und Bradys Augen suchten nach den drei Baumstümpfen, die der Blitz getroffen hatte. Plötzlich sah er sie.

„Komm dort hin, und ich werde dir alles erzählen", sagte er. „Ich werde heute nicht mehr weitergehen. Meine Füße sind so wund, daß ich kaum einen Schritt mehr machen kann." Er führte Ray zwischen den Bäumen über einen Teppich von Fichtennadeln hin. „Da setz dich her, Junge", sagte er. „Jetzt werden wir trinken und rauchen."

Ray setzte sich nieder und verbarg den Kopf in den Händen. Er sah so entsetzlich elend aus, daß jeder andere als Lew Brady Mitleid mit ihm gehabt haben würde.

„Die ganze Wahrheit ist", begann Lew langsam, „daß Lola dich wirklich gern hat, Junge."

„Warum hast du mir denn dann das alles gesagt? Horch!" Ray sah sich um.

„Was war das?" fragte Lew.

„Ich glaube, ich habe etwas sich bewegen gehört."

„Es ist ein Zweig abgebrochen, es kann ein Kaninchen sein. Es gibt ja Tausende hier", sagte Lew. „Nein, nein, Lola ist ein braves Mädel."

Er fischte das Fläschchen aus seiner Tasche hervor, zog den Becher vom Boden ab, schraubte den Stöpsel auf und hielt die Flasche gegen das Licht. „Ein braves Mädel!" wiederholte er geistesabwesend.

„Und sie soll nie etwas anderes werden." Er schenkte den Becher voll. „Ich werde auf ihre Gesundheit trinken. Nein, Ray, trink du zuerst!"

Ray schüttelte den Kopf. „Ich mag das Zeug nicht", sagte er.

Der andere lachte. „Für einen Kerl, der Nacht für Nacht eingepökelt war, ist das eine lustige Ansicht! Wenn du nicht einmal einen Tropfen Whisky vertragen kannst, sobald wir auf Lolas Gesundheit trinken wollen, dann bist du ein recht armer. . .“

„Gib her!“ Ray riß ihm den Becher fort, vergoß dabei ein wenig, trank aber den Rest in einem Zug hinunter und warf den Becher seinem Gefährten zu. „Uff! – der Whisky schmeckt mir aber gar nicht. Ich glaube, mir liegt überhaupt an Whisky nichts. Und es ist nichts schwerer, als vorzutäuschen, daß man gerne trinkt, wenn man es in Wirklichkeit so ungern tut wie ich.“

„Ich glaube, keiner mag ihn zuerst gern. Er schmeckt so wie Tomaten. Ein sehr feiner Geschmack.“ Er beobachtete seinen Gefährten scharf von der Seite her.

„Und wohin gehen wir von Gloucester aus?“

„Von Gloucester nirgendwohin. Wir bleiben dort einen Tag, dann wechseln wir unsere Kleider und fahren nach Haus.“

„Ist das eine stupide Idee!“ sagte Ray Bennett, riß die Augen auf und gähnte. Er legte sich ins Gras zurück, faltete die Hände unter dem Kopf und gähnte von neuem. „Du, Lew! Wer ist denn eigentlich dieser Frosch?“

Lew Brady leerte den restlichen Inhalt des Fläschchens auf das Gras, schraubte den Stöpsel wieder auf und schüttete jeden Tropfen aus dem Becher heraus, bevor er sich erhob, um zu dem schlafenden Jungen hinüberzugehen.

„He, du, steh auf!“ sagte er.

Es kam keine Antwort. „Steh auf!“

Mit einem Stöhnen drehte sich Ray um, den Kopf auf dem Arm gebettet, und nun rührte er sich nicht mehr.

Ein plötzlicher Verdacht stieg in Lew auf. War er am Ende tot? Lew erbleichte bei diesem Gedanken. Dieser so geschickt eingefädelte Streit würde genügen, ihn zu überführen. Er riß das Fläschchen aus seiner Tasche und ließ es in die Brusttasche des Schläfers gleiten. Da hörte er ein Geräusch. Als er sich umwendete, sah er, daß ein Mann ihn beobachtete. Lew starrte ihn an und öffnete die Lippen, um zu reden, aber da kam es:

„Plop!“

Er sah den Blitz der Flamme, bevor die Kugel ihn traf. Er versuchte neuerlich die Lippen zu öffnen, um zu reden, und wieder kam es:

„Plop!“

Lew Brady war tot.

Der Mann zog den Schalldämpfer von der Pistole, ging ohne jede Hast zu dem schlafenden Ray hinüber und steckte diesem die Pistole in die schlaffe Hand. Dann kam er zurück, kehrte den Körper des Toten um und sah ihm ins Gesicht.

Er entnahm drei Zigarren seiner Westentasche, zündete eine von ihnen an und steckte das Zündhölzchen sorgfältig in die Schachtel zurück. Er hatte eine Vorliebe für gute Zigarren, besonders für die anderer Leute. Dann ging er, immer noch ohne Hast, den Weg zurück, den er gekommen war, stieg zur Hauptstraße empor, nachdem er sich sorgfältig umgesehen hatte, und erreichte das Auto, das auf ihn wartete.

Im Auto saß, hinter den mit Vorhängen versehenen Scheiben verborgen, ein junger Mensch, der mit herabhängendem Mund und gläsernen Augen vor sich hinstierte. Er trug einen schlecht passenden Anzug, und ein Kragenende hing unordentlich herab.

„Du kennst diesen Ort, Bill?"

„Ja, Herr." Die Stimme klang guttural und heiser. „Jbbley Copse."

„Du hast soeben einen Mann umgebracht. Du hast ihn erschossen, so wie du es in deinem Geständnis ausgesagt hast."

Der halbidiotische Junge nickte.

„Ich habe ihn umgebracht, weil ich ihn gehaßt habe", sagte er gehorsam.

Der Frosch nickte und nahm auf dem Führersitz Platz.

John Bennett erwachte mit einem Ruck. Er sah mit reuevollem Lächeln auf den Auslöser in seiner Hand herab und begann den Draht aufzuwinden. Dann ging er zu dem Gebüsch, wo er seine Kamera versteckt hatte, und fand zu seiner Enttäuschung, daß der Zähler ihm den Verlust von ungefähr dreihundert Metern anzeigte. Er sah grollend auf das Dachsloch, und wie zum Spott kam dort wieder die Spitze einer schwarzen Nase hervor. Er schüttelte die Faust gegen sie und begann den Abstieg. Unweit vom Pfad sah er zwei Männer im Gras liegen, beide schlafend und beide Landstreicher, wie es schien. Er trug den Kurbelkasten dorthin zurück, wo er seinen Rock gelassen hatte, zog diesen an, hob den Kasten auf den Rücken und machte sich auf den Weg nach dem Dorf Laverstock, von wo er, wenn seine Uhr richtig ging, den Lokalzug erreichen konnte, der ihn bis Bath bringen würde, um dann den Londoner Schnellzug zu benützen. Und während er mit dem schweren Kasten dahinkeuchte, berechnete er seinen Verlust.

31

Elk hatte versprochen, mit Gordon in dessen Klub zu speisen. Dick wartete mehr als zwanzig Minuten über die Stunde des Rendezvous, und Elk hatte nicht abtelefoniert. Erst fünfundzwanzig Minuten später kam er in aller Eile.

„Herrgott!" keuchte er und sah auf die Wanduhr, „ich hatte keine Ahnung, daß es so spät ist."

Sie gingen zusammen in den Speisesaal, und Elk war es, als trete er in eine Kirche, solch feierliche Würde herrschte in dem stattlichen Raum mit seinen schweigsamen und wohlerzogenen Speisenden.

„Was hat Sie denn so lange aufgehalten, Elk?“ fragte Dick. „Ich beklage mich ja nicht darüber, aber wenn Sie nicht zur Zeit kommen, so mache ich mir Sorgen, was Ihnen geschehen sein könnte.“

„Mir ist gar nichts geschehen“, sagte Elk und nickte dem verlegenen Klubkellner freundlich zu. „Wir haben nur eine Untersuchung in Gloucester gehabt. Ich dachte, ich hätte eine neue Froschaffäre aufgedeckt, aber die zwei Leute, die in die Angelegenheit verwickelt waren, hatten kein Froschzeichen.“

„Um wen handelt es sich?“

„Einer heißt Phenan, das ist der Tote.“

„Ein Mord?“

„Ich glaube schon“, sagte Elk und legte sich vor. „Er war schon tot, als man ihn in Jbbley Copse fand. Den anderen hat man eingesperrt. Er war sinnlos betrunken. Wie es scheint, waren sie in Laverstock und haben schon in der Schenke zum ›Roten Löwen‹ Streit gehabt und eine Rauferei begonnen. Die Polizei wurde informiert und hat nach dem nächsten Dorf telefoniert, der Schutzmann soll auf die beiden ein Auge haben, aber sie waren noch gar nicht hingekommen. Und deshalb schickte man eine Radfahrpatrouille aus, um nach ihnen zu suchen. Es sind nämlich in der Gegend ein paar Einbrüche verübt worden. Carter, das ist der Mörder, hat man in das Gefängnis von Gloucester gebracht. Es ist ein ganz einfacher Fall, und die Polizei von Gloucester hat ja auch hochmütig über die Idee gelächelt, die Polizeidirektion davon benachrichtigen zu sollen. Aber es ist doch immerhin ein Verbrechen, das mehr als das intellektuelle Niveau der Landpolizei verlangt.“

Dicks Lippen preßten sich zusammen. „Ach, gerade jetzt sollten wir nicht großtun, wo die Landpolizei so unangenehme Kommentare über unsere Weisheit abzugeben vermag“, sagte er.

„Mögen sie“, tröstete Elk. „Diese Leute haben doch auch ein Recht auf ihre bescheidenen Vergnügungen, und ich bin der letzte, es ihnen abzusprechen. Übrigens habe ich heute schon wieder John Bennett auf einem Bahnhof getroffen, auf dem Paddington-Bahnhof diesmal. Ich hab' immer das Glück, ihn auf Bahnhöfen zu treffen. Der Kerl ist sicher ein Reisender. Diesmal habe ich mit ihm gesprochen. Er war ganz verzweifelt. Er hat mir erzählt, daß er eingeschlafen ist und im Traum auf den Auslöser gedrückt und ein Vermögen an Film verschwendet hat. Ich sagte ihm, daß ich neulich eine Notiz über seine Bilder in der Zeitung gelesen hätte. Es sah ja wirklich wie ein ungewöhnlicher Erfolg aus.“

„Ich würde es ihm aufrichtig wünschen", sagte Dick ruhig, und ein Etwas in seiner Stimme ließ seinen Gast aufblicken.

„Sie erinnern mich daran, daß ich von Freund Johnson einen Brief bekam, in dem er fragte, ob ich nicht Rays Adresse wüßte. Er hat ihn im Herons-Klub angerufen, aber Ray war schon seit Tagen nicht dort. Er möchte ihm eine Anstellung geben. Eine ganz große Anstellung. Es ist doch wirklich viel Gutes an diesem Johnson."

„Haben Sie ihm die Adresse gegeben?"

Elk nickte. „Ich gab ihm die Adresse und habe Ray besucht, aber er ist nicht mehr in der Stadt. Er ist vor ein paar Tagen fortgefahren und wird nicht allzubald zurück sein. Es wäre zu töricht, wenn er deshalb seine Stellung verlieren sollte. Ich glaube, es tat Johnson leid, zu sehen, wie der junge Mann sich aufführt. Vielleicht ist da noch ein anderer Einfluß am Werk." Dick verstand wohl, daß er Ella meinte, aber er reagierte nicht auf die Anspielung. Nach dem Essen gingen sie ins Rauchzimmer hinüber.

Während Elk mit Behagen eine der guten Zigarren seines Wirtes rauchte, schrieb Dick einen Brief an Ella, bei der seine Gedanken den ganzen langen Tag über geweilt hatten. Es war ein unnötiger Brief, ein überlanger Brief, aber die Nachricht, die Elk gebracht hatte, mochte vielleicht zu seiner Entschuldigung dienen.

Elk begann Dick eine neue Theorie darzulegen.

„Ich habe einen meiner Leute hinbeordert, um sich einmal diese Chemische Fabrik anzusehen, an die Balders Briefe gerichtet waren. Es ist eine Schwindelgesellschaft. Kaum ein Dutzend Leute sind angestellt, und auch diese nur von Fall zu Fall. Es ist eine alte Giftgasfabrik, aber sie hat eine sehr starke elektrische Anlage. Die jetzige Gesellschaft hat sie für einen Pappenstiel gekauft, und zwei Burschen, die wir in Gewahrsam nahmen, sind die nominellen Käufer."

„Wo liegt sie?" fragte Dick.

„Zwischen Newbury und Didcot. Als die Fabrik noch unter Regierungskontrolle stand, mußte sie einen jährlichen Beitrag für die Newbury-Feuerwehr leisten, und als die jetzige Gesellschaft sie übernahm, hat sie auch den Kontrakt mitübernommen. Sie hat der Feuerwehr oftmals versichert, daß sie bereit wäre, auf den Alarmdienst zu verzichten, aber diese, die im Vorteil ist und während des Krieges durch das Arrangement viel Geld verloren hat, weigert sich, den dreijährigen Kontrakt zu annullieren."

Dick war nicht im geringsten an dem Streit zwischen Löschbrigade und Fabrik interessiert, aber die Stunde war nahe, da er Elk für dieses Gespräch unendlichen

Dank schuldete. Etwa vierzehn Tage nach dem Verschwinden von Ray Bennett nahm Elk Joshua Broads Einladung zum Mittagessen an.

Elk, bei dem die Zeit keine Rolle spielte, kam wie gewöhnlich eine Viertelstunde zu spät.

„Viertel vor zwei", sagte er. „Ich kann jetzt keine Verabredung einhalten. Es sind jetzt im Büro so viel Geschichten mit meinem neuen Safe gemacht worden, den man neulich angebracht hat; irgend etwas ist dabei nicht in Ordnung und sogar der Mechaniker weiß nicht, was los ist."

„Können Sie ihn nicht öffnen?"

„Das ist eben die Geschichte. Ich kann es nicht und soll noch heute Akten herausnehmen, die von allergrößter Wichtigkeit sind. Sie haben doch so große Erfahrung in der Kriminalistik, und da dachte ich, als ich hierherging, ob Ihnen nicht eine Methode bekannt ist, vermittels der man diesen verfluchten Safe öffnen könnte? Eigentlich braucht man einen Ingenieur dazu, und wenn ich mich recht entsinne, so haben Sie einmal gesagt, daß Sie Ingenieur sind, Herr Broad?"

„Da läßt Sie Ihr Gedächtnis im Stich", sagte der Amerikaner ruhig, indem er seine Serviette entfaltete und den Detektiv mit seinem lustigen Augenzwinkern ansah. „Nein, das öffnen von Safes gehört leider nicht zu meinem Beruf."

„Es ist mir auch nicht eingefallen, das zu behaupten", versicherte Elk herzlichst. „Aber es ist mir immer aufgefallen, daß ihr Amerikaner viel geschicktere Hände habt als meine Landsleute. Also, Sie können mir keinen Rat geben?"

„Ich werde Sie mit meinem Lieblingseinbrecher bekannt machen", sagte Broad ernst, und dann lachten sie beide. „Was halten Sie eigentlich von mir?" fragte der Amerikaner unerwartet. „Ich verlange nicht, daß Sie mir ein Urteil über meinen Charakter oder meine äußere Erscheinung geben sollen. Aber was denken Sie eigentlich über meinen Aufenthalt in London, wo ich nur Amateurpolizeiarbeit leiste?"

„Ich habe niemals lange über Sie nachgedacht", sagte Elk unaufrichtig. „Aber da Sie Amerikaner sind, erwarte ich auch, daß Sie etwas Ungewöhnliches sind."

„Schmeichler!" sagte Broad.

„Oh, ich würde nie so weit gehen, Ihnen zu schmeicheln", verwahrte sich Elk.

Er entfaltete mit einer Entschuldigung sein mitgebrachtes Abendblatt.

„Sie wollen wohl nachsehen, was die ungeschwänzten Amphibien machen, was?"

Elk sah verdutzt auf.

„Die Frösche", erklärte der Amerikaner.

„Nein, ich sehe nicht gerade der Frösche wegen nach. Tatsächlich ist jetzt sehr wenig in den Zeitungen über diese interessanten Tierchen zu lesen. Aber es wird schon kommen."

„Und wann?" Die Frage klang wie eine Herausforderung.

„Wenn wir den Frosch fangen."

Herr Broad zerkrümelte eine Semmel in der Hand. „Glauben Sie, daß Sie Frosch Nummer eins früher fangen werden als ich?" fragte er ruhig, und Elk blickte ihn über die Brille hinweg an. „Das möchte ich schon lange gerne wissen", sagte er, und beider Augen trafen sich sekundenlang. Dann senkte sich Elks Blick auf die Zeitung, und plötzlich wurde seine Aufmerksamkeit durch einen Absatz gefesselt. „Rasche Arbeit", sagte er. „In dieser Beziehung sind wir euch Amerikanern über!"

„In welcher?" fragte Broad.

„Vierzehn Tage", rechnete Elk. „Und das hat gerade gereicht, um vom Schwurgericht zum Tode verurteilt zu werden."

„Wer wurde verurteilt?"

„Dieser Carter, der einen Vagabunden in der Nähe von Gloucester erschossen hat", sagte Elk.

„Carter? Von dem Mord habe ich gar nichts gelesen."

„Es gibt eigentlich keinen Beweis. Carter hat sich geweigert, zu gestehen oder den Advokaten zu instruieren. Und es muß geradezu ein Schnelligkeitsrekord unter den Mordprozessen gewesen sein. Es hat wenig darüber in den Zeitungen gestanden. Es war eigentlich auch kein interessanter Mord, und merkwürdigerweise war keine Frau im Spiel."

Elk faltete die Zeitung zusammen, und während der übrigen Mahlzeit sprachen sie von den Polizeimethoden der Vereinigten Staaten, ein Gebiet, auf dem Herr Joshua Broad eine Autorität zu sein schien. Der Zweck der Einladung war ein sehr durchsichtiger. Immer wieder versuchte Broad das Gespräch auf Balder zu bringen, und so geschickt er auch die Rede auf den Gegenstand lenkte, immer wußte Elk abzubiegen.

„Sie sind verschlossen wie eine Auster, Elk", sagte Broad und winkte dem Kellner, die Rechnung zu bringen. „Und doch könnte ich Ihnen ebensoviel über Balder sagen, wie Sie selbst wissen."

„Nun also, in welchem Gefängnis ist er?" fragte Elk.

„Er ist in Pentonville. Aufseher Nr. 7, Zelle Nr. 84", sagte Broad, und Elk setzte sich kerzengerade in seinem Sessel auf.

32

Es gibt eine Zelle im Gefängnis von Gloucester, die als allerletzte am Ende eines langen Ganges liegt. Tür an Tür mit ihr gibt es noch einen anderen Raum, aber dieser wird aus ganz besonderen Gründen nie mit Häftlingen belegt. Die Zelle, in der Ray Bennett saß, war ein wenig besser ausgestattet als die anderen. Es stand eine eiserne Bettstelle darin, ein einfacher Tisch, ein bequemer Windsorstuhl und zwei andere Stühle, auf deren einem Tag und Nacht der Wärter saß. Die Wände waren rosa getüncht. Ein großes Fenster nahe der Decke war schwer vergittert und mit durchscheinendem Glas bedeckt und ließ das bleiche Licht herein, das von einer elektrischen Birne am gewölbten Plafond verstärkt wurde. Es führten drei Türen aus der Zelle. Die eine auf den Gang, die andere in ein kleines Gelaß, das mit Waschschüssel und Badewanne ausgestattet war, die dritte in eben diesen leeren Raum mit hölzernem Boden, in dessen Mitte eine Falltür sich abzeichnete.

Ray wußte nicht, wie nahe er der Behausung des Todes war, aber hätte er das gewußt, so würde ihn das auch nicht berührt haben. Der Tod war der geringste aller Schrecken, die ihn bedrängten. Aus seinem betäubenden Schlaf aufgewacht, hatte er sich in der Zelle des Landgefängnisses gefunden, und völlig verwirrt vernahm er die gegen ihn vorgebrachte Anklage auf Mord. Er konnte sich an das Geschehen nicht erinnern. Alles, was er noch wußte, war, daß er Lew Brady um Lolas willen gehaßt hatte und ihn hätte umbringen mögen. Später sagte man ihm, daß Brady tot sei und daß man die Waffe, mit der der Mord begangen worden war, in seiner Hand gefunden hatte. Ray zerquälte sein Hirn, ob er wirklich diesen Revolver mit sich geführt hatte. Lew hatte ihm etwas Entsetzliches über Lola gesagt, und er hatte ihn erschossen.

Es befremdete Ray selbst, daß er so ganz ohne Sehnsucht Lolas gedachte. Seine Liebe zu ihr war erloschen. Er dachte an sie als an etwas Unwichtiges, das der Vergangenheit angehörte. Einzig dies lag ihm am Herzen, daß sein Vater und Ella nichts erfahren sollten. Um jeden Preis wollte er ihnen diese Schande ersparen. Er hatte vor Ungeduld gezittert, bis der Prozeß zu Ende war und er aus der Öffentlichkeit verschwinden konnte. Glücklicherweise war der Mord nicht einmal interessant genug für die ländlichen Zeitungsfotografen gewesen. Ray wünschte nur, daß alles schon vorbei wäre und er unbekannt aus dem Leben scheiden könnte. Er war Jim Carter und besaß weder Eltern noch Freunde. Und wenn er als Jim Carter sterben wollte, so mußte er auch die letzten Tage als Jim Carter verbringen. Der Wärter, der bei ihm saß, hatte ihm verraten, daß nach dem Gesetz zwischen Todesurteil und Exekution drei Sonntage vergehen müßten. Der Kaplan besuchte ihn täglich, ebenso der Gefängnisdirektor. Ein Klopfen zeigte ihm die Stunde des Besuches an, und Ray erhob sich, als der grauhaarige Beamte eintrat.

„Haben Sie irgendwelche Klagen, Carter?"

„Nein, Herr Direktor."

„Wünschen Sie etwas?"

„Nein, Herr, nichts." Der Direktor sah nach dem Tisch. Die Schreibmappe des Verurteilten war unberührt geblieben.

„Haben Sie keine Briefe zu schreiben? Sie können doch schreiben?"

„Ja, aber ich habe niemanden, an den ich schreiben möchte."

„Wer sind Sie eigentlich, Carter? Sie sind kein gewöhnlicher Landstreicher. Sie sind besser erzogen, als diese Klasse es zu sein pflegt."

„Ich bin ein ganz gewöhnlicher Landstreicher, Herr", sagte Ray.

„Erhalten Sie auch alle Bücher, die Sie wünschen?"

Ray nickte, und der Direktor ging.

Täglich kamen die unausbleiblichen Fragen. Manchmal machte der Direktor auch eine Anspielung auf seine Freunde, aber er würde dessen müde, ihn der unbenutzten Schreibmappe wegen zu befragen.

Morgens und abends durchschritt er den viereckigen Gefängnishof, von drei Wachen beobachtet und eifersüchtig vor den Blicken der anderen Gefangenen bewahrt. Seine Heiterkeit erstaunte alle, die ihn sahen.

Das Triebrad der Geschehnisse hatte ihn erfaßt, und er mußte die volle Drehung mitmachen. Er war schon ein toter Mann. Niemand nahm sich die Mühe, einen Urteilsaufschub zu erwirken, die Zeitungen brachten keine Riesenüberschriften, die einen neuen Prozeß verlangten, seinetwegen würden sich die berühmten Advokaten nicht versammeln, um über den Fall zu diskutieren. Er war ein zu uninteressanter Mörder. Er hätte Besuche empfangen dürfen, wenn er sie verlangt hätte, aber er schöpfte aus seiner Einsamkeit eine ganz seltsame Befriedigung. Eines Tages trat der Direktor in feierlicher Weise ein, und in seiner Begleitung erschien ein Herr, den Ray am Tag des Prozesses gesehen zu haben sich erinnerte. Es war der Untersheriff. Der Direktor mußte sich zweimal räuspern, bevor er sprach:

„Carter, der Staatsanwalt hat mir mitgeteilt, daß er keinen Grund sieht, den Lauf des Gesetzes aufzuhalten. Der Oberexekutor hat den nächsten Mittwoch, morgens acht Uhr, als Datum und Stunde der Hinrichtung bestimmt."

Ray neigte den Kopf. „Ich danke Ihnen", sagte er.

33

John Bennett kam aus seinem Holzschuppen, den er zur Dunkelkammer umgewandelt hatte, und in jeder Hand trug er eine flache, viereckige Kassette. „Ella, ich bitte dich, sprich jetzt nicht zu mir", sagte er, „oder ich werde diese zwei verwünschten Dinger verwechseln. Das da", er schüttelte seine rechte Hand, „ist eine Forellenaufnahme und eine wirklich wunderschöne Aufnahme!" sagte er begeistert. „Der Mann, der die Forellenfarm leitet, hat sie mich durch die Glasseite des Behälters machen lassen, und es war ein wunderbar sonniger Tag."

„Und die andere, Papa?" fragte Ella.

„Ach, das ist die verdorbene", sagte er bedauernd.

„Dreihundert Meter guter Film sind verdorben. Vielleicht habe ich zufällig auch ein Bild mit aufgenommen, aber ich kann es nicht riskieren, sie auf jeden Fall entwickeln zu lassen. Ich will sie aufheben, und eines Tages, wenn ich Geld habe, werde ich mir das Vergnügen leisten, meine Neugierde zu befriedigen."

Er trug beide Kassetten ins Haus und war im Begriff, die kennzeichnenden Etiketten zu schreiben, als Dick Gordons fröhliche Stimme unter dem Fenster erklang. Er stand hastig auf und ging zu ihm hinaus.

„Nun, Hauptmann, wie steht es?" fragte er.

„Ich hab's bekommen!" rief Dick feierlich und schwang einen Briefumschlag in die Luft. „Sie sind der erste Kinophotograph, der die Erlaubnis hat, im Zoologischen Garten Aufnahmen zu machen, aber ich mußte vor den hohen Herrschaften meinen Kotau machen, um mir die Erlaubnis zu erwirken."

Bennetts blasses Gesicht rötete sich vor Vergnügen. „Das ist ja großartig!" sagte er.

„Es sind noch niemals Aufnahmen vom Zoo gemacht worden, und Selinski hat mir eine fabelhafte Summe versprochen, falls ich ihm den Film bringe."

Ella erinnerte sich nicht, ihren Vater je lächeln gesehen zu haben.

„Die fabelhafte Summe ist bereits in Ihrer Tasche, Herr Bennett", lachte Dick.

„Es war sehr nett, sich für mich zu verwenden, Herr Hauptmann."

„Ich habe ja gewußt, daß Sie sich für Tierphotographien so sehr interessieren."

John Bennett ging mit leichterem Herzen zu seinem Pult zurück als an so manchem Tag.

Er schrieb die Zettel fertig, befeuchtete den Klebstoff und zögerte. Dann stand er auf und ging in den Garten.

„Ella, erinnerst du dich, in welcher von den zwei Kassetten der Film mit den Forellen war?“

„In der rechten Hand, Papa“, sagte sie.

„Das habe ich mir auch gedacht“, sagte er und ging, um seine Arbeit zu vollenden. Aber als er die Schildchen aufgeklebt hatte, kam ihm ein neuer Zweifel. Er besann sich nicht mehr, an welcher Seite des Tischchens er gestanden hatte, als er die Kästchen niederstellte. Dann begann er mit einem Achselzucken die Forellenaufnahme einzupacken, und die beiden jungen Leute sahen, wie er, das Kästchen unter dem Arm, zum Dorfpostamt ging.

„Noch keine Nachricht von Ray?“ fragte Dick. Das Mädchen schüttelte den Kopf.

„Was meint Ihr Vater?“

„Er spricht nie von ihm, und ich habe auch die Tatsache ihm gegenüber nicht erwähnt, daß seit Rays letztem Brief so lange Zeit vergangen ist.“ Sie schlenderten durch den Garten hin, nach dem kleinen Häuschen, das John Bennett erbaut hatte, als Ray noch ein Schuljunge war. „Und haben Sie nichts von ihm gehört?“ fragte sie. „Ich denke Sie mir immer mit einer Allwissenheit ausgestattet, die Sie vielleicht gar nicht besitzen. Haben Sie den Mann noch nicht gefunden, der Herrn Maitland erschossen hat?“

„Nein“, sagte Dick. „Aber ich würde wahrhaftig wünschen, daß ich allwissend wäre. Ich habe in all diesen Tagen immer wieder nur an dies eine gedacht ...“

Sie hob fragend den Blick, aber sie senkte ihn sogleich wieder. Eine tiefe Röte schoß über ihre blassen Wangen, und in ihre schöne Stimme trat ein zu beherrschendes Zittern.

„Woran haben Sie gedacht, Hauptmann Gordon?“

„An dich“, sagte Dick. „Nur an dich. Ob du mich liebst wie ich dich und ob du meine Frau werden willst?“

John Bennett wartete an jenem Tag lange auf seinen Lunch. Er ging hinaus, um zu sehen, wo seine Tochter blieb, da traf er Dick, und in kurzen Worten sagte ihm dieser alles. Er sah den Schmerz auf des alten Mannes Zügen und sagte, indem er die Hand auf dessen breite Schulter legte: „Ella hat sich mir angelobt und wird ihr Versprechen nicht mehr zurücknehmen, was immer auch geschieht, was immer sie auch erfährt.“

John Bennett erhob seinen Blick zu Dicks Antlitz.

„Aber Sie, werden Sie Ihr Versprechen nicht zurücknehmen, was immer Sie auch erfahren mögen?“

„Ich weiß“, sagte Dick einfach.

Ella Bennett ging an jenem Tag wie auf Wolken. Eine wunderbare Sicherheit war über sie gekommen, die alle Zweifel und Befürchtungen verbannte. Ihr Vater ging nach Dorking hinüber, und als er zurückkam, hatte sein Gesicht jenen gequälten Ausdruck, der sie tief in der Seele schmerzte.

„Ich werde wieder in die Stadt fahren müssen, Liebling", sagte er. „Es hat seit zwei Tagen ein Brief auf mich gewartet. Ich bin von meinen Aufnahmen so in Anspruch genommen gewesen, daß ich beinahe meine anderen Verpflichtungen vergessen hätte."

Der Vater suchte sie nicht mehr im Garten auf, um sie zum Abschied zu küssen, und als sie ins Haus zurückkehrte, war er in solcher Eile aufgebrochen, daß er nicht einmal seinen Apparat mitgenommen hatte.

Ella fürchtete das Alleinsein nicht, da sie auch schon in der Zeit, als Ray noch im Haus wohnte, viele Nächte hatte einsam verbringen müssen.

Sie bereitete den Tee und begann einen langen, glücklichen Brief an Dick zu schreiben. Etwa hundert Meter von der Straße entfernt war ein Postkasten angebracht. Ella entschloß sich, den Brief sogleich aufzugeben. Es war eine schöne Nacht, und die Leute standen vor ihren Haustüren und schwatzten, als sie vorüberging. Sie warf den Brief in den Kasten, kam in das Haus zurück, versperrte und verriegelte das Tor und setzte sich mit ihrem Arbeitskorb nieder, um die Stunde bis zum Schlafengehen auszufüllen.

Während sie nähte, kehrten ihre Gedanken immer wieder zu Ray zurück.

Die einzige Beleuchtung des gemütlichen Speisezimmers war eine mit einem Lampenschirm bedeckte Petroleumlampe, die auf dem Tisch neben ihr stand und ihr genügend Licht zur Arbeit gab. Außerhalb ihres Lichtkreises lag alles im Dunkeln. Ella hatte soeben die Socken ihres Vaters fertiggestopft, und stach mit einem glücklichen Seufzer die Nadel in das Polster, als ihr Blick die Tür streifte, die in die Küche führte.

Sie hatte sie vorhin geschlossen. Aber nun öffnete sie sich langsam, Zoll für Zoll.

Einen Augenblick saß Ella starr vor Schrecken da, ehe sie auf die Füße sprang.

„Wer ist da?" rief sie.

Da erschien im dunklen Türrahmen eine Gestalt, deren bloßer Anblick den Schrei in ihrer Kehle erstickte. Sie schien riesengroß in dem engen schwarzen Mantel, den sie trug. Gesicht und Kopf waren hinter einer scheußlichen Maske von Gummi und Glimmer verborgen. Das Lampenlicht reflektierte auf den großen Augengläsern und erfüllte sie mit unheimlichem Feuer.

„Schrei nicht und rühr dich nicht!" sagte der Maskierte, und die Stimme klang hohl und weit entfernt. „Ich werde dir nichts tun."

„Wer sind Sie?“ stammelte Ella.

„Ich bin der Frosch“, sagte der Fremde. Für die Dauer einer Ewigkeit stand sie hilflos, jeder Bewegung unfähig. Er begann von neuem zu sprechen. „Wie viele Männer lieben dich, Ella Bennett?“ fragte er. „Gordon und Johnson und der Frosch, und der liebt dich am meisten.“

Er machte eine Pause, als erwarte er ihre Antwort, aber sie war nicht imstande, zu sprechen.

„Die Männer arbeiten für das Weib, und sie morden für das Weib, und hinter allem, was sie tun, ob es ehrlich oder unehrlich sein mag, steht ein Weib“, sagte der Frosch. „Das Weib bist du für mich, Ella.“

„Aber wer sind Sie?“ versuchte sie zu fragen,

„Ich bin der Frosch“, wiederholte er, „und du wirst meinen Namen erfahren, wenn du selbst ihn von mir empfangen hast. Ich will dich besitzen.“ Er hob die Hand, als er das Entsetzen in ihrem Antlitz aufsteigen sah. „Und du wirst freiwillig zu mir kommen!“

„Sie sind wahnsinnig!“ rief sie. „Ich kenne Sie nicht. Wie kann ich, ach, es ist sinnlos, nur daran zu denken ... Bitte gehen Sie!“

„Ich werde gehen“, sagte der Frosch, „willst du mich heiraten, Ella?“

Sie schüttelte den Kopf.

„Willst du mein Weib werden, Ella?“ fragte er nochmals.

„Nein!“ Sie hatte ihre Ruhe und auch ein wenig Selbstbeherrschung wiedergewonnen.

„Ich will dir alles schenken, was du ...“

„Und wenn Sie mir alles Gold der Erde geben würden, ich würde Sie nicht heiraten!“ sagte sie.

„Ich will dir noch etwas viel Kostbareres schenken“, seine Stimme wurde sanfter, fast unhörbar. „Ich will dir ein Menschenleben schenken.“

Sie dachte, daß er von Dick Gordon spräche.

„Ich will dir das Leben deines Bruders schenken.“

Eine Sekunde lang drehte sich das ganze Zimmer im Kreis um sie, und ihre Hand tastete nach einem Stuhl.

„Was meinen Sie?“ fragte sie.

„Ich will dir das Leben deines Bruders geben, der im Gefängnis von Gloucester zum Tode verurteilt sitzt“, sagte der Frosch.

Mit äußerster Anstrengung klammerte sie sich an den Stuhl an.

„Mein Bruder?“ fragte sie stammelnd.

„Heute ist Montag“, sagte der Frosch. „Und am Mittwoch stirbt er! Gib mir dein Wort, daß du kommst, wenn ich dich rufe, und ich werde ihn retten.“

„Was hat er verbrochen?“

„Er hat Lew Brady getötet.“

„Brady?“ keuchte sie. Der Frosch nickte.

„Das ist nicht wahr!“ brachte sie hervor. „Sie sagen das nur, um mich zu erschrecken.“

„Willst du mein Weib werden?“ fragte er.

„Nie! Nie!“ schrie sie. „Eher sterben! Sie haben gelogen!“

„Wenn du meiner bedarfst, so rufe mich“, sagte der Frosch.

„Stelle eine weiße Karte in dein Fenster, und ich werde deinen Bruder retten.“

Sie lag vornüber auf den Tisch geworfen, den Kopf auf ihren verschränkten Armen.

„Es ist nicht wahr, es ist nicht wahr!“ schluchzte sie.

Es kam keine Antwort, und als sie aufsah, war das Zimmer leer. Sie wankte in die Küche hinaus. Die Tür, die in den Garten ging, stand weit offen. Sie lauschte ins Dunkel, aber sie vernahm keinen Schritt. Sie hatte noch die Kraft, die Tür zu verriegeln und sich in ihr Zimmer hinauf und zu ihrem Bett zu schleppen, dann fiel sie in Ohnmacht.

Das Tageslicht schien durch das Fenster, als sie zur Besinnung kam. Alle Glieder schmerzten sie, ihre Augen waren rot vom Weinen, ihr Kopf wirbelte. Aber sie fühlte sich wohler und überblickte ihr Abenteuer ruhigeren Blutes. Es war nicht wahr, konnte nicht wahr sein. Der Mann hatte sie nur erschrecken wollen.

Sie zog sich in Hast an und eilte in die Stadt, um den Frühzug zu erreichen. So viele Gedanken ihr Hirn auch durchkreuzten, so erwog sie doch keinen Augenblick lang die Übergabe, und nicht ein einziges Mal sah sie nach dem Fenster, in das eine weiße Karte hätte gelegt werden können, um das Leben ihres Bruders zu retten.

Dick und Elk saßen gerade beim Frühstück, als sie eintrat, und der erste Blick sagte ihnen, daß sie schlechte Nachrichten brachte.

„Gehen Sie nicht, Herr Elk!“ sagte sie, als der Inspektor seinen Sessel zurückschob. „Sie müssen alles erfahren.“

So kurz sie es vermochte, schilderte sie die Ereignisse der vergangenen Nacht, und Dick lauschte mit aufsteigendem Zorn.

„Ray zum Tode verurteilt?“ fragte er ungläubig.

„Das ist nicht wahr!“

„Wo sagten Sie, daß sich Ray befindet?“ fragte Elk.

„Im Gefängnis von Gloucester.“

In Gegenwart ihrer beiden Freunde schmolz Ellas Beherrschung dahin, und sie kämpfte mit den aufsteigenden Tränen.

„Gloucester?“ wiederholte Elk langsam. „Es sitzt dort ein zum Tode Verurteilter, ein Mann namens ... namens ...“ Er strengte sich an, um sich zu erinnern. „Carter“, sagte er schließlich.

„Richtig, Carter, ein Vagabund, er hat einen andern Stromer mit Namen Phenan ermordet.“

„Natürlich hat das nichts mit Ray zu tun“, sagte Dick und drückte Ellas Hand. „Dieser Unmensch hat dich nur erschrecken wollen. Wann sollte diese Hinrichtung stattfinden?“

„Morgen!“ schluchzte Ella. Nun, da die Notwendigkeit der Selbstbeherrschung fehlte, schien sie die letzte Grenze ihrer Kraft erreicht zu haben.

„Mein Liebling, weine noch nicht, Ray ist wahrscheinlich auf dem Kontinent“, tröstete sie Dick. Und als die Unterredung bei diesem Punkt angelangt war, hielt es Elk für angemessen und zartfühlend, sich leise hinwegzustehlen.

Elk war nicht ganz so fest wie Gordon davon überzeugt, daß der Frosch nur einen Streich hatte spielen wollen. Er war kaum in seinem Büro angelangt, als er seinem neuen Beamten klingelte.

„Rekord“, befahl er kurz. „Alle Details über einen Mann namens Carter, im Gefängnis zu Gloucester zum Tode verurteilt. Photographie, Fingerabdrücke und das Protokoll über das Verbrechen.“ Nach zehn Minuten kam der Beamte mit einer kleinen Mappe zurück.

„Wir haben noch keine Photographie bekommen“, sagte er. „In Mordfällen bekommen wir die vollen Berichte der Landpolizei erst nach der Hinrichtung.“ Elk verfluchte die Landpolizei mit ungewohnter Geläufigkeit und machte sich an die Durchsicht der Papiere. Diese hatten ihm wenig oder nichts zu sagen. Die Höhe und das Gewicht des Mannes schätzte er beiläufig als übereinstimmend mit dem von Ray ein. Kennzeichen waren nicht angegeben, nur die Bemerkung „leichter Bart“.

Elk fuhr auf. „Leichter Bart?“ Ray Bennett hatte sich doch aus irgendeinem Grunde einen Bart wachsen lassen? „Ach was!“ sagte er laut und warf die Fingerabdruckskarte -auf das Pult, „es ist unmöglich!“ Es war unmöglich und dennoch … Er zog die Telegrammformulare heran und schrieb eine Depesche:

›Direktor S. M. Gefängnis Gloucester, sehr dringend. Schickt mit besonderem Boten Photographie von James Carter, unter Mordanklage in Ihrem Gefängnis. An Polizeidirektion, Berichtabteilung. Bote mit dem ersten Zug fortzusenden. Sehr dringend!‹

Er nahm sich die Freiheit, dies mit dem Namen des Polizeipräsidenten zu unterzeichnen. Nachdem das Telegramm abgesandt war, kehrte er wieder zur Untersuchung der Personalbeschreibungstabelle zurück. Und plötzlich entdeckte er eine Bemerkung, die er früher übersehen hatte: „Impfnarben am rechten Unterarm.“ Das war ungewöhnlich. Die meisten Leute waren am linken Oberarm geimpft. Er zeichnete dies an und kehrte zu der Arbeit, die seiner wartete, zurück.

Mittags kam eine Antwortdepesche von Gloucester mit der Mitteilung, daß die Photographie auf dem Wege sei. Dies zumindest war befriedigend. Aber wenn sie erwies, daß es Ray war, was sollte man dann beginnen? In seinem Herzen betete Elk inständig, daß der Frosch sie belogen hatte.

Gerade vor ein Uhr rief Dick ihn an und lud ihn ein, mit Ella und ihm im Autoklub zu Mittag zu speisen. Es war dies eine Einladung, die Elk unter allen Umständen angenommen haben würde, denn er liebte es höchlichst, anderer Leute Klubs zu besuchen.

Als er ankam (ungewöhnlich pünktlich sogar), fand er das Mädchen in einer sicheren und fast fröhlichen Stimmung. Und sein rasches Auge entdeckte an ihrem Finger einen Ring von überraschender Schönheit, den er früher an ihr nie gesehen hatte.

Dick Gordon hatte von seinem freien Nachmittag guten Gebrauch gemacht.

„Ich fürchte, Elk, daß ich meine Arbeit vernachlässige“, sagte Dick, nachdem er die beiden in das fürstlich ausgestattete Speisezimmer des Autoklubs geführt, ein Kissen für den Rücken des Mädchens gesucht und ihren Stuhl genau dorthin gestellt hatte, wo er am bequemsten stand. „Aber ich vermute, Elk, Sie haben den Vormittag verbracht, ohne meine Abwesenheit zu hart zu empfinden.“

„Sicherlich habe ich das“, sagte Elk. „Es war ein sehr interessanter Vormittag. Im Ostende von London grassieren wieder die Blattern“, fuhr er fort, „und ich habe in der Direktion davon gehört, daß eine Neuimpfung des ganzen Personals durchgeführt werden soll. Wenn es etwas gibt, was ich nicht leiden mag, so ist es diese Impferei. Ich finde, ich in meinem Alter sollte schon gegen jeden Bazillus immun sein, der zufällig in der Welt umherspaziert."

Ella lächelte. „Armer Herr Elk, da fühle ich mit Ihnen. Als Ray und ich, vor ungefähr fünf Jahren, während der großen Epidemie, geimpft wurden, ist es uns schrecklich arg ergangen. Aber bei mir war es noch lange nicht so arg wie bei Ray. Er mußte fast zwei Wochen den Arm in der Schlinge tragen."

Sie zog den Ärmel ihrer Bluse hinauf und wies auf drei winzige Narben auf der Unterseite des rechten Arms.

„Der Doktor sagte, er will uns dort impfen, wo man es nicht so stark bemerkt. War das nicht einegute Idee?"

„Ja", sagte Elk langsam. „Und Ihr Bruder ist genau auf derselben Stelle geimpft worden?"

Sie nickte und fragte bestürzt: „Was haben Sie, Herr Elk?"

„Ach, ich habe so einen Olivenkern verschluckt", sagte Elk. „Ich verstehe nicht, warum nicht irgend jemand endlich anfängt, Oliven ohne Kerne zu ziehen." Er sah angelegentlich zum Fenster hinaus. „Na, Sie haben sich einen netten Tag für Ihren Besuch ausgesucht, Fräulein Bennett." Und er begann mit einem ausschweifenden und langatmigen Verdammungsurteil über das englische Klima.

Es schien Elk Stunden zu währen, bis die Mahlzeit endlich beendet war.

Ella sollte nach Gordons Haus zurückfahren, um die Kataloge anzusehen, die Dick telefonisch nach Harley Terrace bestellt hatte.

„Wollen Sie nicht ins Büro kommen?" fragte Elk.

„Ungern! Halten Sie es denn für nötig?" forschte Dick.

„Ich möchte Sie zehn Minuten lang sprechen", näselte Elk. „Vielleicht auch eine Viertelstunde."

„Kommen Sie in den Klub zurück."

„Ja, richtig, daran dachte ich gar nicht", sagte Elk.

„Vielleicht gibt es hier einen Damensalon? Ich erinnere mich, einen gesehen zu haben, als ich durch die Marmorhalle ging, und Fräulein Bennett wird nichts dagegen haben?"

„Aber gewiß nicht", sagte Ella. „Wenn ich im Weg bin, so bin ich gerne bereit, alles zu tun, was Sie nur wünschen. Führe mich in den Damensalon."

Als Dick zurückkam, saß der Detektiv rauchend da, die Ellenbogen auf dem Tisch, die braunen, mageren Hände unter dem Kinn gefaltet, und prüfte mit den Augen eines Kenners die wunderschön geschnitzte Zimmerdecke.

„Worum handelt es sich, Elk?“ fragte Gordon und setzte sich auf den Stuhl neben ihm. Elks Blicke verließen die Decke und hefteten sich auf Dicks Gesicht.

„Der Mann, der zum Tode verurteilt wurde, ist Ray Bennett“, sagte er.

34

Dicks Gesicht wurde aschfahl. „Woher wissen Sie das?“

„Die Photographie ist auf dem Weg zu uns, heute nachmittag wird sie in London sein. Aber ich brauche sie erst gar nicht zu sehen. Der Mann in Gloucester hat drei Impfnarben am rechten Unterarm.“

Es herrschte Totenstille.

„Ich wunderte mich, als Sie das Gespräch auf die Blattern brachten“, sagte Dick gefaßt. „Ich hätte mir denken können, daß etwas dahintersteckt. Was sollen wir nun machen?“

„Ich werde Ihnen lieber aufzählen, was wir nicht machen können“, sagte Elk. „Wir dürfen Bennett und Fräulein Ella nicht benachrichtigen. Ray hat sich aus guten Gründen entschlossen, seine Identität nicht zu offenbaren. Sie werden einen verdorbenen Nachmittag haben, Herr Hauptmann“, sagte Elk liebenswürdig. „Oh, ich möchte nicht mit Ihnen tauschen! Denn Sie müssen dabei Ihr leichtes Geplauder aufrechterhalten, oder die junge Dame wird erraten, daß etwas vorgeht.“

„Gott im Himmel, das ist ja entsetzlich!“ sagte Dick leise.

„Das ist wohl wahr“, gab Elk zu, „und wir können nichts machen. Wir müssen es als Tatsache hinnehmen, daß er schuldig ist. Wenn Sie anders dächten, würde es Sie verrückt machen. Und selbst wenn er so unschuldig wäre wie Sie oder ich, was für Möglichkeiten hätten wir, eine Untersuchung einzuleiten oder die Ausführung des Urteils aufzuhalten?“

„Der arme John Bennett“, sagte Dick niedergeschlagen.

„Wenn Sie anfangen wollen, sentimental zu werden“, knurrte Elk und zwinkerte dabei wütend, „dann verfüge ich mich in eine nüchternere Atmosphäre. Guten Tag!“

„Warten Sie ein bißchen, ich kann ihr momentan nicht allein gegenübertreten. Kommen Sie mit mir zurück?“

Elk zögerte und folgte dann widerwillig.

Ella vermochte aus dem Betragen der beiden den Schrecken, der auf ihren Gemütern lastete, nicht zu erraten. Elk kam von neuem auf Geschichte und Daten zu sprechen und die Enttäuschungen, die diese ihm bereitet hatten, und dies war ein ausgiebiges und geläufiges Thema, das den ganzen Weg nach Harley Terrace vorhielt.

„Gott sei Dank, die Preislisten sind gekommen!“ sagte Dick mit einem Seufzer der Erleichterung, als er den großen Stoß auf seinem Schreibtisch bemerkte.

„Und warum: Gott sei Dank?“ lächelte Ella.

„Weil ihn sein Gewissen drückt, wenn er eine Entschuldigung dafür braucht, daß er seine Arbeit im Stich läßt!“ half Elk ihm.

Der Zwang war so groß, daß er ihn unerträglich fand, und als Dick ihm nach einem beschwörenden Blick durch ein Nicken die Erlaubnis erteilte, sprang er mit einem Gefühl wie vor den Ferien auf.

„Ich muß jetzt gehen, Fräulein Bennett“, sagte er. „Ich glaube, Sie beide werden den ganzen Nachmittag brauchen, um Maytree Haus einzurichten, obgleich ...“

Soweit war es gekommen, als eine Stimme im Vorraum laut wurde. Es war die aufgeregte, schrille, hysterische Stimme einer Frau. Bevor Dick die Tür erreichen konnte, wurde sie aufgerissen, und Lola stürzte ins Zimmer. Sie war aufgelöst, verzweifelt, ihr schönes Gesicht geschwollen von Tränen.

„Gordon, Gordon! Oh, du mein Gott“, schluchzte sie. „Wissen Sie es schon?“

„Still!“ sagte Dick, denn Ella stand neben ihm. Aber Lola war außerstande zu hören und zu verstehen. „Sie haben Ray gefangen und sie werden ihn hängen! Und Lew ist tot!“

Das Unglück war geschehen.

„Mein Bruder?“ fragte Ella, starr vor Schrecken. Erst in diesem Augenblick erkannte Lola sie und nickte heftig. „Ja, ich habe es herausbekommen“, schluchzte sie. „Ich hatte Verdacht und ich schrieb. Ich habe eine Fotografie von Phenan bekommen. Ich wußte sofort, daß es Lew sei. Der Frosch hat es getan! Der Plan war monatelang vorbereitet! Ich weine nicht um Lew. – Ich schwöre, daß ich nicht um Lew weine. Aber der Junge! Es war meine Schuld, ich habe den armen Jungen in den Tod gelockt, Gordon!“ Und sie brach in hysterisches Schluchzen aus.

„Bringen Sie sie fort“, sagte Dick leise. Und Elk führte die willenlose Gestalt zur Tür hinaus.

„Ist das wahr?“ hauchte Ella.

Dick nickte. „Ich fürchte, daß es wahr ist, Ella.“

„Wenn ich' nur wüßte, wo ich Vater finden kann!“ sagte sie gefaßt.

„Glaubst du, daß es gut ist, ihn zu benachrichtigen, wo er nicht helfen kann?“

Sie forschte in seinem Gesicht.

„Ich glaube, du hast recht, Dick. Ja, Vater darf nichts erfahren. Dick, könnte ich Ray nicht sehen?"

Dick schüttelte den Kopf. „Ella, wenn Ray so tapfer geschwiegen hat, um euch das zu ersparen, so würden seine ganze Haltung und sein Mut dahin sein, wenn du ihn besuchen wolltest."

Elk kam rasch herein. „Ein Telegramm für Sie, Fräulein Bennett", sagte er. „Ich habe den Boten vor der Haustür getroffen. Es ist von Horsham nachgeschickt worden, wie ich vermute."

„öffne es, bitte", sagte das Mädchen. „Es kann von Vater sein."

Dick riß den Umschlag auf, das Telegramm lautete:

›Ihr Bild entwickelt. Kann Mord nicht verstehen. Besuchen Sie mich. Selinski-Haus, Wardourstraße.‹

„Was soll das heißen?" fragte Elk.

„Ich verstehe es auch nicht!" sagte Dick. „Kann Mord nicht verstehen? Hat dein Vater versucht, Aufnahmen für Kinostücke zu machen?"

„Nein, Liebster, sicher nicht! Das hätte er mir gesagt."

„Was für Bilder hat dein Vater an Selinski geschickt?"

Sie versuchte ihre Gedanken zu sammeln. „Es war eine Forellenaufnahme", sagte sie. „Aber er hat mir von einem verdorbenen Film erzählt. Er war auf dem Land und ist eingeschlafen, während er auf einen Dachs gewartet hat. Und die ganze Zeit hat der Apparat gekurbelt. Er wollte den Film gar nicht entwickeln lassen. Er muß ihn verwechselt haben. Selinski erwähnt die Forellen ja gar nicht."

„Wir müssen sofort nach der Wardourstraße."

Es war Elk, der so entschieden sprach, der ein Auto holte und die beiden hineinschob.

Als sie in die Wardourstraße kamen, war Herr Selinski gerade beim Lunch, und niemand wußte etwas über den Film oder hatte Erlaubnis ihn vorzuführen. Eineinhalb Stunden warteten sie auf ihn in dem schmierigen Büro, während Boten auf der Suche nach Selinski durch die Stadt jagten. Schließlich kam er, ein höflicher, gefälliger, kleiner Mann, der sich in tausend Entschuldigungen erging, obgleich er seine Besucher gar nicht hatte erwarten können.

„Ja, es ist eine merkwürdige Aufnahme", sagte er. „Ihr Herr Vater, Fräulein Bennett, ist ein sehr guter Amateur, das heißt, jetzt ist er ja Berufsfotograf. Und wenn es wahr ist, daß er die Erlaubnis für die Zoo-Aufnahmen bekommen hat, so wird er sicherlich in die erste Reihe unserer Naturfotografen treten."

Sie folgten ihm in einen großen Saal, in dem die Sessel aneinandergereiht standen. Sie setzten sich vor einen kleinen, weißen Schirm.

„Das ist unser Theater", erklärte Selinski. „Haben Sie vielleicht eine Ahnung, Fräulein, ob Ihr Vater nicht versucht hat, Kinostücke zu drehen? Denn die Szene ist an und für sich sehr gut gespielt. Auf der Etikette stand ›Forellen in einem Teich‹, oder so ähnlich. Aber es kommen weder Forellen noch ein Teich vor."

Man hörte ein Knacken, und der Raum verfinsterte sich. Dann erschien auf der Leinwand ein Bild, das im Vordergrund einen Streifen grauen, sandigen Bodens zeigte. Man sah die schwarze Öffnung eines Baues, aus der ein seltsam aussehendes Tier hervorspähte.

„Sehen Sie, das ist der Dachs", erklärte Herr Selinski. „Bis jetzt sieht es sehr vielversprechend aus, aber ich verstehe nicht, was Ihr Herr Vater weiterhin damit gemacht hat. Die ganze Stellung der Kamera wird eine andere."

Während er sprach, schwenkte das Bild ein wenig nach rechts, als ob es heftig gezogen würde. Und jetzt sah man zwei Männer, Landstreicher offenbar. Einer saß, den Kopf in den Händen, da, der andere neben ihm schenkte einen Becher voll.

„Das ist Lew Brady!" flüsterte Elk aufgeregt. Und in diesem Augenblick sah der andere Mann auf. Ella stieß einen Schrei aus.

„Es ist Ray! O Dick, es ist Ray!"

Keine Frage, er war es. Sie sahen, wie Brady ihm zu trinken anbot; sahen ihn den Becher widerwillig leeren und zurückreichen. Dann sahen sie, wie er die Arme gähnend ausstreckte und sich zum Schlaf zusammenkauerte. Die liegende Gestalt wurde auf das Gesicht gedreht, und Lew bückte sich und steckte Ray etwas in die Tasche. Sie bemerkten deutlich den Glasreflex.

„Die Flasche!" sagte Elk.

Aber dann wendete sich die Gestalt in der Mitte des Bildes hastig um. Ein Mann schritt langsam auf Lew zu. Sein Gesicht war den Beschauern unsichtbar, er wendete sich ihnen nicht ein einziges Mal während der ganzen Zeit zu. Sie sahen, wie er den Arm hob, sahen das Aufblitzen von zwei Schüssen und beobachteten atemlos, als läge Zauberbann auf ihnen, die Tragödie, die darauf folgte. Der Mörder beugte sich nieder, legte die Pistole neben den schlafenden Ray und, eben als er ... jetzt ... jetzt ... jetzt sich ihnen zuwendete, wurde die Leinwand wieder weiß, und das Licht flammte auf.

„Er ist unschuldig, Dick, er ist unschuldig!" rief Ella verzweifelt. „Hast du nicht den Mann gesehen, der geschossen hat?"

Dick erfaßte mit festem Griff ihre beiden Schultern. Sie war halb wahnsinnig vor Schmerz und Entsetzen. Und während der verblüffte Selinski verständnislos auf die Szene blickte, sagte Dick kurz und befehlend: „Du wirst jetzt zu mir nach Hause gehen, wirst ein Buch nehmen und wirst lesen. Hörst du, Ella? Du darfst nichts beginnen, eh du Nachricht von mir erhältst! Du wirst nicht aus dem Haus gehen, du wirst nur lesen und lesen die Bibel, Polizeinachrichten, was du willst, aber du darfst nicht daran denken! Elk und ich werden alles tun, was menschenmöglich ist."

Sie bemeisterte ihre wilde Angst und versuchte sogar zu lächeln. „Ich weiß, daß du es tun wirst", sagte sie, am ganzen Leib schaudernd. „Bitte, bring mich nach Haus."

Er sandte Elk nach der Fleetstraße, um auch die geringsten Berichte über den Mord in den Zeitungsbüros zu erheben, und brachte Ella selbst nach Harley Terrace.

Als sie aus dem Wagen stiegen, sah Dick, daß ein Mann vor dem Haus wartete. Es war Joshua Broad. Ein Blick auf sein Gesicht genügte, um zu erkennen, daß er von dem Mord wußte und dessen Umstände erriet. Er wartete im Vorraum, bis Dick das Mädchen in sein Arbeitszimmer geführt und jede illustrierte Zeitung, jedes Buch, das er finden konnte, vor ihr aufgestapelt hatte.

„Lola ist zu mir gekommen und hat mir alles erzählt."

„Das habe ich geahnt", sagte Dick. „Wissen Sie etwas Näheres?"

„Ich wußte nur, daß die beiden Männer in der Verkleidung von Landstreichern ausgezogen sind. Das ist das Werk des Frosches. Aber warum hat er das getan?"

„Ich weiß es", sagte Dick. „Der Frosch kam gestern nacht zu Fräulein Bennett und fragte sie, ob sie ihn heiraten will. Er versprach, ihren Bruder zu retten, wenn sie einwilligte. Aber ich kann kaum glauben, daß er den ganzen teuflischen Plan zu diesem Zweck ersonnen haben soll."

„Zu keinem anderen", sagte Broad kühl. „Sie kennen den Frosch nicht, Gordon. Der Mann ist ein Stratege. Sagen Sie, Gordon, kann ich irgend etwas für Sie tun?"

„Ich möchte Sie bitten, hier zu bleiben und Fräulein Bennett Gesellschaft zu leisten", sagte Dick.

Ella sah mit einem peinvollen Blick auf, als der Besucher ins Zimmer trat. Sie glaubte die Anwesenheit eines Fremden zu dieser Stunde nicht ertragen zu können und sah flehentlich zu Dick auf.

„Falls Sie nicht wollen, daß ich hierbleibe, Fräulein Bennett", sagte Broad, „so werde ich sogleich gehen, aber ich habe Ihnen die Mitteilung zu machen, daß Ihr Bruder sicherlich gerettet werden wird."

„O Gott, haben Sie Nachrichten von ihm?“ fragte Ella hastig.

„Ja, die habe ich, aber Sie dürfen es mir nicht verargen, wenn ich jetzt noch nicht darüber sprechen darf!“ sagte der Amerikaner fröhlich.

Dick telefonierte an die Garage nach seinem Wagen, nach demselben gelben Rolls, den Ray gelenkt hatte, als er zum erstenmal nach Horsham gekommen War. Dicks erster Besuch galt dem Büro der Staatsanwaltschaft, wo er die Tatsachen vorlegte.

„Das ist eine höchst merkwürdige Geschichte“, sagte der Oberstaatsanwalt, „aber ich bin da natürlich nicht kompetent. Sie würden besser sofort den Staatssekretär aufsuchen, Gordon.“

„Tagt das Unterhaus jetzt?“

„Nein, und ich glaube sogar, daß der Staatssekretär, der als einziger etwas für Sie tun kann, sich zur Zeit nicht einmal in der Stadt befindet. In der letzten Woche wurde eine Konferenz in San Remo abgehalten. Und ich habe so eine Ahnung, daß er auch hingefahren ist.“

Dicks Herz stand still.

„Ist niemand sonst im Ministerium des Innern, der helfen kann?“

„Der Unterstaatssekretär. Vielleicht fahren Sie zu ihm.“

Das Departement der Staatsanwaltschaft war im Ministerialgebäude untergebracht, und Dick ging geradewegs auf die Suche nach dem verantwortlichen Beamten.

Der Sekretär, dem er die Umstände erklärte, schüttelte den Kopf.

„Ich fürchte, daß wir nichts machen können, Gordon“, sagte er. „Der Staatssekretär ist auf dem Land und sehr krank.“

„Wo ist der Vizestaatssekretär?“ fragte Dick verzweifelt.

„Der ist in San Remo.“

„Und wie weit ist Herrn Whitbys Haus von der Stadt entfernt?“

„Ungefähr dreißig Meilen, diesseits von Tunbridge Wells.“

Dick schrieb die Adresse auf ein Stück Papier.

Eine halbe Stunde später raste über die Westminsterbrücke ein langer gelber Rolls Royce, der sich mit einer Sorglosigkeit durch das Gewühl hindurchdrängte, die sogar den kaltblütigsten Chauffeuren den Atem stocken ließ. Vierzig Minuten, nachdem er Whitehall verlassen hatte, eilte Dick durch eine Ulmenallee nach dem Heim des Staatssekretärs. Der Kammerdiener, mit dem er sprach, vermochte ihn nicht zu entmutigen.

„Ich fürchte, Herr Whitby wird Sie nicht empfangen können. Der Herr hat einen sehr bösen Gichtanfall gehabt, und die Ärzte haben verordnet, daß er sich von allen Geschäften fernhalten muß."

„Es ist eine Sache auf Leben und Tod", sagte Dick. „Ich muß ihn sprechen! Wenn er mich nicht empfängt, dann bleibt mir nichts übrig, als zum König zu gehen!"

Diese Botschaft, die er dem Kranken überbringen ließ, hatte eine Einladung zur Folge.

„Worum handelt es sich?" fragte der Minister scharf, als Dick hereintrat. „Ich kann mich mit keinem, wie immer gearteten Geschäft befassen. Ich leide durch diesen höllischen Fuß die Qualen eines Verdammten. Sagen Sie schnell, worum es sich handelt!" Gordon erzählte ihm rasch seine Entdeckung.

„Eine erstaunliche Geschichte!" sagte der Minister ächzend. „Wo ist denn der Film?"

„In London."

„Aber ich kann doch nicht nach London fahren, es ist mir physisch unmöglich. Können Sie nicht jemanden im Ministerium dazu veranlassen, dies zu bestätigen? Wann soll Ihr Mann gehängt werden?"

„Morgen früh um acht, Exzellenz."

Der Staatssekretär dachte nach und trommelte wütend auf die Tischplatte. „Ich wäre ja ein Unmensch, wenn ich mich weigerte, diesen gottverdammten Film zu sehen", sagte er. „Aber ich kann nicht in die Stadt fahren. Es sei denn, Sie verschaffen mir einen Krankenwagen. Vielleicht rufen Sie eine Londoner Garage an, daß sie mir einen Wagen schickt, oder, noch besser, lassen Sie mir einen vom hiesigen Spital schicken."

Alles schien sich gegen Dick verschworen zu haben. Das Krankenauto des Ortes war in Reparatur. Aber schließlich meldete man Dick aus London, daß ein Krankenauto sich in zehn Minuten auf den Weg begeben würde.

Aber zwei Stunden vergingen, bevor der Krankenwagen kam. Der Chauffeur hatte während der Fahrt zweimal die Reifen wechseln müssen. Mit großer Vorsicht und doch unter den wütenden Flüchen des Ministers, mit denen er das schmerzende Bein bedachte, wurde die Bahre in den Krankenwagen gehoben. Die Reise schien Dick kein Ende nehmen zu wollen. Er hatte an Selinski telefoniert und ihn gebeten, sein Büro so lange offenzuhalten, bis sie kämen. Es war acht Uhr abends, als der Minister in das „Theater" geleitet und der Film abgerollt wurde.

Herr Whitby verfolgte das Drama mit dem größten Interesse, und als es zu Ende war, schöpfte er tief Atem.

„So weit wäre das in Ordnung", sagte er. „Aber wie soll ich mich davon überzeugen, daß es nicht mit Absicht gestellt wurde, um dem Mann einen Aufschub zu verschaffen? Und wie soll ich mich davon überzeugen, daß der Vagabund derjenige ist, den Sie meinen?"

„Diese Sicherheit kann ich verschaffen, Exzellenz", sagte Elk. „Ich bekam heute nachmittag die Fotografien aus Gloucester."

Er zog aus seiner Brieftasche zwei Bilder hervor, das eine im Profil, das andere en face, und legte sie vor den Minister hin.

„Führen Sie den Film noch einmal vor", befahl dieser, und sie sahen die Tragödie von neuem sich abrollen.

„Aber was, um Himmels willen, hat denn der Operateur angestellt, um diesen Film aufzunehmen?"

„Er ging aus, um die Aufnahme eines Dachses zu machen. Ich weiß dies, Exzellenz, weil Herr Selinski mir alle zu seiner Verfügung stehenden Informationen mitgeteilt hat."

Der Minister sah Dick an. „Sie sind aus dem Staatsanwaltsdepartement, ich erinnere mich jetzt sehr gut an Sie. Ich muß Ihrem Manneswort glauben. Dies ist kein Fall für einen Aufschub, sondern nur für eine Wiederaufnahme des Prozesses, zur Aufklärung sämtlicher Umstände."

„Ich danke, Exzellenz", sagte Dick und wischte sich den Schweiß von der Stirn.

„Sie können mich jetzt in das Ministerium des Innern bringen", brummte der dicke Mann. „Morgen werde ich ja wahrscheinlich Ihren Namen und Ihr Gedächtnis verfluchen, obgleich ich gestehen muß, daß ich mich seit dieser Fahrt beinahe besser fühle. Ich möchte diesen Film haben."

Sie mußten warten, bis der Film in der Kassette gebracht wurde, und dann halfen Gordon und Elk dem Sekretär in das wartende Krankenauto. Um Viertel zehn lag der Urteilsaufschub zur Unterschrift des Königs bereits in Dicks Händen. Und das Wunder, das der Minister gar nicht zu hoffen gewagt hatte, begab sich. Er war imstande, mit Dicks und eines Stockes Hilfe nach seinem Auto zu humpeln.

Vor dem großen Palast standen Wagen um Wagen. Es, war die Nacht des ersten Balles in dieser Saison, und die Halle bot ein unvergeßliches Bild.

Die fürstlichen Juwelen der Damen, das Scharlachrot, Blau und Giftgrün diplomatischer Uniformen, der Glanz der Orden, so unzählbar wie nächtliche Sterne, und mehr noch die Organisation dieser prächtigen Veranstaltung fesselten Dick, während er müde und verstaubt, eine sonderbar kontrastierende Figur, an. einer Säule lehnte und das Gepränge an sich vorüberziehen ließ.

Der Minister war humpelnd in einem der Vorsäle verschwunden, kam aber fast gleich darauf zurück und winkte Dick mit dem Finger.

Dick folgte ihm, an weißhaarigen, scharlachroten und goldenen Dienern vorbei, bis sie an eine Tür kamen, vor der ein Lakai wartete.

Auf ein geflüstertes Wort klopfte der Lakai, und eine Stimme bat einzutreten.

Der Diener öffnete vor ihnen die Tür.

Von dem Tisch, an dem er gesessen hatte, erhob sich ein Mann, der die scharlachrote Uniform eines Generals trug. Quer über seine Brust schlang sich das blaue Band des Hosenbandordens. Aus seinen Augen blickte so viel Güte.und Menschlichkeit, wie Dick sie hier kaum zu finden erwartet hatte.

„Wollen Sie Platz nehmen? Bitte erzählen Sie mir jetzt den Fall so schnell Sie es vermögen, denn ich habe noch eine andere Verabredung, und Pünktlichkeit ist die Höflichkeit der Könige", lächelte er.

Er hörte aufmerksam zu und unterbrach Gordon hier und da mit einer kurzen Frage. Als Dick zu Ende war, nahm er die Feder und schrieb mit kühner, mannhafter Schrift ein Wort, löschte es ab und händigte das Dokument dem Staatssekretär aus.

„Hier ist Ihr Aufschub. Ich freue mich darüber", sagte er.

Dick, der sich über die ausgestreckte Hand beugte, hatte das Gefühl eines ungeheuren Triumphes und vergaß für einen Augenblick die schreckliche Gefahr, in der Ray geschwebt hatte. Als er in das Ministerium des Innern zurückkehrte, verabschiedete er sich mit einem sehr ernsten Ausdruck der Dankbarkeit von dem cholerischen, aber gütigen Minister, flog die Stufen zu seinem eigenen Büro hinauf und riß das Hörrohr ans Ohr. „Verbinden Sie mich mit Gloucester 8585 Amt", sagte er und wartete auf das Fernsignal. Es kam nach wenigen Minuten.

„Tut mir leid, keine Verbindung mit Gloucester, die Linie ist gestört. Die Drähte abgeschnitten."

Dick legte langsam das Telefon nieder. Und in diesem Augenblick erst entsann er sich dessen, daß der Frosch noch lebte, wachsam, mächtig, rachsüchtig wie immer.

35

Als Elk in das Zimmer des Staatsanwalts trat, saß Dick am Tisch und füllte ein Telegrammformular nach dem andern aus. Sie alle waren an den Direktor des Gloucester-Gefängnisses adressiert und enthielten die kurze Mitteilung, daß ein

Urteilsaufschub für Jim Carter auf dem Wege sei. Jedes Telegramm war nach einer anderen Route aufzugeben.

„Was heißt das?" fragte Elk.

„Das Telefon nach Gloucester ist gestört", sagte Dick. Und Elk biß sich nachdenklich auf die Lippen. „Mhm", sagte er ger dehnt. „Nun, wenn das Telefon gestört ist, dann wird auch ..."

„Daran möchte ich noch nicht glauben!" schnitt Dick ab.

Elk nahm den Apparat zur Hand. „Verbinden Sie mich mit dem Zentraltelegrafenamt", sagte er. „Ich möchte den Chef sprechen, Fräulein. Ja, hier spricht Inspektor Elk." Nach einer Pause meldete er sich wieder. „Wir wollen ein paar Telegramme nach Gloucester schicken, die Linien sind doch hoffentlich in Ordnung?"

In seinem Gesicht bewegte sich kein Muskel, während er lauschte. Dann sagte er: „Danke, vielleicht können wir mit Umweglinien arbeiten? Welches ist denn die nächste offene Stadt?" Dann wartete er. „Also, so steht es, danke."

Er legte den Hörer nieder. „Alle Drähte nach Gloucester sind durchschnitten, das Hauptkabel an drei Orten zerstört, die Verbindung mit Birmingham, die in einer unterirdischen irdenen Röhre läuft, ist an drei Stellen in die Luft gesprengt worden." Dicks Augenbrauen zogen sich zusammen.

„Versuchen Sie die Radiogesellschaft", sagte er. „Sie haben jetzt eine Station in Devizes und eine andere in der Nähe von Cheltenham, und sie könnten eine Botschaft hinüberschicken."

Elk ging ans Telefon. „Ist dort die Radiostation? Hier spricht Inspektor Elk, Polizeidirektion. Ich möchte eine Nachricht nach Gloucester schicken, nach dem Gefängnis, über ... mhm? Aber ich denke, solch eine Schwierigkeit kann man doch beheben? ... Ja, seit wann ist es denn gestört? Danke schön!" sagte er und legte das Telefon von neuem nieder.

„Es ist irgendwo ein Störsender", sagte er. „Die Radioleute sagen, daß irgend jemand im Land einen geheimen Apparat hat, der von den Deutschen während des Krieges verwendet wurde und mit dem man Sendungen der Radiostation unmöglich machen kann."

Dick sah nach der Uhr. Es war jetzt halb zehn.

„Sie können noch den 10.05-Uhr-Zug nach Gloucester erreichen, Elk, aber ich glaube, daß er nicht durchkommen wird!"

Als Elk sich von neuem geduldig an das Telefon begab, sagte er: „Als Telefonexperte habe ich viele Eigenschaften, die mich sozusagen zu einem großen Mann stempeln, denn .. . hallo! Verbinden Sie mich mit der großen Westbahn, bitte

Groß-Westbahn, Stationsvorstand .. . denn ich habe ein tadelloses Organ, eine unendliche Geduld, Vertrauen in meine Mitbürger und . . . hallo, sind Sie das, Herr Stationsvorstand? Hier spricht Inspektor Elk. Ich sagte Ihnen das vorher . . . nein, das war jemand anders ... Ist irgendeine Störung auf der Linie heute abend?"

Diesmal war die Pause länger.

„Gott im Himmel!" sagte Elk. „Gibt es irgendeine Möglichkeit durchzukommen? Was? .. . Gar keine? Wann werden die Züge wieder fahren können? .. . Danke bestens!"

Er wendete sich zu Dick. „Drei Bahnübergänge und eine Brücke bei Swindon in die Luft gesprengt. Zwei Leute verhaftet. Einer vom Eisenbahnwächter erschossen. Zwei Obergänge in Reading niedergerissen. Die Schienen in Slough in die Luft gesprengt. Ich werde mir nicht noch die Mühe nehmen, die anderen Linien anzurufen, denn wie ich sehe, ist der Frosch durch."

Dick Gordon öffnete seinen Schrank und entnahm ihm einen ledernen Mantel und einen weichen Lederhelm. Er holte aus seiner Schublade zwei bedrohlich aussehende Brownings hervor und prüfte ihre Magazine, bevor er sie in die Tasche steckte. Dann wählte er ein halbes Dutzend Zigarren aus und verpackte sie sorgfältig in die Brusttasche seines Mantels.

„Sie denken doch nicht daran, allein zu gehen, Gordon?" fragte Elk.

Dick nickte. „Doch", sagte er, „schicken Sie mir ein Polizeiauto nach und befehlen Sie den Leuten, daß sie vorsichtig fahren.

Ich denke nicht, daß man mich diesseits von Newbury aufhalten wird. Ich kann es noch erreichen, bevor es ganz finster wird. Sagen Sie Fräulein Bennett, daß der Aufschub des Urteils unterzeichnet ist, und daß ich auf dem Weg zu ihm bin." Elk schwieg, aber er folgte seinem Vorgesetzten auf die Straße hinaus und stand so lange neben dem Polizeimann, der das Auto bewacht hatte, bis Dick den Benzintank und die Reifen auf das sorgfältigste geprüft hatte. Dann winkte er dem langen, gelben Wagen nach, solange er noch etwas von ihm sehen konnte.

Dick nahm den Weg nach Bath, und eine kleine Gesellschaft von Schützen, die ihn an den beiden Flugfeldstationen von London erwartet hatte, um ihn abzuschießen, falls er den Luftweg wählen sollte, wartete vergeblich.

Er vermied die direkte Straße nach Reading und nahm einen längeren Umweg. Er kam um elf Uhr nach Newbury und hörte von ein paar neuerlichen Sprengungen von Übergängen. In der Stadt gingen die wildesten Gerüchte um.

Zwei vollbesetzte Personenzüge waren auf der unteren Linie aufgehalten worden, und das Gedränge der Passagiere staute sich in den altmodischen Straßen der Stadt. Er sprach mit dem Lokalpolizeiinspektor. Die Straße war anscheinend noch in guter Verfassung, denn kaum zehn Minuten vor Dicks Ankunft war ein Auto aus Swindon gekommen.

„Bis Swindon sind Sie auf jeden Fall sicher", sagte der Mann. „Die Gegend ist zwar in letzter Zeit von Vagabunden durchschwärmt worden, aber meine berittenen Patrouillen, die gerade zurückgekommen sind, haben auf der Landstraße nichts bemerkt."

Ein Gedanke durchblitzte Dick, und er zog den Inspektor mit sich in das Polizeigebäude.

„Ich brauche ein Kuvert und ein amtliches Papier", sagte er. Er setzte sich an das Pult und fertigte eine rohe Kopie des Urteilsaufschubs mit all seiner seltsamen Terminologie an, siegelte das Kuvert mit Wachs und steckte es in die Brusttasche. Dann nahm er das echte Dokument, zog den linken Schuh und Strumpf aus und legte es sorgfältig unter den bloßen Fuß, ehe er Strumpf und Schuh wieder anzog. Dann sprang er ins Auto und fuhr vorsichtig den Weg nach Didcot weiter. Seine Scheinwerfer beleuchteten die Straße vor ihm, trotzdem fuhr er nur mit halber Geschwindigkeit, und einer der Brownings lag auf dem Sitz neben ihm.

Er gewahrte drei umgekehrte V, von denen er annahm, daß sie die Ausläufer eines Gebäudes, möglicherweise eines Hangars wären. Aber dann entsann er sich, daß dies wohl die Chemische Fabrik sei, von der Elk ihm erzählt hatte.

Er fuhr mit immer größerer Vorsicht weiter. Er hatte eben die Bremse angezogen, als er drei rote Lichter sah, die quer über die Straße hinweg aufgestellt waren, und neben denen ein Polizist stand.

„Hier können Sie nicht weiter! Die Straße ist aufgerissen."

„Seit wann?" fragte Dick.

„Sie ist vor zwanzig Minuten gesprengt worden", war die Antwort. „Aber es gibt eine Meile zurück noch einen Seitenweg, von wo Sie auf die andere Seite der Schienen gelangen können. Hier können Sie umwenden."

Er zeigte auf einen Torweg, der offenbar in die Fabrik führte. Dick zog den Schalthebel an und ließ seinen Wagen gegen die Öffnung hin zurückfahren. Seine Hand war ausgestreckt, um die Richtung zu ändern, als der Polizist, der neben dem Auto hergegangen war, einen Hieb nach ihm führte. Gordons Kopf war gerade gebeugt, und nur der lederne Helm, den er trug, rettete ihn vor dem Tod. Der Schlag war kaum gefallen, als etwa ein halbes Dutzend Leute aus dem Schatten hervortraten. Einer sprang auf den Führersitz, warf die reglose Gestalt des Besitzers heraus, drehte die Lampen ab und fuhr weiter zurück. Die anderen trugen die roten Weglampen fort. Der Polizist beugte sich über Dick.

„Ach, ich habe geglaubt, daß er ganz hin ist", sagte er enttäuscht.

„Du kannst das ja noch immer besorgen“, sagte jemand in der Finsternis, aber der Polizeibeamte hatte anscheinend seine Meinung geändert.

„Hagn wird ihn sehen wollen!“ sagte er. „Hebt ihn auf!“

Sie trugen die leblose Gestalt über den unebenen Boden hin und durch eine Schiebetür in eine große, schlecht beleuchtete Fabrikhalle, aus der die Maschinen entfernt worden waren. An dem einen Ende der Halle war ein Raum durch Ziegelmauern abgetrennt und als Büro verwendet worden. Dorthin wurde Dick getragen und auf den Boden geworfen.

„Da hast du ihn, Hagn“, brummte der Polizeibeamte. „Ich glaube, er ist fertig.“

Hagn stand vom Tisch auf und ging zu Gordon hinüber.

„Dem ist nicht viel passiert“, sagte er. „Durch den Helm kann kein Schlag töten. Nehmt ihn ab.“ Sie nahmen den Lederhelm vom Kopf des Bewußtlosen, und Hagn untersuchte ihn flüchtig.

„Nein, ihm ist nichts geschehen“, sagte er. „Spritzt ihn mit Wasser an – nein, wartet! Wir wollen ihn lieber zuerst durchsuchen. Diese Zigarren“, sagte er und zeigte auf das braune Etui, das aus der Brusttasche herausragte, „die nehme ich.“

Das blaue Kuvert war das erste, was sie fanden. Hagn riß es auf und las.

„So!“ lachte er und sperrte das Dokument in den Rollschreibtisch, „und jetzt schüttet ihn mit Wasser an.“ Dick kam zur Besinnung. Sein Kopf schmerzte und pochte, und er hegte eine Art von Groll gegen das Bewußtsein, das man ihm aufzwang. Er setzte sich auf und rieb sich das Gesicht wie ein Mann, den man aus schwerem Schlaf weckt, blinzelte in das helle Licht und taumelte schwankend einige Schritte. Dann sah er einem nach dem andern in das grinsende Gesicht.

„Oh“, sagte er zum Schluß, „einer von euch hat mich niedergeschlagen. Wer war es?“

„Wir werden Ihnen sofort seine Karte überreichen“, spottete Hagn. „Aber wohin sind Sie mitten in der Nacht gefahren?“

„Nach Gloucester“, sagte Dick kurz.

„Ja, nach der Hölle!“ brüllte Hagn. „Hinauf mit ihm, Jungens!“

Aus dem Büro führte eine Treppe von ungestrichenen Fichtenholzstufen nach oben, und über diese wurde er halb hinaufgestoßen, halb hinaufgezogen. Der obere Raum war in Kriegszeiten das Büro des Hilfsaufsehers gewesen. Eine kleine Kohlenfadenlampe warf einen kränklichen, gelben Schimmer auf die finstere Gruppe, die Dick umringte. Er fand Zeit, seine Umgebung zu betrachten. Das Zimmer hatte ein großes Fenster, von dem aus man einen Überblick über die ganze Gegend gewann. Es war mit einer dicken Schmutzschicht überzogen, so wie der Fußboden mit Kehricht bedeckt war, den hinwegzuräumen die jetzigen Besitzer der Fabrik nicht der Mühe wert erachtet hatten.

„Durchsucht ihn noch einmal, versichert euch, daß er keine Pistolen bei sich hat und nehmt ihm die Stiefel weg!“ rief Hagn von der Treppe her. „Du wirst einen oder zwei Tage hierbleiben, Gordon! Vielleicht kannst du mit dem Leben davonkommen, wenn man uns Balder zurückgibt. Wenn aber nicht, dann ...: ›Gute Nacht, meine liebe Mutter!‹“

36

Dick Gordon wußte, daß jegliche Diskussion mit seinen Gegnern nur Zeitverlust bedeutete. Aber kaum war er allein, als er sich an eine Behandlung machte, die ihn einst ein Arzt gelehrt hatte. Er drückte das Kinn auf die Brust und seine beiden offenen Handflächen legte er hinter den Nacken, indem er mit den Fingerspitzen kräftig zudrückte und dann langsam den Kopf erhob, was ihm fast unerträgliche Qualen bereitete. Dann führte er die Finger über die Kehle. Nachdem er dies dreimal wiederholt hatte, war sein Kopf verhältnismäßig frei, und er begann die Möglichkeit der Flucht zu überdenken.

Die Tür bestand nur aus dünnem Holz, das man wohl leicht einzudrücken vermochte, aber es gab keinen andern Ausweg, als den über die Treppe. Und der Raum unter ihm war voll von Männern. Plötzlich ging das Licht aus, und das Haus lag im Dunkeln.

Er erriet, daß dies geschah, weil Hagn befürchtete, daß der Lichtschein von der Straße her bemerkt werden könnte.

Hagn hatte wirksame Maßregeln ergriffen, um dem nachfolgenden Polizeiauto, das er nach Dicks Ankunft erwarten mußte, zu begegnen. Zu Dicks Freude hatte man ihm die Zündhölzchen nicht fortgenommen, er strich eins an und sah um sich. Vor einem offenen Kamin, der mit einem unbeschreiblichen Kehrichthaufen von halb verbrannten Papieren und Staub angefüllt war, lehnte eine Stahlplatte, die man zum Anbringen von Schrauben mit Löchern versehen hatte, augenscheinlich Teil eines Tanks.

Ein großer Schalter war an der Mauer angebracht, und Dick drehte ihn, in der Hoffnung, daß er zu der elektrischen Lampe führte. Aber anscheinend stand diese mit der unteren Lichtleitung in Verbindung. Er zündete ein neues Streichhölzchen an und folgte der Leitung. Ein dicker schwarzer Draht führte in die Ecke von der Wand und der Zimmerdecke hin. Er endete plötzlich rechts vom Kamin, und aus den Spuren am Fußboden verriet Dick, daß hier irgend einmal eine Versuchsschweißanlage eingebaut gewesen war. Er setzte sich nieder, um nachzudenken. Er konnte das Murmeln der Stimmen durch den dünnen Bretterboden hören, als er sich niederließ, und hielt das Ohr an die Falltür, die er mit einem Stück Draht, den er im Kamin gefunden hatte, reinigte. Hagn schien zu sprechen.

„Wenn wir auch die Straße zwischen hier und Newbury in die Luft sprengen, so wird man den Braten riechen", sagte er.

„Das ist eine stupide Idee, die du da auskramst, Hagn. Was willst du eigentlich mit dem Kerl da oben machen?"

„Ich weiß nicht. Ich warte auf eine Nachricht vom Frosch. Vielleicht will er ihn töten."

„Es wäre aber gut, ihn als Geisel für Balder dazubehalten, wenn der Frosch denkt, daß er es wert ist."

Gegen fünf Uhr vernahm Dick Hagns Stimme, die er einige Zeit nicht mehr aus dem allgemeinen Gespräch herausgehört hatte.

„Er will, daß er stirbt!" sagte Hagn.

In Dicks Arbeitszimmer hatten zwei Menschen die ganze Nacht hindurch wach gesessen, und nun war es vier Uhr früh. Elk war fort, zum zwanzigstenmal in die Polizeidirektion gegangen und zum zwanzigstenmal wieder zurückgekehrt. Ella Bennett hatte verzweifelt versucht, Dicks Bitte zu erfüllen, hatte entschlossen Seite um Seite umgewendet, hatte stundenlang gelesen und doch nichts gelesen. Mit einem Seufzer legte sie das Buch hin, faltete die Hände und sah nach der Uhr.

„Ach, glauben Sie, daß er Gloucester erreichen wird?"

„Aber sicher", sagte Broad überzeugend. „Es ist ein Mann, der überall durchkommt. Er ist von der richtigen Art und dem richtigen Typ. Ihn kann nichts aufhalten."

Sie nahm das Buch wieder auf und sah gedankenlos auf die Seiten nieder.

„Haben Sie nichts von den Polizeiautos gehört? Herr Elk hat mir gestern abend noch eine Menge davon erzählt", sagte sie. „Aber seither hat er nicht mehr von ihnen gesprochen."

Joshua Broad befeuchtete seine trockenen Lippen.

„Oh, die sind ganz gut durchgekommen", sagte er.

Er erzählte ihr nicht, daß zwei Polizeiautos zwischen Newbury und Reading verunglückt waren und drei Leute von einer Mine getötet wurden, die mitten unter ihnen explodierte. Er teilte ihr auch nicht die Neuigkeit mit, die ein Motorradfahrer aus Swindon gebracht hatte, daß Dicks Auto dort nicht gesehen worden war.

„Es sind entsetzliche Leute! Entsetzliche!“ Sie zitterte.

„Wie konnte so eine Bande überhaupt entstehen, Herr Broad?“

Herr Broad rauchte eine seiner langen, dünnen Zigarren und paffte eine Zeit, bevor er sprach.

„Ich fürchte, ich selbst bin der Vater der Frösche“, sagte er zu ihrem Erstaunen.

„Sie?“ Er nickte.

„Ja, ich habe nicht gewußt, daß dies daraus entstehen würde. Aber jetzt ist es entstanden.“

Er schien nicht geneigt, das Wie gerade jetzt erklären zu wollen. Bald darauf hörte man ein Klingelzeichen, und da er glaubte, daß Elk vielleicht den Schlüssel vergessen hatte, erhob er sich, um die Tür zu öffnen. Aber es war nicht Elk.

„Verzeihen Sie meinen Besuch zu dieser Zeit. Sind Sie es, Herr Broad?“

Der Besucher versuchte ihn im Dunkeln zu erkennen.

„Ich bin's, Broad, ganz recht. Sie sind Herr Johnson, nicht wahr? Kommen Sie nur herein.“

Er schloß die Tür hinter ihm und drehte das Licht an. Der behäbige Mann war in einer bemitleidenswürdigen Erregung.

„Ich bin gestern nacht lange aufgeblieben“, sagte er, „und mein Diener hat mir eine Frühausgabe des Post Herald gebracht.“

„So wissen Sie es also?“

„Es ist schrecklich, schrecklich! Ich kann es kaum glauben.“

Johnson zog eine verknüllte Zeitung aus der Tasche und sah die Oberschriften an, als wolle er sich dessen nochmals vergewissern.

„Ich habe gar nicht gewußt, daß es in die Zeitungen gekommen ist“, sagte Broad.

Johnson reichte das Blatt dem Amerikaner.

„Ja, es steht drinnen. Ich glaube, der alte Whitby muß die Geschichte verbreitet haben.“

„Ich glaube, sie stammt von dem Kindmann Selinski. Ist es denn wahr, daß Ray zum Tod verurteilt ist?“

Broad nickte.

„Wie entsetzlich!“ sagte Johnson mit gedämpfter Stimme. „Gott sei Dank, daß man es rechtzeitig erfahren hat, Herr Broad“, sagte er ernst. „Ich hoffe, daß Sie Fräulein Ella Bennett sagen werden, daß sie über jeden Penny, den ich jetzt besitze, verfügen kann, um die Unschuld ihres Bruders zu beweisen. Ich vermute, es wird ein Aufschub und ein neuer Prozeß erwirkt werden? Wenn es dazu kommt, so müssen die besten Advokaten bestellt werden."

„Sie ist hier, wollen Sie nicht hereinkommen und mit ihr sprechen?"

„Hier?" staunte Herr Johnson. „Davon habe ich keine Ahnung gehabt."

„Kommen Sie nur herein. – Es ist ein Freund hier, der Sie besuchen möchte – Herr Johnson."

Der Philosoph durchschritt schnell und nervös das Zimmer und hielt dem Mädchen beide Hände hin.

„Es tut mir ja so leid, Fräulein Bennett", sagte eh „So entsetzlich leid. Und wie muß Ihnen erst zumute sein? Kann ich Ihnen helfen?"

Sie schüttelte den Kopf und hatte Tränen der Dankbarkeit in den Augen.

„Das ist sehr lieb von Ihnen, Herr Johnson. Sie haben soviel für Ray getan, und Inspektor Elk hat mir auch gesagt, daß Sie ihm eine Stellung in ihrem Büro angeboten haben."

Johnson schüttelte den Kopf. „Das will doch gar nichts heißen. Ich habe Ray sehr gern, und er besitzt ausgezeichnete Fähigkeiten. Wenn wir ihm aus dieser Patsche geholfen haben, müssen wir ihn sogleich wieder auf die Füße stellen. – Ihr Herr Vater weiß doch von nichts?"

„Gott sei Dank, nein! Wenn nur die Nachricht nicht in die Zeitung gekommen wäre", sagte sie, als Johnson ihr erzählte, wieso er von dem Geschehnis Kenntnis erlangt hatte.

„Natürlich hat Selinski sie verbreitet", sagte Broad, „ein Filmmann würde sein eigenes Begräbnis benützen, um eine Grablegung kurbeln zu können. Wie fühlen Sie sich in Ihrer neuen Lage, Herr Johnson?"

Johnson lächelte. „Ich bin noch immer ganz verwirrt und kann nicht einsehen, wodurch ich dies verdient habe. Aber heute habe ich bereits meine erste Froschwarnung bekommen. Ich komme mir selber höchst wichtig vor."

Er zog ein Stück Papier aus seiner abgetragenen Brieftasche, auf dem nur vier Worte standen: ›Sie sind der Nächste!‹ und es trug das bekannte Handzeichen des Frosches.

„Ich weiß nicht, was ich den Leuten angetan habe, aber ich vermute, daß es etwas ziemlich Schlimmes sein muß, denn zehn Minuten später brachte mir der Portier meinen Nachmittagstee. Ich nahm einen Schluck, und er schmeckte so bitter, daß ich mir den Mund mit einem Desinfektionsmittel ausspülte."

„Wann ist das geschehen?"

„Gestern", antwortete Johnson. „Heute morgen habe ich den Tee analysieren lassen, und der Chemiker erklärte, er enthalte genug Blausäure, um hundert Menschen zu vergiften. Er konnte es nicht verstehen, wie ich auch nur einen Schluck davon zu genießen vermochte, ohne ernste Folgen zu erleiden. Ich werde die ganze Angelegenheit heute der Polizei übergeben."

Die Flurtür wurde aufgesperrt, und Elk kam ins Zimmer.

„Was bringen Sie für Neuigkeiten?" fragte Ella begierig.

„Gute", sagte Elk. „Sie brauchen sich ganz und gar nicht zu beunruhigen, Fräulein Bennett. Hauptmann Gordon kommt unter allen Umständen ans Ziel. Ich vermute, daß er jetzt in Gloucester ist und im bequemsten Bett der Stadt schläft."

„Aber Sie vermuten es nur, Sie haben noch keine Nachricht aus Gloucester?" fragte Ella hartnäckig.

„Ich habe keine genauen Nachrichten, aber ich kann Ihnen versichern, daß die Nachrichten, die wir haben, nicht schlecht sind", sagte Elk. „Und da können wir wetten, daß die Dinge alle wie am Schnürchen gehen. – Wieso haben Sie von der Sache erfahren, Johnson?" fragte er. Und der frischgebackene Millionär gab die Erklärung.

„Ich hätte Selinski und seinen Operateur in das Geheimnis einweihen sollen", sagte Elk nachdenklich. „Diesen Filmleuten fehlt jede Zurückhaltung. Nun, und wie fühlen Sie sich als Krösus, Herr Johnson?"

„Herr Johnson fühlt sich nicht allzu wohl", sagte Broad. „Er hat die Aufmerksamkeit des lieben Frosches erregt."

Elk prüfte die Warnung sorgfältig. „Wann haben Sie den Wisch bekommen?"

„Ich fand ihn gestern morgen auf meinem Pult." Und er erzählte auch den Zwischenfall mit dem vergifteten Tee, bevor er sich empfahl. „Ach, Herr Elk, wenn es Ihnen gelänge, den Frosch zu fangen, so würden Sie ein gutes Werk an der Menschheit tun."

Es dämmerte schon, als Johnson fortging, und Elk schloß ihm das Haustor auf und sah ihm nach, als er die leere Straße hinunterschritt.

„Ich habe den alten Knaben gern", sagte er zu Broad. „Und er ist sicher unter einem Glücksstern geboren, denn ich verstehe nicht, warum der Alte sein Geld nicht lieber dem Baby vermacht hat..."

„Haben Sie das Kind schon gefunden?" unterbrach ihn Broad.

„Nein, das ist auch so ein Froschmysterium, das noch auf seine Aufklärung wartet."

Johnson hatte eben die Straßenecke erreicht, und sie sahen ihn die Straße überqueren, als ein Mann aus dem Schatten ihm entgegentrat. Es gab eine kurze Unterredung, dann gewahrte Elk den Blitz einer Pistole und hörte den Schuß. Johnson taumelte zurück und sein Gegner wandte sich und floh.

In einer Sekunde war Elk auf der Straße. Der Philosoph war anscheinend nicht verletzt, wenn auch sehr erschüttert.

Elk rannte um die Ecke, aber der Angreifer war verschwunden. Er kehrte zu dem Philosophen zurück, der am Rand des Gehsteiges saß und seine Glieder betastete, ob sie auch heil waren.

„Nein, nein, ich glaube, es war nur der Schock", keuchte Johnson. „Ich war auf eine solche Angriffsmethode nicht vorbereitet."

„Wie ist es denn geschehen?" fragte Elk.

„Ich begreife es gar nicht!" antwortete Johnson, der noch ganz verwirrt war. „Ich wollte die Straße überqueren, da kam ein Mann auf mich zu und fragte, ob ich Herr Johnson wäre. Und dann, ehe ich noch wußte, was geschah, hatte er geschossen."

Johnsons Rock war von der Flamme versengt.

„Nein, ich komme nicht mehr ins Haus zurück. Ich glaube auch nicht, daß man den Versuch wiederholen wird."

Es kamen soeben zwei Detektive zurück, die Harley Terrace bewacht hatten, und ihnen wurde Johnson zur Begleitung anvertraut.

„Das sind doch die geschäftigsten Leutchen, die ich kenne", sagte Elk kopfschüttelnd. „Man möchte glauben, daß sie mit der Arbeit in Gloucester zufrieden sein könnten und nicht noch eine Nebenbeschäftigung brauchten."

Es schlug sechs Uhr, aber aus dem Westen kam keine weitere Nachricht mehr. Um sieben Uhr wurde der Zustand des Mädchens bemitleidenswert. Sie hatte sich während der Nacht mit einem Mut aufrecht erhalten, der die Bewunderung der Männer erregte. Aber jetzt, da die furchtbare Stunde herannahte, schien es mit ihrer Kraft zu Ende. Um halb acht Uhr schrillte das Telefon, und Elk war mit einem Panthersprung beim Apparat.

„Hauptmann Gordon hat Didcot vor einer Stunde verlassen", besagte die Botschaft.

„Didcot?" keuchte Elk verzweifelt. Er sah auf die Uhr. „Vor einer Stunde? Dann hätte er Gloucester in sechzig Minuten erreichen müssen!"

Ella, die sich gerade dazu zwang, den Kaffee zu versuchen, den Gordons Diener im Speisezimmer serviert hatte, kam, als sie ihn sprechen hörte, ins Arbeitszimmer, und Elk wagte nicht, das Gespräch fortzusetzen. „Schon gut!“ sagte er laut und warf den Hörer hin.

„Wie lauten Ihre Nachrichten, Herr Elk?“

„Die Nachrichten?“ sagte Elk und zwang sein Gesicht in ein Lächeln, „oh, die sind gut!“

„Wer hat angerufen?“ beharrte sie.

„Ach, das?“ sagte Elk und sah das Telefon bös an, „das war ein Freund, der mich heute abend zum Essen einlud.“

Ella ging still ins Speisezimmer zurück, und Elk rief den Amerikaner mit einem Wink zu sich.

„Gehen Sie und holen Sie einen Arzt“, sagte er leise, „und sagen Sie ihm, daß er etwas mitbringen soll, was diese junge Dame für zwölf Stunden in Schlaf versenkt.“

„Schlechte Nachrichten?“ fragte Broad.

Elk nickte. „Nicht die geringste Aussicht, den Jungen zu retten“, sagte er.

37

Das Ohr auf den Boden gepreßt, hörte Dick die Worte: „Er sagt, daß er sterben muß“, und seine zersprungenen Lippen verzogen sich zu einem Grinsen. „Habt ihr ihn droben herumgehen hören?“ fragte Hagn.

„Nein, ich glaube, daß er schläft“, sagte eine andere Stimme.

„Wir werden warten müssen, bis es hell wird. Im Finstern kann man es nicht machen. Wir würden uns gegenseitig umbringen.“

Diese Ansicht wurde von den meisten Anwesenden geteilt.

Dick glaubte, sechs Stimmen zählen zu können. Er strich ein Zündhölzchen an, um nochmals die Lage zu überblicken, und wieder fiel sein Auge auf das Kabel.

Und dann kam Eingebung über ihn. Er bewegte sich lautlos über den Boden hin, er faßte den Draht und zog mit aller Gewalt daran. Unter seinem Gewicht brach der unterstützende Isolator. Zum größten Glück fielen die Stücke auf den Haufen Kehricht im Kamin und verursachten kein Geräusch. In der nächsten halben Stunde arbeitete Dick fieberhaft, indem er die Gummi-Isolierung vom Kabel abwickelte, um die Kupferdrähte freizulegen. Seine Hände bluteten. Seine Nägel brachen, aber nach Ablauf einer Stunde harter Arbeit hatte er das Ende des Kabels bloßgelegt. Mit Befriedigung entsann er sich, daß die Tür nach außen aufging, und indem er die Stahlplatte mit unendlicher Mühe aufhob, legte er sie so dicht an die Tür, daß jeder darauftreten mußte, der ins Zimmer wollte,. Dann begann er die losen Kupferdrähte des Kabels in den Schraubenlöchern der Platte zu befestigen.

Er war kaum damit fertig, als der Tag anbrach und das Licht durch das Glasdach der Fabrik zu strömen begann. Dick hörte schwaches Flüstern und ein leises Knacken, als ob die Riegel an der Tür zurückgeschoben würden. Er kroch zum Schalter und drehte ihn auf. Die Tür wurde aufgerissen, und ein Mann trat auf die Platte. Bevor noch sein Schrei den zweiten, der ihm folgte, zu warnen vermochte, lagen sie besinnungslos am Boden.

„Was ist denn los, zum Teufel?“ Das war Hagns Stimme. Er kam die Stufen hinaufgelaufen und setzte den Fuß auf die elektrische Platte. Er stand eine Sekunde lang bewegungslos, dann fiel er mit einem Keuchen zurück, und Dick hörte den Krach, mit dem er die Treppe hinabstürzte.

Da wartete er nicht länger.

Er sprang mit einem weiten Satz über die Platte hinweg, rannte die Stufen hinab und stieg über den Körper des bewußtlosen Hagn.

Das kleine Büro war leer. Auf dem Tisch lag eine seiner Pistolen. Er ergriff sie und rannte durch die lange, öde Fabrikhalle, die ihn endlos dünkte, riß eine Tür auf, und dann war er im Freien.

Er hörte einen Schrei, und als er sich wendete, sah er zwei von der Bande, die ihn verfolgten. Er hob die Pistole und drückte ab. Es knackte, aber Hagn hatte das Magazin entleert. Ein Browning ist eine wunderbare Waffe, selbst wenn er nicht geladen ist. Dick Gordon schlug mit dem Lauf auf den Kopf des Mannes, der ihn fassen wollte, dann rannte er weiter.

Er begriff, daß er sich geirrt hatte, als er annahm, daß nur sechs Männer im Gebäude anwesend waren. Es waren wohl an zwanzig darin, und die meisten in Hörweite. Dick versuchte, die Straße zu erreichen, von der ihn nur einige Büsche trennten. Aber damit beging er einen Fehler. In den Büschen war ein Stacheldrahtzaun versteckt, und er mußte auf dem unebenen Boden weiterlaufen. Unbeschuht, wie er war, empfand er jeden Stein schmerzhaft. Sein langsames Weiterkommen machte es seinen Verfolgern möglich, ihn zu überholen.

Dick machte einen Bogen und lief nach dem zweiten der drei Fabrikbauten zurück. Nun aber waren sie hinter ihm. Er konnte das Keuchen des Führers hören, und er selbst war mit seinen Kräften zu Ende. Aber da sah er gerade vor sich an der Mauer eine große, runde Feueralarmscheibe, und wie ein Blitzschlag flammte die Erinnerung an eine gleichgültige Unterredung auf. Er zerschmetterte das Glas mit der bloßen Faust und riß an der Glocke. Aber in dieser Minute fielen sie auch schon über ihn her. Er kämpfte, doch solcher Überzahl gegenüber war Widerstand nutzlos. Er mußte Zeit gewinnen.

„Laßt ab, Jungens!“ brüllte er. „Hagn ist tot!“

Das war eine unglückselige Konstatierung, denn im gleichen Moment kam Hagn aus dem gegenüberliegenden Gebäude, wohl matt und mitgenommen, aber doch höchst lebendig. Er war fahl vor Schmerz und Zorn und kauderwelschte in einer Sprache, die Dick nicht verstand und für Schwedisch hielt.

„Dafür sollst du mir büßen! Du sollst selbst den elektrischen Strom kosten, du Hund!“

Er schlug mit der Faust nach Dicks Gesicht, aber Dick wendete den Kopf zur Seite, und die Faust schlug hart auf dieMauer auf. Mit einem Wutschrei sprang Hagn auf ihn los und kratzte und kniff ihn mit beiden Händen. Aber gerade dies wurde Dicks Rettung; denn die Männer, die seinen Arm festgehalten hatten, ließen von ihm ab, um ihrem Anführer leichteres Spiel zu gewähren. Dick versetzte Hagn einen genau berechneten Schlag gegen den Magen, und mit einem gellenden Aufschrei brach der Schwede zusammen.

Ehe ihn jemand aufzuhalten vermochte, war Dick fort wie der Wirbelwind, und diesmal rannte er auf das Tor zu. Er hatte es schon erreicht, als eine Hand nach ihm faßte. Er schleuderte sie beiseite und taumelte aus dem Tor, gerade, als von der langen Straße her der Ton von Glocken kam und das Glitzern von Messing und das Leuchten von scharlachenem Rot. Alles ging schnell.

Ein Feuerwehrauto raste mit größter Geschwindigkeit heran. Einen Augenblick starrten die Frösche dem Wagen entgegen, dann machten sie, ohne sich weiter um die Beute zu kümmern, kehrt und rannten fort.

Dick erklärte dem Chef der Löschmannschaft in wenigen Worten die Situation. Schon kam ein zweiter Wagen in halsbrecherischer Eile heran, und die Feuerwehrleute waren Männer, die sich vor Fröschen nicht fürchteten.

Während Hagn gebunden in das eine Auto getragen wurde, sah Dick auf die Uhr. Der Zeiger stand auf sechs.

Dick rannte zu seinem Rolls und machte sich auf das Schlimmste gefaßt.

Aber Hagn hatte keinen Versuch gemacht, den Wagen außer Betrieb zu setzen. Vielleicht hatte er den Plan erwogen, ihn für sich selbst zu behalten. Drei Minuten später schwang sich Dick barhaupt, schmutzig, die Zeichen von Hagns Krallen im Gesicht, ans Steuer und sauste nach Gloucester. Er hätte auch dann kaum schneller fahren können, wenn er es geahnt hätte, daß seine Uhr stehengeblieben war.

In halsbrecherischem Tempo fuhr er durch Swindon und war schon auf der Straße nach Gloucester, als er wieder auf die Uhr sah.

Es war immer noch sechs, und sein Herzschlag setzte aus.

Er fuhr mit der größtmöglichen Geschwindigkeit, aber die Straße war schlecht und voller Windungen, und einmal geschah es, daß er beinahe aus dem Auto fiel, als er gegen einen Wegvorsprung streifte. Ein Reifen platzte, aber er konnte das Auto wieder gerade richten und fuhr auf dem flachen Reifen weiter. Die Schnelligkeit wurde dadurch bedeutend vermindert. Und es wurde ihm heiß und kalt, als er so Meile um Meile dahinfuhr, ohne ein Zeichen von der Stadt zu gewahren.

Und dann, als er die Kirchturmspitzen von Gloucester auftauchen sah, platzte der zweite Reifen. Aber er konnte nicht halten. Er mußte weiter, und wenn er auf den bloßen Felgen in Gloucester ankommen sollte. Aber nun wurde sein Tempo im Vergleich zu der wilden Jagd, die ihn durch Berkshire und Wiltshire bis nach Somerset gebracht hatte, unangenehm langsam.

Er fuhr in die Vororte der Stadt ein. Die Straßen waren entsetzlich. Er wurde von einem Straßenbahnwagen aufgehalten, und als er die Warnung eines Polizisten mißachtete, kam er beinah unter die Räder einer großen Straßenwalze, und nun sah er auch, wie spät es war. Es fehlten zwei Minuten auf acht. Und das Gefängnis war noch eine halbe Meile entfernt. Er biß die Zähne zusammen und betete.

Als er in die Hauptstraße einfuhr und die Tore des Gefängnisses vor sich sah, schlugen die Glocken der Kathedrale acht, und Dick schien der Klang schrecklich, wie der der Posaunen am Tage des Jüngsten Gerichts. Er wußte, daß Ray Bennetts Tod auf die Sekunde pünktlich erfolgen würde. Bei dem Gedanken an die Herzensangst dieses Augenblicks wurde er aschfahl. Er brachte den rumpelnden Wagen vor dem Gefängnistor zum Stehen und taumelte auf die Glocke zu. Zweimal läutete er, aber das Tor blieb geschlossen. Dick zog seine Socken aus, und das durchweichte, beschmutzte Dokument war mit Blut überströmt, denn seine Füße bluteten. Wieder läutete er mit der Wut der Verzweiflung. Dann öffnete sich ein kleines Gitter, und das, finstere Gesicht eines Wärters erschien.

„Sie dürfen nicht herein“, sagte er. „Wissen Sie nicht, was hier geschieht?“

„Ministerium des Innern!“ keuchte Dick heiser. „Botschaft vom Ministerium des Innern. Ich habe gerade den Urteilsaufschub bekommen!“

Das Gittertürchen schloß sich, und nach einer Ewigkeit wurde der Schlüssel umgedreht und das schwere Tor aufgetan.

„Ich bin Hauptmann Gordon von der Staatsanwaltschaft“, sagte Dick. „Und ich habe einen Aufschub für Jim Carter.“

Der Wärter schüttelte den Kopf. „Die Hinrichtung hat vor fünf Minuten stattgefunden“, sagte er.

„Aber die Kirchturmuhr“, keuchte Dick.

„Die Kirchturmuhr geht vier Minuten nach“, sagte der Wärter. „Ich fürchte, Carter ist tot.“

38

Ray Bennett erwachte nach einem erquickenden Schlaf und setzte sich im Bett auf. Einer der Wärter, die die ganze Nacht bei ihm gewacht hatten, stand auf und kam zu ihm.

„Wollen Sie Ihre Kleider haben, Carter? Der Direktor meint, es würde Ihnen nichts daran liegen, die alten Sachen zu tragen.“

„Er hat recht“, sagte Ray dankbar. „Dieser Anzug sieht ganz gut aus“, sagte er, als er die Hose anzog.

Der Wärter hustete. „Ja, es ist ein guter Anzug“, stimmte er bei. Mehr sagte er nicht, aber etwas in seinem Gehaben verriet die Wahrheit. Es waren Kleider, in denen schon ein anderer Mann gehängt worden war. Und doch zitterten Rays Hände nicht, als er sie anlegte. Um sechs Uhr brachte man ihm das Frühstück.

Seine Blicke schweiften von neuem zur Schreibmappe, aber er streckte die Hand nicht nach ihr aus. Der Kaplan kam, ein ruhiger Mann, Kraft in jeder Linie seines beweglichen Antlitzes. Sie plauderten eine Weile, und dann riet der Wärter, Ray möge sich in dem gepflasterten Hofraum ein wenig Bewegung machen. Ray freute sich darüber, er wollte noch einmal den blauen Himmel sehen. Dennoch wußte er, daß dies keine selbstlose Güte war, und erriet auch wohl, warum dieser Vorzug ihm gewährt wurde, als er Arm in Arm mit dem Priester im Hofe hin und her ging. Man bereitete die Exekutionszelle neben der seinen vor und wünschte seine Gefühle zu schonen. Eine halbe Stunde später war er wieder in seiner Zelle.

„Wollen Sie noch ein Geständnis machen, Carter? Heißen Sie überhaupt so?“

„Nein, Herr“, sagte er ruhig, „aber es tut nichts zur Sache.“

„Haben Sie den Mann getötet?“

„Ich weiß es nicht“, sagte Ray. „Ich wünschte ihn zu töten, daher ist es möglich, daß ich es getan habe.“

Zehn Minuten vor acht kamen der Direktor und der Sheriff in die Zelle, um ihm die Hand zu schütteln. Die Uhr in der Gefängnishalle ging langsam, aber unerbittlich vorwärts. Durch die offene Tür der Zelle konnte Ray sie sehen, und der Direktor, der dies bemerkte, schloß sie sanft, denn es fehlte noch eine Minute auf acht, und sie mußte sich bald wieder öffnen. Ray sah, wie die Klinke von außen niedergedrückt wurde, und eine Sekunde lang verließ ihn die Fassung. Er wendete sich ab, um den Mann, der jetzt eintreten mußte, nicht zu sehen. Er fühlte seine Hände von rückwärts zusammengebunden.

„Möge mir Gott vergeben! Möge mir Gott vergeben!" murmelte jemand hinter ihm, und beim Klang dieser Stimme wendete Ray sich mit einem Ruck um und sah dem Henker ins Gesicht.

Der Henker war John Bennett.

Vater und Sohn, Henker und Verurteilter, standen einander gegenüber. Mit fast unhörbarer Stimme hauchte John Bennett das Wort: „Ray!"

Ray nickte. Es war seltsam, daß in diesem Moment seine Gedanken zu den geheimnisvollen Fahrten seines Vaters zurückstreiften. Er entsann sich des Hasses, den dieser gegen seinen Beruf gehegt hatte, in den ihn Umstände gedrängt hatten.

„Ray!" hauchte der Mann nochmals.

„Kennen Sie diesen Mann?" Es war der Direktor, der so fragte, und seine Stimme zitterte vor Erregung.

John Bennett wendete sich ihm zu.

„Er ist mein Sohn", sagte er und zog an den Fesseln, um sie zu lösen.

„Bennett, Sie müssen das Urteil vollstrecken!" Nun klang die Stimme fest und schrecklich.

„Vollstrecken? Meinen eigenen Sohn umbringen? Sind Sie wahnsinnig? Halten Sie mich für wahnsinnig?" Er schloß Ray in die Arme und drückte sein Gesicht fest gegen dessen bärtige Wange.

„Mein Junge! Mein Junge!" sagte er und strich ihm das Haar zurück, wie er es in Rays Kindheit getan hatte. Dann riß er sich plötzlich zusammen, stieß den Jungen durch die offene Tür in die Todeskammer, folgte ihm, schlug die Tür zu und verriegelte sie.

Ray sah das baumelnde gelbe Seil, das Zeichen auf der Falltür, und taumelte bebend gegen die Mauer, die Augen geschlossen.

Dann zerhieb John Bennett das Seil, zerhieb es, daß die Stücke zu Boden fielen. Es gab einen Krach, die Falltüren öffneten sich, und in die gähnende Öffnung schleuderte er das abgeschnittene Seil. Ray starrte ihn fassungslos an. Und während die Schläge gegen die Tür donnerten, kam der Alte auf ihn zu, nahm sein Gesicht in die Hände und küßte ihn.

„Kannst du mir vergeben, Ray?" fragte er gebrochen. „Ich mußte es tun. Ich verhungerte beinahe, bevor ich mich dazu hergab. Ich war gerade aus einer medizinischen Schule gekommen, und die Sache schien mir nicht so schrecklich. Ich versuchte alle möglichen Berufe, um Geld zu verdienen, und lebte mein ganzes Leben in Angst, daß jemand mit dem Finger auf mich zeigen und sagen würde: „Da geht Ben, der Scharfrichter!"

„Ben, der Scharfrichter?" fragte Ray verwundert. „Du bist Ben?"

Der Alte nickte.

„Kommen Sie heraus, Ben. Ich gebe Ihnen mein Ehrenwort, daß ich die Hinrichtung auf morgen verschieben werde. Ihr könnt nicht hierbleiben!"

John Bennett sah auf das abgeschnittene Seil. Die Hinrichtung konnte nicht ausgeführt werden, denn es gab eine Vorschrift, die verlangte, daß ein völlig ungebrauchtes Seil vom Polizeidirektionsgefängnis geliefert werden mußte. Die gesamte Ausrüstung der Hinrichtung, bis auf das Stück Kreide, mit dem das T auf die Klappe gezeichnet wurde, auf das der Mann seine Füße stellen sollte, mußte genauestens aus dem Hauptgefängnis gebracht und ebenso genau zurückgestellt werden. John Bennett zog den Riegel zurück und trat hinaus.

Die Gesichter der Leute in der Gefangenenzelle waren geisterbleich.

Der Gefängnisarzt schien zusammengeschrumpft, der Sheriff saß auf dem Bett und hatte das Gesicht in den Händen verborgen.

„Ich werde nach London telegraphieren und die Umstände mitteilen", sagte der Direktor. „Ich verdamme Sie Ihrer Handlungsweise wegen nicht, Ben, es wäre ungeheuerlich, zu erwarten, daß Sie das vermocht hätten!" Ein Wärter kam den Gang herabgerannt. Hinter ihm hinkte ein barhäuptiger, staubbedeckter Mann, mit zerkratztem Gesicht, über das vertrocknete Blutstreifen hinliefen, die Augen rotgeschwollen vor Müdigkeit. Eine Minute lang erkannte ihn John Bennett nicht.

„Aufschub von des Königs eigener Hand", stammelte Dick Gordon schwankend und überreichte das blutbefleckte Kuvert dem Direktor.

39

Während des ganzen Tages lag Ella Bennett halb wachend, halb im Schlaf. Sie erinnerte sich später, daß der Arzt gekommen war und sie auf Elks flehentliche Bitte das zubereitete Getränk zu sich genommen hatte. Und obgleich sie vermutete, was es war, und sich dagegen wehrte, den milchweißen Trank einzuschlürfen, hatte sie schließlich nachgegeben. Sie war durch den innerlichen Kampf, den sie geführt hatte, um ihren gesunden Verstand zu bewahren, völlig erschöpft. Als ihr Bewußtsein zurückzukehren begann, fühlte sie, daß sie in einem Bett lag und daß jemand ihr die Schuhe ausgezogen und ihr Haar gelöst hatte. Es kostete sie eine entsetzliche Anstrengung, die Augen zu öffnen, und sie sah, daß eine Frau am Fenster saß und las. Das Zimmer war sichtlich das eines Mannes und roch schwach nach Rauch.

„Dicks Bett!" murmelte sie. Die Frau legte ihr Buch hin und stand auf.

Ella sah sie verwundert an. Warum trug sie nur die weiße Haube um ihr Haar und die blaue Jacke mit den weißen Manschetten? Ach, natürlich, sie war eine Pflegerin. Zufrieden, dieses Problem gelöst zu haben, schloß Ella die Augen und verlor sich wieder in das Land der Träume.

Sie erwachte nochmals. Die Frau war noch da, aber diesmal war Ellas Geist völlig klar.

„Wie spät ist es?" fragte sie.

Die Pflegerin kam mit einem Glas Wasser zu ihr, das Ella gierig trank.

„Es ist sieben Uhr", sagte sie.

„Sieben?" Ella schauderte und versuchte, mit einem Aufschrei aufzustehen. „Es ist Abend!" stammelte sie.

„Was ist geschehen?" fragte sie dann.

„Ihr Vater ist unten, Fräulein", sagte die Pflegerin, „ich werde ihn rufen."

„Vater ist hier?" Sie runzelte die Brauen.

„Herr Gordon ist auch unten und Herr Johnson!"

Die Frau führte getreulich die Instruktionen, die man ihr gegeben hatte, aus.

„Sonst niemand?" fragte Ella flüsternd.

„Nein, Fräulein, der andere Herr kommt erst morgen oder übermorgen."

Mit einem Schluchzen vergrub das Mädchen das Gesicht in die Kissen.

„Sie sagen mir nicht die Wahrheit!"

„O doch!" sagte die Frau, und etwas in ihrem Lachen ließ Ella aufblicken.

Die Pflegerin ging aus dem Zimmer, und nach einer Weile öffnete sich die Tür und John Bennett kam herein. Da lag sie auch schon in seinen Armen und schluchzte vor Freude.

„Ist es wahr! Ist es wirklich wahr, Papa?"

„Ja, mein Herz, es ist wahr!" sagte Bennett. „Ray wird morgen hier sein. Es sind noch einige Formalitäten zu erledigen. Sie können seine Befreiung nicht sofort erwirken, wie man das in Romanen liest. Wir sprechen gerade über seine Zukunft. Ach, mein armes Mädel!"

„Wann hast du es erfahren, Vater?"

„Heute morgen", sagte er ruhig.

„Hat es dich nicht entsetzlich geschmerzt?" fragte sie.

Er nickte. „Johnson möchte Ray die Führung der Vereinigten Maitlands übergeben", sagte er. „Das wäre etwas Herrliches für Ray. – Ella, unser Junge hat sich sehr verändert."

„Hast du ihn gesehen?" fragte sie überrascht.

„Ja, heute morgen."

Es kam Ella ganz natürlich vor, daß der Vater ihn gesehen hatte, und sie dachte auch gar nicht daran, wie es ihm wohl gelungen war, in das eifrig behütete Gefängnis zu gelangen.

„Ich glaube aber nicht, daß Ray Johnsons Anerbieten annehmen wird", sagte der Vater. „Wenn ich ihn recht verstehe, so wird er es gewiß nicht tun. Er wird jetzt keine ihm fertig angebotene Stellung annehmen wollen, sondern sich lieber selbst emporarbeiten. Ella, er kommt wieder zu uns."

„Papa, wenn Ray wieder zurückkommt", sagte sie nach einem langen Schweigen, „würde es dir dann möglich sein, deine Beschäftigung, die du doch so hassest, aufzugeben?"

„Ich habe sie schon aufgegeben, Liebling", erwiderte er ruhig. „Nie wieder! Niemals wieder! Gott sei gedankt!"

Sie sah sein Gesicht nicht, aber sie fühlte den Schauer, der durch des Vaters Gestalt rann. Das Arbeitszimmer lag voller Rauchwolken. Dick Gordon, dessen Kopf ganz bandagiert, und dessen hübsches Gesicht ein wenig durch drei Querkratzer verunziert war, saß in seinem Schlafrock und Pantoffeln, eine Shagpfeife zwischen den Zähnen wie ein Bild der etwas mitgenommenen Zufriedenheit da. „Sehr nett von Ihnen, Johnson", sagte er. „Ob Ray wohl Ihr Anerbieten annehmen wird? Glauben Sie es ehrlich, daß er befähigt ist, als Direktor eines so ungeheuren Unternehmens zu fungieren?"

Johnson sah zweifelnd drein. „Bei Maitland war er bloß Angestellter, aber man hat vielleicht keine Ahnung von seinen administrativen Qualitäten."

„Sind Sie nicht fast ein bißchen zu großmütig gegen ihn?"

„Das weiß ich nicht. Vielleicht", sagte Johnson. „Ich möchte ihm natürlich gern helfen. Es sind ja auch noch andere, weniger wichtige Stellungen da, und vielleicht würde Ray, wie Sie sagen, nicht einmal einen so verantwortlichen Platz einnehmen wollen."

„Sicherlich nicht", sagte Dick entschieden.

„Mir scheint“, sagte Elk, „das schwierigste ist, daß wir den Jungen ganz aus den Klauen der Frösche befreien. Einmal ein Frosch, allzeit ein Frosch! Und dieser alte Herr Nummer Eins ist nicht derjenige, der mit den Händen im Schoß dasitzt und seine Niederlage wie ein kleiner Edelmann aufnimmt. Heute früh hatten wir einen Beweis dafür. Johnson wurde in Ihrer Straße angeschossen.“

Dick nahm die Pfeife aus dem Mund und sandte eine blaue Rauchwolke in den Nebel, der über dem Raum lag.

„Der Frosch hat ausgespielt“, sagte er. „Die einzige Frage ist nur die, was der beste und wirksamste Weg ist, ein Ende mit ihm zu machen. Balder ist gefangen, Hagn im Kerker. Lew Brady, einer der hilfreichsten Agenten, ist tot, nur Lola ...“

„Lola ist fort!“ sagte Elk. „Heute morgen hat sie sich nach den Vereinigten Staaten eingeschifft, und Joshua Broad war es, der ihr die Oberfahrt ermöglichte. Es bleibt also nur noch der Frosch selbst übrig und die Organisation, die er leitet. Fängt man ihn, so ist es mit der ganzen Bande zu Ende.“

In diesem Moment kam John Bennett zurück, und das Gespräch nahm eine andere Wendung. Wenig später verabschiedete sich Johnson.

„Sie haben Ella doch nichts gesagt, Herr Bennett?“ fragte Dick.

„Über mich? Nein! Ist es nötig?“

„Ich glaube nicht“, sagte Dick ruhig, „lassen Sie dies Ihr eigenes und Rays Geheimnis bleiben. Mir selbst war es schon lange Zeit bekannt. An dem Tag, an dem Elk mir erzählte, daß er Sie auf dem Kings-Cross-Bahnhof getroffen hat und daß ein Einbruch verübt worden ist, habe ich erfahren, daß man einen Mann im Gefängnis von York hingerichtet hat. Ich nahm mir die Mühe, in den Spalten der Zeitungen nachzusehen, und fand heraus, daß Ihre Abwesenheit tatsächlich, wie Elk behauptete, immer mit Einbruchsdiebstählen zusammentraf. Aber es werden im Lauf eines Jahres so viele Einbrüche in England verübt, daß es nur merkwürdig gewesen wäre, wenn sich dieses Zusammentreffen nicht ereignet hätte. Es gab aber auch noch andere Zufälle. An dem Tag, an dem der Mord in Ibbley Copse verübt wurde, waren Sie in Gloucester. Und an dem gleichen Tag wurde Walbsen, der Mörder von Hereford, hingerichtet.“

John Bennett senkte den Kopf. „Sie haben es gewußt und dennoch . . .“ Er zögerte.

Dick nickte.

„Ich kannte das Scheitern all Ihrer Pläne, das Sie in Ihren schrecklichen Beruf getrieben hat“, sagte er freundlich. „Mir erscheinen Sie als ein Vollstrecker des Gesetzes – nicht mehr oder minder schrecklich als ich selbst, der ich so viel dazu beigetragen habe, Menschen aufs Schafott zu bringen. Sie sind nicht unreiner als der Richter, der aburteilt und der das Todesurteil unterschreibt. Wir alle sind nur Instrumente der Ordnung."

Ella und ihr Vater blieben in jener Nacht in Harley Terrace und fuhren am Morgen nach Paddington-Station, um Ray dort zu treffen. Weder Elk noch Dick begleiteten sie.

„Aber es kommt mir sehr auffallend vor", sagte Elk, „daß weder Sie noch ich Bennett kannten."

„Wie sollten wir auch?" sagte Dick. „Weder Sie noch ich pflegen Hinrichtungen beizuwohnen, und die Person des Scharfrichters bleibt für gewöhnlich unbekannt. Nur wenn er vorzieht, von sich reden zu machen, genießt er eine zweifelhafte Berühmtheit. Bennett aber scheute vor der Öffentlichkeit zurück und vermied sogar die Bahnhöfe der Städte, in denen Exekutionen stattfanden. Er stieg gewöhnlich in einem abseits gelegenen Dorf aus und marschierte zu Fuß in die Stadt. Der Hauptwärter in Gloucester sagte mir, daß er immer erst um Mitternacht in das Gefängnis kam. Niemand hat ihn je kommen oder gehen sehen."

„Der alte Maitland muß ihn aber erkannt haben."

„Der wohl", nickte Dick, „Maitland war eine Zeitlang im Kerker, und es ist möglich, daß besonders bevorzugte Gefangene den Scharfrichter sehen konnten. Unter bevorzugten Gefangenem verstehe ich Leute, die wegen ihres guten Betragens sich im Gefängnis frei bewegen dürfen. Maitland hat Ella doch erzählt, daß er ‹im Loch› war. Und das ist sicherlich die richtige Erklärung dafür. Alle offiziellen Briefe für Bennett kamen nach Dorking, wo er ein Zimmer fürs ganze Jahr gemietet hatte. Seine geheimnisvollen Reisen in die Stadt schienen den Leuten nicht geheimnisvoll, die ihn weder dem Aussehen noch dem Namen nach kannten."

Zu Elks Überraschung war, als er abends Harley Terrace aufsuchte, Dick nicht anwesend. Der Diener meldete, daß der Herr ein wenig geschlafen und sich umgekleidet hätte. Dann sei er ausgegangen, ohne Botschaft zu hinterlassen. Dick pflegte in der Regel nicht auf einsame Spaziergänge auszugehen, und Elk dachte zuerst, er wäre nach Horsham gefahren. Elk dachte sehnsüchtig an sein eigenes bequemes Bett, aber er wollte sich nicht zurückziehen, bevor er nicht seinen Vorgesetzten gesprochen hatte. So machte er es sich im Arbeitszimmer bequem und war fest eingeschlafen, als ihn jemand leise an der Schulter rüttelte. Er schlug die Augen auf und sah Dick vor sich stehen.

„Hallo", sagte er, „wollen Sie die ganze Nacht aufbleiben?"

„Mein Auto steht vor der Tür", sagte Dick, „nehmen Sie Ihren Überrock, wir fahren nach Horsham."

Elk gähnte die Uhr an. „Sie wird jetzt an ihr Bettchen denken", protestierte er.

„Hoffentlich!“ sagte Dick. „Aber ich habe meine Befürchtungen. Um neun Uhr abends hat man den Frosch auf der Straße nach Horsham gesehen.“

Jetzt war Elk vollkommen wach. „Woher wissen Sie das?“ fragte er.

„Ich habe ihn den ganzen Abend beobachtet“, sagte Dick, „aber er ist mir entkommen.“

„Sie haben den Frosch beobachtet?“ wiederholte Elk langsam. „Ja, kennen Sie ihn denn?“

„Ich kenne ihn schon seit einem Monat“, sagte Dick. „Nehmen Sie Ihren Revolver mit!“

40

Es gibt eine Glückseligkeit, die mit keiner anderen im Leben zu vergleichen ist, und das ist jene, die uns überkommt, wenn einer unserer Lieben uns nach Gefahren wiedergegeben ist. Ray Bennett saß neben seinem Vater und war glücklich, all diese Liebe und Zärtlichkeit zu genießen. Es schien ihm wie ein Traum, daß er wieder in diesem gemütlichen Wohnzimmer mit seinen Kretonvorhängen, seinem schwachen Lavendelduft, seinem großen Kamin, seinen bleigefaßten Fenstern saß und Ella vor sich sah.

Der Regensturm, der an die Fensterscheiben prasselte, verlieh der Behaglichkeit und dem Frieden seines Daheims noch gesteigerte Wirkung. Von Zeit zu Zeit betastete er wie abwesend sein rasiertes Gesicht. Es war ihm dies der sicherste Beweis, daß er wach war und seine Eindrücke der Welt der Wirklichkeit angehörten. „Hol deinen Stuhl heran, Junge“, sagte Bennett, als Ella mit der dampfenden Teekanne ins Zimmer kam. Ray erhob sich gehorsam und stellte seinen Windsorsessel dorthin, wo er immer gestanden, zur rechten Hand seines Vaters. John Bennett saß bei Tisch und beugte das Haupt. Das alte Tischgebet erklang, das der Vater jahrelang gebetet hatte und das Ray in vergangener Zeit stets mit heimlichem Spott bedachte. Nun aber schien es ihm von schöner Bedeutung erfüllt, die ihm das Herz zusammenschnürte.

„Für all die Segnungen, die wir heute erfahren haben, mache der Herr uns wahrhaft dankbar.“

Es war eine wundervolle Mahlzeit. Viel wunderbarer als jene, die er im Herons-Klub oder in jenen teueren Restaurants genossen hatte, die Lola so liebte. Er legte Messer und Gabel nieder und lehnte sich mit glücklichem Lächeln zurück.

„Zu Hause!“ sagte er einfach. Und sein Vater faßte unter dem Schutze des Tischtuches seine Hand und drückte sie so fest, daß es den Jungen fast schmerzte.

„Ray, man möchte dir die Direktorstelle bei Maitlands geben. Johnson trägt sie dir an. Was denkst du darüber, mein Sohn?“

Ray schüttelte den Kopf.

„Ich bin ebensowenig geeignet, das Geschäft der Vereinigten Maitlands zu führen, wie ich Präsident der Bank von England sein könnte“, sagte er mit einem kleinen Lachen. „Nein, Papa, meine Erwartungen sind heute nicht mehr so übertrieben wie früher. Ich glaube, ich könnte mir einen ganz schönen Lebensunterhalt mit dem Ausgraben von Kartoffeln verdienen. Ich würde es gern tun.“

Der Alte sah nachdenklich auf das Tischtuch.

„Ich, ich würde wohl dringend einen Assistenten bei meinen Aufnahmen brauchen, falls sie, wie Selinski sagt, weiterhin Erfolg haben werden. Inzwischen kannst du ja vielleicht Kartoffeln graben – wenn Ella erst verheiratet ist.“

„Ella soll heiraten? Wirklich, Ella?“ Ray sprang auf das Mädchen zu und küßte es. „Aber der Vorfall mit mir wird dir doch nicht schaden?“

„Nein, mein Lieber“, sagte sie. „Jetzt nicht mehr.“

„Was willst du damit sagen?“ fragte John Bennett, als er sah, wie Ellas Antlitz sich verdüsterte.

„Ich habe an etwas sehr Unangenehmes gedacht, Papa“, sagte sie und erzählte von dem schrecklichen Besuch.

„Was, der Frosch wollte dich heiraten?“ fragte Ray atemlos.

„Das ist ja unglaublich! Und hast du sein Gesicht gesehen?“

Sie schüttelte den Kopf.

„Er trug eine Maske“, sagte sie, „reden wir lieber nicht mehr darüber.

Sie stand rasch auf und begann abzuräumen, und zum erstenmal nach langer Zeit half Ray ihr dabei.

„Es ist eine schreckliche Nacht heute“, sagte sie, als sie aus der Küche zurückkam. „Der Wind hat das Fenster aufgerissen und die Lampen ausgeblasen. Und es regnet in Strömen herein.“

„Jetzt sind alle Nächte gute Nächte für mich“, sagte Ray, und es klang wie leises Schluchzen in seinem Lachen mit. Es war noch kein Wort über seine schreckliche Todespein gesprochen worden. Sie waren stillschweigend übereingekommen, daß dieses Erlebnis für immer in die Region der schlimmen Träume verwiesen bleiben sollte.

„Verriegle die Hintertür, Liebling“, sagte John Bennett und sah auf, als sie hinausging. Jeder der beiden Männer rauchte, mit seinen eigenen Gedanken beschäftigt. Und dann sprach Ray mit seinem Vater natürlich von Lola.

„Ich glaube nicht, daß sie schlecht war, Vater", sagte er. „Sie konnte nicht ahnen, was mit mir geschehen sollte. Der Plan war so teuflisch ausgeklügelt, daß ich bis zu der Stunde, da ich von Gordon die wahre Geschichte erfuhr, der Meinung war, ich hätte Brady wirklich getötet."

Bennett nickte.

„Ich habe immer gedacht", fuhr Ray fort, „daß Maitland etwas mit den Fröschen zu tun haben müßte; ich erriet es zuerst, als er nach Herons-Klub gekommen war. Was beunruhigt dich, Vater?"

„Ella!" rief John Bennett. Es kam keine Antwort aus der Küche.

„Ich möchte nicht, daß sie allein draußen bleibt und das Geschirr abwäscht, ruf sie herein, Ray."

Ray stand auf und öffnete die Tür. Die Küche war dunkel.

„Die Lampe, bring die Lampe, Vater!" rief er. Und John Bennett eilte ihm nach.

Die Küchentür war verschlossen, aber nicht verriegelt. Etwas Weißes lag davor auf dem Boden, und Ray bückte sich, um es aufzuheben. Es war ein abgerissenes Stück der Schürze, die Ella getragen hatte. Die zwei Männer sahen einander an, und Ray rannte in sein Zimmer und kam mit einer Windlaterne, die er anzündete, herunter.

„Vielleicht ist sie im Garten", sagte Ray gepreßt, stieß die Tür auf und schrie in den Sturm hinaus.

Der Regen strömte erbarmungslos hernieder. Die Männer waren durch und durch naß, ehe sie noch ein paar Meter gegangen waren. Ray leuchtete mit der Laterne den Boden ab. In dem regenfeuchten Grund sah er Spuren vieler Tritte, und plötzlich erkannte er die von Ellas Fuß. Am Rand des Rasens verschwanden sie, aber gerade vor der Seitentür kamen sie wieder zum Vorschein. Dieser - Durchgang verband die Straße mit einer Wiese hinter Maytree Haus, und die Gartentür war gewöhnlich verschlossen. Ray sah als erstes die Spuren eines Autos, dann sah er, daß das Tor offenstand. Er rannte hinaus und sah, daß die Spuren nach rechts wiesen.

„Wir wollen vielleicht den Garten durchsuchen, um ganz sicherzugehen, Vater", sagte er. „Ich werde einige von den Nachbarn herausrufen und um Hilfe bitten." Als er dies getan hatte, hatte John Bennett den Garten bereits durchsucht, ohne eine Spur von Ella zu finden.

„Fahr in die Stadt und telefoniere Gordon!" sägte er. Und seine Stimme war eigentümlich ruhig.

Nach einer Viertelstunde sprang Ray vor der Tür von seinem alten Fahrrad ab, um dem Vater die ernste Neuigkeit mitzuteilen.

„Die Telefonlinie ist zerschnitten", sagte er gepreßt.

„Aber ich habe ein Auto bestellt, das von der Garage kommen wird. Wir wollen versuchen, den Spuren zu folgen."

Das Mietauto kam gerade an, als auch schon die Scheinwerfer von Dicks Auto in Sicht waren.

Gordon sah ihre Gesichter und war auf das Schlimmste gefaßt, noch ehe er heraussprang. Es folgte eine kurze, sachliche Besprechung. Dick ging rasch durch die Küche und den Spuren nach, die auf die Straße führten, und dort sahen sie schon Elk, der gebückt den Boden mit einer elektrischen Taschenlampe langsam und methodisch absuchte.

„Hier ist noch eine schmale Radspur", sagte er. „Aber zu schwer für ein Fahrrad und zu leicht für ein Auto. Sieht wie ein Motorradaus!"

Dick sandte Ray und den Vater ins Haus und bestand darauf, daß sie sich umkleideten, bevor sie weitere Schritte unternahmen. Sie kamen in Regenmäntel gehüllt heraus und sprangen in den gelben Rolls, der sich sogleich in Bewegung setzte. Die Spuren blieben auf der Strecke von fünf Meilen hinaus sichtbar, dann fuhren sie durch ein Dorf. Der Schutzmann hatte vor ganz kurzer Zeit einen Wagen und einen Motorradfahrer durchkommen sehen.

„Fuhr der Motorradfahrer direkt hinter dem Wagen?" fragte Elk.

„Nein, er folgte ihm in einem Abstand von etwa hundert Metern", sagte der Polizist. „Ich wollte ihn aufschreiben, weil sein Licht nicht brannte, aber er kümmerte sich nicht um mich."

Sie legten eine neue Meile zurück, aber da kamen sie auf die harte Oberfläche einer frisch geteerten Straße, und hier verloren sie die Spur. Noch eine Meile weiter kamen sie zu einem Punkt, wo drei Wege abzweigten. Zwei davon waren geteert und zeigten keine Radspuren. Auch der dritte nicht, obwohl dessen Oberfläche weich war.

„Es muß also einer von diesen beiden Wegen sein", sagte Dick.

„Wir wollen die rechte Straße probieren."

Sie war geteert, bis sie das nächste Dorf erreichten. Aber der Nachtwächter schüttelte den Kopf, als Dick ihn befragte.

„Nein, Herr, seit zwei Stunden ist kein Auto durchgekommen."

„Wir müssen zurückfahren!“ sagte Dick, Verzweiflung im Herzen. Das Auto wendete und flog mit größter Geschwindigkeit zu dem Straßenknotenpunkt zurück. Hier fuhren sie nun auf der neuen Straße weiter und waren noch nicht lange gefahren, als Dick das rote Hecklicht eines vor ihnen haltenden Autos erblickte und heraussprang. Seine Hoffnungen jedoch sollten sich nicht erfüllen.

Das Auto war nicht das, das sie suchten. Es hatte an der Straßenseite eine Panne erlitten, aber der beschmutzte Fahrer konnte ihnen doch wertvolle Fingerzeige geben.

Vor dreiviertel Stunden war ein Wagen vorbeigerast. Er beschrieb ihn ganz genau, ja, er war sogar imstande gewesen, die Fabrikmarke festzustellen. Der Motorradfahrer war gefolgt, sein Rad war eine Red Indian.

„Wie weit fuhr er hinter dem Auto?“

„Gute hundert Meter, möchte ich sagen“, war die Antwort.

Von nun an bekamen sie häufige Mitteilungen über das Auto, aber im nächsten Dorf hatte man den Motorradfahrer nicht mehr gesehen, und auch in den folgenden Orten, die das fremde Auto passiert hatte, erfuhren sie nichts mehr von ihm. Mitternacht war vorbei, als sie endlich das Auto, dem sie nachjagten, antrafen. Es stand außerhalb einer Garage auf der Straße nach Shoreham, und Elk war der erste, der es erreichte. In der Garage selbst war der Besitzer beschäftige Platz für diesen letzten Gast zu machen. Das Auto war leer und ohne Fahrer.

„Ja, Herr, vor einer Viertelstunde“, sagte er, als Elk sich legitimiert hatte. „Der Chauffeur sagte, er wollte sich in der Stadt nach einem Quartier umschauen.“

Mit Hilfe einer starken elektrischen Lampe durchsuchten sie das Innere des Wagens. Es blieb kein Zweifel, daß Ella dessen Insasse gewesen war. Eine kleine Elfenbeinbrosche, die John Bennett ihr zum Geburtstagsgeschenk gemacht hatte, wurde in einer Ecke zerbrochen am Boden gefunden.

„Es hat gar keinen Sinn, nach dem Chauffeur zu suchen“, sagte Elk. „Unsere einzige Chance wäre, wenn er in die Garage zurückkommen würde.“

Die Lokalpolizei wurde zur Besprechung herbeigerufen.

„Es ist ein sehr großer Ort“, sagte der Polizeichef. „Wenn der Chauffeur einer Diebesbande angehört, so ist es sehr wahrscheinlich, daß Sie ihn gar nicht finden und er des Autos wegen nicht mehr zurückkommen wird.“

Etwas aber erschien Dick noch rätselhafter als alles andere. Es war dies das Verschwinden des Motorradfahrers. Wenn es wahr war, daß er immer in der Distanz von hundert Metern hinter dem Auto hergefahren und zwischen zwei Dörfern abgestiegen war, so hätten sie ihn passieren müssen.

„Wir sollten lieber zurückfahren", sagte Elk. „Es ist fast sicher, daß man mit Fräulein Bennett irgendwo auf der Straße ausgestiegen ist. Der Motorradfahrer ist jetzt unser einziger Anhaltspunkt, denn offenbar ist sie mit ihm gewesen. Und es war entweder der Frosch oder einer seiner Leute."

„Sie sind zwischen Shoreham und Morby verschwunden", sagte Dick. „Sie kennen doch die Gegend hier, Bennett? Gibt es hier einen Ort in der Umgebung von Morby, zu dem sie hätten hinfahren können?"

„Ich kenne die Gegend", stimmte Bennett zu, „es liegen noch ein paar Häuser außerhalb Morbys. Natürlich, es könnte auch Morby-Feld sein! Aber ich kann mir wirklich nicht denken, daß man Ella dorthin gebracht haben soll."

„Was ist Morby-Feld?" fragte Dick, als das Auto langsam den Weg, den es eben gekommen war, zurückfuhr.

„Morby-Feld ist ein unbenutzter Steinbruch. Die Gesellschaft hat vor ein paar Jahren liquidiert", erwiderte Bennett. Sie fuhren im Schneckentempo durch Morby und hielten vor dem Haus der Ortspolizei, um vielleicht etwas Neues zu erfahren, das in ihrer Abwesenheit vorgefallen sein mochte. Aber es gab nichts Neues. „Sind Sie absolut sicher, daß Sie den Motorradfahrer nicht gesehen haben?"

„Absolut!" sagte der Mann. „Das Auto fuhr so nahe an mir vorbei, wie Sie jetzt halten. Ich mußte tatsächlich auf den Gehsteig treten, um nicht mit Kot bespritzt zu werden. Ich hatte sogar den Eindruck, daß das Auto leer war."

„Warum waren Sie dieser Meinung?" fragte Elk rasch.

„Erstens fuhr es sehr leicht, und zweitens rauchte der Chauffeur. Ich verbinde immer rauchende Chauffeure mit einem leeren Auto."

„Mein Sohn", sagte der bewundernde Elk, „in dir liegen Möglichkeiten verborgen!" Und der Nachwuchs für die Polizeidirektion wurde notiert.

„Ich möchte diesem Dorfpolizisten beistimmen", sagte Dick, als sie zu ihrem Rolls zurückgingen. „Der Wagen war leer, als sie hier durchkamen, und das erklärt auch das Fehlen des Motorradfahrers. Wir müssen zwischen Morby und Wellan suchen."

Nun bewegten sie sich mit der Langsamkeit von Fußgängern weiter. Die Scheinwerfer wurden so eingestellt, daß man den Graben und die Hecke auf beiden Seiten der Straße beleuchtete. Sie waren noch nicht fünfhundert Meter gefahren, als Elk: „Halt!" brüllte und hinaussprang. Nach ein paar Minuten rief er Dick zu sich. Die drei Männer eilten dem Detektiv entgegen, der vor einem großen roten Motorrad stand, das sich unter dem Schutz einer verfallenen Steinmauer verbarg. Sie waren, ohne es zu sehen, daran vorbeigefahren, denn es stand auf der anderen

Seite der Mauer, und nur ein Lichtreflex auf der Lenkstange hatte zu seiner Entdeckung geführt. Dick rannte nach dem Auto und stellte die Scheinwerfer so ein, daß sie das Rad hell beleuchteten. Es war fast neu, über und über mit Kot bespritzt, und die Lampe fühlte sich kalt an. Elk hatte eine Eingebung. An der Rückseite des Sitzes war ein schwerer Werkzeugbeutel mittels eines festen Lederriemens angebracht, und diesen schnürte er auf.

„Wenn es eine neue Maschine ist, so hat der Fabrikant den Namen und die Adresse des Besitzers in den Beutel eingeschrieben", sagte er. Sie nahmen den Beutel ab. Elk löste den letzten Riemen und schlug die Klappe zurück.

„Du großer Moses!" sagte Elk. Auf dem rohen Leder zeigte sich die säuberlich gemalte Inschrift: „Joshua Broad, Caverley Haus, Cavendish Square."

41

Ellas erster Eindruck, als sie in die Küche kam, war der, daß das auf einer Leine unter der hohen Decke zum Trocknen aufgehängte Tischtuch herabgefallen war.

Mit überraschender Plötzlichkeit wurde sie von rückwärts her in die Falten des schweren feuchten Tuches eingehüllt. Ein Arm preßte sich um sie, eine Hand bedeckte ihren Mund und drückte ihren Kopf nach unten. Sie versuchte zu schreien, aber sie brachte keinen Ton hervor. Sie stieß mit dem Fuß gegen die Tür, doch ein eiserner Arm legte sich um ihre Knie. Sie hörte einen Ton wie von zerreißendem Stoff, und ihre Gelenke wurden zusammengebunden. An dem eiskalten Luftzug spürte sie, daß die Tür geöffnet wurde, und in der nächsten Sekunde war sie im Garten.

„Geh!" zischte eine Stimme, und sie fühlte, daß ihre Füße jetzt wieder befreit wurden. Sie vermochte nichts zu sehen, sie fühlte nur, daß der Regen auf das Tuch, das ihren Kopf bedeckte, herniederströmte und daß es vom Wind mit aller Kraft ihr ins Gesicht geweht wurde. Der Wind blies es ihr so eng um Mund und Nase, daß sie kaum zu atmen vermochte. Erst als sie die Füße in dem feuchten Straßenkot versinken fühlte, wußte sie, daß sie in der kleinen Allee neben dem Haus war. Und als sie dies erkannte, fühlte sie sich auch schon erfaßt und in ein Auto gehoben. Sie hörte, wie jemand den Platz neben ihr einnahm und der Wagen ansprang. Dann löste eine geschickte Hand das Tuch von ihrem Kopf. Auf einem der beiden Vordersitze saß eine dunkle Gestalt, deren Gesicht sie nicht zu erkennen vermochte.

„Was wollen Sie, wer sind Sie?" fragte sie. Aber lange bevor die Stimme des Mannes an ihre Ohren klang, hatte sie schon gewußt, daß sie in der Gewalt des Frosches war.

„Ich will dir noch eine letzte Chance geben", sagte er. „Nach dieser Nacht ist die Frist zu Ende."

Sie beherrschte mit Anstrengung das Zittern ihrer Stimme und fragte: „Was wollen Sie von mir?"

„Du wirst dich verpflichten, mich zu heiraten und das Land am Morgen mit mir zu verlassen. Ich habe solches Zutrauen zu dir, daß ich mich mit deinem Wort zufrieden gebe."

Sie schüttelte heftig den Kopf, bis ihr zum Bewußtsein kam, daß er sie in der Finsternis des Wagens ja nicht zu sehen vermochte. Erst dann sprach sie.

„Das werde ich nie tun", antwortete sie ruhig. Und es wurde während der ganzen Fahrt kein anderes Wort mehr gesprochen. Einmal flüsterte der Mann mit der Maske, sie sah trotz der zugezogenen Vorhänge den Reflex seiner Glimmerbrille, als das Auto durch eine Dorfstraße fuhr, einen Befehl, und der Mann, der neben ihr saß, spähte durch das rückwärtige Fenster.

„Nichts!" sagte er.

Es wurde ihr keine Gewalt angetan. Sie wurde nicht gehindert oder gebunden, aber sie wußte wohl, daß es vollkommen aussichtslos war, an Flucht auch nur zu denken.

Nun fuhren sie in verlangsamtem Tempo dahin, und das Auto blieb stehen. Die Insassen sprangen heraus, und sie verließ als letzte den Wagen. Ein Mann faßte ihren Arm und zog sie durch die Lücke einer Hecke auf ein gepflügtes Feld, wie ihr schien. Der andere kam nach und brachte einen Regenmantel, in den er ihr hineinhalf. Der Regen strömte herab und trommelte auf die ölgetränkten Mäntel. Der Frosch ging voraus, ohne sich ein einziges Mal umzusehen. Sie glitt oft aus und wäre gefallen, hätte sie der Arm des Begleiters nicht so fest gehalten.

„Wohin führen Sie mich?" fragte sie endlich. Es kam keine Antwort. Sie überlegte, ob sie sich nicht losmachen konnte, um in der herrschenden Finsternis zu entfliehen. Gerade als ihr dieser Gedanke kam, sah sie einen Schimmer von Wasser zu ihrer Rechten, einen runden, gespenstisch bleichen Fleck.

„Das ist ja Morby-Feld", sagte sie, denn nun hatte sie den Ort erkannt. „Sie bringen mich zum Steinbruch!"

Wieder keine Antwort. Unaufhörlich marschierten sie weiter, bis sie wußte, daß man in nicht zu großer Entfernung vom Steinbruch selbst angelangt war. Sie hätte gern erfahren, welches Schicksal ihrer wartete, wenn sie den Frosch bis zum Ende zurückweisen würde, wie sie es zu tun gedachte. Wollte dieser furchtbarer Mensch sie töten?

„Warte!“ sagte der Frosch plötzlich und verschwand im Finstern. Dann sah sie ein Licht, das aus einem kleinen Holzhaus kam. Eigentlich waren es zwei Lichtflecken, ein langer und ein viereckiger. Ein Fenster und eine Tür. Das Fensterviereck verdunkelte sich sogleich, denn der Laden wurde geschlossen. Dann sah sie die Gestalt des Frosches mit dem abenteuerlichen Kopfschmuck wie eine höllische Silhouette in der Tür stehen.

„Komm!“ befahl er, und sie ging wie hypnotisiert auf ihn zu. An der Tür der Hütte wollte sie zurückweichen, aber seine Hand erfaßte ihren Arm und hielt ihn fest. Sie wurde in das Innere der Hütte hineingezogen, die Tür wurde zugeschlagen und verriegelt. Sie war mit dem Frosch allein. Ihre Neugierde war nun stärker als ihre Angst. Sie sah sich in dem kleinen Raum um. Er war ungefähr sechs Meter lang und vier Meter breit. Das Mobiliar war sehr einfach: ein Tisch, ein Bett, zwei Sessel, ein Kamin. Der hölzerne Fußboden war mit einem alten, schmutzigen Teppich bedeckt. An einer der Wände standen lange Glaszylinder, die eine opalene Substanz oder Flüssigkeit enthielten. Daneben sah sie zwei flache Kisten, deren Holz ganz neu schien.

Der Maskierte folgte ihrem Blick, und sie hörte ihn kichern.

„Gold!“ sagte er. „Dein Gold, unser Gold. Es ist eine Million Pfund Sterling darin.“

Ella sah geblendet hin.

„Setz dich nieder“, sagte er. Er sprach rasch und geschäftsmäßig. Sie erwartete, als er sich ihr gegenübersetzte, daß er die Maske abnehmen würde. Aber sie wurde enttäuscht. Durch die Glimmerbrille sah sie, wie seine harten Augen sie beobachteten. „Nun, Ella Bennett, willst du mich heiraten? Oder willst du lieber in ein willkommenes Nichts eingehen? Du verläßt diese Hütte als mein Weib oder als Leiche.“ Er stand auf, ging zu den Glaszylindern und. tippte mit dem Nagel daran. „Einen von diesen hier werde ich zerschlagen und meine Maske herunternehmen. Du wirst dann wenigstens die Genugtuung haben, sicher zu wissen, wer ich bin, bevor du stirbst!“

„Ich werde Sie nie heiraten!“ sagte sie. „Niemals! Und wäre es aus keinem anderen Grund, als um Ihres elenden Komplotts gegen meinen Bruder willen.“

„Dein Bruder ist ein Narr“, sagte die hohle Stimme, „und er hätte diese Qualen nie durchmachen müssen, wenn du mir schon damals versprochen hättest, mich zu heiraten. Ich hatte einen Mann, einen Halbblödsinnigen, bereit, der gestanden hätte, daß er Lew Brady getötet hat, und ich hätte selbst das Risiko auf mich genommen, sein Geständnis zu unterstützen.“

„Ja, aber warum wollen Sie mich eigentlich heiraten?“ fragte sie. Es klang banal, fast töricht, aber die Situation war so grotesk, daß sie kaltblütig und ohne innere Bewegung sprach.

„Weil ich dich liebe“, war die Antwort. „Ob ich dich so wie Gordon liebe, weiß ich nicht. Es kann ja wohl sein, daß du etwas bist, was ich nie besitzen darf und mir deshalb kostbarer erscheint als alles. Noch nie hat sich etwas meinem Wunsch verweigert.“

„Eher will ich den Tod willkommen heißen“, sagte sie rasch, und sie hörte wieder ein verhaltenes Kichern.

„Es gibt ärgere Dinge als den Tod für ein feinfühliges Mädchen“, sagte er bedeutungsvoll, „und du wirst erst sterben, wenn alles zu Ende ist.“

Er sah sie an, und etwas in seinen Augen ließ sie erstarren.

„Vielleicht wirst du nie mein Gesicht sehen“, sagte er und streckte die Hand nach der Petroleumlampe aus, die auf dem Tisch stand. Er drehte den Docht langsam tiefer.

Da wurde ein gedämpftes Klopfen an der Tür hörbar.

„Tapp, tapp, tapptapptapp, tapp.“

Der Frosch stand still, die Hand an der Lampe.

Das Klopfen wiederholte sich. Er drehte ein wenig das Licht auf und ging zur Tür. „Wer ist da?“ fragte er.

„Hagn!“ antwortete eine tiefe Stimme, und der Frosch trat erstaunt zurück. „Schnell, öffne!“

Der Frosch schob die schwere Eisenstange zurück, zog den Schlüssel aus der Tasche und schloß auf. „Hagn, wie bist du losgekommen?“

Die Tür wurde mit solcher Gewalt aufgestoßen, daß er gegen die Wand taumelte, und Ella stieß einen Freudenschrei aus.

Im Türrahmen stand ein Mann, barhaupt, in einem glänzenden Regenhautmantel. Es war Joshua Broad: „Zurück!“

Er sah sie nicht an, aber Ella wußte, daß die Worte an sie gerichtet waren und stand starr wie ein Steinbild in der Ecke. Broads Hände steckten in den Manteltaschen. Seine Augen hingen an der Maske.

„Harry“, sagte er gedämpft, „du weißt, was ich fordere.“

„Nimm, was dir gebührt!“ schrie der Frosch. Zwei Schüsse erklangen gleichzeitig, und der Frosch taumelte gegen die Wand. Sein Fuß war nur ein paar Zoll von den Zylindern entfernt, und er erhob ihn. Aber Broad schoß noch einmal, und der Frosch fiel rücklings, sein Kopf schlug auf den Kamin auf. Er erhob sich noch einmal auf die Füße, fiel aber mit einem kleinen, erstickten Seufzer zurück, die Arme weit ausgebreitet. Dann kam der Klang von Stimmen von draußen, das Geräusch von Tritten auf dem kotigen Weg, und John Bennett stürzte in die Hütte. Ella flog in seine Arme. Elk und Dick blieben in der Tür stehen.

„Meine Herren", sagte Joshua Broad und trat den drei Männern entgegen, „ich rufe Sie zu, Zeugen auf, daß ich diesen Mann aus Notwehr getötet habe. Es ist der Frosch! Sein Name ist Harry Lyme. Er ist ein englischer Sträfling."

„Ich habe gewußt, daß es Harry Lyme ist", sagte Elk.

Broad beugte sich hinab und fuhr mit der Hand unter die Weste des Mannes.

„Ja, er ist tot. Es tut mir leid, daß ich Sie Ihrer Beute beraubt habe, Herr Elk, aber es war Lebensnotwendigkeit, daß er von mir getötet wurde; denn einer von uns beiden mußte in dieser Nacht sterben."

Elk kniete neben der stillen Gestalt nieder und begann, die scheußliche Gummimaske zu lösen.

„Hier wurde Genter getötet", sagte Dick Gordon leise. „Sehen Sie dort das Glas?" Elk sah auf die Zylinder und nickte. Dann wanderten seine Augen zu dem barhäuptigen Amerikaner.

„Saul Morris, wie ich glaube?" sagte er. Und „Joshua Broad" nickte. Elk kratzte nachdenklich sein Kinn und blickte neuerdings auf die stille Gestalt zu seinen Füßen.

„Nun, Frosch, laß dir ins Gesicht sehen!" sagte er und riß die Maske ab. Er sah in das Gesicht des Philosophen Johnson.

42

Das Sonnenlicht strömte durch das Fenster von Maytree Haus; das Frühstücksgeschirr stand noch auf dem Tisch, als der Amerikaner mit der Erzählung seiner Geschichte begann.

„Mein Name ist, wie Sie, Herr Elk, richtig vermuteten, Saul Morris. Ich bin, vom moralischen Standpunkt betrachtet, ein Verbrecher, wenn ich mir auch seit den letzten zehn Jahren keinerlei kriminelle Vergehen habe zuschulden kommen lassen. Ich bin in Hertford in Connecticut geboren.

Ich will Sie nicht beleidigen, indem ich Ihre Sympathie für meinen Beruf erbitte. Ich bin ebenfalls mit leichten Fingern und großer Sehnsucht nach einem Reichtum, den ich nicht selbst verdiente, auf die Welt gekommen. Ich bin weder verdorben noch in Versuchung geführt worden, auch hatte ich keine schlechte Gesellschaft. Tatsächlich war meine Karriere ziemlich unähnlich der von anderen

Verbrechern. Ich studierte Bankdiebstähle, wie ein Arzt das Studium der Anatomie betreibt, und erwarb eine erschöpfende Kenntnis der verschiedenen Safekonstruktionen. Als ich mich für meine Laufbahn entschlossen hatte, arbeitete ich fünf Jahre in der Fabrik des größten englischen Safemachers, in Wolverhampton. Ich kehrte im Alter von fünfundzwanzig Jahren nach Amerika zurück und schaffte mir eine Reihe von Einbruchswerkzeugen an, die mich ein paar tausend Dollar kosteten.

Mit ihnen erbrach ich, ganz allein, die Safekammer der Neunten Nationalbank, und dieser erste Versuch trug mir dreihunderttausend Dollar ein. Ich will Ihnen keine Liste meiner Einbrüche geben. Einige habe ich schon vergessen, andere sind zu unwichtig und enthalten zu viele Enttäuschungen, um auf Details einzugehen. Es genügt mir, zu sagen, daß außer diesen meinen Worten kein Beweis für meine Urheberschaft an ihnen existiert. Mein Name ist nur mit einem einzigen Raub in Verbindung gebracht worden, dem Einbruch in den Kassenraum der Mantania. Im Jahre 1918 hörte ich, daß die Mantania vierundfünfzig Millionen Francs in Papiergeld nach Frankreich überführte. Das Geld war vorher einem hydraulischen Druck ausgesetzt worden, um den Umfang zu verkleinern, und war in zwei starke Holzkisten verpackt worden. In der einen Truhe befanden sich fünfunddreißig Pakete, in der zweiten zwanzig Pakete, jedes zu tausend Francs.

Das Schiff sollte einen französischen Hafen anlaufen, ich glaube, es war Havre, denn die Überseedampfer landeten damals noch nicht in Cherbourg. Zu dieser Zeit war der Diebstahl tatsächlich schon ausgeführt. Ich hatte Ersatzkisten von genau der gleichen Form im Kassenraum zurückgelassen, und alles schien in bester Ordnung, als wir zu meinem höchsten Mißvergnügen, während wir an der Küste von Irland entlangfuhren, ein Schraubenblatt verloren. Der Kapitän der Mantania entschloß sich, in Southampton zu landen, ohne den französischen Hafen zu berühren. Eine nachträgliche Veränderung des Planes wirkt auf einen Mann meines Berufes ebenso verwirrend, wie die Änderung des Schlachtplans mitten im Kampf auf den Offizier. Ich hatte bei dieser Gelegenheit einen Helfershelfer. Es war dies ein Mann, der später an Delirium tremens starb. Dieses Unternehmen war für einen Mann ganz allein doch zu groß angelegt, und ich hatte allen Grund, meinem Gehilfen zu vertrauen."

„Harry Lyme?" fragte Elk.

„Joshua Braod" schüttelte den Kopf.

„Nein, Sie irren sich. Ich will seinen Namen nicht verraten, der Mann ist tot und war ein treuer und aufrichtiger Kamerad, obgleich er zum Trunk neigte – eine Schwäche, die ich nie geteilt habe. Die Fahrtänderung bedeutete nun für uns, daß wir einen Vorwand erfinden mußten, um überhaupt in Southamton an Land zu kommen. Und dies womöglich noch, bevor der Diebstahl entdeckt wurde. Aber es schien nicht eben wahrscheinlich, daß uns dies noch gelingen könnte. Glücklicherweise herrschte Nebel, und wir mußten langsam die Küste entlangfahren. Falls Sie sich der Umstände noch erinnern können, so wissen Sie, daß die Mantania mit einem Schlepper, der nach Portsmouth fuhr, zusammenstieß. Und da kam die Möglichkeit für uns. Aus einem offenen Gang auf dem Deck, wo wir mit unserem Gepäck warteten, warf ich die beiden Koffer auf das Deck des Schleppers, und mein Freund und ich sprangen über. Wie ich schon sagte, herrschte dichter Nebel, und die Schiffsmannschaft des Schleppers entdeckte uns erst, als die Mantania sich schon von ihm losgelöst hatte. Obgleich die Geschichte, die wir dem Kapitän erzählten, höchst durchsichtig war, so glaubte er sie doch bereitwillig, als ich ihre Wahrscheinlichkeit durch einen Zwanzig-Dollar-Schein bekräftigte. Wir landeten unter großen Schwierigkeiten spät am Abend in Portsmouth; wo es keine Zollinspektion gab, und bekamen unsere Koffer glücklich an Land. Wir gedachten, die Nacht in Portsmouth zu verbringen. Aber als wir das empfohlene Quartier aufgesucht hatten, gingen mein Freund und ich in ein kleines Gasthaus, um etwas zu trinken, und da erfuhren wir eine Nachricht, die uns Hals über Kopf wieder zu unserem Zimmer zurückkehren ließ. Wir vernahmen, daß der Einbruch schon entdeckt war und daß die Polizei nach zwei Leuten fahndete, die sich auf den Schlepper geflüchtet hatten. Da es der Kapitän des Schleppers selbst war, der uns das Quartier empfohlen hatte, so hatte ich wenig Hoffnung, zu entkommen.

Immerhin stürzten wir aus dem Haus, und als wir die Straße bei dem einen Ende verließen, kam die Polizei zu dem anderen Ende herein. Wir machten uns zu Fuß auf den Weg, und vor Tagesanbruch hatten wir einen Ort namens Eastleigh erreicht. Als wir in Eastleigh ankamen, ging mein Gefährte in die Stadt, um etwas zum Essen zu kaufen, und kam nicht mehr zurück.

Als ich mich auf die Suche nach ihm begab, fand ich ihn endlich betrunken auf der Straße liegen. Ich konnte nichts anderes beginnen, als ihn zurückzulassen. Die beiden Koffer waren jedoch viel zu schwer für mich, und ich mußte irgendeinen Ausweg suchen. Da gewahrte ich ein altes Haus, an dem eine Tafel mit der Ankündigung angebracht war, daß es zum Verkauf ausgeboten wurde. Ich kletterte über den Zaun, betrachtete alles auf das genaueste und fand, daß sich am Ende des verfallenen Gartens ein alter Brunnen befand, der mit verfaulten Planken bedeckt war. Ich konnte den leichteren meiner beiden Koffer in den Brunnen hinablassen und ihn mit herumliegendem Gerumpel bedecken. Hätte ich damals beide Truhen vergraben, so wäre mir mancherlei erspart geblieben. Aber es widerstrebte mir, alles, was ich mit solcher Mühe und Kühnheit erworben hatte, zurückzulassen. Ich notierte mir den Namen und die Adresse des Verkäufers, eines Advokaten in Winchester, nahm den zweiten Koffer mit mir, kaufte in Winchester einen neuen Anzug und verbrachte dort einen angenehmen Tag, nachdem ich mit dem Advokaten eine Unterredung gehabt hatte. Ich hatte etwas englisches Geld bei mir, und der Kauf wurde perfekt. Ich gab genaue Weisungen, daß man das Haus auf keinen Fall vermieten dürfe und daß alles in dem Zustand verbleiben solle, in dem es sich befand, bis ich von meiner Australien-Reise zurückgekehrt sein würde. Denn ich spielte einen Australier, der sein Geburtshaus wieder kaufen wollte.

Von Winchester aus fuhr ich nach London, ohne Ahnung, in welcher Gefahr ich mich befand. Mein verlassener Freund hatte mir nämlich den Namen eines seiner Bekannten angegeben, eines gewissen Harry Lyme, der, wie er sagte, der beste Safeeinbrecher in Europa war. Er hatte behauptet, daß Lyme mir in jeder Notlage würde helfen können.

Und eine solche ereignete sich bald. Der erste Mensch, den ich sah, als ich meinen Fuß auf den Bahnsteig von Waterloo setzte, war der Säckelmeister der Mantania, und der Detektiv des Schiffes war in seiner Gesellschaft. Glücklicherweise gab es einen Vorortzug, der auf dem gegenüberliegenden Bahnsteig abfuhr, und ich reiste nach Surbiton und kehrte auf einer anderen Strecke nach London zurück. Später erfuhr ich, daß mein Gefährte arretiert worden war und in seinem halbbetrunkenen Zustand alles gestanden hatte, was man nur wollte. Mir blieb nun nichts übrig, als den Rest des Geldes, fünfunddreißig Millionen Francs, zu verstecken. Und da dachte ich an Harry Lyme.

Ich las in den Zeitungen, daß eine besondere Polizeimacht aufgebracht worden war, um die Häuser der bekannten Verbrecher zu beobachten, an die ich mich vermutlich wenden würde. Aber ich gedachte, trotzdem sein Haus zu erreichen.

Es lag in einer verdächtigen Straße in Camden Town. Der Nebel war dick und gelb, und ich fand mich nur mit Schwierigkeit in der elenden, schmutzigen Straße zurecht. Ein Mann öffnete mir erst nach langem und vorsichtigem Zögern und führte mich in ein kleines Zimmer, das von einer einzigen, kleinen Laterne, die auf dem Tisch stand, erhellt wurde. Auch das Zimmer war von dem dichten Nebel erfüllt; denn das Fenster stand offen, um Lyme Gelegenheit zur Flucht zu geben.

›Sie sind der Amerikaner?‹ fragte er. ›Sie sind ja wahnsinnig, daß Sie hierherkommen! Die Polizei beobachtet das Haus seit heute nachmittags.‹

Ich sagte ihm kurz, in welcher Schwierigkeit ich mich befände. ›Ich habe hier fünfunddreißig Millionen Francs, das ist eine Million dreihunderttausend Pfund Sterling‹, sagte ich ihm. ›Das reicht für uns beide. Können Sie das irgendwo verstecken, während ich zu fliehen versuche?‹

›Ja‹, sagte er sofort. ›Was bekomme ich dafür?‹

›Die Hälfte!‹ versprach ich. Er schien zufrieden.

Ich war überrascht, ihn mit der Stimme und dem Ton eines gebildeten Mannes reden zu hören. Später erfuhr ich, daß er ein Gestrandeter war, der sich zuerst für einen anderen Beruf vorbereitet und, wie ich, den leichteren Weg gewählt hatte.

Es wird Ihnen kaum glaublich scheinen, wenn ich Ihnen sage, daß ich kein sehr deutliches Bild von seinen Gesichtszügen mitnahm.

Daran ist die Tatsache schuld, daß ich meine Aufmerksamkeit einzig auf den Frosch konzentriert hatte, der auf sein Handgelenk tätowiert war. Ja, er hat ihn später durch die mit großen Kosten vorgenommene Operation eines spanischen Arztes in Valladolid entfernen lassen.

Dieser Frosch war ein wenig schief tätowiert, und Lyme wußte, so gut wie ich, daß er ein Zeichen trug, das mich sicher zu ihm zurückführen würde, wo immer er auch wäre.

Unser Übereinkommen lautete dahin, daß ich ihm meine erfolgte Ankunft nach Amerika an eine vereinbarte Adresse telegraphieren würde und daß er mir sodann mittels Einschreibebriefe an das Grand Hotel in Montreal die Hälfte des Geldes zu schicken hätte.

Um es kurz zu sagen, meine Flucht gelang. Zur angegebenen Zeit war ich in den Vereinigten Staaten und schickte sofort nach meiner Ankunft das Telegramm an Lyme ab.

Das Geld kam nicht.

Ich kabelte wieder, diesmal von Montreal, wo ich es erwartete; es kam noch immer nicht. Viele Monate später erst entnahm ich einer Zeitung, daß Lyme auf dem Wege nach Guernsey ertrunken war.

In Wirklichkeit war er höchst lebendig. Er übersiedelte in eine Stadt in Mittelengland, wo er sechs Monate als bescheidener Geschäftsmann lebte. In dieser Zeit veränderte er langsam sein Aussehen. Er rasierte seinen Schnurrbart und erzielte künstliche Kahlköpfigkeit, durch die Anwendung chemischer Mittel. Während er in Zurückgezogenheit lebte, fing er nach und nach an, die Brüderschaft der Frösche zu gründen. Der Zweck dieser Gründung war, das Zeichen an dem ich ihn wiedererkennen mußte, so weit und breit als nur möglich auszustreuen.

Zuerst mochte er vielleicht keinen anderen Glauben haben, als eben den. Aber es wollte sich niemand damit einverstanden erklären, die Qualen der Tätowierung umsonst zu erdulden, und so, gründete er einen eigentümlichen Wohlfahrtsfonds. Aus diesen geringen Anfängen erstand die große Froschorganisation.

Einer der ersten, mit denen er in Kontakt kam, war ein alter Verbrecher namens Maitland. Ein Mensch, der weder lesen noch schreiben konnte."

Broads Zuhörer fuhren auf.

„Natürlich!" sagte Elk, und klopfte ungeduldig auf das Knie, „das ist doch die Erklärung für das Baby!"

„Es gab niemals ein Baby", lächelte Broad. „Das Baby war Maitland selbst, der heimlich schreiben lernte. Das Spielzeug des Kindes, von dem Johnson erzählte, war nur eine Erfindung, um Sie irrezuführen. Als Johnson Maitland gefunden hatte, kam er nach London, und die Vereinigten Maitlands wurden gegründet. Maitland hatte nichts zu tun, als im Büro zu sitzen und unnahbar auszusehen.

Sein bescheidenster Beamter, einer der geschicktesten Schauspieler, die ich je getroffen habe, war das wirkliche Haupt des Unternehmens, und er blieb Maitlands Beamter, solange es ihm eben paßte.

Als er Verdacht gegen sich anwachsen fühlte, ließ er sich entlassen. Und als er dachte, daß Sie ihn als Frosch erkannt hätten, ließ er einen seiner Leute mit einer leeren Patrone auf sich schießen.

In der Zwischenzeit war die Froschorganisation angewachsen, und er begann nachzudenken, wie er die Gesellschaft zu seinem Vorteil auszunützen vermochte. Jeden Tag erschienen neue Rekruten, und sie alle kosteten Geld.

Aber was er aus diesem Rest auswählte, waren doch ein oder zwei glänzende Köpfe. Balder war der eine, und Hagn der zweite. Vielleicht gab es noch andere mehr, die wir jetzt nie mehr kennenlernen werden. Als führende Kraft der Vereinigten Maitlands hatte er nicht die geringste Schwierigkeit, über seine Francs zu disponieren. Und wenn seine Spekulationen mißglückten, so fand er den Ausweg, um seine Verluste wieder einzubringen. Bei einer Transaktion in Eisenwerten wäre es ihm einmal fast an den Kragen gegangen. Der Frosch machte darauf James G. Bliss, den einzigen Mann, der ihn hätte ruinieren können, kalt. Wann immer er es angezeigt fand, einen Mann niederzuschlagen, ob er nun ein Militärattache oder ganz einfach ein Kaufmann war, der sich unterfing, in seinen eigenen Aktien zu spekulieren, so zögerte Johnson niemals. Er hat nur einen einzigen großen Fehler begangen. Er ließ Maitland weiterhin wie ein Schwein in dem von ihm gekauften Haus wohnen. Als er erkannte, daß Elk den alten Mann ausspioniert hatte, ließ er ihn nach Berkely Square übersiedeln, ließ ihm neue Kleider anmessen und brachte ihn auch, als dieser es wagte, nach Horsham zu fahren, gelegentlich um. Ich sah, wie der Mörder entkam, denn ich war auf dem Dach, als die Schüsse abgefeuert wurden. Ich bin damals selbst mit knapper Not entkommen.

Aber, um Sie weiter mit den Ereignissen meines Lebens bekannt zu machen: nach fünf Jahren besaß ich nichts mehr und beschloß einen weiteren Versuch zu machen, um zu meinem Geld zu gelangen. Es wartete ja auch noch die große Geldsumme in Eastleigh auf mich – immer vorausgesetzt, daß ich nicht als der Mann, der das Haus kaufte, identifiziert wurde. Es brauchte lange Zeit, bevor ich mich versichert hatte, daß man mich nicht kannte, und dann segelte ich, mit dem Kaufvertrag in der Tasche, auf einem Viehtransportschiff nach England und landete, ganz wie Sie es sagten, meine Herren, mit ein paar Dollars in der Tasche, in Southampton. Ich fuhr direkt zu dem Haus, das jetzt in einem schrecklich verwahrlosten Zustand war, und machte es mir dort so bequem, wie ich nur konnte, während ich Nacht für Nacht im Brunnen arbeitete, um die Geldkiste hervorzuholen. Als ich dies vollbracht hatte, fuhr ich nach Paris, und das Ende meiner Geschichte kennen Sie selbst. Ich begann meine Nachforschungen nach dem Frosch. Aber ich mußte bald erkennen, daß diese, falls ich mich nur auf das Tätowierungszeichen verließ, hoffnungslos sein würden. Als ich entdeckt hatte, daß Maitland ein Frosch war, beschränkte ich meine Forschung auf das Büro. Durch ein sehr einfaches Mittel erkannte ich bald, daß Maitland Analphabet war.

Eines Tages sprach ich ihn in der Nähe seines Hauses an und zeigte ihm ein Kuvert, auf das ich: ›Sie sind ein Schwindler!‹ geschrieben hatte. Und ich fragte ihn, ob er diese Adresse wüßte. Er wies auf ein Haus, das weiter unten in der Straße lag, und eilte davon. Von diesem Augenblick an wußte ich, daß Johnson der Frosch war.

Johnson war ein Genie. Die Art, wie er diese ungeheure Organisation leitete, und zwar hauptsächlich nur in der freien Zeit, außerhalb der Bürostunden, ist eine Offenbarung. Er zog alle in sein Netz, und dennoch kannte ihn niemand.

Ich glaube, dies ist alles, was ich Ihnen zu sagen habe, und nun werde ich Ihnen wohl für alle Zukunft Lebewohl sagen müssen."

Als Joshua Broad nach London zurückgefahren war, begleitete Dick Elk an die Gartentür.

„Ich werde jetzt einige Zeit nicht ins Büro kommen", sagte Dick entschuldigend.

„Das habe ich auch nicht erwartet", sagte Elk schmunzelnd. „Aber sagen Sie mir nur, Hauptmann Gordon, was ist mit diesen beiden Holztruhen geschehen, die gestern abend in der Steinbruchhütte gestanden haben?"

„Ich habe gar keine Kisten gesehen", sagte Dick.

„Aber ich!" antwortete Elk nickend. „Sie waren dort, als wir Fräulein Bennett holten. Und als ich mit der Polizei zurückkam, waren sie weg. Joshua Broad ist die ganze Zeit dortgeblieben."

Sie sahen einander an. „Ich glaube, ich werde der Sache nicht allzu sehr auf den Grund gehen", sagte Dick, „ich schulde Broad viel."

„Ich eigentlich auch!" sagte Elk, und er schämte sich ein bißchen seiner Begeisterung. „Wissen Sie, daß er mich gestern ein Gedicht gelehrt hat? Es hat ungefähr hundertfünfzig Verse, aber ich weiß nur zwei, Es fängt an mit:

›Wilhelm der Eroberer, an England rächt sich, Schlachtfeld von Hastings, zehn, Sechsundsechzig.‹

Das ist ein großartiger Vers, Hauptmann Gordon, wenn ich den schon vor zehn Jahren gewußt hätte, könnte ich heute Polizeipräsident von London sein!"

Elk winkte noch lange zurück, als er die Straße zum Bahnhof hinunterschritt.

Die Sonne glitzerte auf den tropfnassen Ranken der Malven, die in den Gärten der Dorfhäuser wuchsen. Da hüpfte aus einer Ecke ein winzig kleines, grünes Geschöpf hervor, und Elk stand still und beobachtete es lange.

Das kleine Reptil blickte umher und sah auch den Detektiv mit seinen gewölbten, schwarzen, starren Äuglein an.

„Du Frosch!" Inspektor Elk hob warnend seinen Finger. „Sei brav und geh nach Haus – deine Zeit ist vorbei."

Und als ob er verstanden hätte, was der Mann gesagt hatte, hüpfte der Frosch in den Schutz des hohen Grases zurück.